P.M. Carlson

Studie mit Mord

Aus dem Amerikanischen von Sigrid Sengpiel

Ariadne Krimi 1082
Argument

Ariadne Krimis werden herausgegeben von Frigga Haug

Titel der amerikanischen Originalausgabe: Murder Misread

Redaktion: Else Laudan
Lektorat: Sabine Bösz

Die Deutsche Bibliothek – CIP-Einheitsaufnahme
Carlson, Patricia M.:
Studie mit Mord / P.M.Carlson
Aus dem Amerikan. von Sigrid Sengpiel.
Berlin ; Hamburg : Argument, 1996
(Ariadne-Krimi ; 1082)
ISBN 3-88619-582-1
NE: GT

Deutsche Erstausgabe

Eppendorfer Weg 95a, 20259 Hamburg
Telefon 040 / 40 18 000 – Fax 040 / 40 18 00 20
Titelgraphik: Johannes Nawrath
Signet: Martin Grundmann
Texterfassung durch die Übersetzerin
Fotosatz: Steinhardt, Berlin
Druck: Clausen & Bosse, Leck
Gedruckt auf säure- und chlorfreiem Papier
ISBN 3-88619-582-1

Cyrano: Rien ne me reste.
Le Bret: Jeter ce sac, quelle sottise!
Cyrano: Mais quel geste!

Rostand
Cyrano de Bergerac

Von P.M. Carlson ist bei Ariadne bereits erschienen:

Vorspiel zum Mord (Ariadne Krimi 1012)
Sicher ist nur Mord (Ariadne Krimi 1022)
Versuch mit Mord (Ariadne Krimi 1032)
Makler und Mord (Ariadne Krimi 1052)
Bühne frei für Mord (Ariadne Krimi 1064)
Heiß genug für Mord (Ariadne Krimi 1070)
Grabes Stimme (Ariadne Krimi 1076)

Donnerstag, 2. Juni 1977

I

Anatomisch gesehen war es wichtig, den Hirnstamm zu treffen. Die Medulla oblongata, bekannt aus Einf. i. d. Psych., von gelangweilten Professoren schnell übergangen, weil sie mit unspektakulären Funktionen wie Reflexen, Herzschlag und Atmung zu tun hatte. Den gleichen Funktionen, die sie seit Äonen bei Fischen und Reptilien, bei Spitzmäusen und Affen ausgeübt hatte. Professoren zogen den Neocortex vor, diesen Nachzügler, der aus dem bescheidenen Stamm hervorquoll wie ein Atompilz und den Schädel ausfüllte. Der Cortex hatte alle aufregenden Funktionen – Intelligenz, Problemlösung, Sprache, Persönlichkeit, Literatur. Und doch, wenn man den glorreichen Cortex beschädigte, könnte die uralte Medulla – unterstützt von einem gescheiten jungen Arzt mit ein paar Maschinen – trotz allem den zerbrechlichen, gut konstruierten Sack voller Knochen und Eingeweide am Leben halten, könnte aus den Überresten des Cortex sogar ein paar Bewußtseinsregungen wieder erstehen lassen. Beschädigte man hingegen die Medulla, dann würde auch der Cortex auf seinem uralten blutenden Stamm hilflos eingehen.

Die Pistole war winzig und stumpfnasig, aber schwer genug, um die Kleidung ein wenig herunterzuziehen. Oder vielleicht war es kein physisches Gewicht, vielleicht war es, wie man so sagte, psychologisch. Die Monate der Angst, des Nicht-genug-wissens, der Frustration bei jedem Versuch, die Probleme zu lösen, sie alle verschmolzen jetzt zu dem kompakten Stahlmechanismus in der Tasche. Eine Art Lösung des Unlösbaren. Etwas, das giftige Pilze am Stiel abknipsen konnte.

Und danach? Wer konnte das sagen? Spuren waren verwischt, geliebte Wesen beschützt. Im Konflikt der Werte mußte man seine Wahl treffen.

Der Junimorgen, schwül vom feuchten Atem kräftiger neuer Ahornblätter und junger Schlingpflanzen, ließ Schweißtropfen über die keuchende Brust von Professor Charlie Fielding rinnen. Er stürmte in großen Sätzen die Stufen vom Parkplatz zum Van Brunt-Institut hinauf. Die Pilotenbrille hüpfte auf seiner glitschigen Nase, so daß die Welt bei jedem Schritt Schluckauf zu haben schien. Charlie war spät dran und verzweifelt. Beides Deannas Schuld. Er hatte eine halbe Stunde länger gewartet als nötig, immer noch hoffnungsvoll, aber sie war nicht gekommen. War wohl mit ihren neuen Freunden zusammen. Verdammt. Deanna mit dem glänzenden Haar, deren besonderer Zauber einen Winternachmittag in einen lachenden, minzeduftenden Sinnenrausch im Tropendunst verwandeln konnte. Nein, es war nicht vorbei. Es konnte nicht vorbei sein. Nur ein Mißverständnis. Da war er ganz sicher.

Aber das würde er später in Ordnung bringen. Im Augenblick kam er zu spät zu seinem Termin. Und schwitzte unter seiner leichten Tweedjacke wie Stallone in *Rocky*. Außerdem, wie er mit innerem Stöhnen feststellte, paßten seine Socken nicht zusammen. Eine blau, eine schwarz. Der Tag fing ja gut an.

Sein Büro lag im ersten Stock von Van Brunt, einem phantasielosen Gebäude aus den fünfziger Jahren, das zwar einigermaßen große Räume aufzuweisen hatte, aber sonst wenig Vorteilhaftes. Er riß die Tür auf und stürzte sich in die mit fluoreszierendem Licht erleuchtete weiße Halle. Eine eintönige Folge von braunen Türen und cremefarbenen Wänden flog an ihm vorbei wie in der Kamerafahrt am Anfang eines Science Fiction-Films. Nur die Trinkwassersäulen und die kleinen messinggerahmten Namensschildchen der Professoren unterbrachen die Monotonie. Charlie war froh, daß irgendwer aus der Bauabteilung in einem seltenen Anfall von Einfallsreichtum den Flur in seinem Flügel in strahlendem Disneygelb gestrichen hatte. Der arme Kerl war vermutlich zur Strafe umgehend gefeuert worden. Schon wahr, die Farbe war grell, aber besser als diese Vanille-Einöde der Haupthalle. Charlie wich den wenigen Leuten aus, die durch den Korridor schlenderten, steuerte den gelben Schimmer an und galoppierte durch den Linoleum-Tunnel.

Ben Hur. Normalerweise konnte er in der Nähe seines Gebäudeflügels parken, aber heute hatte er sich mit der Ecke abfinden müssen, die am weitesten von seinem Büro entfernt lag. Es war so ein richtiger Jerry-Lewis-Tag.

»Charlie!« Ein mißmutiges Tweedgebirge sprang ihm plötzlich in den Weg. Bart Bickford, nach Pfeifentabak stinkend.

»Tut mir leid, Bart, ich hab's eilig! Wir sehen uns nachher«, rief Charlie über die Schulter. Bart starrte hinter ihm her, die kleinen Augen blinzelten unter seiner fliehenden Stirn. Pithekanthropus, hatte Tal ihn bei der Weihnachtsparty genannt, direkt ins Gesicht. Nein, hatte Bart grinsend widersprochen, das ist der Javamensch, das bist du mit deinem Kaffee. Tabak ist mein Laster. Tal hatte vor Lachen gegrölt.

Charlie raste an der Uhr gegenüber dem Sekretariat vorbei. Gott, schon zwölf nach neun. Er bog um die Ecke in seinen eigenen Flur und bremste heftig. Drei Leute – zwei davon ganz klein, alle auf dem Kopf – blockierten seine Tür. Er hielt sich an der Kante des Türrahmens fest und kam schwankend zum Stehen. Nicht Ben Hur. Eine Bauchlandung à la Mack Sennett. Das kleine Mädchen, das er fast umgerannt hatte, stellte ihre beturnschuhten Füße gelassen wieder auf den Boden und richtete sich aus ihrem Handstand auf. Leuchtende braune Augen, schwarze Locken, ein schelmisches Grinsen. »'schuldigung«, sagte sie.

»Dito.« Die größte von den dreien, eine langgliedrige junge Frau in den Zwanzigern, kam ebenfalls mit Schwung aus ihrem Handstand auf die Füße. Noch einmal schwarze Locken und ein ansteckendes Lächeln, aber diesmal waren die Augen häherblau. Im allgemeinen mochte er große Frauen nicht, aber diese hatte so eine liebenswerte Tolpatschigkeit, bei der er an Bibo denken mußte. Sie schob sich mit beiden Händen das Haar aus dem Gesicht. »Wir haben nur unsere Gymnastik gemacht. Haben nicht damit gerechnet, daß jemand so schnell um die Ecke kommt.«

»Ja, tut mir leid. Ich bin spät dran.« Charlie schob die Pilotenbrille höher auf die Nase und schaute die junge Frau zweifelnd an. »Sind Sie, äh, Dr. Ryan?« Grobknochig und schlank konnte sie in ihren Jeans und dem losen blauen Hemd ebensogut Studentin sein wie Fakultätsmitglied oder Städterin auf Besuch.

»Richtig. Maggie Ryan. Und Sie sind Dr. Fielding?«

»Charlie.« Er nickte und zog den Büroschlüssel aus der Tasche.

Das dritte und kleinste Mitglied des Trios hatte immer noch die Hände auf dem Boden und trat mit einem kurzen Bein nach hinten, in vergeblicher Imitation eines Handstands. Jetzt stand er auf, wackelte auf Charlie zu und rief strahlend: »Pa!«

»Will glaubt, alle Männer heißen Papa«, erklärte Maggie Ryan. Sie packte beide Kinder, deren Grübchenfinger in ihren knochigen Händen verschwanden. »Will und Sarah, das ist Dr. Fielding. Der Mann, mit dem ich diesen Sommer zusammenarbeiten werde.«

Charlie lächelte die Kinder an und wurde mit Doppelgrinsen belohnt. »Tag«, sagte Sarah.

»Pa!« beharrte Will selig. Sarah rollte die Augen.

»Gut, nehmt eure Sachen«, ordnete Maggie an und hob Will mit geübtem Griff hoch. »Was steht jetzt auf dem Programm, Charlie?«

»Anmeldung bei unserer tüchtigen Cindy Phelps im Fachbereichssekretariat. Sie müßte eigentlich einen Babysitter parat haben. Lassen Sie mich nur eben meine Aktentasche verstauen, dann bringen wir die Kinder rüber.«

»Verstauen Sie meine gleich mit.« Maggie setzte Will auf ihre Hüfte und gab Charlie ihre Aktenmappe. Er schob die Taschen zur Bürotür hinein, während sie Sarah half, ein Buch wieder in ihren Ranzen zu stecken.

»Hier entlang.« Charlie bot Sarah die Hand, aber sie hielt seine Finger nur ein paar Schritt weit fest, dann rannte sie vor und schlug ein Rad. Charlie lachte. »Da haben Sie ja ein lebhaftes Pärchen!«

»Ja. Meine eigene Mutter tut mir im nachhinein richtig leid! Haben Sie Kinder?«

»Nein, ich bin nicht verheiratet. Aber natürlich mag ich Kinder. In einem pädagogischen Fachbereich sieht man eine ganze Menge davon. Auch in einem so theoretischen wie diesem.« Er deutete mit dem Kopf auf eine offene Tür mit einem gemalten Schild: Sekretariat, Pädagogische Psychologie. Sie marschierten geschlossen hinein.

Der staubtrockene Vorsitzende, Reinalter, hatte das fade Vanille-Dekor beibehalten, das von der Universität vorgegeben war, aber dennoch hatten sich ein paar Unterrichtsmaterialien auf die Bücherregale verirrt: ein Montessori-Klötzchen, ein Diaprojektor, das 3-D-Modell einer statistisch bi-variablen normalen Oberfläche. Die kleine Sarah steuerte sofort auf den lebensgroßen Plastikschädel zu, dessen zum Auseinandernehmen aufgeschnittenes Gehirn in geschmackvoll abgestuften Rosa- und Lila-Tönen prangte. Er hieß Eric nach dem längst verstorbenen Gründer des Fachbereichs.

Das leise Klappern der Selectric hörte auf. »Hallo, Charlie.« Cindy Phelps war sommersprossig und kräftig gebaut, hatte eine Mähne blondierter Haare wie Farrah Fawcett-Majors und trug ein Kleid in Muschelrosa. Sie hatte den Fachbereich unter Kontrolle wie eine hochmodische Spinne, die ihr Netz bewacht.

»Hallo.« Charlie räusperte sich. »Cindy, dies ist Dr. Ryan, die Statistikerin für das Projekt. Sie haben sicher ein Formular für sie zum Unterschreiben.«

Cindys hervorstechende blaue Augen schweiften vielsagend zur Decke. »Gott, ja! Ich habe Formulare für alle Lebenslagen. Und in jeder Farbkonstellation. Heute empfehlen wir stumpfbraun und kanariengelb.« Sie deutete mit dem Kopf auf einen Stuhl in der Ecke. »Ich habe auch einen Babysitter für Sie. Eine unserer Pädagogik-Studentinnen. Liz!«

Charlie sah zu, wie seine neue Statistikerin die braungebrannte, breitschultrige junge Frau mit dem unmodern kurzen, schwarzen Haar, die auf sie zukam, abschätzend musterte. »Hallo, Liz, ich bin Maggie«, sagte sie. »Das ist Sarah, und das ist Will. Ich hoffe, daß Sie gern Geschichten vorlesen und auf Bäume klettern.«

Liz grinste. »Klar. Ich mag auch Playmobil und Schwimmen.«

Ein Anflug von Besorgnis in Maggies blauen Augen. »Schwimmen?«

»Ich bin hier im Team. Und am Wochenende arbeite ich als Rettungsschwimmerin im State Park.«

Maggie entspannte sich. »Sie haben den Job! Über lebhafte Kinder muß ich Ihnen nichts erzählen, wie ich sehe. Will, das ist Liz.«

Sie überreichte ihr den kleinen Jungen in Jeans, der Liz ernsthaft ins Gesicht schaute. »Lassen Sie sie vorläufig noch nicht zu weit wegrennen, ja? Ich möchte ein Weilchen mit Dr. Fielding sprechen, dann mit Ihnen reden und einen Zeitplan ausarbeiten. Will braucht nach dem Essen ein Nickerchen, sonst ist er den ganzen Nachmittag quengelig und nicht zu gebrauchen.«

»Läßt sich machen. Kommen Sie doch einfach zum Spielplatz, wenn Sie fertig sind. Nordostecke dieses Gebäudes.« Liz gestikulierte mit ihrer freien Hand.

»Gut.«

»Komm, Sarah, willst du zum Spielplatz?« Kompetent scheuchte Liz die Kinder aus dem Büro.

Charlie wandte sich um und sah, daß sich die Tür hinter Cindys Schreibtisch öffnete. Bernie Reinalter kam aus seinem Büro, mit einem Stapel Papier in der Hand. Bernie war mager, sehr blond, nicht größer als Charlie, aber so reserviert, wie es dem Fachbereichsvorsitzenden zukam. »Guten Morgen, Charlie«, sagte er.

»Hallo, Bernie.« Charlie fing an, sein Haar glattzustreichen, bremste sich aber. Bernie war immer sorgfältig und konservativ gekleidet. Selbst jetzt, in sommerlichen Hemdsärmeln, trug er ein blaßgelbes Hemd mit verdeckter Knopfleiste, und seine graue Hose hatte Bügelfalten. »Ähm, Bernie, dies ist meine statistische Beraterin für den Sommer, Dr. Ryan. Unser Vorsitzender, Professor Reinalter.«

»Freut mich, Sie kennenzulernen«, sagte Maggie.

»Tut mir leid, daß ich im Augenblick keine Zeit für ein Gespräch habe«, verkündete Bernie. »Ich bringe nur Cindy etwas zum Tippen. Zum Lunch bin ich mit ein paar japanischen Wissenschaftlern verabredet, da ist es immer gut, auch etwas Schriftliches zu haben.«

»Klar, wir werden später noch Gelegenheit haben, uns bekannt zu machen.«

Bernie verschwand wieder in seinem Büro. Cindy warf einen Blick auf den Stapel Papiere, den er auf ihrem Schreibtisch deponiert hatte, und wandte sich dann wieder an Maggie. »Wir werden Sie im Eckbüro in Charlies Flügel unterbringen. Professor Schiffs Büro. Er ist ausgezogen, aber der Hausmeister sagt, er wird mit der

Reinigung erst am späten Nachmittag fertig, also gebe ich Ihnen den Schlüssel später.«

»Gut.«

»Und jetzt die Formulare. Alle in einem farblich abgestimmten Päckchen zusammengestellt. Im Unterschied zu den Socken«, fügte sie hinzu, mit einem flüchtigen Blick in Charlies Richtung. Seine Faust ballte sich um die Schlüssel in der Tasche. *Biest.* Cindy fuhr freundlich fort: »Sie können sie mitnehmen, Dr. Ryan, und ausfüllen, wenn Sie Zeit haben. Ich bin bis halb fünf hier.«

»Prima. Und bitte, nennen Sie mich Maggie.« Sie nahm den Packen an sich. »Die Schecks kommen auch hier ins Büro?«

»Richtig. Ich bin die Frau mit dem Geld.«

»Das kann man sagen. Ein neuer Tag, ein neuer Dollar, nicht, Cindy?« sagte Charlie.

»Wo habe ich das denn bloß schon gehört?« Cindy drehte ihm abrupt ihren muschelrosa Rücken zu und tippte weiter.

»Entlassen«, sagte Maggie. Ihr Lächeln war genauso spitzbübisch wie das ihrer Tochter.

»Sie regiert uns alle«, erklärte Charlie auf dem Rückweg zu seinem gelben Flur. »Geld, Schlüssel, Schreibmaschinen – sie kontrolliert alle Lebensgrundlagen.«

»Ich werde sie mit der angemessenen Ehrerbietung behandeln«, versprach Maggie. »So, und jetzt erzählen Sie mir von Ihrem Projekt.«

»Gut.« Charlie stieß die Tür zu seinem Büro auf und schob mit dem Fuß den Keil drunter, um sie offenzuhalten. Er hängte seine Jacke an den hölzernen Garderobenhaken, hob dann seine Aktentasche auf und zog ein geheftetes Manuskript heraus. »Sie haben den Entwurf gesehen?«

»Ich hab' ihn überflogen.« Sie packte die verschiedenfarbigen Formulare von Cindy in ihre Aktentasche. »Aber meiner Erfahrung nach werden Entwürfe oft geändert, wenn die ersten Ergebnisse vorliegen.«

Charlie lachte trübselig. »Da haben Sie den Nagel auf den Kopf getroffen, stimmt. Eine Menge Details haben sich geändert. Aber wir sind immer noch bei derselben Grundsatzfrage: Wie liest ein geübter Leser? Wenn wir wissen, wie es die besten erwachsenen Leser machen, können wir überlegen, wie wir das auch Kindern beibringen können. Ich meine, denken Sie mal dran, was passiert, wenn Sie lesen.« Er deutete auf die Papiere in seiner Hand. »Sie nehmen ein Blatt Papier mit komischen kleinen Zeichen darauf, und Ihr Auge schaut die Zeichen an. Nicht alle Zeichen – das Auge springt von einem Fixationspunkt zum andern und trifft meist nur auf wenige Punkte pro Zeile.«

»Richtig, an das Grundsätzliche erinnere ich mich. Man verarbeitet Hunderte von Wörtern pro Minute. Es ist eher, als schnappe man Gedanken auf, keine Buchstaben.«

»So was in der Art. Aber vergessen Sie nicht, alles, was Sie auf der Seite haben, sind Buchstaben, in Gruppen, mit Abständen zwischen den Gruppen.« Er schob seine Brille auf der Nase hoch und wedelte aufgeregt mit seinem Entwurf. »Also muß ein effizienter Leser eine Art Plan haben, sonst würde er sich dauernd verlesen, müßte zurückblättern und nachsehen. Offensichtlich erhält er über das periphere Sehvermögen eine verschwommene Information darüber, was auf der Seite als nächstes kommt, wenn man also weiß wie, kann man mit dem Auge zum bestmöglichen nächsten Fixationspunkt springen.« Sein Finger stach auf die Seiten ein, die er in der Hand hielt. »Auf den Punkt, der die meisten Informationen über die Gedanken enhält, die der Verfasser entwickelt. Wir versuchen herauszubekommen, welche Art Punkte von geübten Lesern zur Fixierung ausgewählt werden. Wie zum Teufel machen wir das? Auf was für verschwommene periphere Anhaltspunkte reagieren wir? Es ist nicht leicht. Wie Sie richtig vermuten, haben wir von unseren guten Ideen, wie man diesen Prozeß messen könnte, bereits die Hälfte wieder verworfen.«

Maggie legte den Kopf schief, die Hände in den Hosentaschen. »Aber die andere Hälfte muß doch funktionieren, sonst hätten Sie nicht eine teure New Yorker Statistikerin wie mich angefordert, um bei der Analyse zu helfen.«

Dieses Lächeln mußte er erwidern, ein plötzliches Aufleuchten wie bei Diane Keaton. »Nun ja, ich verspreche mir schon was davon.« Na, also. Auf der Basis von Arbeiten, die sich aus seiner vor langem geschriebenen Doktorarbeit ergeben hatten, war er befördert worden. Dies war sein erstes größeres Projekt seit damals, sein Versuch zu beweisen, daß der Fachbereich mit ihm den Richtigen ausgewählt hatte, um als Leseforscher in die Fußstapfen des berühmten Professor Chandler zu treten. Wenn bei dieser Vielzahl aufeinander bezogener Studien nichts herauskam, hätte er immer noch seine feste Anstellung. Aber er hatte so viele Professoren gesehen, die verachtet und von oben herab behandelt wurden, als ihre vielversprechenden Anfänge in Bedeutungslosigkeit versickerten, nutzloser Ballast in ihrem eigenen Fachbereich. Letztes Jahr waren zwei seiner Pilotstudien nacheinander danebengegangen, und er hatte eine Woche lang Alpträume gehabt: unnachgiebige Schultern marschierten zur Tür hinaus, und der kleine Charlie schrie: »Wartet, wartet!« und konnte nicht folgen.

Aber das neue Experiment war gelungen, und er wagte wieder zu hoffen. »Auf jeden Fall haben wir eine brauchbare Methode«, sagte er Maggie. »Hier, ich zeige es Ihnen.« Er schaltete den Bildschirm auf dem Seitentisch ein und ging zur Rückwand, die mit Bücherregalen zugestellt war. Die Bücher lagen allerdings in sorgfältig geordneten Stapeln auf dem Boden, verdrängt von vielen Reihen Videokassetten in Plastikhüllen. Charlie wählte eine aus und schob sie in den Recorder. Unfreundlicherweise begann der Bildschirm träge, horizontale Balken aufflackern zu lassen.

»Was wir benutzen, ist im Grunde eine Doppelbelichtungstechnik«, erklärte er, während er mit den Schaltern kämpfte. »Kamera eins nimmt die Lichtreflexe auf der Hornhaut des Leserauges auf. Man sieht die Reflexe als weißen Punkt auf dem Bildschirm. Kamera zwei ist auf die Seite gerichtet, die gelesen wird. Also sind die weißen Punkte, die Sie auf der Seite eingeblendet sehen, die Textstellen, auf die das Auge fixiert war.« Jetzt rollten die Balken den Bildschirm hinunter.

»Ha! Ich habe doch gleich gesagt, daß er das Pferd nie ersetzen kann«, verkündete eine fröhliche neue Stimme.

Typisch Tal, daß er sofort auftauchte, wenn jemand Neues erschien. Charlie wandte sich um.

»Tal! Hallo!«

Tal Chandler war kahl, ein drahtiger, blinzelnder alter Gnom mit knubbeliger Nase, knubbeligem Kinn und knubbeligen roten Wangen, als ob sein Gesicht aus kleinen, harten Äpfeln zusammengesetzt wäre. Er erinnerte Charlie an einen Zwerg von Walt Disney. Er trug formlose graue Hosen, ein heidegraues Tweedjackett mit Lederflicken am Ellbogen und ausgebeulten Taschen und ein breites Grinsen. Er nickte zu Maggie hin, die den Videorecorder inspizierte. »Und wer ist die schöne gelehrte Dame?«

»Dr. Ryan. Unsere statistische Beraterin, frisch aus New York eingetroffen«, sagte Charlie. »Maggie, dies ist Tal Chandler. *Der* Professor für Pädagogische Psychologie. Emeritus.«

»Talbott Chandler! Natürlich!« Maggie wandte sich vom Video ab. Der Bildschirm benahm sich jetzt anständig und zeigte eine klare Textseite mit weißen Punkten, die darüberhopsten. Begeistert streckte sie die Hand aus, und Tal ließ seine Büchertasche fallen, um sie zu schütteln. »Sie haben diese berühmte Studie gemacht, wie Kinder Französisch lernen!«

»Nicht nur Statistikerin, auch Linguistin! Ich bin entzückt!« Tal strahlte. »Sagen Sie mir, sind Sie mit den kleinen Kindern verwandt, die ich vor ein paar Minuten auf dem Vorschul-Spielplatz gesehen habe? Der jüngere verkündete, ich sei ›Pa‹. Die ältere empfahl ihm, ›*Fiche-moi la paix*‹, glaube ich.«

»O Gott.« Maggie schlug sich in gespielter Verzweiflung an die Stirn. »Ich hatte gehofft, wenn ich auf Französisch fluche, würden sie keine schlimmen Wörter aufschnappen und unschuldige Passanten schockieren. An einer Universität keine gute Strategie, wie ich merke.«

Tals Lächeln wurde breiter, seine kleinen runden Wangen bildeten noch festere Knubbel. »Keine Angst, ich werde es nicht übersetzen«, beruhigte er Maggie.

»He, kommen Sie schon«, protestierte Charlie.

Tal rollte die Augen, winkte Charlie näher heran und flüsterte ihm ins Ohr: »Es bedeutet ›Halt die Klappe‹.«

»Hm. Eine wirklich nützlicher Satz«, gab Charlie zu.

Tal wandte sich wieder an Maggie. »Und wo ist der glückliche Vater dieser phänomenalen Kinder? Werden wir das Vergnügen seiner Gesellschaft haben?«

»Er ist noch in New York, aber er kommt im Sommer nach. Er wird hier in der Nähe Theater spielen, wieder im Farm-Theater.«

»Ah, das Farm-Theater. Gute Sache, das. Habe vor ein paar Jahren einen fabelhaften Cyrano dort gesehen«, erinnerte sich Tal.

»Das war Nick!« rief Maggie aus. »Er hat den Cyrano gespielt!«

»Wirklich? Gratulation!« Tal schnappte sich mit der linken Hand Charlies geborgtes Lineal und schwang es hoch. »Was für Momente, eh? ›Laß den Tod nur kommen! Ich warte aufrecht, in der Hand den Degen!‹ *Debout, et l'épée à la main!*« Er sprang auf einen Stuhl und kommentierte beiher: »Meine Frau kann das alles auf französisch, wissen Sie. Sie gibt einen weit besseren Cyrano ab als ich. Sie müssen sie kennenlernen. Wie war das noch ... etwas mit alten Feinden ... ah –«

Maggies blaue Augen sprühten. »›Ich trotz' euch, alte Feinde, droht ihr noch so wild ...‹« half sie ihm auf die Sprünge.

»Ah, richtig!« Die rechte Hand hinter sich in Fechterpose erhoben, stach er mit dem Lineal auf die Luft ein. »›Ich trotz' euch, alte Feinde, droht ihr noch so wild, und makellos und unbezwungen halt ich erhoben – meinen Wappenschild!‹ «

Er schwenkte einen unsichtbaren Hut und verneigte sich exzessiv. Maggie applaudierte lachend. ›*Quel geste!*‹

Charlie sagte: »Tal, Sie sind ja heute äußerst munter!«

»Ja. Die entzückende Gesellschaft, natürlich. Und ich will feiern!« Er zwinkerte zu ihnen hinunter. Es war schon Monate her, seit Charlie ihn zuletzt so überschäumend erlebt hatte.

»Was feiern?«

Tal schüttelte energisch den Kopf. »Das ist ein Geheimnis! Sagen Sie, Dr. Ryan, haben Sie zum Lunch schon was vor?«

»Ich werde wohl mit den Kindern essen müssen.«

»Dann morgen! Und Sie müssen meine Frau kennenlernen. Sie kann heute auch nicht kommen.« Er sprang vom Stuhl herunter, strauchelte ein wenig, fing sich aber, indem er die Jacke am Garderobenhaken packte. »Aber Charlie, Sie müssen an der Feier heute teilnehmen! Nicht in der Cafeteria. Irgendwo auf der College Avenue, mit echtem Champagner. Im Plato, einverstanden? Um zwölf?«

»Abgemacht«, stimmte Charlie zu.

Tals Wangen verbeulten sich zu einem neuen Grinsen. »Eine Feier! Will mal sehen, wer sonst noch kommen kann. Cindy habe ich natürlich schon gefragt, aber sie hat eine andere Verabredung. Ich habe ihr versprochen, etwas Champagner für sie aufzuheben. Aber jetzt müssen Sie sich wohl um Ihre Bänder kümmern.« Er deutete theatralisch auf den Bildschirm, wo immer noch kleine weiße Blitze tonlos über den Text huschten. »Wissen Sie, wie wir früher Augenbewegungen erforscht haben, Dr. Ryan?«

»Nein, wie denn?«

»Ein tapferer Bursche, Professor Ahrens, stülpte sich tatsächlich eine kleine Kappe mit einem dünnen Stift daran über den Augapfel, so daß sich seine Augenbewegungen beim Lesen auf einer geschwärzten Walze abzeichneten.«

»Gott! Das ist ja scheußlich!« Maggie schüttelte sich. »Wie konnte er da normal lesen?«

»Genau, das haben wir auch alle gesagt! Sehen Sie, wir wollten solche Experimente nicht selbst machen müssen. Wir Wissenschaftler bilden uns gern ein, daß wir auf der Suche nach der Wahrheit alles ertragen können, aber in Wirklichkeit opfern wir unsere kleinen Vergnügen und Laster höchst ungern. Glücklicherweise ist in diesem Fall schließlich jemand auf die Idee gekommen, vom Auge reflektiertes Licht zu fotografieren, und gescheite junge Leute wie Charlie hier verbessern die Methoden ständig. Obwohl, bei Charlie weiß ich nicht so recht.« In gespieltem Kummer schüttelte er den Kopf. »Dieser junge Spund glaubt, daß wir beim Lesen Hypothesen aufstellen, wo doch jeder vernünftige Mensch weiß, daß wir die Wörter anschauen.«

»Dieser wunderliche alte Kauz behauptet, daß wir uns von Wort zu Wort hangeln, ohne eine kohärente Vorstellung davon, was sie bedeuten«, konterte Charlie.

»Verstehen Sie jetzt, was ich meine?« appellierte Tal an Maggie. »Er verdreht einfache Tatsachen. Tja, seiner Meinung nach braucht man die Seite überhaupt nicht anzusehen, man schlägt einfach das Buch auf und fängt an, Hypothesen aufzustellen. Vor sich hin zu träumen.«

Charlie lachte. »Tal, wer verdreht jetzt die Tatsachen?«

»Na, warten Sie nur, bis Sie meinen Vortrag beim diesjährigen Psychologenkongreß hören!« Tal schaute auf seine Uhr. »Aber jetzt bringe ich erst mal diese Bücher in die Bibliothek zurück. Da ich sie ja durchgeträumt habe.« Er hob seine Büchertasche auf und schlüpfte so schnell hinaus, wie er gekommen war.

»Berühmte Gelehrte sehen nie so aus, wie ich sie mir vorgestellt habe«, sagte Maggie erheitert. »Seine Veröffentlichungen sind sehr trocken.«

Charlie nickte. »Heute war er ein bißchen überkandidelt, aber vergnügt ist er immer. Er ist jetzt seit vier Jahren emeritiert und wuselt immer noch herum. Publiziert auch jetzt noch eine Menge. Wir haben heftige Diskussionen über die Steuerung von Augenbewegungen. Und er interessiert sich für alles. Sie haben bemerkt, wie er Sie jetzt schon ausgequetscht hat!«

»Stimmt. Ein Mann ganz nach meinem Herzen. So, und was wollen wir jetzt mit Hilfe dieser kleinen blitzenden Lichter auf dem Bildschirm herausfinden?«

Sie wandten sich wieder ihrer Arbeit zu.

II

Sonnenlicht fiel durch die Bäume. Unterhalb gurgelte der Wasserlauf. Ein kleines Kind rannte den Weg hinunter, hielt an, um einen Kiesel aus dem Matsch aufzuheben, und rannte zu seiner lächelnden Mutter zurück. Sie gingen weiter, bis ihr glückliches Schwatzen mit dem Rascheln der Blätter verschmolz.

Ein herrlicher Tag für einen Mord.

Am Ende beschloß Maggie, doch an Tals Lunchfeier teilzunehmen. Die athletische Babysitterin kam mit den Kindern gut zurecht, berichtete sie Charlie. »Liz ist sogar bereit, mit ihnen zu McDonald's zu gehen. Ein Ort, den ich tunlichst vermeide«, erklärte sie naserümpfend. »Und hinterher braucht Will seinen Mittagsschlaf, also kann sie die Kinder in mein Apartment bringen. Also wenn es recht ist, kann ich dann jetzt mit euch Erwachsenen gehen.«

»Wunderbar! Gehen wir also. Es ist schon fast Zeit.« Er schloß sein Büro ab und ging voran, die Treppen zum Parkplatz hinunter. »Tal wird sich freuen, daß Sie kommen können. Aber seine Frau werden Sie morgen trotzdem kennenlernen müssen. Er schien großen Wert darauf zu legen. Haben Sie für morgen schon eine Uhrzeit mit Ihrem Babysitter abgemacht?«

»Die nächste Woche über, bis Liz' Vorlesungen anfangen, geht alles klar. Und wenn Nick hier ist, wird er auch etwas Zeit haben.« Sie lächelte ihn an. »Es ist erfrischend, mal an einem Ort zu arbeiten, wo für die Kinder gesorgt wird. Von meinen Klienten gehen die meisten davon aus, daß sich elterliche Zeitpläne von einer Minute auf die andere umorganisieren lassen.«

»Tja, in diesem Fachbereich arbeiten so viele Leute mit Kindern, daß man sie kaum vergessen kann. Offen gestanden bin ich froh, daß ich selbst im Augenblick mit College-Studenten arbeite. Das ist viel leichter zu planen.«

»Und sie sind auch einfachere Studienobjekte, statistisch gesehen. Sie kennen das Test-Spiel schon und können viel besser nach den

Regeln spielen als die Kleinen. Daher bekommt man nicht so viele verhuschte Antworten, die einem die Ergebnisse verhunzen.«

Sie hatten den Parkplatz hinter sich gelassen. Eine tiefe, bewaldete Schlucht bildete einen unregelmäßigen Einschnitt in diesem Teil des Campus und trennte ihn vom Gedränge der Stadt. Die langbeinige Maggie, die leichtfüßig über den unebenen Boden dahinschritt, wählte ohne Zögern den richtigen unter verschiedenen Pfaden, die sich in den Wald hinunterschlängelten. »Wie ich sehe, kennen Sie sich noch gut aus«, bemerkte Charlie.

»Ja, ich erinnere mich wieder. Es ist erst sieben Jahre her, daß ich von hier weggezogen bin.«

»Haben Sie je in diesem Fachbereich gearbeitet?«

»Nein. Einmal war ich an einem neurologischen Projekt draußen am Caroll-Labor beteiligt, aber meistens habe ich mich im Mathe-Gebäude und im Psycho-Gebäude am anderen Ende des Campus herumgetrieben.«

»Ja. Die Pädagogik ist eine kleine Welt für sich.« Charlie schob einen Zweig beiseite, der über den Pfad hing. Norwegischer Ahorn hatte sich hier auf der steilen Anhöhe breitgemacht; von ein paar schlechtgenährten Schlingpflanzen abgesehen, fanden es andere Spezies schwierig, sich gegen die flachen, gierigen Ahornwurzeln und den dichten Schatten der großen Blätter zu behaupten. Die nackte Erde, noch dunkel vom gestrigen Regen, brachte nur ein spärliches Unterholz von jungen Ahornbäumchen hervor. Aber die Sonne, deren Strahlen schräg durch die bewegten Blätter fielen, sprenkelte den sich erwärmenden Boden, und ein irrationales Gefühl von Frohsinn regte sich plötzlich in Charlie. Deanna würde zurückkommen, bestimmt. Sie hatte ihre Launen, aber wer hatte die nicht? Und was sie miteinander teilten, war so kostbar. Vielleicht würde er heute nach der Arbeit –

»Welchen Weg sollen wir nehmen?« Maggie blieb an einer Weggabelung stehen, wo ein Pfad zu einer grüngestrichenen Fußgängerbrücke aus Metall führte und ein anderer weiter nach unten, unter der Brücke durch und am Ufer des kleinen Flüßchens entlang, das diese Schlucht geduldig ausgewaschen hatte.

»Der untere ist hübscher, wenn man nichts gegen die Treppe hat. Aber er kann noch matschig sein von dem Gewitter gestern. Normalerweise benutze ich den oberen.«

»Gut, sind wir vernünftig.« Wieder dieses warme Diane Keaton-Lächeln, als sie sich der Brücke zuwandte. »Ich liebe diesen Weg, Sie nicht auch?«

»Ja. Ich gehe oft wandern. Ihnen müssen die Wälder jetzt fehlen, in New York.«

»Nicht so sehr, wie ich dachte. Wir sind nur einen Block vom Prospect Park entfernt und haben also reichlich Wälder und Wiesen und Schluchten zu erkunden.«

»Sind diese großen Stadtparks nicht gefährlich?« Er mußte sich anstrengen, mit ihren athletischen Schritten mitzukommen.

»Na, ich wandere da nicht nachts allein herum.« Sie zögerte und sah Charlie mit einem vieldeutigen Lächeln an. »Jemand hat mal versucht, mich zu vergewaltigen. Aber das war nicht im Prospect Park. Es war nur ein paar Kilometer von dieser Stelle hier, als ich noch Studentin war.«

»Mein Gott!« Was konnte er sagen? Was für eine schreckliche Erfahrung, daß sich jemand mit Gewalt ... Er murmelte hilflos: »Das muß schrecklich gewesen sein!«

»Schon – aber es kam schnell Hilfe, und wir schickten ihn für neunundneunzig Jahre hinter Gitter. Happy-end.« Sie klang aber alles andere als glücklich. Unter der himmelblauen Baumwolle hatte sie die Schultern gekrümmt. »Jedenfalls habe ich gelernt, auf der Hut zu sein. Haben Sie eben den Typen unter der Brücke bemerkt?«

Charlie schaute sich stirnrunzelnd um und schob die Brille auf seiner Nase hoch. Die Schlucht sah aus wie eine Patchwork-Decke, zusammengesetzt aus dunkler Erde, grünen Blättern und Sonnenflecken. Ein richtiges Tarnmuster, das sich bewegte, wenn die Brise durch die Blätter strich. Darunter gurgelte und glitzerte der kleine Fluß; Stämme und Zweige zeichneten unregelmäßige dunkle Linien im zitternden Laub. Dicht bei ihnen führte das künstliche Erbsengrün der Brücke geradlinig über die kleine Schlucht. »Ich sehe niemanden.«

»Sehen Sie da, wo der Pfad breiter wird? Die matschige Stelle? Etwa fünfundzwanzig Meter weiter oben?«

»Ja. Oh!« Jetzt sah er ihn: er stand fast versteckt hinter einer Gruppe junger, buschiger Ahornbäumchen, von hier aus waren nur ein Stückchen grauer Ärmel und ein dunkler Schuh zu erkennen. »Was der da wohl macht?«

»Im Prospect Park wäre er wahrscheinlich jemand, der Vögel beobachtet«, sagte Maggie leichthin, drehte sich um und ging weiter auf dem Weg zur College Avenue. »Entweder das, oder einer der obdachlosen geistig Behinderten, die der Staat gütigerweise aus den Institutionen befreit hat, damit sie in New York eine eigene Wohnung finden. Eine Aufgabe, die selbst die Gesündesten unter uns zum Wahnsinn treibt.«

»Ja.« Unbehaglich schaute Charlie sich um. Er konnte die Gestalt im Schatten nicht mehr sehen. »Sie haben scharfe Augen.«

»Ja. Halb Irin, halb Adler, das bin ich.« Wie ein Clown flatterte sie mit den weiten Hemdsärmeln.

Aus dem Wald kamen sie übergangslos in die Teer- und Zementwelt der College Avenue. Bis zum Beginn des Sommersemesters vorübergehend entvölkert, wirkte sie heute im Sonnenschein groß und breit. Nur wenige Studenten in Jeans schlenderten auf dem Bürgersteig dahin. Maggie zog einen Umschlag aus ihrer Aktentasche. »Gibt es das Postamt in der Straße da immer noch?«

»Ja, neben dem Schuhladen. Wir können –«

»Bin gleich zurück!« Ohne auf ihn zu warten, sprintete sie über die Straße auf den Laden mit dem Postamt zu. Charlie bummelte langsam weiter, nach der schattigen Schlucht genoß er die Sonne. Die Straße war von Geschäftshäusern aus Klinker oder Backstein aus dem neunzehnten Jahrhundert gesäumt, zwei oder drei Stockwerke hoch, die ihre gemeißelten Simse immer noch stolz gegen den Himmel wölbten, aber an den oberen Fenstern blätterte die Farbe, und sie gehörten offensichtlich zu billigen Studentenbuden: eine Reihe Bierdosen stand vor dem einen Fenster, ein trocknendes T-Shirt hing vor dem anderen, ein indischer Baumwollvorhang, in der Mitte geknotet, ließ noch etwas Licht in ein drittes. Unterhalb des zweiten Stockwerks waren die viktorianischen Fassaden vollständig hinter den Schichten aus jüngerer Zeit verschwunden – Ladenfronten aus Glas und imitiertem Backstein, türkisfarbene Paneele, neo-koloniale weiße Plastiksäulen mit weißen Ziergiebeln. Bis in eine Höhe von etwa zweieinhalb Metern waren alle nicht aus Glas bestehenden Flächen mit Graffitis besprüht.

Nach wenigen Minuten war Maggie wieder bei ihm. Sie las ebenfalls die Texte auf den Wänden. »Die Botschaften ändern sich, nicht?« bemerkte sie. »Zu meiner Zeit war es lauter Anti-Vietnam- und Nieder-mit-Nixon-Zeug.«

»Ja, ich erinnere mich. Jimmy Carter löst in unseren Graffiti-Künstlern einfach nicht dieselben Emotionen aus.«

»Stimmt. Wen kümmern schon die Menschenrechte? Sie haben sich weniger vergänglichen Anliegen zugewandt.«

Sie zeigte mit dem Daumen auf eine kunstvoll verschnörkele Botschaft, und Charlie lächelte. An der Wand prangten die Worte: *Wermut kommt gut, Whiskey schmeckt besser, aber Gin macht dich kesser.* Er sagte: »Auch damals muß es ein paar Sprüche wie diesen gegeben haben. Auf meinem Campus bestimmt.«

»Ja, muß ich zugeben. Aber wir priesen Drogen, nicht nur Alkohol. Wir hätten gesagt ›Shit macht dich fit‹ oder so was, stimmt's?« Sie schob die Tür in einer der Fronten aus imitiertem Backstein auf, und Charlie folgte ihr ins Plato.

Eine breite Mahagonibar erstreckte sich bis nach hinten ins Restaurant. An den Wänden gab es hölzerne Nischen unter einer Pergola, die mit Plastikweintrauben behängt war. Nur wenige Leute saßen in den Nischen oder an den Tischen im hinteren Teil. Das Plato war für die rüpelhafteren unter den Studenten nicht attraktiv; der rundliche Besitzer mit dem schwarzen Schnauzer nahm absichtlich hohe Preise für sein Bier und hatte keine *all you can eat*-Angebote wie die anderen Lokale auf der College Avenue. »Klar verliere ich ein bißchen Geld dabei«, hatte er Charlie einmal erklärt. »Aber dafür muß ich die Stühle nicht ersetzen, die diese Wilden zerschlagen, oder aufwischen, wenn sie die Toiletten vollgekotzt haben. Wenn Sal Lust dazu hat, soll er meinetwegen den Profit ruhig einstreichen. Außerdem kriege ich so die netten Gäste.«

»Ich sehe Professor Chandler nicht«, sagte Maggie. »Aber wir sind früh dran.«

»Ja.« Charlie kniff die Augen zusammen, um seine Uhr zu erkennen, was in dem Dämmerlicht nicht leicht war. Er hatte mehr Zeit für den Spaziergang eingeplant, als bei Maggies langbeiniger Energie notwendig war. »Setzen wir uns doch in eine der vorderen Nischen, dann sieht er uns, wenn er hereinkommt.«

»Prima. Ich sterbe vor Hunger! Wie wär's mit ein paar Dolmas als Vorspeise, und dann nehmen wir noch was, wenn die anderen kommen?«

Ihr ungezügelter Appetit erinnerte Charlie an Deanna, wie sie die Karte mit einem gespannten kleinen Lächeln heißhungriger Vorfreude studierte und ihre langen Wimpern dunkel über der Wange blinzelten, während sie ihre Wahl traf. Er versuchte, das Bild zu verdrängen und teilte der rundlichen, blonden Kellnerin, offensichtlich eine Studentin, mit, daß er noch auf seine Freunde wartete. Sie nickte unwirsch und ging Maggies Bestellung holen. Bouzouki-Musik rieselte aus den Lautsprechern oben in den Zimmerecken und gab sich Mühe, das Scheppern und Klappern aus der Küche zu übertönen. Maggie lehnte sich in der Ecke zurück, ein langes Bein auf dem Sitz ausgestreckt, und studierte Charlie. Gegen ihr himmelblaues Hemd wirkte das dunklere Blau ihrer Augen glühend.

»Wie lange werden Sie brauchen, um Ihre Videobänder fertig zu kodieren?« fragte sie.

»Zwei Wochen. Ich hinke ein bißchen hinterher, weil einer der Studenten, die dabei helfen sollten, direkt nach dem Frühjahrssemester wegmußte. Familienprobleme. Aber die beiden anderen Kodierer machen tapfer weiter. Haben schon zwei der Experimente fertig, Sie können sie ansehen.«

»Gut.« Ein knochiger Finger betastete spielerisch den Salzstreuer. »Sagen Sie mir, wie sind Sie darauf gekommen, das Lesen zu untersuchen?«

»Ich wollte Kindern helfen, lesen zu lernen. Ich weiß, daß es so aussieht, als wäre meine jetzige Studie davon ziemlich weit enfernt, weil ich bei dem Projekt mit Erwachsenen arbeite, aber wir müssen wissen, wie geübte Leser es machen, ehe wir Kindern die Technik beibringen können.«

»Klingt vernünftig. Aber ich meine, warum nicht Kindern helfen, Mathe zu lernen? Oder Optiker oder Statistiker oder sonstwas Nützliches zu werden?«

»Na, Lesen ist so wichtig! Absolut fundamental im heutigen Leben. Wenn man es nicht kann – also, ich habe Leute gesehen –« Er brach ab und schluckte etwas von seinem Eiswasser.

Ihre blauen Augen waren gespannt auf ihn gerichtet. »Leute mit Lernschwierigkeiten?«

Er zuckte die Achseln. »Meine Tante Babs. Sie hat mich großgezogen, nachdem meine Mutter fortgegangen war. Es war ihr so peinlich, daß sie nicht lesen konnte. Tat immer so, als ob sie es könnte ... Sie wissen schon, behauptete, sie hätte ihre Brille vergessen oder so. Wenn sie Papiere unterschreiben sollte, brachte sie die mit nach Hause und bat mich, sie durchzulesen. Damals war ich acht oder neun und schon Mitwisser von etwas, das als schändliches Familiengeheimnis behandelt wurde. Ein paarmal habe ich versucht, es ihr beizubringen, aber sie gab sofort auf. Und ich dachte, wenn ich doch bloß unterrichten könnte. Sie sagte, sie sei eben dumm, und damit basta.« Seine Brille war angelaufen, er nahm sie ab und rieb sie mit einer Papierserviette. »Sie hat Selbstmord begangen. Ich kam vom Hockeytraining nach Hause und fand sie.«

»Mein Gott, Charlie!«

»Ja. Später wurde mir klar, daß sie überhaupt nicht dumm war. Sie hatte den Drugstore, wo sie arbeitete, fast selbständig geführt. Der Apotheker war der Besitzer, und er kümmerte sich um Bestellungen und so weiter. Aber sie bediente die Kasse und kannte jede Schachtel und jede Flasche im ganzen Lager. Sie sprach immer mit den Vertretern. Konnte die Mengen selbst bestimmen. Erstaunliche Frau.«

»Ja.« Maggie richtete sich auf, warf der dicklichen Kellnerin ein dankbares Lächeln zu und verschlang gierig eins der gefüllten Weinblätter, die vor ihr standen.

»Auch eins?« mümmelte sie und schob Charlie den Teller hin.

»Danke.« Es schmeckte ausgezeichnet, eine pikante Reisfüllung und als Kontrast die leicht bittere Faserigkeit des Weinblatts.

Maggie nahm die Unterhaltung wieder auf. »Wie haben Sie das gemeint, es ist Ihnen später klargeworden? Haben Sie denn als Kind geglaubt, Ihre Tante sei dumm?«

»Alle in der Familie sagten das. Ihre Eltern, ihr Bruder – mein Vater. Er sagte das auch immer. Wie gräßlich es ihm war, seinen Sohn von einer... Und wenn ich irgendwas tat, das ihm nicht paßte, dann weil ich so dumm war wie sie.«

»Aber Sie konnten lesen.«

»Ja, ich habe nicht behauptet, daß er logisch war. Und für mich war Lesen eine gute Fluchtmöglichkeit. Beim Lesen war ich glücklich. Aber er sagte –« Charlie setzte seine Brille wieder auf. Warum zum Teufel quasselte er über alte Zeiten? Er mußte seiner statistischen Beraterin wirklich nicht seine komplette Lebensgeschichte auftischen. Er sagte: »Jedenfalls, das sind sie. Die Gründe, warum dieser Ritter beschloß, den Drachen des Analphabetismus zu erschlagen.«

Sie lächelte. »Gute Gründe. Aber es ist ein großer und komplexer Drache.«

»Ja. Es sind so viele Theorien im Umlauf, so viele Komplexitäten. Aber wenn wir...« Er sprach nicht weiter, weil Maggies Blick auf etwas hinter ihm gerichtet war, und er bemerkte einen starken Geruch nach schalem Rauch sowie einen wuchtigen Tweed-Ellbogen neben seinem Ohr.

»Oh, hallo, Bart!«

»Hallo.« Bart Bickfords kleine Augen, die tief in ihren knochigen Höhlen lagen, suchten das Restaurant ab. »Ich bin mit Tal Chandler hier verabredet. Haben Sie ihn gesehen?«

»Wir warten auch auf ihn. Setzen Sie sich.« Charlie rutschte auf der Bank weiter, um Platz zu machen. Bart brauchte viel Platz. »Maggie, das ist Bart Bickford. Unterrichtet kreative Entwicklung. Maggie Ryan, die Statistikerin unseres Projekts.«

Maggie murmelte ein freundliches »Mmmphh« durch einen

Mund voll Dolmas, schluckte, und fragte: »Welche Art Kreativität interessiert Sie?«

»Die letzten beiden Jahre habe ich mit verbaler Kreativität gearbeitet. Es gibt musikalische Wunderkinder, mathematische Wunderkinder, aber es ist schwerer, für Dichter oder Erzähler in sehr frühem Alter Kriterien aufzustellen.«

»Und finden Sie die Kriterien?«

Bart zuckte zweifelnd die Achseln. Charlie kam er immer kleinlaut, sogar schüchtern vor für so einen riesigen Mann. Er sagte: »Wir sind dabei, ein paar Kriterien zu entwickeln. Da liegt noch viel Arbeit vor uns.« Er warf einen Blick zur Tür. »Haben Sie eine Ahnung, was Tal im Schilde führt?«

Charlie meinte: »Wahrscheinlich ist wieder eins seiner Bücher zur Publikation angenommen worden.«

»Tja.« Bart starrte weiter die Tür an. Fast unmerklich trommelte er mit den Fingerspitzen zum Rhythmus der Bouzouki auf die Tischplatte. »Wahrscheinlich. Aber er schien so aufgeregt.«

»Na, vielleicht hatte er gute Neuigkeiten vom Arzt.«

»Ja, aber – hat er zu Ihnen auch was über alte Feinde gesagt?«

Charlie runzelte die Stirn. »Feinde? Tal sagte was ... ein Zitat, nicht wahr?«

Maggie, die inzwischen hinuntergeschluckt hatte, nickte zustimmend. »Aus dem *Cyrano*. ›Alte Feinde, droht ihr noch so wild.‹ Aber die Feinde, von denen da die Rede ist, sind ziemlich abstrakt – Falschheit, Feigheit, Vorurteil.«

»Na, gegen die ist Tal allerdings immer gewesen«, sagte Bart und grub in seiner Jackentasche. »Trotzdem, kam mir merkwürdig vor.«

»Möglich, daß er doch über den Krebs geredet hat«, argumentierte Charlie und erwärmte sich für seine Idee. »Er ist am Abklingen, aber vor ein paar Jahren war das ein sehr realer Feind.«

»Möglich.« Bart fummelte an einem seiner Knöpfe und wickelte einen losen Faden auf. »Ich nehme an, es gibt auch akademische Gegner, obwohl ich nicht allzuviel von Leseforschung verstehe.«

»Ja, das stimmt«, gab Charlie zu. »Ein paar jüngere Typen bei der TU von Massachusetts greifen seine Theorie an.«

»Und Ihre Arbeit?« fragte Bart schlau.

»Die ist nicht gerade eine Attacke«, sagte Charlie verlegen. »Mehr ein Versuch. Aber Sie kennen Tal, er streitet sich gerne und mit jedem über jeden erdenklichen Aspekt einer Sache. Aber angeblich schmeichelt es ihm auch, daß seine Arbeiten noch beachtet werden.«

Mit zusammengekniffenen Augen betrachtete Bart den Knopf, schien zufrieden, und schaute wieder zur Tür. »Ach was, ich interpretiere sicher zuviel hinein. Sehen Sie, da kommt Nora!«

Charlie verrenkte sich den Hals, um über die Schulter zur Tür zu sehen. Vor den Glasfenstern schien die Sonne auf die Boutiquen der College Avenue, auf die Mülltonnen, auf Fahrräder, Motorräder, betagte, rostige Fords und glänzende Camaros, auf Studenten in Jeans, die träge durch den verschlafenen, glitzernden Feriennachmittag schlenderten. Eine der Gestalten, nicht in Jeans, sondern im marineblauen Kostüm, stieß die Tür auf und stand einen Augenblick blinzelnd im Zwielicht.

»Hier drüben, Nora!« rief Bart.

Mit einem kleinen, verwirrten Stirnrunzeln wegen Maggie wandte sie den Kopf, sah dann Bart und lächelte. In Charlies Magen bildete sich ein ängstlicher Knoten. Als Kollegin war Nora in Ordnung, aber nach Dienstschluß ... Sie hatte den Zwischenfall seitdem nicht mehr erwähnt, und bei ihren täglichen Begegnungen waren sie höflich zueinander. Aber er wand sich immer noch vor Verlegenheit bei dem Gedanken an die Halloween-Party letzten Herbst. Er hatte sein lockiges Haar in der Mitte gescheitelt, die Brille abgenommen, einen kleinen Schnurrbart angeklebt und sich als Landstreicher verkleidet. »Hey, das ist ja Chaplin!« hatte jeder gerufen. Nora, ein bißchen beschwipst, hatte verkündet, sie sei so hingerissen, sie würde nicht von seiner Seite weichen. Und sie war auch nicht gewichen. Er hatte sie nach Hause fahren und praktisch weinend aus dem Auto schieben müssen. Aber jetzt war sie nicht beschwipst; sie war sachlich und tüchtig wie immer. Noras Haut war zart und straff, als wäre sie eine Nummer zu klein für ihre Gesichtsknochen. Ihre Augen waren braun und durchdringend, ihr Haar streng aus der

Stirn zurückgestrichen, nur die ersten grauen Strähnen gaben ihr eine weichere Note.

Auf der Halloween-Party hatte sie ein hautenges Kleid aus den Dreißigern und eine platinblonde Perücke getragen. Jean Harlow, nahm er an. Obwohl sie sich bei einer Gelegenheit einen Schal geliehen hatte und behauptete, sie sei das blinde Mädchen in *Lichter der Großstadt*.

»Hallo, Bart«, sagte Nora und schaute sie mit zusammengekniffenen Augen an. »Oh, und Charlie auch! Hier drin kann man ja kaum etwas erkennen.«

»Wollen Sie meine Kurzvorlesung über Adaptation an Dunkelheit hören?« scherzte Charlie, erfreut, daß sie die Distanz wahrte.

»Keineswegs! Eine der wenigen Freuden meines Lebens besteht darin, daß ich mich nicht mehr mit Physiologie plagen muß. Ich bin Nora Peterson«, fügte sie hinzu und wandte sich an Maggie.

»Maggie Ryan. Statistische Beraterin für Charlies Projekt. Wenn Sie auch auf Tal Chandler warten, setzen Sie sich.« Sie rutschte weiter in die Ecke und klopfte auf den Platz neben sich.

»Danke.« Nora zog ihre dunkle Jacke aus, faltete sie sorgfältig und legte sie beim Hinsetzen zusammen mit ihrer Aktentasche neben sich. Ihre cremefarbene Bluse war schlicht, hatte aber eine unerwartete winzige Spitzenkante, die Charlie an Deannas Wäsche erinnerte. Er zwang seinen Blick nach oben auf Noras dünne, lächelnde, sprechende Lippen. »Na, Ihr Projekt scheint ja ziemlich gut zu laufen, Charlie! Die Statistikerin ist sicher das Zeichen für Phase zwei, stimmt's? Werden Sie uns bald Bericht erstatten?«

»Ich kann nicht viel berichten, ehe die Zahlen richtig ausgewertet sind.« Charlie lächelte Maggie zu. »Aber jetzt, wo die Zahlenzauberin da ist, dürfte das nicht mehr lange dauern.«

Die rundliche Kellnerin erschien, gab Speisekarten aus wie Karten beim Black Jack und fragte Maggie, ob sie noch etwas wünschte.

»Da können Sie Gift darauf nehmen! Aber ich warte, bis Professor Chandler kommt.«

Die Kellnerin strahlte. »Freut mich, daß er kommt. Ich frag' dann nochmal nach.« Sie setzte sich geschäftig in Bewegung.

»Wie macht sich Ihr Bruder, Nora?« fragte Bart.

»Prima.«

»Teenager leben heutzutage in einer ganz anderen Welt. Schwierig, nicht in die Bredouille zu geraten. Drogen und alles...« Bart schüttelte den Kopf.

»Er ist zweiundzwanzig, und er macht sich prima.« Nora wandte sich an Maggie. »Sie sind nicht von der hiesigen Uni, oder?«

»Ich bin jetzt Teilhaberin einer Beraterfirma in New York City. Aber hier habe ich vor ein paar Jahren meinen Dr. phil. gemacht. Ich kenn' mich also schon ein bißchen aus.«

»Ein Nostalgietrip?«

»Teilweise. Hauptsächlich Arbeit, ein bißchen Vergnügen. Was ist Ihr Arbeitsbereich, Nora?«

»Wie Kinder in verschiedenen Altersstufen Probleme lösen. Ich stelle Kinder vor moralische Dilemmata und wende darauf einige von Piagets Theorien an. Aber ich bin noch nicht so weit, daß ich eine Statistikerin brauche!« Die Anspannung in ihrem Gesicht löste sich zu einem Lächeln.

Maggie lächelte auch. »Gut. Ich bin nicht auf der Suche nach mehr Arbeit. Ich möchte den wunderschönen Sommer auf dem Lande genießen.« Sie deutete zum Fenster. »Sonnenschein, Bäume, Graffiti –«

»Also da haben wir ein moralisches Dilemma«, sagte Bart. Er setzte sich anders zurecht und verursachte ein kleines Erdbeben an Charlies Ende der Nische. »Sagen Sie, Nora, wenn jemand eine Person kennt, die die Wände vollsprüht, ist es moralisch, sie anzuzeigen? Ich meine, wenn man die relativ geringfügige Art des Verbrechens gegen –«

»Entschuldigung.« Maggie stellte sich auf den Sitz, plazierte einen Turnschuhfuß präzise zwischen Salzstreuer und Dolmas-Teller, sprang über den Tisch und landete schon rennend auf dem Fußboden. Sie riß die Tür auf, noch ehe Charlie seinen verblüfften Kopf drehen konnte.

Aber dann hörte er es auch, immer noch teilweise übertönt von der Bouzouki-Musik, aber lauter werdend. Eine Frau schrie: »Hilfe! O Gott, Hilfe! Hilfe!«

III

Anne Chandlers wandernde Aufmerksamkeit wurde auf ihre eigenen kurzen Finger gelenkt, die schon wieder eine Gauloise aus der Schachtel zogen. Wider Willen schweiften ihre Augen zum Aschenbecher: dies wäre dann Nummer sieben. Nein, acht, verdammt. Bedauernd klopfte sie die Zigarette in die Schachtel zurück und steckte die in ihre Jackentasche.

»Könnten Sie mir also die, äh, Verlängerung bewilligen?« fragte der picklige Student, der ihr am Schreibtisch steif gegenüber saß. Sein Adamsapfel hüpfte in dem mageren jungen Hals auf und ab. Knoten nannten ihn die Franzosen; *nœd de la gorge*, Knoten im Hals. Und *nœd de la question*, der springende Punkt. Der springende Punkt war, daß sich dieser unselige Jüngling für das College überhaupt nicht eignete. Anne hätte am liebsten seine flaumige Wange getätschelt, ihn auf einen Traktor gesetzt und ihn seinen Lebensunterhalt an der frischen Luft verdienen lassen, wo er es nicht nötig hatte, weitere komisch aussehende französische Wörter zu entziffern.

Aber er verfolgte zweifellos ein anderes, weniger geeignetes Ziel. Ehrgeizige Eltern, möglicherweise. Das Barmherzigste wäre, es hinter sich zu bringen. Anne merzte ihre mütterlichen Instinkte aus und sagte streng: »Drei Tage mehr. Aber das war's, Bill. Ich verstehe wohl, daß Sie Probleme haben, die Arbeit bis nächsten Mittwoch abzuliefern« – irgendwo in seinem ausschweifenden Bericht hatte er die eine oder andere Entschuldigung vorgebracht, sie erinnerte sich vage – »Aber ich muß dieses Seminar endgültig abschließen. Die Klausur ist schon eine Woche her.« Sie stand auf, um das Ende der Unterredung zu signalisieren.

»Ja, gut, ich werde es versuchen, Professor Chandler.« Niedergeschlagen stolperte er auf die Füße.

»Ich bin sehr gespannt auf Ihre Arbeit«, log sie mit ihrem besten inspirierenden Lehrer-Lächeln. Seine schlaksige Größe überragte ihre eigene untersetzte Bantam-Figur um gute dreißig Zentimeter. »Bis später, Bill.«

»Danke, Professor Chandler.« Verlegen hantierte er mit seiner Büchertasche und bewegte sich hinaus.

Anne tastete nach ihren Zigaretten und sah das Telefon an.

Es klingelte nicht. Was zum Teufel trieb er nur?

Mit einem plötzlichen Entschluß plumpste sie wieder in ihren Stuhl, hob den Hörer ab und wählte Ken Littles Nummer.

»Ken, es tut mir leid, daß ich so spät anrufe, aber ich kann mich heute nicht zum Lunch mit Ihnen treffen. Könnten wir einen neuen Termin ausmachen?«

»Aber sicher, Anne. Bei mir ist sowieso irgendwie der Wurm drin, mir war ganz schwummerig beim Aufwachen, und ich habe mich eigentlich nicht besonders auf den Lunch gefreut. Sie wissen schon, das Essen im Fakultätsclub –«

»Trotzdem sollten wir die Termine für den Film bald festlegen«, unterbrach sie und blätterte ihren Kalender durch. »Wie wär's mit morgen um zehn?«

»Geht nicht. Elf?«

»Einverstanden. Dann gehe ich einfach später ins Büro.«

»Gut. Wissen Sie, ob irgendwelche Bazillen im Umlauf sind? Ich meine, es hat mich aus heiterem Himmel erwischt. Als ich aufwachte –«

»Morgen fühlen Sie sich bestimmt besser, Ken. Bis dann.« Sie drückte auf die Gabel, bevor er antworten konnte, und wählte die Nummer von Tals Büro, ohne sich Zeit zum Nachdenken zu lassen. Aber wieder klingelte es vergeblich, wieder und wieder.

Dann also Dr. Lambert.

Gott, warum war das so schwierig? Unverfroren hatte sie sich ihren Weg in die akademische Welt erkämpft, lange bevor Frauen dort willkommen waren. *La plastronneuse* hatte ein giftiger alter Professor sie genannt: die Streberin, die Geltungssüchtige. Oder, genauer, die gestärkte Hemdbrust, der Brustpanzer, die sich brüstet. Tal war über das Wortspiel entzückt gewesen, hatte seine Nase in ihrem üppigen Busen vergraben und lasziv geflüstert: »Mmm, *la plastronneuse*!« und sie hatten beide gekichert wie die Blöden. Na ja, streberisch war sie gewesen, hatte sie sein müssen. Sie hatte auf Tagungen zahllose Abhandlungen vorgetragen, war allein in Frankreich und Nordafrika herumgereist, hatte Generationen von linguistisch faulen Studenten die Blüten der französischen Literatur aufgezwungen. Aber jetzt tasteten ihre Finger schon wieder nach den Gauloises, statt einen simplen Anruf zu tätigen.

Sie zog ihre verirrte Hand aus der Tasche, legte sie energisch auf den Hörer und zwang sich, die wohlbekannte Nummer zu wählen.

»Können Sie einen Augenblick dranbleiben, Mrs. Chandler?« fragte die Empfangsdame.

Und gleich darauf, wie ein Wunder, Johns Stimme: »Dr. Lambert am Apparat.«

»John, hier ist Anne Chandler. Ich konnte Tal nicht erreichen, und ich habe mich gefragt...« Sie brach ab. Was sie sich gefragt hatte, ließ sich nicht mit ein paar Worten sagen.

Und es war auch nicht nötig. John rief begeistert: »Sah sehr gut aus, Anne! Schrumpft immer weiter. Wenn er noch sechs Monate so weitermacht, ist er so gut wie neu.«

»Ist das ... ist das sicher?«

»Die Röntgenaufnahmen waren so deutlich wie nur was. Er schafft es, Anne!«

»John ... danke.« Ganz betäubt legte sie auf. Auf das Schlimmste gefaßt, entschlossen, sich nicht unterkriegen zu lassen, erkannte sie jetzt, daß diese gute Nachricht ihren Schutzpanzer auch nicht durchdringen konnte. Sie schwebte im luftleeren Raum, war unfähig zu glauben oder zu zweifeln.

Und Tal? Vielleicht hatte er deshalb nicht angerufen, wegen dieser Unfähigkeit zu glauben. Anne warf sich die Tasche über die Schulter, schloß ihr Büro ab und eilte in den Junisonnenschein hinaus.

Die Luft war angenehm lau und geschwängert mit dem Duft der ersten Blüten an den Rosenstöcken, die um das Gebäude für moderne Sprachen herumstanden. *Zum Teufel mit euch, Rosen, mit eurem kleinen rosa Duft*. Sie zog ihre Gauloise heraus und zündete sie trotzig an, sog den köstlichen stinkenden Rauch tief ein und blies ihn dann verächtlich auf die Blüten.

Zum Teufel auch mit dir, Krebs.

Das Institut für Päd. Psych. war bei Annes Ankunft abgeschlossen, die Gänge fast verlassen in dieser eigentümlichen Flaute zwischen den Semestern. *Les Vacances*, sagten die Franzosen: Vakanz, Leere. Wie sich herausstellte, war auch Tals Büro leer, abgeschlossen und dunkel. Sie wanderte zur Tür zurück, während sie noch überlegte, was sie jetzt tun sollte. Vielleicht hätte sie das Treffen wegen der Film-Saison im nächsten Jahr nicht absagen sollen. Aber sie konnte Ken und sein Bedürfnis nach Bemuttertwerden heute nicht ertragen.

An der Tür begegnete sie Cindy Phelps, die vom Bibliotheksgang kam. »Oh, Cindy! Sie sind genau die Person, die ich treffen wollte!«

»Wirklich?« Cindys hellblaue Augen blickten Anne unter ihren brettartig getuschten schwarzen Wimpern freundlich an. Sie zog sich die rosenfarbene Strickjacke von den Schultern und warf sie über den Unterarm, dann griff sie in ihre Handtasche nach dem Schlüssel. »Was kann ich für Sie tun?«

»Ich bin auf der Suche nach meinem herumstreunenden Mann.«

Über die Schulter warf Cindy einen Blick auf die Uhr im Gang. »Halb eins. Er wird noch beim Lunch sein.«

»Ja, aber wissen Sie, wo er ist?« Anne folgte Cindy ins Sekretariat. Eric, das Plastik-Gehirnmodell auf dem Regal, starrte sie mit leeren blauen Augen an.

Cindy verstaute ihre Tasche und hängte die Jacke auf. »Ausnahmsweise, ja. Er sagte, er wäre im Plato. Hat mich eingeladen, mitzukommen und zu feiern.«

»Feiern?« Eine Lawine von Schmerz stürzte auf Annes Herz und rührte begrabene Erinnerungen an den schrecklichen, längst vergangenen Winter auf, in dem sie Tals Affäre mit dieser wogebusigen Studentin aus dem medizinischen Einführungskurs entdeckt hatte.

Cindy lachte und machte ihr Haar zurecht. »Oh Gott, das klang ganz falsch! Es war kein Rendezvous oder so was. Eine Menge Leute sind hingegangen. Er hat auch Bernie eingeladen, aber Bernie mußte mit irgendwelchen Computerleuten aus Japan zu Mittag essen. Ich konnte nicht hingehen, also sagte Tal, er würde mir etwas Champagner aufheben.« Die Hand, mit der sie die überwältigende Haarpracht in Form brachte, wurde langsamer, und sie runzelte die Stirn.

»Stimmt irgendwas nicht? Er sagte doch, Sie hätten eine Verabredung? Wie kommt's, daß Sie hier sind?«

»Ach, die wurde abgesagt.« Anne lächelte Cindy an, die Last wurde leichter. Es stimmte schon – Tal hatte von ihrem Lunch mit Ken gewußt. Trotzdem, wieso hatte er nicht angerufen? »Er ist also im Plato?«

»Richtig. Sagen Sie, was feiert er eigentlich? Seinen Geburtstag? Den siebzigsten, ja?«

»Stimmt, so könnte man sagen. Cindy, ich habe heute morgen versucht, ihn anzurufen, aber er ist nicht drangegangen.«

»Er ist spät gekommen.« Cindy nahm die Hülle von ihrer Schreibmaschine. »Und er ist in den Gängen herumgelaufen, rein und raus durch alle Büros. Ständig auf Achse. Also hatten Sie kaum die Chance, ihn zu erreichen.«

»Na gut, ich gehe rüber zum Plato«, entschied Anne. »Wenn ich ihn wieder verpassen sollte, sagen Sie ihm, ich möchte mit ihm reden, ja?«

»Klar.«

»Cindy, wie kommen Sie zurecht?«

Einen Augenblick hakten sich ihre Blicke ineinander fest. »Ganz gut«, sagte Cindy. »Es kommt schon in Ordnung.« Dann wich ihr Blick ab, und sie funkelte den lächelnden Mann an, der einen Drahtwagen voller brauner Umschläge ins Büro schob. »Oh, hier kommt die Post zum Sortieren.«

Anne winkte zum Abschied und ging wieder hinaus in die Sonne. Sie war heute so zappelig, daß sie nicht telefonieren konnte und zum ersten Mal seit Jahren an diese kurvenreiche Studentin denken mußte. Na ja, seit Monaten. Sie überquerte den Parkplatz, überraschend voll für die Ferien. Wahrscheinlich Leute, die normalerweise auf die Parkplätze an der Peripherie ausweichen mußten und sich jetzt *les vacances* zunutze machten. Ein hoher Prozentsatz bestand aus den alten rostigen Kisten der älteren Studenten, statt wie sonst aus etwas neueren Toyotas oder Vegas, die von der Fakultät bevorzugt wurden. Die Porsches der jüngeren Semester waren wahrscheinlich am Strand.

Der Wald war herrlich, vom gestrigen Regen reingewaschen, jedes Blatt deutlich umrissen in dem Chiaroscuro von Junisonne und tiefem Schatten. Die Geräusche der Zivilisation – Motoren, Sirenen, Stimmen – ließen schnell nach, während sie hinabstieg. Vögel riefen, ein Eichhörnchen schimpfte in lauter, heiserer Empörung, das Laub raschelte. Fast schön genug, den alten Rousseau ernstzunehmen mit seinem ganzen Gefasel, daß man zur Natur zurückkehren sollte. Anne stapfte gleichmütig den Pfad hinunter. Die Tasche baumelte an ihrer Schulter, ihr Blick war nach oben gerichtet, um das gelegentliche Aufleuchten des Himmels zwischen den bewegten Blättern zu erhaschen.

Sie hörte zuerst die Stimmen, von der Weggabelung her. Männerstimmen, barsche Arbeiterstimmen, unten am Wasser. Während sie den oberen Pfad entlangwanderte, versuchte sie, durch den unregelmäßigen Vorhang von jungen Ahornbäumchen hindurch zu sehen, was los war. Näher an der Brücke konnte sie Lichtblitze erkennen und blieb mit zusammengekniffenen Augen stehen. Ein Fotograf? Sie schob einen jungen Zweig beiseite, um das Geschehen zu überblicken.

Der Fotograf ging in die Hocke, reckte sich, stieg auf gefällte Baumstämme und Steine, sogar mitten in Flüßchen, in einer merkwürdigen rituellen Zeremonie um eine stille heidegraue Gestalt auf dem Weg. In einigem Abstand zu seinem getanzten Kreis standen andere Beobachter: Männer in Uniformen, das Grau der Sicherheitsbeamten des Campus, das Marineblau der Stadtpolizei, das Weiß der Sanitäter vom Krankenwagen, die eine Tragbahre senkrecht zwischen sich hielten. Dahinter Gruppen von Universitätsleuten – Tweed, Jeans, Aran-Pullover. Ein hochgewachsener Schwarzer in blauem Blazer sprach mit dem größten Tweedträger. Sah nach Bart aus, fand Anne. Neben ihnen hatte eine schlaksige junge Frau mit schwarzen Locken tröstend den Arm um eine schluchzende Studentin in Jeansjacke gelegt.

Anne trat auf den Pfad zurück und ließ den Zweig über die Aussicht zurückschnellen. Mit zitternden Händen zog sie eine Zigarette aus der Tasche, zündete sie an, inhalierte tief. Dann marschierte sie zurück zur Weggabelung und abwärts auf die Gruppe zu.

Nach ein paar Metern wurde sie von einem großen Sicherheitsbeamten in grauer Jacke angehalten, jung, mit gespanntem Gesicht und einer Spur Akne auf den Wangen. Dixon, stand auf seinem Abzeichen. »Tut mir leid, meine Dame«, krächzte er heiser und räusperte sich dann. »Bitte nehmen Sie den anderen Weg. Dieser ist gesperrt.«

»Jemand verletzt?« fragte Anne und sog den aufrechterhaltenden Rauch ein. Sie wußte, es war eine blöde Frage. Die Sanitäter hatten untätig dabeigestanden und gewartet.

»Jemand ist erschossen worden!« bestätigte der jugendliche Wachtposten, die blauen Augen sorgenvoll und lebhaft in dem mühsam unbewegten Gesicht. »Daher müssen wir Sie bitten, den anderen Weg zu nehmen, bis wir mit der Leiche fertig sind.«

»Aber verstehen Sie doch«, erklärte Anne und sprach mit Rücksicht auf seine verstörten jungen Ohren sehr deutlich: »ich glaube, ich bin mit der Leiche verheiratet.«

IV

Charlie stand da und schlug mit der Faust rhythmisch in seine andere Hand, ein wirkungsloser Versuch, Zorn und Verwirrung loszuwerden. Tal konnte nicht tot sein! »Ich habe ihn heute morgen noch gesehen«, hatte er Sergeant Hines gegenüber sinnlos protestiert, eine Zeile aus einer Million B-movies. Aber er konnte es nicht akzeptieren. Er hatte einen Blick auf diesen Klumpen grauen Tweed geworfen und sich abgewandt. Das konnte nicht der begeisterungsfähige kleine Tal sein. Seit Charlie zu diesem Fachbereich gehörte, war Tal ihm wie ein Vater gewesen, nein, eher wie ein lustiger Onkel. Er konnte nicht tot sein. Es war ein Alptraum. Ein Horrorfilm. Irreal.

Aber die Uniformierten waren ziemlich real. Männer in grauen Hemden vom Sicherheitsdienst des Campus waren da und kräftige Kerle in marineblauen Uniformen von der Polizei in Laconia. Und außerdem Inspektoren in Zivil, die sich durch die kleine Gruppe schlängelten. Sergeant Hines leitete die Ermittlungen, ein großer Schwarzer in einem hellblauen Sommerblazer, der sich über muskulösen Schultern spannte. Als Reggie Hines war er Verteidiger für Syracuse gewesen, hatte Charlie gehört. Ein geschickter Spieler, nicht gut genug für die Oberliga, aber mit einem guten Abschlußexamen und einem stetigen Aufstieg bei der Polizei von Laconia. Charlies Befragung hatte er ruhig und effizient durchgeführt, das Gesicht stoisch und unbeteiligt, wie aus Ebenholz geschnitzt, aber seine Fragen waren intelligent und präzise gewesen. O.J. Simpson in Polizistengestalt.

Charlie stand an der Kurve, wo der Pfad nach oben abbog, teils, weil er das zusammengesunkene Häuflein in Heidegrau weiter unten nicht mehr ansehen konnte. Die Polizisten hatte alle den Pfad hinaufgescheucht, graue und blaue Uniformen bestanden in schöner Eintracht darauf, daß Zivilisten Abstand hielten. Hines war bald gekommen und hatte die Führung übernommen. Er hatte seine eigenen Leute angewiesen, zu messen, zu fotografieren, einen großen Teil von Weg und Wald abzusperren, den Pfad und Flußufer abzusuchen. Er hatte die Zeugen zusammengetrieben und unter die Aufsicht von ein paar Leuten des Sicherheitsdienstes gestellt, mit der Auflage, nicht über die Angelegenheit zu sprechen. Einen nach dem anderen nahm er die Zeugen beiseite und stellte ihnen seine Fragen.

Die junge Studentin dicht neben Charlie, die die Leiche gefunden hatte, hatte endlich aufgehört zu schluchzen. Sie hatte karamelfarbenes Haar und trug eine eckige Brille. Dorrie irgendwas, hatte sie gesagt. Maggies Arm in dem weiten blauen Hemd lag über ihrer Jeansjacke wie ein tröstlicher Flügel. Maggie murmelte Beruhigendes, aber ihre scharfen blauen Augen schweiften über die Szenerie, prüften Pfad, Wälder, Polizisten. Halb Irin, halb Adler, hatte sie gesagt. Sie spürte, daß Charlie sie anschaute, und schüttelte traurig ein wenig den Kopf. Ihr war offensichtlich klar, daß Tal tot war, und plötzlich glaubte er es auch. Wieder schlug er mit der Faust in seine Handfläche und sah Hines wütend an. Was zum Teufel machte der Mann? Warum jagte er nicht Tals Mörder, statt mit Bart zu reden? Tal verdiente Polizeihubschrauber, Bluthunde, Suchscheinwerfer, Einsatzkommandos. Statt dessen stellte Hines Bart Bickford die gleichen ruhigen Fragen, die er schon Charlie und Maggie und Dorrie gestellt hatte. Er war mit Bart ein paar Schritte den Pfad entlanggegangen, aber trotz des gurgelnden Wassers und der flüsternden Blätter konnte Charlie das meiste hören.

»Ja, er hatte mich zum Lunch gebeten«, sagte Bart. Er war unruhig, seine großen Hände ballten sich in den Jackentaschen, seine niedrige Stirn war gerunzelt.

»Sind Sie auf dem Weg zum Plato an diesem Teil des Weges vorbeigekommen?«

»Ich habe den oberen Weg benutzt.« Bart deutete mit dem Kopf zu der grüngestrichenen Brücke hinüber, die sich stumpf von dem sonnengesprenkelten Laub am oberen Rand der Schlucht abhob.

»Das war einige Minuten vor zwölf?«

»Vielleicht viertel vor«, berichtigte Bart. »Ich bin früh losgegangen, weil ich noch einen Film zum Entwickeln abgeben wollte.«

Hines machte sich Notizen. »In Collegetown?«

»Ja. In dem Laden bei Jefferson um die Ecke. Einen Block vom College. Fotofix.«

»Und dann gingen Sie zum Plato?«

»Ja. Fast Punkt zwölf.« Bart verlagerte sein Gewicht auf den anderen Fuß.

»Haben Sie Professor Chandler unterwegs getroffen oder gesehen?«

»Nein. Habe eine Frau mit einem kleinen Mädchen hier unten auf dem Weg spazierengehen sehen. Sonst niemanden.«

Hines Ausdruck änderte sich nicht, aber Charlie konnte eine Spannung in den breiten Schultern wahrnehmen, ein lebhafteres Interesse. »Können Sie die Frau beschreiben?«

»Jung, schlank, braunes Haar, etwa – liebe Zeit, es ist schwierig, die Größe von oben zu schätzen, nicht wahr?« Barts tiefliegende Augen zogen sich zusammen, als er sich angestrengt erinnerte. »Eine Art kariertes Hemd. Bläulich, glaube ich. Jeans. Grauer Pullover um die Taille gebunden.«

»Gut.« Hines schien erfreut und kritzelte in sein Notizbuch. »Und das Kind?«

»Etwa fünf, würde ich schätzen. Rotes Sweatshirt, Jeans. Braunes Haar. Rannte dauernd ans Wasser, um Steine hineinzuwerfen.«

»Prima. Und kein Anzeichen von Professor Chandler?«

»Nein. Auch von sonst niemandem. Das waren die einzigen Menschen, die ich gesehen habe.«

»Kam irgend jemand von der Collegetown-Seite auf den Weg?«

»Nein. Um diese Jahreszeit sind nur wenige Leute auf der Straße.«

»Na gut.« Hines blätterte um. »Möchten Sie sonst noch etwas hinzufügen?«

Bart blinzelte den großen Kriminalbeamten an. Er kam Charlie vor wie eine große, traurige Kreatur außerhalb ihres Elements, ein Neandertaler, der über Cromagnon-Benehmen nachsinnt. Er sagte: »Nein, sonst fällt mir nichts ein. Aber wenn –«

»Gut. Sagen Sie uns Bescheid. Wir lassen Sie alle in ein paar Minuten gehen, aber ein Weilchen müssen Sie uns noch aushalten. Später brauchen wir eine formelle Aussage. Sind Sie nachher wieder in Ihrem Büro?«

»Ja, bis sechs Uhr ungefähr.«

»Schön. Geben Sie Officer Porter Ihre Telefonnummern und Adresse.« Hines deutete mit dem Kopf auf den uniformierten Beamten, der in der Nähe Notizen machte. Bart ging mit schweren Schritten auf Porter zu, während Hines seine Notizen für die nächste Zeugin zu Rate zog. »Miss Peterson?«

»Ja. Hier.« sagte Nora.

Charlie hatte kaum bemerkt, daß sie still im Schatten der nahen Ahornbäume stand, von dem sich ihr marineblaues Kostüm kaum abhob. Jetzt trat sie auf den sonnengefleckten Pfad hinaus.

»Nur ein paar Fragen, Miss Peterson.« Hines lächelte sie an, aber sein Berufsblick machte blitzschnell eine Bestandsaufnahme. Größe, Gewicht, Haarfarbe, Augenfarbe, besondere Merkmale – Charlie konnte fast sehen, wie sie sich in angekreuzte Kästchen auf einem offizieller Polizeiformular verwandelte.

Charlie hatte schon mit Hines geredet, er war also schon verwandelt worden.

»Ja, er hat mich auch zum Lunch eingeladen.« Nora war sachlich, nur ein Zittern ihres Augenlids verriet den Streß. »Er sagte, es sei eine Art Feier. Ich dachte, er hat vielleicht ein Buch veröffentlicht.«

»Aha. Also, welchen Weg haben Sie zum Restaurant genommen?«

»Die obere Brücke.«

»Um welche Zeit war das?«

»Zwölf Uhr, vielleicht auch schon ein oder zwei Minuten danach. Ich war etwas spät dran, weil ich noch ein paar Klausuren fertig korrigieren wollte. Aufsätze, dafür braucht man lange.«

»Gut. Haben Sie auf dem unteren Pfad jemanden gesehen?«

Langsam schüttelte sie den Kopf. Ein paar Strähnen hatten sich aus ihrem straff zurückgekämmten Haar gelöst, wodurch sie eigenartig verwundbar aussah. »Nein, ich war so in Eile, weil ich zu spät war. Deshalb bin ich schnurstracks zum Plato gelaufen.«

»Sie haben nicht hinuntergeschaut?«

»Wahrscheinlich doch. Das tut man ja immer, wenn man eine Brücke überquert. Aber mir hat sich nichts eingeprägt, das anders gewesen wäre, als bei den letzten hundert Malen, die ich darüberging.«

»Sie haben keinen Mann bei den Bäumen da bemerkt?« Hines deutete zu der Ahorngruppe hinüber, die Charlie und Maggie als den Ort identifiziert hatten, wo der Unbekannte lauerte.

»Nein. Habe ich nicht.«

»Eine Frau und ein Kind?«

»Nein.«

»War sonst noch jemand auf dem oberen Weg?«

»Gleich zu Anfang bin ich ein paar Studenten begegnet, die auf der Campusseite herauskamen. Junge Männer.«

»Gut. Könnten Sie die bitte beschreiben?«

»Ich habe sie nicht richtig wahrgenommen. Na, Jeans, natürlich. Sweatshirts. Rucksäcke vielleicht. Einer war blond.«

»Wie groß? So groß wie Officer Porter?«

»Ja, ungefähr. Nicht so schwer.«

Etwas weiter oben auf dem Weg hörte Charlie Stimmengemurmel. Ein grauuniformierter Sicherheitsbeauftragter des Campus redete mit einem Stadtpolizisten. Der Campusbeamte eskortierte eine kleine, stämmige Frau – oh, Gott, das war Anne! Er hatte gar nicht an Anne gedacht. Trotz ihres heiteren Gemüts jagte sie ihm immer ein wenig Angst ein, wegen der scharfen Intelligenz und der Schroffheit, die in dieser stattlichen kleinen Matronengestalt steckten. Aber Tal war ganz vernarrt in sie, stolz auf ihre Leistungen, gab sogar damit an, daß er die hübscheste Professorin auf dem Campus geheiratet hatte. »Diese spillerigen kleinen Model-Typen sind nichts für mich«, hatte er Charlie gleich zu Anfang von Mann zu Mann anvertraut. »Ich will eine richtige Frau. Eine knuddelbare Frau.« Diese Kommentare hatte er taktvollerweise unterlassen, als Charlie sich mit der schlanken Lorraine verlobte, einer Studentin im Hauptstudium mit großen blauen Augen und ungeheuerem Ehrgeiz, der sie im Laufe der Zeit von Charlie weg nach New York gezogen hatte. Lorraine war süß und gescheit und verständnisvoll gewesen, aber nach Tals Maßstäben eindeutig von der spillerigen Sorte.

Damals hatte Charlie gedacht, sie sei genau richtig.

Tja, das war aus und vorbei. Vielleicht klappte es beim nächsten Mal.

Anne Chandler rauchte eine ihrer stinkigen französischen Zigaretten, ihre Hände bewegten sich ruckartig zum Mund. Sie war in leichten braunen Tweed gekleidet. Sie und Tal sahen immer aus wie ein britisches Paar, das gleich einen Marsch durch die Heide unternehmen will. Ihr Haar war Salz-und-Peffer-grau, kurzgeschnitten, und stand kraus um das intelligente Gesicht. Der Sicherheitsbeauftragte des Campus führte sie direkt zu Hines. Die Unzugänglichkeit des großen Captain schmolz ein wenig. »Mrs. Chandler? Die Frau von Professor Talbott Chandler?«

»Stimmt.« Ein Zug aus der Zigarette. »Er ist tot, nicht wahr?«

»Ich fürchte, ja, Mrs. Chandler.«

Ihre Schultern sanken bei der Bestätigung. »Darf ich ihn sehen?«

Hines spähte den Weg hinunter. »Wir werden noch eine Weile brauchen. Möchten Sie sich setzen?«

»Gesessen habe ich den ganzen Morgen. Wollen Sie mir Fragen stellen?«

»Ja, aber ich möchte Ihnen das hier ersparen. Ich kann woanders mit Ihnen sprechen, später.« Hines' Stimme war voller Mitgfühl. »Sagen Sie uns nur Ihre Adresse, Telefonnummer –«

»Das heißt, Sie wollen nicht, daß ich ihn jetzt sehe.« Sie verlor ihr Interesse an Hines. »Hallo, Nora.«

Nora nickte bekümmert.

Anne nahm eine Karte aus ihrer Handtasche, reichte sie Hines, zog wieder an ihrer Zigarette und wandte sich ab. Ihr Blick fiel auf Charlie. »Hallo, Charlie.«

»Anne, es tut mir so leid.« Verlegen schob er die Hände in die Taschen. Was zum Teufel sagte man? Er fühlte sich so unbeholfen wie ein Neunjähriger, der versucht, Tante Babs zu erklären, daß er ihre fünfzig Dollar verloren hat.

»Danke«, sagte sie barsch.

Hines schaute die Karte an, die sie ihm gegeben hatte, und nickte. »Danke.« Er wandte sich wieder an Nora.

Anne marschierte zu Charlie herüber. »Was ist passiert?«

Er wich ihren klugen dunklen Augen aus. »Na ja, wir wollten im Plato zusammen zu Mittag essen.«

Sie nickte. »Ja, Cindy sagte das schon.«

»Tja – « Es war lachhaft, wie erleichtert er sich fühlte, als ob sie seine Aussage hätte anzweifeln können. Ermutigt fuhr er fort: »Wir anderen waren schon im Plato angekommen.«

»Wen meinen Sie mit ›wir‹?«

»Ich bin mit Maggie gekommen, und –«

»Maggie?«

»Ich«, sagte Maggie. Anne drehte sich um und musterte sie. »Ich bin Maggie Ryan. Statistikerin für Charlies Projekt. Ich habe Ihren Mann erst heute morgen kennengelernt, Professor Chandler. Es tut mir so leid –«

»Danke.« Anne wedelte ihr Mitgefühl mit der Zigarette beiseite und inspizierte Maggie genauestens. »Sie gehören nicht zum Fachbereich Pädagogik.«

»Nein. Diesmal bin ich nur den Sommer über hier.«

Eine Wolke übelriechender französischer Rauch wehte an Charlies Nase vorbei. »Waren Sie früher schon mal hier?« fragte Anne sie mit leicht gerunzelter Stirn.

»Ja. Vor ungefähr sieben Jahren habe ich hier meinen Doktor Phil. gemacht.«

Anne nickte kurz und sah wieder Charlie an. »Also Sie beide waren als erste im Plato.«

»Ja. Wir waren ein paar Minuten zu früh.« Er räusperte sich. »Dann kam Bart, und schließlich Nora.«

»Tal hat auch Cindy eingeladen«, steuerte Maggie bei, »aber sie konnte nicht kommen, weil sie schon etwas vorhatte.«

»Mm.« Anne schaute wieder den Weg entlang.

Maggie sagte: »Tal hat gesagt, Sie hätten auch eine Verabredung.«

»Abgesagt«, sagte Anne und sah dann Maggie scharf an. Nach einem Augenblick sagte sie: »Also waren alle im Plato, nur Tal nicht.«

»Und Cindy, und Sie, und der ganze Rest des Campus.«

»Richtig.« Anne ließ ihren Zigarettenstummel auf den Weg fallen und trat ihn mit mit der Spitze ihres kreppbesohlten Wanderschuhs aus. »Was ist dann passiert?«

»Wir haben auf Tal gewartet«, sagte Maggie, »und ich hörte Dorrie hier um Hilfe rufen. Also rannte ich raus, um zu helfen. Sie sagte, da wäre ein verletzter Mann auf dem Schluchtweg.«

Dorrie nickte stumm. Anne studierte sie einen Augenblick, dann fragte sie sanft: »Was haben Sie gesehen?«

Charlie schaute besorgt zu den Männern vom Campus-Sicherheitsdienst hinüber. Sie sollten eigentlich nicht darüber sprechen. Aber die Wachleute waren näher an Hines und Nora herangetreten und hörten selbst gespannt zu.

»Ich kam den Weg entlang ...«, fing Dorrie an und zupfte nervös an ihrem honigbraunen Haar.

»Von der College Avenue«, sagte Maggie.

»Ja. Und da sah ich diese Jacke liegen. Und zuerst wußte ich nicht, was es war, wissen Sie? Und dann sah ich seinen Kopf. Und das ganze Blut. Und ich schrie, und, na ja, rannte einfach zurück, um Hilfe zu holen.«

Annes forschender Blick richtete sich auf Maggie.

»Ich habe sie zum Plato mitgenommen, damit sie den Notarzt und die Polizei anrufen konnte«, sagte Maggie. »Charlie und die anderen haben sich um sie gekümmert.«

»Maggie ist schon vorgelaufen«, erklärte Charlie.

»Ich kann ein bißchen erste Hilfe«, sagte Maggie. »Aber als ich ihn sah, wußte ich, daß es zu spät war. Also habe ich versucht, die Leute fernzuhalten, bis die Polizei kam.«

Anne nickte und schaute auf ihre braunen Schuhspitzen hinunter. Dann schaute sie zu Maggie auf, und zum ersten Mal blieb ihr die Stimme im Halse stecken. »Er war erschossen?«

»Ja«, sagte Maggie sanft.

Anne schaute wieder auf ihre Schuhe.

Dorrie sagte erstaunt: »Ich glaube, das habe ich gehört. Ich wollte gerade den Weg hinuntergehen und dachte, es wäre eine Fehlzündung.« Ihre Augen hinter der eckigen Brille waren weit aufgerissen. »Gott, ich hätte nie gedacht –«

»Haben Sie den Beamten von der Fehlzündung erzählt?« fragte Maggie.

»Ich weiß nicht mehr, was ich gesagt habe. Ich war so durcheinander.«

»Das ist ganz normal. Aber erwähnen Sie es bei der nächsten Gelegenheit.« Maggie drückte die Schulter des Mädchens.

Charlie bemerkte, daß seine Faust wieder in seine Handfläche schlug. Er war so wütend und frustriert. Er wünschte, Hines würde sie gehen lassen, damit er nachdenken könnte. Er bohrte seine Hände wieder in die Taschen und schaute den Inspektor an, der sich jetzt mit einem schlaksigen Mann im Nadelstreifenanzug unterhielt. Hines machte sich ein paar Notizen und kam dann zu seinen versammelten Zeugen herüber. »Mrs. Chandler?« sagte er zart. »Könnten Sie jetzt ein paar Fragen beantworten?«

Anne straffte ihre Schultern, das Gesicht maskenhaft. Eine zähe Frau, dachte Charlie. Er hatte sie immer etwas einschüchternd gefunden. »Ich bin bereit«, sagte sie knapp.

Hines führte sie ein paar Schritte weiter weg. Dorrie sagte leise: »Mein Gott, ich habe nie daran gedacht, daß er eine Frau haben könnte.«

Maggie nickte, antwortete aber nicht. Sie beobachtete Anne scharf und biß sich dabei auf die Unterlippe. Zögernd folgte Charlie ihrem Blick. Hines stand wie ein Turm vor der rundlichen kleinen Frau, aber sie schien die dominierende zu sein, als sie seine gemurmelten Fragen beantwortete. Dann, plötzlich, verlor sie die Fassung. »Nein!« rief sie empört.

»Aber sehen Sie, er hielt sie –«

»Egal!« Anne war noch immer erregt, aber genauso bestimmt wie eh und je. »Das paßt einfach nicht! Er hatte keinen Grund zum Selbstmord. Keinen!« Sie wühlte in ihren Taschen, zog eine Zigarette heraus. Hines gab ihr Feuer, beugte sich über sie wie eine Löwenmutter über ihr Junges.

»Ich mußte fragen, Mrs. Chandler«, sagte er. »Weil er die Waffe in der Hand hielt.«

Anne schüttelte stur den Kopf.

»Entschuldigung«, rief Maggie.

Hines drehte sich stirnrunzelnd um. »Einen Augenblick.«

»Nein, sehen Sie, etwas stimmt nicht«, insistierte Maggie. »Die Pistole war in seiner rechten Hand.«

Hines runzelte weiter die Stirn, aber Anne rief aus: »Also bitte! Sehen Sie?«

»Sehe ich was?« fragte Hines.

»Hat sie recht? War die Pistole in seiner rechten Hand?«

»Ja.«

»Tal ist Linkshänder.«

Gewissenhaft holte Hines sein Notizbuch hervor. »Sind Sie sicher? Na ja, selbstverständlich sind Sie sicher.« Er schrieb es auf. »Also, Mrs. Chandler, ich werde Sie von jemandem nach Hause fahren lassen und –«

»Hören Sie, Sergeant Hines, ich möchte etwas tun«, sagte Anne energisch. »Sie sagen, er ist nicht beraubt worden. Ich weiß, daß es kein Selbstmord ist. Mir fällt kein Grund ein, warum jemand das tun könnte, aber ich kann nicht einfach rumsitzen und mich grämen. Ich könnte Ihnen helfen, sein Büro zu untersuchen. Da hat er den Morgen verbracht. Vielleicht bringt mich das auf eine Idee.«

Hines interpretierte die kampflustige Haltung ihres Kiefers richtig und gab nach. »Einverstanden. Ich habe hier noch einige Dinge zu erledigen, dann fahren wir zu Van Brunt und –«

»Sergeant Hines!«

Ein gutaussehender, ergrauender Mann mit eckigem Gesicht, Schnurrbart und scharfen blauen Augen hatte gesprochen. Seine graue Uniform spannte sich über einem Bierbauch, aber Charlie erahnte dennoch Kraft in diesen Muskeln. Burt Reynolds mit sechzig. Hines wandte sich um, schien aber nicht beeindruckt. »Captain Walensky«, grüßte er ihn, aber Charlie konnte Anführungszeichen um den Captain hören.

Walensky musterte die Gruppe flüchtig, nickte Charlie und Nora zu, dann wandte er sich wieder an Hines. Er war nicht so groß wie der schwarze Kriminalbeamte, trug aber sein Alter mit stolzer Würde. Seine Augen blieben an Anne Chandler hängen. »Hallo, Mrs. Chandler«, sagte er ernsthaft.

Anne nickte ihm kurz zu.

Er räusperte sich und sagte: »Was liegt hier vor, Reggie?«

»Verdächtiger Todesfall, Wayne«, schnauzte Hines zurück.

Walenskys Burt-Reynolds-Brauen zogen sich zusammen. »Mein Mitarbeiter sagte Selbstmord.«

»Ja, aber Sie wissen, wie das so ist, Wayne. Man weiß nie, wie sich die Dinge entwickeln.«

»Es war Professor Chandler?« sagte Walensky leise, während seine Augen zu Anne schweiften.

»Ich fürchte, ja«, sagte Hines.

Walensky murmelte etwas in seinen Bart und dann: »Ich kannte ihn. Prima Kerl.«

»Ja.« Hines' Ausdruck änderte sich nicht.

»Also, dann werd' ich mich mal dranmachen.« Er ging einen Schritt weiter.

Hines' Arm schoß vor, mit erhobener Handfläche, wie ein Verkehrspolizist, der jemanden anhält. »Ich zeige es Ihnen.«

Walensky zögerte. »Es ist auf dem Universitätsgelände.«

Hines sagte vorsichtig: »Und Sie ziehen uns hinzu, nicht wahr, Wayne? Selbst wenn es auf Ihrer Seite der Grenze ist. Wie wär's, wenn wir zusammen hingehen?«

Walenskys finsterer Blick schweifte über die Zuschauer. Er ruckte mit dem Kopf in Richtung der Leiche. »Kommen Sie, Reggie. Wir müssen zusammenarbeiten.«

»Richtig. Das sage ich ja.«

»Schon gut.« Walensky sah Anne wieder an. »Mrs. Chandler, mein Beileid.«

Anne nickte, ohne zu lächeln. Die beiden Polizisten gingen den Weg hinunter.

»Ein etwas gespanntes Verhältnis«, bemerkte Maggie.

Charlie nickte. »Ja. Dorrie hat die Polizei von Laconia gerufen, aber normalerweise kümmern sich die Leute vom Campus-Sicherheitsdienst um Campusangelegenheiten, also habe ich angeregt, die auch zu rufen. Wußte ja nicht, daß sie alle auf einmal auftauchen würden.«

Anne sagte: »Angeblich haben sie jetzt eine Übereinkunft. Die

Verwaltung hat sich mit dem Chef der Stadtpolizei und mit Walensky zusammengesetzt.« Ihre Stimme klang kühl, unbeteiligt, wissenschaftlich. »Haben ein Arrangement ausgearbeitet; die Details kenne ich nicht. Die Campuspolizei ist für Schwierigkeiten auf dem Campus zuständig, aber wenn es ernst ist, sollen sie die Stadtpolizei hinzuziehen.«

»Ich weiß noch, wie in den Sechzigern die Stadtpolizei versuchte, eine Antikriegsdemonstration aufzulösen«, sagte Maggie. »Knüppelten ein paar Studenten nieder und machten alles doppelt so schlimm.«

»Richtig«, sagte Anne. »Aus solchen Gründen haben sie die Übereinkunft ausgearbeitet. Im Grunde bedeutet es, daß demonstrierende Studenten vor die Schiedsstelle des Campus zitiert werden.«

»Statt echte Vorstrafen zu kriegen. Ich verstehe«, sagte Maggie.

»Aber schwerwiegende Delikte werden der Stadtpolizei übergeben, stimmt's?« sagte Charlie bedrückt. »Wie der Junge, der die Einnahmen vom Uni-Filmclub gestohlen hat?«

»Genau«, sagte Anne. »Er wurde von Walenskys Leuten erwischt, aber einem ordentlichen Gericht überstellt. Was zum Teufel machen die da unten?« Sie gestikulierte mit ihrer übelriechenden Zigarette.

Charlie schaute auch hin. Walensky hatte sich mit einiger Mühe hingehockt und inspizierte das matschige Flußufer. Als er sich aufrichtete, sah er grimmig aus.

»Fußspuren«, informierte sie Maggie.

»Was?« fragte Charlie.

»Jemand ist durch den Fluß gegangen, ist an der Stelle die Böschung hinaufgegangen und dann wieder hinunter in den Fluß.«

Annes scharfe Augen ruhten auf Maggie. »Sie waren da unten?«

»Ich bin hingegangen, während Dorrie die Polizei und den Notarztwagen gerufen hat, für den Fall, daß ich irgendwie helfen könnte. Das konnte ich nicht, aber ich habe mich schnell mal umgesehen.«

»Und was haben Sie gesehen?« fragte Anne trocken.

»Die Pistole in seiner rechten Hand. Pulverspuren hinter dem rechten Ohr. Fußabdrücke in dem matschigen Abschnitt. Einige sehr kleine, vielleicht das kleine Mädchen, das Bart gesehen hat. Und große, tief eingedrückt wie von einem Männerstiefel. Nicht übereinander. Ich weiß nicht, welche zuerst da waren.«

»Eine gute Beobachterin«, sagte Anne.

»Nur neugierig. Jedenfalls haben Sie recht. Für einen Selbstmord sieht es ziemlich verdächtig aus.« Anne nickte vehement. »Unmöglich.«

Hines und Walensky hatten sich anscheinend zu einem Waffenstillstand durchgerungen und kamen zu der Gruppe zurückgeschlendert.

»Vielen Dank, daß Sie alle gewartet haben«, sagte Hines. »Mrs. Chandler –«

»Ja?«

»Es wäre hilfreich, wenn Sie ihn für den Gerichtsmediziner in der Stadt identifizieren könnten. In etwa einer Stunde, wenn es recht ist.«

»Ich kann nicht mit ihm fahren?«

»Es wäre einfacher, wenn wir ihn hinbringen. Wir lassen Sie abholen. Inzwischen –«

»Inzwischen«, unterbrach Walensky energisch, »bringen wir Sie alle nach Van Brunt. Nehmen ein paar vorläufige Aussagen für unsere eigenen Unterlagen auf, solange Sergeant Hines hier den Rest erledigt.«

Hines' Gesicht sah wieder aus wie holzgeschnitzt. »Danke, Captain Walensky. Bis später.«

Charlie trottete mit den anderen den Hügel hinauf, hinter Walensky und seinen Leuten her. Seine Sinne waren in Aufruhr, Bilder und Sorgen blitzten in schneller Szenenmontage auf. Tal, überschwenglich, der alle zum Lunch einlud. Hines' sorgfältige Rekonstruktion der Bewegungen auf den Pfaden. Die mysteriöse Gestalt zwischen den Bäumen. Die offensichtliche Spaltung, die kommen mußte, wenn zwei verschiedene Polizeiorgane Aussagen aufnahmen und in Tals Sachen und Tals Freunden herumschnüffelten. Er hatte so viel zu tun, und dies würde bestimmt alles durcheinanderbringen. Erst wenn die Polizei den Mörder aufgespürt hatte, würden die Dinge wieder ins normale Gleis kommen. Könnte Wochen dauern.

Und er hatte so verdammt viel zu tun. Aber, Gott, das war ein egoistischer, gefühlloser Gedanke. Tal ging vor.

Anne stiefelte rauchend neben ihm den Berg hinauf, ihre Miene war so hölzern wie die von Hines. Sie versuchte, hinter einem Eastwood-harten Äußeren dem Schmerz zu entfliehen, sich abzulenken.

Und du, Charlie Fielding, versuchst auch dich abzulenken.

Ein Bild schob sich in den Vordergrund: Tal, der Cyrano spielte, das Lineal-Schwert, richtig, in der linken Hand schwenkend.

Etwas schien Charlie im Halse steckenzubleiben.

V

Captain Walensky half Anne auf den Rücksitz des blaßgrauen Wagens der Campuspolizei. Auf der Suche nach Ablenkung registrierte ihr Verstand das glatte Plastikpolster, den Bodenteppich, geschrubbt, aber von dem einen oder anderen Mißgeschick noch immer leicht gelb verfärbt. »So, Mrs. Chandler. Sitzen Sie bequem?«

»Sehr gut«, sagte Anne kurz. Sie haßte es, betüdelt zu werden. Das meiste davon war bloß kaschierte Überheblichkeit. Männer, die einem die Tür aufhielten und dann schockiert waren, wenn man an der Sitzung teilnehmen wollte, statt ihnen Kaffee zu holen. War etwas besser heutzutage, oder besser getarnt. Aber Wayne Walensky war von der alten Schule, *un vieux birbe*. Sie würde ihn ertragen müssen. Und, ermahnte sie sich, er meinte es ja gut. Er kannte sie, kannte Tal, kannte und liebte den ganzen verdammten Campus. Das war eine Menge wert.

Charlies neue Statistikerin schlüpfte neben sie, ohne Anweisungen abzuwarten, während Hines und Walensky draußen mit der Studentin redeten. Anne konnte undeutlich ihre Stimmen hören. Sie trafen Vorkehrungen, die offizielle Aussage der jungen Frau aufzunehmen. Anne fühlte sich weit entfernt, eine bloße Beobachterin, die auf einer Fontäne aus purer, weißglühender Wut hoch über der belanglosen Welt schwebte. Später würde sie sich damit befassen müssen, das wußte sie. Ihr zerfetztes Herz hervorholen und es ins Licht halten. Aber im Augenblick bestand die Aufgabe darin, herauszufinden, wer zum Teufel Tal das angetan hatte. *Ihr* das angetan hatte.

Draußen sagte Walensky der Studentin, sie könnten sie an der Bibliothek absetzen, und das Mädchen setzte sich neben die Statistikerin in den Wagen. Beides Fremde. Ganz gut so. Charlie und Nora und Bart würden bloß fragen, was sie für sie tun könnten. Sie bemuttern. Aber Teufel auch, daran würde sie sich gewöhnen müssen. Alle würden übermäßig besorgt sein.

Die hintere Tür wurde zugeschlagen, dann kletterte Walensky auf den Beifahrersitz neben seinen Fahrer. Schien derselbe junge Mann zu sein, dem Anne auf dem Weg begegnet war, obwohl man das an seinem Nacken schlecht erkennen konnte. Er könnte einen Haarschnitt vertragen, wirkte fast zottelig neben dem ordentlich geschorenen Kopf des Captains. Aber Walenskys graues, kurzärmeliges Hemd war schweißgetränkt und zerknittert, wie sie sah, als er einen Arm auf die Rücklehne legte. Auf der Rückseite seine Oberarms war eine Narbe, eine lange rote Linie, auf beiden Seiten von Nahtspuren gepunktet, so daß sie aussah wie ein gespenstischer Reißverschluß. Und diese verschwitzten, vernarbten Kerle sollten Tals Mörder fangen. Gott. Sie schaute weg, aus dem Fenster.

Walensky sagte zu dem jüngeren Mann: »Erst zur Bibliothek, Pete.«

Der Wagen fuhr ruhig vom Bordstein ab und passierte einen zweiten Wagen des Sicherheitsdienstes, in den Bart und Charlie hineinkomplimentiert wurden. Walensky tupfte sich die Stirn mit einem zerknüllten Taschentuch, blickte stirnrunzelnd zu ihnen hinüber und sah sich dann nach Anne um. »Tut mir leid wegen diesem Hines, Mrs. Chandler«, sagte er. »Diese Stadtpolizisten sind wie Elefanten im Porzellanladen.«

»Schon gut«, sagte Anne.

»Diese Typen kapieren nichts«, fuhr Walensky fort. »So ein Campus-Völkchen ist eine Sache für sich. Wo der junge Hines herkommt, aus der Downtown, da mag es nötig sein, ein wenig härter durchzugreifen. Aber hier auf dem Campus haben wir eine im Grunde gesetzestreue Gemeinde. Starkes politisches Engagement, klar, aber selbst das ist in den letzten zehn Jahren abgekühlt. Jedenfalls hat das mit einem Fall wie diesem nichts zu tun. Man bekommt mit Glacéhandschuhen viel mehr Informationen als mit dem Holzhammer.«

Anne fühlte sich weit entfernt und schaute auf Walensky hinab wie auf ein Insekt, eine Lebensform, deren unbedeutende Bedürfnisse und Begierden im Vergleich zu ihrem eigenen, brennenden Verlangen erbärmlich waren. Er brummte weiter: »Wissen Sie, dieser Hines ist ein richtiger Pedant in bezug auf die ganzen Regeln. Merkt nicht, daß die Regeln für eine ganz andere Klasse Leute bestimmt sind. Was das Campus-Volk betrifft, da muß man die Dinge nicht mit Gewalt in ein besonderes Fach einordnen. Das sind kluge Menschen. Man muß sie ein paar Zusammenhänge herstellen lassen. Sie alles durchdenken lassen. Auf lange Sicht geht es dann schneller.«

»Captain«, sagte Anne bitter, »fassen Sie einfach den Mörder, ja?«

»Klar!« Er drehte sich auf dem Sitz um, damit er sie besser sehen konnte. »Davon rede ich ja! Ich werde mein Bestes tun, aber dieser Hines – trotzdem, der Kerl, der es getan hat, ist wahrscheinlich aus der Stadt. Hines' Territorium.«

»Vielleicht ist Kooperation das Beste«, sagte Charlies Statistikerin versöhnlich.

Walensky schnaubte. »Kooperation? Das ist ein unbekanntes Wort für Sergeant Hines. Sich ungefragt einmischen kommt der Sache schon näher«, grollte er. »Hier ist die Bibliothek. Halten Sie an, Pete.«

Annes Blicke waren zu der Statistikerin abgewandert. Sie sah so bekannt aus. Anne stürzte sich eifrig auf die Ablenkung: Wer war diese Frau? Charlie hatte Maggie irgendwas gesagt. Das schien zu passen. Aber zu was? Etwas Verschwommenem in ihrer Erinnerung. Sie schaute zu, wie sie sich von der Studentin Dorrie verabschiedete, die aus dem Wagen stieg. Dann zog Maggie die Tür zu, setzte sich in der anderen Ecke zurecht und streckte ihre langen Beine zur Wagenmitte aus. Sie warf Anne einen Blick zu. Tiefblaue Augen in einem netten, eher eckigen Gesicht, eine Masse lebhafter schwarzer Locken. Anne sah das Gesicht plötzlich in schwarzweiß. Zeitungsfoto. Tragödie. Sie platzte heraus: »Jackie Edwards.«

Maggie nickte. »Sie haben eines von Jackies Lieblingsseminaren geleitet. Französisches Drama.«

»Mein Gott. Sie sind ihre Zimmergenossin!«

»Ja.«

»Die den Kerl geschnappt hat.«

»Ich habe mitgeholfen, ja.« Kummer umschattete die blauen Augen.

Walensky hatte sich aus seinem Fenster gelehnt und der Studentin, die sie abgesetzt hatten, ein paar Instruktionen gegeben. Jetzt drehte er sich zu Maggie um. »Was für ein Kerl? Augenblick mal – Margaret Ryan. Doch nicht etwa der Dreiecks-Mörder?«

Maggie nickte wieder, mit bitterem Mund.

»Lieber Himmel«, sagte Walensky. »Die Welt ist klein.«

Anne erinnerte sich an Jackie Edwards. Eine lebhafte, naseweise junge Studentin, vielversprechend und voller Enthusiasmus. Dieses Vieh von einem Mann hatte sie vergewaltigt und umgebracht. Plötzlich standen Annes Augen voller Tränen. Blind tastete sie in ihren Sachen nach einem Taschentuch. Dann wurde ihr sanft eins in die Hand gedrückt. »Hier«, murmelte Maggie.

»Alles in Ordnung mit Ihnen, Mrs. Chandler?« fragte Walensky unbehaglich vom Vordersitz. Eine so dämliche Frage verdiente keine Beachtung. Anne schneuzte sich geräuschvoll in das Taschentuch, während sie in Gedanken verzweifelt nach einem Halt suchte, an dem sie sich aus diesem unwürdigen Meer von Tränen herausziehen könnte.

Maggie, praktischer veranlagt als der Polizist, versorgte sie mit einem zweiten Taschentuch und einer Rettungsleine. »Wissen Sie, es könnte der Polizei helfen, wenn Sie überlegten, was Tal diese Woche so getan hat.«

Walensky sagte: »Also, Miss Ryan, dies ist nicht der Zeitpunkt, sie mit –«

»Oh, halten Sie den Mund, dies ist genau der Zeitpunkt!« blaffte Anne ihn an. Sie putzte sich wieder die Nase. »Der einzige Grund, warum ich mitkomme, ist, die Dinge möglichst zu beschleunigen! Also, haben Sie ein Notizbuch?«

»Oh ... ja, sicher.« Walensky warf dem jungen Pete einen hastigen Blick zu. Wollte wahrscheinlich sichergehen, daß der jüngere auch mitkriegte, daß er die Universitätsleute nur bei Laune halten wollte und nicht etwa vor einer alten Hexe kuschte. Anne war es egal, was Walensky von ihr hielt, solange er kapierte, was sie wollte.

»Also gut. Tals Projekte. Heute ist was, Donnerstag? Also, irgendwann diese Woche erwartete er, von einem Verleger zu hören. Sie hatten sein Buch angenommen, aber unter der Bedingung, daß einige Änderungen vorgenommen wurden. Die hatte er vor einem Monat eingesandt, aber noch nichts gehört. Außerdem arbeitete er an einem Artikel und stellte gerade die statistischen Analysen dafür fertig. Er dachte auch an einen Antrag auf Fördermittel, aber ich glaube, er hatte noch nicht angefangen zu arbeiten. Deprimierende Sache, solche Anträge. Als ob man ein Buch oder eine Monographie schreibt, die aber nicht als Publikation zählt. Aber wie ich schon sagte, er hatte damit noch nicht richtig angefangen, nur ein paar Nachdrucke zu dem Thema gesammelt.« Anne fand eine trockene Stelle in ihrem Taschentuch und rieb sich die letzten Reste dieser peinlichen Tränen aus den Augen. »Das ist alles an Uni-Kram, woran ich mich erinnere. Haben Sie alles, Captain?«

»Ja, Mrs. Chandler. Obwohl der Wagen meiner Schreibkunst nicht gerade förderlich ist.«

»Tun Sie Ihr Bestes«, sagte Anne resigniert. Zweifellos ein drittklassiger Student, dieser Wayne Walensky. Tal hatte besseres verdient. »Fragen Sie auch seine Kollegen danach. Möchten Sie, daß ich Ihnen jetzt über seine privaten Pläne berichte?«

Sie bogen in den Parkplatz von Van Brunt ein, aber Walensky sagte: »Ja, bitte.«

»Na gut. Heute morgen hatte er einen Termin beim Arzt, Routineuntersuchung. Der Arzt sagte, es ginge ihm hervorragend. Und Tal versuchte, die Steuererklärung für das letzte Jahr in Ordnung zu bringen. Wir waren in den Frühjahrsferien in Frankreich und hatten Aufschub beantragt. Aber irgendein Trottel bei der Steuerbehörde hat den Antrag verschlampt, also war Tal eifrig dabei, von allem, was er eingeschickt hatte, nochmal Fotokopien zu machen, bloß um zu beweisen, daß wir gesetzestreue Bürger sind. Von alledem abgesehen, war es nur das Übliche. Den Wagen waschen lassen, die Hecke schneiden. Was alle tun.«

»Sehr gut, Mrs. Chandler«, sagte Walensky betont herzlich. »Sonst noch etwas?«

»Im Moment ist das alles. Wenn mir noch etwas einfällt, sage ich Ihnen Bescheid. Sie geben das alles doch auch an Sergeant Hines, nicht?«

»Ja«, sagte Walensky ohne Begeisterung. »Wir arbeiten zusammen, so gut es geht. Rufen Sie mich auf jeden Fall an, wenn er lästig wird, ja? Sie beide.«

»Ja, gut.« Maggie machte ihre Tür auf und hüpfte auf den Asphalt, richtete ihre lange Gestalt auf und streckte sich. Walensky steckte das Notizbuch wieder in seine Tasche und stieg auch aus. Anne gestattete ihm, um den Wagen zu hasten und ihr die Tür zu öffnen. Männer wie Captain Walensky funktionierten am besten, wenn man sie ritterlich sein ließ, und sie brauchte ihn in Bestform.

Cindy blickte überrascht auf, als Walensky hereinkam. Als sie die Nachricht hörte, legte sie die Hand vor den Mund. »O nein«, schluchzte sie. »O nein. O nein.«

Anne wollte Cindy nicht hören. Sie ging zum Fenster hinüber und sah auf den Parkplatz. Gerade kam der zweite Wagen, mit Charlie und Bart und Nora. Anne zog eine Zigarette hervor und steckte sie an. Aber sie schmeckte schal, schlapp. *Ereintée*, ausgebrannt. Fast ein Wortwitz. Tal hätte das gefallen. Sie drehte sich wieder zum Zimmer um.

Bernie Reinalter war in seiner Bürotür erschienen und starrte Walensky mit kaum verhohlenem Entsetzen an. Der Fachbereichsvorsitzende war ein großer, blasser Mann mit verblichenem blondem Haar. Silberfäden zwischen dem Gold. Seine Familie stammte aus der Schweiz, hatte er Tal einmal erzählt. Tal, der selbst einen Turnus als Vorsitzender absolviert hatte, grummelte über Bernies sture Einhaltung von Terminen und Budget-Kürzungen. Aber unter Bernie hatte sich der Fachbereich ganz ordentlich gemacht, einige gute Leute eingestellt und größere Unterstützung für die Vorschul-Laboreinrichtungen gewonnen. Wir hätten es viel schlechter treffen können, war Tals ausgewogenes Abschlußurteil gewesen.

Walensky machte sich Notizen. Er sprach mit Cindy. »Um wieviel Uhr war das?«

»Für Tal war es spät. Halb zehn, etwa. Meist ist er eine Stunde früher da.«

»Und was hat er gesagt?«

»Das übliche Hallo, wie läuft's denn so, sehr vergnügt – Gott, ich kann es einfach nicht glauben!« Cindy betupfte ihre getuschten Wimpern.

»Hat er erwähnt, was er vorhatte?«

Bernie Reinalter hatte Anne bemerkt. Der Vorsitzende ging entschlossen auf sie zu. Aber ehe er sie erreichte, blieb er mit einer ungeschickten, hilflosen Geste seiner wohlmanikürten Hand stehen. »Anne, es tut mir leid. Wenn es irgendetwas gibt, das ich tun kann –«

Sie nickte kurz. »Danke, Bernie. Ich sage Bescheid.«

»Bitte, ja.« Seine Hand führte eine weitere nutzlose Geste aus. Dies war eine Sache, die mit Effizienz und guter Planung nicht zu bewältigen war. Er schaute Walensky wieder an. Anne drückte ihre schale Zigarette auf der Innenseite des metallenen Papierkorbs aus.

»Er wollte ein paar Bücher in die Bibliothek zurückbringen, nachdem er seine Post durchgesehen hatte«, erklärte Cindy. »Er hatte eine ganze Tasche voll. Er ließ sie hier auf dem Stuhl und ging in den Postraum. Ich rief ihm nach, daß die Post noch nicht da wäre, aber er erinnerte mich, daß er die von gestern noch holen mußte. Sehen Sie, er war gestern gegen Mittag gegangen. Und heute mußte er zur Steuerbehörde, sagte er.«

Walensky nickte und schrieb es auf. »Und dann?«

Cindy schaute zur Tür. Anne sah, daß Nora und Bart und Charlie hereinkamen, alle drei angespannt und verhärmt. Beerdigungsgesichter: Noras glattes Gesicht ganz verkniffen vor Sorge, Charlie hinter seinen Brillengläsern ein Nervenbündel wie sein geliebter Woody Allen, Bart riesig und in rührseliger Trauer. Cindy nickte ihnen grüßend zu und antwortete dann auf Walenskys Frage. »Und dann kam er heraus, noch vergnügter als vorher. Irgendwas mit einem Verlag. Das war der Moment, als er mich zum Lunch einlud. Ich konnte nicht, aber gerade da kam Professor Bickford ins Büro, und Tal redete mit ihm.«

Bart Bickford nickte. »Das stimmt. Wir gingen über den Flur in mein Büro.« Eine fleischige Hand fummelte am Jackenknopf. Er war doppelt so breit, und sah doppelt so mitgenommen aus wie alle anderen. Plötzlich verstand Anne sein Problem. Oder wenigstens einen großen Teil davon. Sie ging durch den Raum auf ihn zu, als Walensky fragte: »Gab es einen besonderen Grund, daß er in Ihr Büro kam?«

»Ich brauchte einen Rat wegen des Antrags auf Fördergelder, den ich gerade schreibe.« Seine Hände steckten jetzt in den Jackentaschen, ballten sich und lockerten sich wieder. Anne hielt ihm ihre Packung Gauloises hin. Zu schnell flogen seine Finger aus der Tasche, fischten eine Zigarette heraus, schnappten das Feuerzeug aus ihrer anderen Hand. »Mmh ... danke«, sagte er, als sie brannte. Ihm schien sie nicht schal zu schmecken.

»Hat er etwas erwähnt, das ihm Sorgen machte?« fragte Walensky.

»Nein«, sagte Bart, atmete den Rauch langsam aus und endete mit einem kleinen Huster. »Im Gegenteil, er war sehr aufgekratzt. Klopfte mir auf den Rücken, sagte mir, ich würde die Gelder bekommen, wenn das Komitee nur halbwegs bei Verstand wäre. Dann wollte er wissen, ob ich Charlie gesehen hätte, und ich sagte, ja, vor etwa zwanzig Minuten. Er war zu seinem Büro gerast, hatte gesagt, er hätte es eilig.«

»Ja, ich war spät dran für mein Treffen mit Dr. Ryan«, sagte Charlie.

»Also sagte Tal, ich sollte nicht vergessen, um zwölf im Plato, und zischte ab. Ich nahm an, er wollte mit Charlie reden.«

»Und wann ungefähr war das?« fragte Walensky.

Bart runzelte die Stirn, aber Anne bemerkte, daß seine Hände jetzt ruhiger waren. »Das kann ich nur schätzen. Zwanzig vor zehn, würde ich sagen.«

Walenskys helle Augen wanderten zu Charlie. »Und, hat er Sie gefunden, Professor Fielding?«

Anne sah Charlie prüfend an. Ein schüchterner junger Bursche, nicht größer als Tal, engagiert und eifrig darum bemüht, mit Wohlwollen betrachtet zu werden. Er sah auch kummervoll aus, wie Bart, aber ohne unter der zusätzlichen Qual des Nikotinentzugs zu leiden. Charlie sagte: »Ja, er kam ins Büro, als Dr. Ryan und ich meine Forschungsarbeit diskutierten. Ich machte sie miteinander bekannt. Wir redeten einen Moment, er lud uns zum Lunch ein, dann ging er wieder. In die Bibliothek, sagte er.«

»Können Sie etwas über seine Stimmung sagen?«

»Wie alle sagen, er schien sehr glücklich. Der Lunch sollte eine Feier sein, sagte er.«

Walensky blickte Maggie Ryan an. »Sind Sie auch der Ansicht, Miss Ryan?«

»Oh, ja, er war in Hochstimmung.« Maggie hatte Annes Platz am Fenster eingenommen. Das Licht spielte in ihrem schwarzen Haar, kühle, blaue, fluoreszierende Glanzlichter aus dem Raum, und eine helle warme Umrahmung aus Sonnenschein. »Ich weiß nicht, wie er normalerweise ist, aber heute schien er sehr überschäumend. Er sprang auf Stühle und zitierte Cyrano und prahlte damit, wieviel besser seine Frau das konnte.«

Anne drückte es das Herz zusammen. Was für ein Witzbold war Tal. Sie konnte ihn vor sich sehen, wie er sein imaginäres Schwert schwang und ihnen erzählte, sie könnte Cyrano besser spielen. Gewaltsam unterdrückte sie das Bild und konzentrierte sich entschlossen auf Walenskys Fragen.

»Und um wieviel Uhr war das?«

»Vielleicht viertel vor zehn«, sagte Maggie.

»Er wollte in die Bibliothek?«

»Das sagte er. Aber wann hat er mit Nora gesprochen?« fragte Maggie.

»Muß ungefähr um die Zeit gewesen sein«, sagte Nora.

Pflichtgemäß schrieb Walensky alles auf. Wahrscheinlich würde nichts davon etwas nützen, dachte Anne. Sie müßten die Leute draußen auf den Wegen befragen, nach Fremden, nach – aber das machte Hines alles, vermutete sie. Und natürlich mußten sie sichergehen, daß es nicht irgendwie mit Tals Projekten zusammenhing, sichergehen, daß es wirklich ein Überfall war.

Nora fügte hinzu: »Er brachte mir eine Tasse Kaffee.«

»Ach, richtig!« rief Cindy. »Wegen einer Tasse Kaffee kam er noch mal kurz ins Büro.«

»Kaffee?« fragte Walensky und schaute sich um.

»Direkt neben der Tür zum Postraum.« Bernie Reinalter wollte gern hilfreich sein und zeigte auf die große Aluminiumkanne auf einem Tisch neben der Tür. Gläser mit Pulverkaffee, Kaffeeweißer, Zucker und Teebeutel lagen neben der Kanne und ganze Stapel von Styroporbechern.

Cindy sagte: »Er fragte, ob ich auch welchen wollte, aber ich hatte gerade eine Tasse getrunken. Also meinte er, er würde mir statt dessen etwas Champagner aufheben. Und dann war er wieder weg.«

»Hat er Ihnen sonst auch immer Kaffee gebracht?« fragte Walensky Nora.

»Es war eine Art Witz«, erwiderte Nora. Sie sprach unbewegt, aber ein winziges Zucken im Augenwinkel verriet ihre Anspannung. »Nach einer Fachbereichssitzung habe ich mich einmal beschwert, daß Frauen vierzig Prozent des Fachbereichs ausmachen, daß man aber in achtzig Prozent der Fälle sie bittet, Kaffee zu holen. Tal hatte das gehört und sagte mir, daß Anne fast die gleiche Beobachtung in ihrem Fachbereich gemacht hat, also wollte er mir in achtzig Prozent der Fälle Kaffee bringen. Wiedergutmachung, hat er es genannt.«

»Aha.« Walensky schrieb es auf.

»Er hat ihn verschüttet«, platzte Nora heraus.

»Wie meinen Sie das?«

»Na, ich habe ihm die Tür aufgehalten. An mir vorbei kam er herein, stellte ihn auf meinen Schreibtisch und wollte mir etwas mitteilen – den Lunch im Plato, denke ich. Er holte zu einer großen Geste aus und stieß die Tasse um. Er sauste herum und wischte den Schreibtisch ab, sogar die Schubladen. Er benutzte das Kleenex, das ich auf dem Fensterbrett stehen habe. Sehr gründlich. Er sagte, er würde mir eine neue Tasse holen, aber ich sagte, das sei nicht nötig. Er versprach feierlich, mich beim Lunch dafür zu entschädigen. Dann schnappte er seine Büchertasche und ging.«

»War er traurig?«

»Nein, nein. Ich meine – es tat ihm leid, daß er den Kaffee verschüttet hatte, aber er war immer noch vergnügt. Beglückwünschte sich lauthals, daß er ihn nicht auf den Stapel Studentenarbeiten geschüttet hatte, die auf meinem Schreibtisch lagen. Machte Witze darüber, was für ein ungeschickter Tattergreis er sei, und daß er jeden einzelnen Tropfen aufwischen würde. Es war eine sehr aufgekratzte Entschuldigung, wenn Sie verstehen, was ich meine.«

»Hat er Ihnen gesagt, was er feiern wollte?«

»Nein, nur daß –« Sie hielt abrupt inne und trat zurück.

Auch Anne mußte einen Schritt zurücktreten, als Sergeant Hines mit langen Schritten hereinkam, dicht gefolgt von Officer Porter. Der Polizeibeamte trug eine große Pappschachtel und mehrere versiegelte Plastiktüten. Tüten für Beweisstücke, erkannte Anne, und ihr Magen krampfte sich zusammen. Sie konnte den Inhalt nicht deutlich erkennen, obwohl sie in der Nähe stand, als er seine Last auf Cindys Schreibtisch ablegte. Kleine weiße Stummel – Zigarettenkippen. Ein kleines Notizbuch mit Spiralrücken. Noch etwas – eine Pfeife vielleicht?

Hines sagte: »Meine Damen und Herren, es wäre mir lieb, wenn Sie alle Ihre Büros aufsuchen würden. Ich habe hier ein paar Gegenstände, die ich von Ihnen identifizieren lassen möchte, und es wäre besser, die Reaktion eines jeden einzeln zu bekommen.«

Maggie sagte: »Soviel ich weiß, ist mein Büro noch nicht fertig. Und das von Professor Chandler ist im Fachbereich Französisch auf der anderen Campus-Seite.«

Hines sagte: »Mit Mrs. Chandler werde ich später zu Hause sprechen. Gibt es ein Büro, das Ms. Ryan benutzen könnte?« Ganz automatisch schaute er die richtige Autorität an: Cindy, nicht Bernie Reinalter.

Sie antwortete: »Dr. Ryan bekommt das Eckbüro in Professor Fieldings Flügel. Raum 104. Es ist leer, nur ist der Fußboden noch nicht gebohnert. Sie können es ruhig benutzen.«

»Gut«, stimmte Hines zu. »Dann fangen wir mit Ms. Ryan an.«

Cindy nahm einen der Schlüssel aus ihrer Schreibtischschublade, gab ihn Maggie und machte sich auf einer Karte eine Notiz. Anne war beeindruckt, daß sie selbst unter diesem Druck die Vorschriften einhielt. Die ideale Sekretärin für Bernie.

Cindy beäugte Porters plastikumhüllte Gegenstände auf ihrem Schreibtisch, und Anne sah, wie ihre Lippen sich kräuselten, als Porter sie behutsam aufnahm. Hatte sie etwas erkannt? Anne sah, wie sie die Leute an der Flurtür nachdenklich anschaute.

»Na, Charlie«, frage sie milde, »haben Sie was verloren?«

VI

Verdammte Cindy!

Eine heiße Welle von Wut, Angst und völliger Verwirrung überschwemmte Charlie. In dem trüben Spülwasser seiner Erinnerung tauchten kindliche Horrorvorstellungen auf: Dads strenge vorwurfsvolle Schultern, die Fliege auf dem starren Gesicht der toten Tante Babs, Lorraine nackt, eine weiße Socke in der Hand, und ihre Augen blickten ihn so bohrend an wie Cindy jetzt. Ein Hitchcock-Moment, der alte Ängste aus dem Schlaf schreckte, obwohl er fast damit gerechnet hatte. Auch er hatte das kleine Notizbuch mit dem Spiralrücken erspäht, dessen schwarzweißer Chaplin-Aufdruck durch den Plastikbeutel schimmerte. Überrascht hatte er in der Tasche nach seinem eigenen Notizbuch gefühlt. Nicht da. In verzweifelter Hoffnung hatte er seine Finger durch alle Taschen gleiten lassen. Aber es war weg. Niemand sonst hatte so ein Buch, nicht hier. Aber wie konnte sein Buch in einer Beweistüte stecken? Und dann kam Cindy mit ihren Anspielungen, direkt vor den Bullen, vor Tals formidabler Frau, vor dem Fachbereichsvorsitzenden! Was zum Teufel ging hier vor?

Bleib ganz ruhig, wenn ein Angriff kommt, sagte Trainer Wilhelm immer. Es bestand sowieso kein Grund, sich angegriffen zu fühlen. Die Erklärung, wie immer sie ausfallen würde, konnte ihm nichts anhaben. Er versuchte, mit leichter Stimme zu sprechen, als er sagte: »Kann sein, daß ich was verloren habe. Sie haben wahrscheinlich selbst auch schon Dinge verlegt, Cindy, irgendwann.«

Die Haut um ihre blassen blauen Augen spannte sich, aber das kleine Lächeln blieb unverändert. Er bemerkte, daß Maggie sie beide mit unverhohlenem Interesse studierte.

Wichtiger noch, Hines und Walensky auch.

Hines sagte: »Ist da etwas von Ihnen dabei, Mr. Fielding?«

»Also, Reggie«, sagte Walensky, »jetzt mal langsam. Darauf kann er doch keine Antwort geben, ehe er die Sachen gesehen hat, oder?«

»Richtig, Wayne«, sagte Hines mit gestrafftem Kiefer. »Lassen wir ihn also einen Blick darauf werfen. Mrs. Chandler, ich spreche

Sie gleich danach. Wir werden zusammen das Büro Ihres Mannes ansehen. Professor Fielding, welches ist Ihre Büronummer?«

»103«, sagte Charlie. »Den Gang runter und um die Ecke.«

»Gut. Porter, begleiten Sie die anderen zu ihren Büros und lassen Sie McConnough ein paar Minuten bei Mrs. Chandler. Dann bringen Sie das Zeug nach 103. Alle anderen können in ihre eigenen Büros gehen, und ich komme bald nach. Bitte, bleiben Sie im Gebäude.«

Charlie warf einen Blick auf Walensky. Sein Mund war zusammengekniffen, die buschigen Brauen gerunzelt. »Ich übernehme gern die Interviews, Reggie. Ich kenne Peterson, Fielding, Bickford, Reinalter...« sagte er in überraschend sanftem Ton.

»Danke, Wayne. Nur zu. Aber ich übernehme Professor Fielding jetzt sofort.« Sergeant Hines gönnte Walensky die Andeutung eines Lächelns, und Charlies winzige verbliebene Hoffnung versickerte. Maggie hatte recht gehabt: die beiden Polizisten lagen im Kampf miteinander, und weil er sein blödes Notizbuch verloren hatte, war er direkt zwischen die Fronten geraten. Blieb wohl nichts übrig, als zu kooperieren. Die Wahrheit herauszufinden. Jetzt auch um seiner selbst willen, nicht nur wegen Tal.

Hines begleitete ihn den Gang entlang und um die Ecke in sein Büro. Charlie, der auf unsicheren Beinen lief, wünschte, Walensky wäre auch mitgekommen. Er kannte Walensky, und vielleicht hätte er sich nicht ganz so freundlos und bedroht gefühlt, wenn der dickbäuchige Captain dabeigewesen wäre. Andererseits war das letzte, was Charlie wollte, der Fußball in diesem Spiel zwischen den beiden Bullen zu sein. Na, hilf beiden. Finde die Wahrheit heraus. Er schloß seine Tür auf.

Hines unterzog das Büro einer professionellen Musterung, als er Charlie hineinfolgte. Charlie fühlte sich bloßgestellt, fast vergewaltigt, als der düstere Blick jeden Gegenstand traf, sein Leben durchforstete. Die Bücherregale, vollgestopft mit Videos statt mit Büchern. Der hölzerne Garderobenständer mit seinem schäbigen Plastikregenmantel für Notfälle und dem alten schwarzen Schirm. Der Aktenschrank, auf dem der Videorecorder, der Fernseher und der Sechzehn-Millimeter-Projektor standen. Die Filmleinwand, die aufgerollt in der Ecke lehnte. Das alte *Zauberer von Oz*- Poster, halb verdeckt von einem Stapel Bücher, die von den Videobändern verdrängt worden waren. Er gab sich solche Mühe, seine Sachen in Ordnung zu halten, aber unter Hines kühlem Blick wirkte es wie ein Schweinestall. Auf seinem Schreibtisch Nachschlagewerke. Ein Becher mit Bleistiften und seinem Donald-Duck-Federhalter, einem albernen Geschenk von Deanna. Stundenpläne von Studenten. Der Förderantrag, den er am Morgen mit Maggie durchgesprochen hatte, lag ausgebreitet mitten auf dem Schreibtisch. Nahe am Rand lag das Lineal, mit dem Tal erst vor ein paar Stunden herumgefuchtelt hatte. Es schien Jahre her zu sein.

Porter erschien und plazierte seine Päckchen auf dem Eichenstuhl, den Tal als Podest benutzt hatte, dann schloß er die Tür und lehnte sich an den Rahmen. Hines sagte: »Setzen wir uns einen Augenblick, Professor Fielding.« Er deutete auf Charlies Schreibtischstuhl, und Charlie setzte sich unbehaglich, während Hines in den Stuhl gegenüber dem Bildschirm sank. Er sagte: »Sie machen Sendungen für's Schulfernsehen?«

»Nein.« Charlie mußte sich räuspern. »Es handelt sich um Leseforschung. Wie die Leute eine Druckseite am effizientesten überfliegen. Die Buchstaben sind auf dem Bildschirm, und wir messen die Augenbewegungen, während sie lesen.«

»Ziemlich kompliziert. Aber Kinder finden den Bildschirm sicher toll.«

»Möglich. Aber noch arbeiten wir nicht mit Kindern.«

»Ich dachte, dies wäre ein pädagogischer Fachbereich, wie man in der Schule unterrichtet und so was.«

»Sicher. Aber erst müssen wir herausfinden, wie Erwachsene das machen. Dann können wir versuchen zu rekonstruieren, wie man es lernt. Und dann, zu guter Letzt, können wir eine Methode entwickeln, Kindern mit Lernschwierigkeiten zu helfen.«

Hines nickte. »Es bedeutet also, erst herauszufinden, wie es tatsächlich gemacht wird, ehe man den Kindern erklärt, was sie Ihrer Meinung nach falsch machen?«

»Das ist richtig.«

»Gute Idee. Erst Fakten, dann Theorie. Das sagen wir auch den Anfängern bei der Polizei. Porter, zeigen Sie mal das Buch.«

Porter nahm einen der Beutel und legte ihn auf den Schreibtisch.

Charlie nickte und schob seine Brille höher. »Es ist meins«, sagte er unglücklich.

»Sind Sie sicher?« fragte Hines.

»So sicher, wie ich sein kann, wenn es in einem Plastikbeutel steckt. Sehen Sie sein Ohr?« Er zeigte auf das Chaplin-Bild auf dem Umschlag. »Den kleinen Riß hat es schon seit Monaten. Natürlich müßte ich hineinschauen, um hundertprozentig sicher zu sein, aber trotzdem –«

»Gut. Danke. So, und wann haben Sie es zuletzt gesehen?«

»Lassen Sie mich nachdenken. Heute morgen, bevor ich zu Hause losging. Ich habe nachgesehen, um welche Zeit ich Dr. Ryan treffen sollte. Dann habe ich es in meine äußere Jackentasche gesteckt.«

»Rechts oder links?«

»Rechts.«

»Und seitdem haben Sie nicht mehr reingeschaut?«

»Nein, es gab keinen Grund dafür. Ich hatte den ganzen Morgen freigehalten, um mit Dr. Ryan zu reden, und es hat sich nichts ergeben, das ich hätte notieren müssen.«

»Nicht die Verabredung zum Lunch?«

»Die konnte ich mir auch so merken.« Charlies Brille war wieder die Nase heruntergewandert. Er schob sie an Ort und Stelle und wünschte, Hines würde eine Reaktion zeigen, eine Gefühlsregung, irgendeine, statt ihn mit diesem unbewegten Blick anzusehen. Porter war auch ganz unbewegt, lehnte entspannt, aber aufmerksam am Türrahmen.

»Tja, Professor Fielding, wir haben das Buch auf dem unteren Weg gefunden. Können Sie uns sagen, wie es dorthin gekommen ist?«

Charlies Mund war knochentrocken. »Ich weiß nicht. Ich kann mir nur denken, daß es mir aus der Tasche gefallen ist.«

»Sie waren auf dem unteren Weg?«

»Nein. Ja, doch, auf dem Weg zu unserem Essen mit ... mit Tal. Das habe ich Ihnen schon gesagt.«

»Ja, wir müssen alles immer wieder durchgehen. Jetzt möchten wir genau wissen, was passierte.«

»Tja, Maggie – Dr. Ryan – rannte aus dem Restaurant. Dann kam sie nach einer Minute mit der Studentin wieder herein ...«

»Doris Keating.«

»Ja. Dr. Ryan sagte, es hätte einen Unfall gegeben, und wir sollten Dorrie helfen, die Polizei zu rufen, und sie rannte wieder raus. Also brachten wir Dorrie ans Telefon, und sie rief Sie an, und Sie sagten ihr, sie sollte im Plato warten. Aber Bart meinte, wir könnten vielleicht helfen, also ließen wir Nora Peterson bei Dorrie, und Bart und ich rannten zum unteren Pfad.«

»Auf welchem Weg? Vom Plato aus über die College Avenue?«

»Genau. Die Stufen, die gleich neben der College Avenue-Brücke herauskommen. Wir liefen diese Stufen hinunter und folgten dem Weg zum Fluß. Wir kamen über diese kleine steinerne Fußgängerbrücke und liefen weiter –«

»Sind Sie nach rechts oder nach links gegangen, nachdem Sie die Steinbrücke überquert hatten?«

»Wir sind nach rechts gegangen. Wir konnten Maggie von der kleinen Brücke aus sehen.«

»Gut. Also Sie sind jetzt auf dem unteren Weg, direkt am Wasser.«

»Ja. Wir rannten noch ein kleines Stückchen weiter. Wir konnten sehen, daß da etwas ... etwas auf dem Weg lag.« Charlie leckte sich die ausgedörrten Lippen. »Aber Maggie winkte uns zu und schrie, wir sollten stehenbleiben. Also blieben wir stehen. Sie sagte, wir sollten bleiben, wo wir waren und jeden daran hindern, den Weg entlangzugehen, bis die Polizei käme. Wir fragten sie, was passiert war, und sie sagte, Tal wäre getötet worden. Ich konnte es nicht fassen!« Das niederschmetternde Entsetzen ihrer Worte, seine eigene instinktive Abwehr: *Nein, das ist nicht wahr, nicht möglich.* Charlie schauderte.

»Das ist eine natürliche Reaktion, Professor Fielding.« Aber keiner der Polizisten zeigte auch nur einen Hauch Mitgefühl. »Nun, auf Dr. Ryan kommen wir gleich zurück. Überlegen Sie jetzt bitte, wo genau Sie auf dem unteren Weg stehenblieben.«

»Das war... hm, ich kann mich nicht genau erinnern. Vielleicht könnte ich es Ihnen zeigen.«

»Na gut. Aber machen Sie doch schon mal eine ungefähre Angabe, wenn es geht. Versuchen Sie sich bildlich vorzustellen, daß Sie da stehen, wo Dr. Ryan Ihnen sagte, sie sollten anhalten.«

»Gut.«

»Also, in dem Gebiet führen drei Brücken über die Schlucht, in drei verschiedenen Höhen. Die niedrigste ist die kleine Steinbrücke, die Sie überquert haben.«

»Ja.«

»Die nächsthöhere, nördlich der kleinen Steinbrücke, ist die Fußgängerbrücke aus Metall, über die man kommt, wenn man den oberen Weg benutzt.«

»Ja. Über die bin ich auf dem Weg zum Plato gekommen.«

»Die höchstgelegene ist die Autobrücke, die Brücke von der College Avenue. Die liegt südlich von beiden anderen Brücken. Von da aus führen die Stufen nach unten auf den unteren Weg.«

»Ja.«

»Also, Sie stehen da und sehen Dr. Ryan an, genau da, wo sie Ihnen gesagt hatte, Sie sollten anhalten. Die Steinbrücke liegt hinter Ihnen.«

»Ja, und die Brücke von der College Avenue liegt noch weiter hinter mir. Sie wollen wissen, ob wir unter der Metallbrücke durchgekommen sind.«

»Nur um eine ungefähre Vorstellung von Ihrem Standort zu bekommen.«

Charlie kniff die Augen zu. Sein Entsetzen, das plätschernde Wasser in der Nähe, Barts schweres Atmen direkt hinter ihm – alles war wieder da. Er sagte: »Tja, mit Bestimmtheit kann ich es nicht sagen, aber ich glaube, die Metallbrücke war fast genau über mir. Ein kleines Stück vor uns vielleicht. Fragen Sie Bart. Professor Bickford. Vielleicht erinnert der sich.«

»Das tun wir.« Ein unverbindliches Nicken des dunklen Kopfes. Charlie, der nach einer Reaktion hungerte, konnte nicht erkennen, ob die Polizisten ihm glaubten oder nicht. Auch Porter hörte ohne jede Gefühlsregung zu, als ob es sich um ein verdammtes Pokerspiel handelte. Wo zum Teufel hatten sie sein Notizbuch gefunden? Hines sagte: »Unter der Metallbrücke sind Sie also nicht durchgegangen?«

»Ich glaube nicht. Aber – wissen Sie, ich bin vorher drübergegangen, auf dem Weg zum Plato.« Charlie beugte sich vor, die Unterarme auf seinem Schreibtisch, begeistert von der Idee, die ihm gerade gekommen war. »Und wissen Sie, wir sind einen Augenblick stehengeblieben, um auf den unteren Weg hinunterzuschauen. Als wir den Mann sahen, der sich da unten versteckte. Das wäre eine Erklärung.«

»Sie wollen andeuten, daß es möglicherweise zu der Zeit vom oberen Weg heruntergefallen ist? Erinnern Sie sich an einen Augenblick, in dem das passiert sein könnte?«

»Hm, eigentlich nicht. Aber an eine andere Gelegenheit, wo ich es verloren haben könnte, erinnere ich mich auch nicht. Verdammt, wenn wir nach dem gehen, woran ich mich erinnere, dann ist das Buch noch in meiner Tasche!«

»Ich verstehe, Professor Fielding.« Hines' Stimme war langsamer geworden, aber an den scharfen Augen, die Charlies Unbehagen abschätzten, war nichts Träges. »Es ist schwierig, sich an all diese Details zu erinnern, ich weiß. Aber wir müssen es versuchen. Jetzt zurück zu Dr. Ryan. Sie und Professor Bickford blieben auf dem Weg stehen, wie sie Ihnen gesagt hatte. Und wo war sie?«

»Neben – neben der Leiche.«

»Welche Seite? Links, rechts? Davor oder dahinter?«

»Äh, dahinter. Und links, nicht am Bach.«

»Sie sagten, sie hätte mit den Armen gefuchtelt.«

»Ja, sie hatte dies hellblaue Hemd an, winkte mit beiden Armen und schrie, wir sollten stehenbleiben. Nachdem sie uns gesagt hatte, wir sollten die Leute fernhalten, sagte sie, sie ginge ein paar Schritte weiter, um Personen umzulenken, die eventuell vom Campus kämen.«

»Also ging sie weiter weg?«

»Ja.«

»Wie weit?«

»Tja, wir konnten sie immer noch sehen, also war es wahrscheinlich kurz vor der Biegung. Sie wissen schon, wo es wieder nach oben geht.«

»Ja. Und wo waren Sie und Professor Bickford?«

»Wo wir stehengeblieben waren. Nicht ganz unter der metallenen Fußgängerbrücke.«

»Hat sich einer von Ihnen da wegbewegt?«

»Na ja, Bart war ziemlich nervös. Waren wir wohl beide. Er sagte, wir sollten auf dem anderen Teil des unteren Weges nachsehen, hinter der kleinen Steinbrücke, ob in der Richtung jemand wegrannte. Aber Maggie hatte recht, wir mußten die Leute fernhalten, bis die Polizei kam. Also beschlossen wir, daß er auf der Steinbrücke bleiben sollte, um jeden aufzuhalten, der von der College Avenue herunterkam, und ich würde weiter hinten auf dem Weg nachsehen.«

»Aha.« Hines warf Porter einen Blick zu, dann sah er Charlie wieder an. »Er stand auf der Brücke, und Sie gingen den Weg am Bach entlang, weg von der Leiche?«

»Das stimmt.«

»Wie weit sind Sie gegangen?«

»Nicht weit.«

»Sind Sie unter die hohe Brücke gegangen? Die Brücke von der College Avenue?«

»Ja, ein paar Schritte drunter.« Mit feuchten Handflächen, Herzklopfen wie ein Soundtrack im Western und betend, der Mörder möge nicht da sein. »Dann hörte ich Sirenen, und als ich über den Fluß schaute, konnte ich Polizisten den Weg von der College Avenue herunterkommen sehen. Also ging ich zu Bart zurück, und wir redeten mit ihnen.«

»Gut. Sie hatten niemanden gesehen, als sie den Weg absuchten?«

»Nein. Aber natürlich hätte sich jemand auch leicht verstecken können, bei den ganzen Büschen und den Kurven im Weg.«

»Gut. Als also die ersten Beamten bei der Steinbrücke eintreffen, stehen Sie auf dem linken Teil des Weges. Miss Ryan ist den rechten Teil entlanggegangen, an der Leiche vorbei und wartet auf dem Weg dahinter, und Professor Bickford steht auf der Brücke.«

»Ja, das stimmt.« Er hatte es noch lebhaft vor Augen – das glucksende Wasser, Barts unförmige Gestalt auf der Brücke. Charlie fügte hinzu: »Und während Sie und ihre Leute mit uns sprachen, schaute ich zu Maggie hinüber und sah, daß ein Typ von der Campus-Sicherheitstruppe mit ihr redete.«

»Der war also von der Campusseite heruntergekommen. Gut, danke, jetzt bin ich im Bilde.« Hines wechselte abrupt das Thema. »Jetzt möchte ich, daß Sie sich hier ein paar Dinge ansehen, vielleicht erkennen Sie was.«

Charlie fuhr sich noch einmal mit der Zunge über die Lippen und versuchte, sich auf die Gegenstände in den Plastikbeuteln zu konzentrieren, die Hines ihm zeigte. Eine rote Baseballmütze. Eine verschmutzte Pfeife. Ein Kugelschreiber aus Plastik. Ein Zettel mit dem Fragment einer Bibliographie darauf. Ein Paar schwarze Gummiüberschuhe in einer Schachtel.

»Kommt Ihnen irgendwas bekannt vor?« ermunterte ihn Hines.

»Hm ... Bart hat eine Pfeife ungefähr in dieser Art, aber heller, wenn ich mich recht erinnere. Und das Stück Papier sieht aus wie die, die in der Bücherei als Notizzettel ausliegen, um Referenznummern aufzuschreiben. Sie schneiden überzählige Kopien, die nicht mehr gebraucht werden, in Stücke und legen sie in kleine Schachteln, damit man sich bei der Büchersuche Notizen machen kann.«

»Aha. Die Stiefel kommen Ihnen nicht bekannt vor?«

»Eigentlich nicht. Ich habe diese Art schon gesehen, sie ist ziemlich verbreitet. Diese sind ziemlich groß, nicht?«

»Größe zwölf.«

»Ich habe Größe neun.«

»Danke.« Hines zog seine großen Halbschuhe unter sich und stand auf. Auch Porter an der Tür nahm eine aufmerksame Haltung ein. »Wir melden uns bald wieder bei Ihnen, Professor Fielding. Es wäre gut, wenn Sie sich genau erinnern könnten, wann Sie Ihr Notizbuch verlegt haben.«

Charlie schüttelte den Kopf. »Ich habe Ihnen alles gesagt, woran ich mich erinnern kann.«

»Gut, lassen Sie es mich wissen, wenn Ihnen noch etwas einfällt. Wir müssen es vorläufig behalten, fürchte ich. Auf Wiedersehen, Professor Fielding.«

Charlie nickte schwach und sah zu, wie Hines und Porter zur Tür hinaus gingen.

Was zum Teufel sollte er jetzt machen? Tal erschossen: unfaßbar. Sein eigenes Notizbuch auf dem unteren Weg. Wie war es dahin gekommen? Und wo hatte es gelegen? Aus Hines' unbewegtem Gesichtsausdruck hatte er nicht entnehmen können, ob die Tatsache, daß er und Bart auf dem Weg hin und her gegangen waren, den Fundort erklären könnte. Er schloß die Augen und versuchte, die schrecklichen Augenblicke zu rekonstruieren. Kamerafahrt: Charlie Fielding eilt die Treppe neben der College Avenue-Brücke hinunter. Hinunter in die belaubte Schlucht, Bart poltert dicht hinter ihm her. Die feuchte Erde neben den Stufen, der Ruck bei jedem Schritt – der hätte das Buch aus seiner Tasche schleudern können! Hätte Hines sich um etwas gekümmert, das so weit entfernt gefunden wurde? Vielleicht. Aber Charlie war viel näher an Tal herangekommen. Hätte es näher bei ihm herausfallen können? Denk nach! Weiter auf dem Weg, immer noch sehr steil, aber jetzt ein Hang ohne richtige Stufen. Über die kleine Steinbrücke, einen Meter breit, grauer Stein, in sanftem Bogen über den Bach gelegt, ein Arbeitsprojekt aus den dreißiger Jahren, der alte Mörtel stellenweise geborsten. Maggies entfernte Gestalt weiter rechts, die himmelblauen Ärmel flatternd wie Semaphoren. Aber, Moment mal. Zwei Stufen von der Fußgängerbrücke zum Weg. Könnte ihm das Buch da aus der Tasche geflogen sein? Würde Hines sich für etwas interessieren, das bei der Fußgängerbrücke gefunden wurde?

Vielleicht.

Nächste Einstellung: Bewegung auf Maggie zu, Wahrnehmen des Haufens grauen Tweeds zu ihren Füßen, ohne bewußt zu begreifen, was es war, aber hastig Wegschauen, noch ehe sie sprach, während ein innerer Regisseur schrie: *Schnitt! Nicht weiter, nicht weiter!*

Denk nicht darüber nach. Halt dich an das Notizbuch.

Wenn es früher aus seiner Tasche gefallen war, während er von der oberen Brücke auf den unteren Pfad herunterschaute, wäre es möglicherweise näher gelandet. Von der Brise weitergetrieben, vielleicht, oder von einem Ast abgeprallt. Aber er konnte sich an keinen Augenblick erinnern, wo –

»Hi«, sagte Maggie. Sie schlüpfte ins Büro und ließ eine flache, weiße Schachtel auf seinen Schreibtisch fallen. Bei ihrer Landung enstand ein Luftzug, der die Seiten seines Fördermittelantrags anhob. »Ich habe Dingsbums bestochen, Ihren Assistenten – Gary, oder? – uns eine Pizza zu besorgen. Möchten Sie was davon?«

»Gott, ich hatte gar nicht an Essen gedacht.« Aber der Duft von Zwiebeln und Salami machte ihm den vor kurzem noch ausgetrockneten Mund wässerig.

»Ja, ich hatte es auch vergessen«, sagte sie ernst. »Aber mein alberner Magen gibt sich nie zufrieden. Er hat mir klargemacht, daß ein paar Dolmas zum Lunch nicht reichen, ganz gleich unter welchen Umständen. Nur zu, bedienen Sie sich.« Sie hockte sich auf die Kante des Stuhls, auf dem Hines gesessen hatte.

»Danke.« Charlie ergriff eine Serviette und nahm ein Stück, sorgfältig auf den warmen Käse achtend, der an den Seiten Fäden zog. »Maggie, fällt Ihnen eine Gelegenheit ein, bei der mir das Notizbuch aus der Tasche auf den unteren Pfad gefallen sein könnte? Vielleicht als wir auf der Brücke standen und zu dem Kerl hinunterschauten?«

»Also ist das Notizbuch mit dem Charlie Chaplin-Bild Ihres, hm?« Sie runzelte die Stirn, hakte einen Knöchel unter die Sprosse des zweiten Stuhls und zog ihn näher heran, um ihre Füße daraufzustützen. »Ich erinnere mich nicht, daß Ihnen etwas runtergefallen ist. Ich schaute ja zu dem Typ in den Büschen herunter, aber ich denke, ich hätte es bemerkt, wenn Sie sich plötzlich so heftig bewegt hätten, daß etwas aus Ihrer Tasche fallen konnte.«

»Ja«, stimmte Charlie finster zu. »Ich kann mich auch nicht an so etwas erinnern. Aber wie in aller Welt ist es denn dahin gekommen?«

»Mm.« Sie kaute kräftig, mit vollen Backen, die Augen nachdenklich. »Tja, mir fallen zwei Dinge ein«, sagte sie undeutlich. »Erstens, machen Sie sich wegen Hines keine Sorgen. Schließlich waren wir fast die ganze Zeit zusammen.«

»Das stimmt.« Aber Charlie war noch nicht ganz beruhigt. Hines hatte nicht so reagiert, als ob er an sein Alibi glaubte. Aber andererseits hatte Hines überhaupt nicht reagiert. Er war jedoch nicht dumm; er würde wissen, daß Charlie nicht da unten gewesen war. Vielleicht wunderte er sich einfach nur, genau wie Charlie, wie es auf den unteren Weg gekommen war.

»Aber niemand wußte vorher, daß ich bei Ihnen sein würde, nicht?« überlegte Maggie. »Ich hatte Tal gesagt, ich müßte mit den Kindern essen. Teufel auch, ich wußte selbst nicht, daß ich mitkommen würde, bis zum letzten Augenblick, als Liz anbot, sie mit zu McDonald's zu nehmen.«

»Ja, aber das Wichtigste ist doch, daß die Polizei weiß, daß ich mit Ihnen zusammen war.«

Sie hielt inne, noch ein Stückchen Pizza in der Hand, und betrachtete ihn eingehend. »Charlie, könnte jemand Sie zum Sündenbock machen wollen?«

»Mich? Zum Sündenbock? Mein Gott, nein!« Aber noch während er sprach, zog sich sein Magen in eisigem Schrecken zusammen. Sie hatte recht. Jemand mußte sein Notizbuch gestohlen haben. So war es dahin gekommen. Aber wer zum Teufel haßte ihn so sehr? Haßte Tal so sehr? Es war nicht möglich. Er sagte matt: »Sie glauben also, ich habe es nicht auf der Brücke fallenlassen.«

»Vielleicht, vielleicht auch nicht. Ich bin nur eine Statistikerin, die eine andere Hypothese in Betracht zieht, die wir noch nicht widerlegt haben. Sie sind doch durch die Gänge gerast, als ich Sie heute morgen sah. Könnte das Buch da herausgefallen sein?«

Charlie nickte unglücklich. »Klar. Oder draußen auf dem Parkplatz, oder als ich die Treppe raufrannte.«

»Hatten Sie es in derselben Tasche wie die Schlüssel?«

»Ja. Rechte Außentasche.« Er klopfte auf seine Jacke.

»Ich erinnere micht nicht, daß etwas herausgefallen wäre, als Sie Ihre Schlüssel herauszogen. Aber die Kinder waren da, und wir waren beide abgelenkt.« Sie schnappte sich ein weiteres Stück Pizza aus der Schachtel, von dem sich Käsefäden zogen. Sie wickelte den Käse nach Spaghetti-Art um ihren Zeigefinger und lutschte ihn genüßlich ab, wie Chaplin seine gekochten Schnürsenkel. »Aber«, nuschelte sie, wieder mit vollem Mund, »es besteht eine echte Möglichkeit, daß jemand Ihr Buch genommen und es als eine Art Absicherung benutzt hat.«

»Absicherung gegen was?«

»Also gut, jemand beschließt, Tal zu töten. Will nicht erwischt werden. Läßt Ihr Notizbuch fallen, damit die Polizei denkt, Sie waren es.«

»Ja, ich verstehe.«

»Aber der Typ hat eine hohe Meinung von Ihnen. Weiß, wenn Sie so was täten, würden Sie Ihre Spuren verwischen. Also überlegt er sich, Sie würden einen Selbstmord arrangieren, um die Polizei von der Spur abzulenken. Einverstanden soweit?«

»Ähm ... ja. Also legt der Mörder Tal die Pistole in die Hand. Und das soll mich auch in Verdacht bringen!«

»Richtig. Der Mörder wußte sicher, daß Tal ein fröhlicher Mensch war, und daß seine Freunde Selbstmord nicht akzeptieren würden, ohne auf weiteren Untersuchungen zu bestehen. Und weitere Untersuchungen würden Ihr Notizbuch zutage fördern.«

»Aber wieso ich?«

Maggie schluckte den letzten Bissen Pizza hinunter, spähte bedauernd in die leere Schachtel und lehnte sich wieder im Stuhl zurück. »Ich weiß nicht, warum. Vielleicht nur die Gelegenheit. Da lag Ihr Buch auf dem Fußboden, gerade als er es brauchte. Und Sie würden allein über die Brücke gehen, oder jedenfalls dachte er das. Sagen Sie, war allgemein bekannt, daß Tal Linkshänder war?«

»Ich kann nur für mich selbst sprechen. Ich wußte es, ja, aber ich habe nicht oft daran gedacht. Man verbringt ja nicht viel Zeit damit, anderen Leuten beim Schreiben zuzusehen.«

»Stimmt. Es wäre jedenfalls nicht Ihr erster Gedanke, wenn Sie gerade jemanden erschossen hätten und dabei wären, den Tatort so zurechtzumachen, daß es nach Selbstmord aussieht.«

»Sie glauben also, Tals Mörder wartete in den Büschen. Tal kam vorbei, er rannte raus und erschoß ihn, steckte ihm die Pistole in die Hand und rannte wieder weg. Und ließ mein Buch fallen, damit es so aussieht, als hätte ich versucht, es so zu arrangieren. Aber warum hat er die Pistole nicht behalten und irgendwo in meinen Sachen versteckt?«

»Vielleicht war nicht genug Zeit, sie zu verstecken. Vielleicht mußte er für ein Alibi sorgen. Also war es einfacher, sie dazulassen und so zu tun, als hätten Sie einen Selbstmord arrangiert. Sehen Sie, jetzt haben wir schon eine Menge über den Mörder erfahren.«

»Tja, wir wissen, daß er mein Notizbuch irgendwo aufgehoben hat.«

»Nicht einfach irgendwo. Wahrscheinlich hier, weil er von Tals Lunch wußte. Wußte, daß Tal auf dem Weg zum Plato durch die Schlucht kommen würde. Dachte, Sie würden den Weg auch benutzen, aber allein. Also *kennen* Sie diese Person, Charlie.«

»Ich? Aber ja, Sie haben recht.« Charlie nahm seine Brille ab und rieb sich die Nase. »Jemand, den ich kenne, hat Tal umgebracht. Gott, ich kann es nicht glauben!«

»Hat Tal umgebracht. Und versucht, Sie zum Sündenbock zu machen mit etwas, das Sie heute morgen hier irgendwo verloren haben. Also, nächste Frage: Wer war heute morgen in der Nähe, der einen Grund haben könnte, Tal umzubringen?«

»Gott.« Charlie setzte seine Brille wieder auf und lehnte sich im Stuhl zurück. »Ich wollte gerade versuchen, darüber nachzudenken. Aber dann fing Hines mit seinen Fragen über das Notizbuch an, und ich fühlte mich irgendwie angegriffen.«

»Ich weiß, was Sie meinen«, sagte Maggie. »Mir ist das auch schon passiert, sogar schlimmer als diesmal. Natürlich war ich sowieso schon erschüttert, weil jemand gestorben war, und dann kamen die Bullen wie große Computer, ließen das, was ich ihnen gesagt hatte, durchlaufen, als könnte es unwahr sein, überprüften mein Verhalten, als könnte ich die Täterin sein. Ich meine, es ist ihr Job, sie müssen das tun, aber es ist trotzdem verdammt gruselig.«

»Ja.« Charlie fand ihre Worte tröstlich. Es war schließlich ihr Job. Sie mußten jeden überprüfen. Aber er hatte sich so verdammt in der

Defensive gefühlt. Er bemerkte, daß er seinen Donald Duck-Kuli in der Hand hielt. Er stellte ihn in den Halter zurück und sagte: »Aber wer zum Teufel ... tja, ich nehme an, wenn jemand bereit ist zu töten, wird er auch ohne weiteres jemanden zum Sündenbock machen.«

»Richtig. Es ist immer noch Tal, um den sich alles dreht. Können Sie mir etwas über seine Arbeit sagen? Er war doch im Ruhestand, nicht? Das ist es, was emeritus bedeutet.«

»Ja, offiziell. Hier braucht ein emeritierter Professor überhaupt nichts zu tun, wenn er nicht will. Aber wenn er doch dranbleiben will, kann er ein Büro haben, Seminare halten und so weiter. Die meisten hören langsam auf, treiben ein bißchen Forschung, schauen ein paarmal in der Woche herein, um zu hören, was es Neues gibt. Tal steckte viel tiefer drin. War jeden Tag da, machte Forschungsarbeiten, hielt sogar jedes Jahr ein Seminar. Liebte die Studenten, und die liebten ihn.«

»Also existierte sein Ruhestand nur auf dem Papier.«

»Richtig. Natürlich wurde sein Lehrstuhl neu vergeben, an Kenton, den Fachmann für Persönlichkeitsentwicklung. Und Tal mußte nicht mehr in Universitätsgremien mitarbeiten.«

»Die hat er wahrscheinlich nicht vermißt.«

»Sie sagen es!«

»Wer waren seine Freunde im Fachbereich? Mit wem hat er gesprochen?«

»Gott, mit jedem! Na, Sie haben ihn ja kennengelernt. Er machte fast jeden Tag die Runde im Fachbereich und besuchte jeden, der auf dem Campus war. Von Reinalter bis zum jüngsten Studenten. Und er hatte sich auch mit einer Menge Leute aus anderen Fachbereichen angefreundet. War zum Lunch oft im Fakultätsclub auf der anderen Campusseite.«

»Und war er immer so neugierig wie heute morgen?«

»Meistens. Er stellte immer Fragen, überflog Stipendienanträge und Aufsätze, schwatzte.«

»Über Dinge, die er von anderen erfahren hatte?«

»Ja, das übliche. Wo Nora in den Ferien hinfuhr, daß Bart die Grippe hatte, welchen Wagentyp Reinalter sich vielleicht kaufen wollte – solche Sachen. Aber mit mir redete er meistens über Leseforschung.«

»Es war also nicht, als wüßte er jedermannns dunkles Geheimnis?«

»Mir hat er nie eins verraten. Aber, hm, wollen Sie damit sagen, daß ihm jemand etwas erzählt hat und dann ... aber was könnte denn so gefährlich sein?« Er schob seine Brille auf der Nase hoch. »Und wenn es das war, warum sollte jemand Tal davon erzählen?«

»Und was würde Tal mit der Information anfangen? Würde er – oh, hallo, Captain Walensky.« Maggie drehte den Kopf zur Tür. »Sind Sie gekommen, um uns zu sagen, daß wir nicht über den Fall sprechen sollen?«

»Keineswegs, Miss Ryan.« Walensky, mit Tränensäcken und hängenden Schultern, wirkte älter als bei seinem ersten Erscheinen vor einer Stunde. »Ich wollte mich bloß für die Stadtpolizei entschuldigen. Ich hoffe, Sie sind nicht zu sehr schikaniert worden.«

Charlie sagte: »Sie haben mich nach meinem verdammten Notizbuch ausgefragt, wo sie doch wußten, daß ich mit Maggie zusammen war und es nicht getan haben konnte.«

»Himmel«, grollte Walensky. »Wollen bloß ihre Akten füllen. Ich könnte sie ja bremsen, wenn ich beweisen könnte, daß es Selbstmord war, aber sie haben diese fixe Idee von einem Mord, daher sind mir die Hände gebunden.«

»Tja«, sagte Maggie, »Charlies Notizbuch wurde am Tatort gefunden. Sie müssen fragen. Sobald sie heraushaben, wer es getan hat, lassen sie uns in Ruhe.«

»*Falls* sie es rauskriegen«, verbesserte Walensky. »Nun, sagen Sie mir, ob Ihnen irgend etwas einfällt, das Licht auf diese Sache werfen könnte. Über seine Feinde, oder Sorgen, die zum Selbstmord hätten führen können?«

»Eigentlich«, sagte Maggie, »haben wir gerade überlegt, ob jemand in diesem Fachbereich etwas zu verbergen haben könnte. Professor Chandler war so neugierig und gesellig, er könnte durchaus etwas erfahren haben, das jemand eigentlich geheimhalten wollte.«

Walenskys Brauen zogen sich skeptisch zusammen. »Dies ist ein Campus, Miss Ryan, kein Schlupfwinkel für Kriminelle. Ich sage das, und durch meinen Job kenne ich ihn von der schlimmsten Seite.«

»Das ist sicher richtig. Sie verbringen sicher die meiste Zeit mit Parksünden statt mit Diebstahl.«

»Ja. Und wenn sich herausstellt, daß es kein Selbstmord war, verdammt noch mal, dann sollten wir unten in der Stadt, im Revier von Sergeant Hines auf die Jagd gehen, nicht hier auf dem Hügel.«

Charlie dachte an sein Notizbuch, an jemanden, der es absichtlich hingelegt hatte, damit er als der Schuldige dastand. Maggies Idee war viel einleuchtender als Walenskys. Wer auch immer sein Buch in der Schlucht hatte fallenlassen, es war jemand aus diesem Fachbereich.

Es sei denn, es wäre ihm wirklich irgendwie aus der Tasche gerutscht...

Maggie stand auf, faltete die Pizzaschachtel klein und stopfte sie in Charlies Papierkorb. »Ich gehe dann mal zurück an meinen Schreibtisch, bevor sie mich noch einmal befragen wollen«, sagte sie. »Ich bin nebenan in 104, Captain Walensky.«

»Gut, in Ordnung«, nickte er.

»Aber wir sollten alle mal in Erwägung ziehen, daß jemand aus diesem Fachbereich einen Grund hatte, Professor Chandler zu töten«, setzte sie vorsichtig hinzu. »Denn meiner Erfahrung nach sind Professoren genauso unartig wie irgendeine andere Bevölkerungsgruppe. Sie benutzen nur längere Wörter, um es zu erklären.«

Beim Hinausgehen nickte sie Walensky höflich zu.

VII

Anne stand an ihrem Wohnzimmerfenster und betrachtete versonnen den Rasen hinter dem Haus, hellgrün, mit langen Schattenstreifen in der Abendsonne. Tal hatte ihn vor ein paar Tagen gemäht, und er sah ganz ordentlich aus, obwohl er schon wieder von ein paar gelben Blüten gesprenkelt war. *Dent de lion*, Löwenzahn, wegen der gezackten Blätter. Aber sie waren nicht löwenartig, nicht königlich. Sie waren hinterlistiges, kleines Unkraut mit langen, starken Wurzeln. Egal wie oft man sie köpfte, einige tauchten immer wieder auf, eifrig wie Studenten bei Semesterbeginn.

»Das ist eine ziemlich großzügige Versicherung«, bemerkte Sergeant Hines vom Sofa her. Anne schaute über die Schulter zu ihm hinüber. Er hatte seine langen Beine stark angewinkelt, damit sie hinter den Couchtisch paßten, und hielt die Knie weit auseinander, während er sich vorbeugte, um die vor ihm ausgebreiteten Papiere zu studieren. Porter, der am Ende des Tisches stand, blickte auch auf die Papiere hinunter.

»TIAA-CREF soll gute Leistungen bieten«, sagte Anne.

»Sie würden also sagen, daß Sie jetzt ziemlich gut versorgt sind?«

Gut versorgt! Wenn sie nicht so müde wäre, würde sie jetzt wütend. Sie sagte: »Sergeant Hines, ich war auch so schon ziemlich gut versorgt, wie Sie es ausdrücken. Ich habe genau dieselbe Lebensversicherung wie Tal. Das Haus läuft schon seit ein paar Jahren unter meinem Namen. Ich habe einen guten Job, unkündbar. Was immer ich jetzt bekomme, es wird keinen nennenswerten Unterschied machen.«

»Was haben Sie mit dem Geld vor?«

»Gar nichts.« Sie sah wieder zum Fenster. Die Vorstellung eines Vorkriegsarchitekten von Tudor. Pseudo-Tudor, hatte Tal es genannt. Dunkles Eichenholz um die rautenförmigen Fensterscheiben umrahmte den Spätnachmittagsrasen, die Immergrün an der hinteren Grundstücksgrenze, die Metallschaukel, die aus der Zeit stammte, als Paul und Rocky noch klein waren. »Wahrscheinlich für die Kinder anlegen«, sagte sie Hines. »Ich habe noch nicht drüber nachgedacht.«

»Ja, natürlich, Mrs. Chandler.« Sie hörte ihn hinter sich mit Papieren rascheln. Draußen auf dem Rasen landete ein Schwarm Stare, marschierte über das Gras, glänzendschwarz in der Sonne, und suchte nach Larven oder sonstwelchen unappetitlichen Sachen, die Stare verlockend fanden.

Als Hines direkt neben ihr sprach, fuhr sie zusammen. »Hübscher Garten. Hat Ihr Mann sich darum gekümmert?«

»Meistens. Ich habe es gemacht, wenn er zu tun hatte oder sich nicht wohl fühlte. Und wenn es sich um eine größere Sache handelte, einen Baum pflanzen zum Beispiel, dann engagierten wir natürlich jemanden mit der richtigen Ausrüstung dafür.« Sie schaute Hines von der Seite an. Er inspizierte den Garten mit seinen ausdruckslosen intelligenten Augen, die Schokoladenhaut glänzte vom reflektierten Sonnenlicht. »Kein sehr aufwendiger Garten«, fügte sie hinzu. »Alle ein oder zwei Wochen den Rasen mähen und die buschigsten Büsche zweimal im Jahr runterschneiden. Für Blumen hatten wir nie Zeit.«

»Gemüse?«

»Nein. Wir gehen auf den Wochenmarkt.«

»Trotzdem, es macht Spaß, es selbst zu ziehen. Nichts geht über eine Gartentomate, die noch sonnenwarm ist.« Hines wandte sich wieder dem Raum zu. »Na, sind wir fertig?« fragte er Porter.

»Fürs erste.«

»Mrs. Chandler, ich weiß Ihre Hilfe sehr zu schätzen. Es kann sein, daß wir uns wieder an Sie wenden, wenn sich neue Fragen ergeben.«

»Tun Sie das nur. Ich helfe gern«, sagte Anne. Nicht, daß sie glaubte, sie würden jetzt etwas herausfinden. Wenn sie nach ihrer Versicherung fragten, dann zeigte das, wie weit sie von einer Lösung enfernt waren. Und sie hatte seit Stunden nichts von Walensky gehört. Vielleicht ging er irgendwo einer Spur nach. Er wußte schließlich mehr über den Campus. Aber sie hatte den Verdacht, daß er irgendwo rumsaß und palaverte. Sie ging ans andere Ende des Wohnzimmers und voraus in den kleinen Flur. »Haben Sie alles?«

»Ja, alles beisammen. Kommen Sie zurecht, Mrs. Chandler?«

»Ich kann Laura Brand nebenan rufen, wenn ich etwas brauche.«

Laura war schon zweimal dagewesen, erst, um zu fragen, was sie tun könnte und um Anne zum Essen einzuladen. Anne hatte abgelehnt. Aber bald war Laura mit einem tiefgekühlten Auflauf zurückgekommen.

»Gut«, sagte Hines. »Tun Sie das auch bestimmt. Und rufen Sie mich an, wenn Ihnen etwas einfällt, das Sie mir noch nicht erzählt haben.«

»Das mache ich. Danke, Sergeant Hines.«

Sie schloß die dunkle Eichentür hinter ihnen und lehnte die Stirn an das polierte Holz, die Hand immer noch auf dem Türknopf. Gott, schien das Haus leer. Sie war erschöpft und gleichzeitig betäubt, weit weg, als ob es die Augen von jemand anderem wären, die sich sandig anfühlten, die Beine von jemand anderem, die wegsacken wollten, der Schmerz von jemand anderem, der über sie hereinstürmen wollte.

Vielleicht hatte Laura Brand recht, vielleicht sollte sie etwas essen. Oder etwas trinken.

Sie ging in die Küche und öffnete den Kühlschrank. Da war die Flasche weißer Burgunder, die sie und Tal gestern abend angefangen hatten. Eine neue Sorte, nicht großartig, aber gut. Sie schenkte sich ein Glas ein und nahm es mit hinein zum Sofa, mit dem unbestimmten Plan, sich hinzusetzen und die Fakten, die sie kannte, zu systematisieren. Die Versicherungsunterlagen waren über den ganzen Couchtisch ausgebreitet. Dollars und Cents, das Preisgeld dafür, dies oder jenes Alter zu erreichen, einen Partner zu haben, der dies oder jenes Alter erreichte. Sie würde die Formalitäten erledigen müssen, nahm sie an, die Prämie beantragen. Prämie! Cindy würde ihr helfen. Cindy kannte sich mit dem ganzen Kram aus, oder könnte sie zumindest an die richtige Stelle verweisen.

Das Haus schien so leer.

In Van Brunt hatte sie keine Zeit gehabt, mit Cindy zu reden. Als Hines hinter Charlie Fielding herjagte, waren sowohl Walensky als auch Reinalter über sie hereingebrochen, voll sinnloser Fürsorglichkeit. Aus Höflichkeit hatte sie eine Tasse Kaffee angenommen, während sie darauf wartete, daß Hines mit Charlie zu einem Ende kam, und hatte sie dann unberührt stehenlassen, als Hines endlich wieder auftauchte. Hines und Porter hatten sie in Tals Büro gebracht. Nicht das große Eckbüro, das er früher hatte. Da war der neue Professor von Meredith eingezogen. Aber Tal hatte die Achseln gezuckt. »Dann habe ich eben nur noch ein Fenster, um den Parkplatz zu betrachten«, hatte er gesagt. »Das ist ja mehr als genug. Das Wichtige sind die Bücherregale.«

Und er hatte wirklich viele Bücherregale. Sie hatte sie gründlich durchgesehen, auf der Suche nach etwas, das ihr Gedächtnis anregen würde, oder nach etwas Ungewöhnlichem, etwas, das nicht zu den Projekten paßte, an denen sie beteiligt war. Aber nichts fiel aus dem Rahmen. Es war seine wohlbekannte Büchersammlung, Standardwerke über Wahrnehmung, Sprache, Testmethoden, Pädagogik, Lesefertigkeit. Reihen von Zeitschriften zu den gleichen Themen füllten die unteren Regale. Sie ging zu dem Regal, das seinem Stuhl am nächsten stand. »Die sind neu«, sagte sie beim Anblick der sauberen Einbände und der unbekannten Titel. Aber den Themen nach waren es lauter vernünftige Ergänzungen: *Augenbewegung und psychologische Prozesse, Kognitive Entwicklung, Die Psychologie des Lesens.*

Entschlossen, etwas zu finden, das auf seinen Mörder hinweisen würde, hatte sie seine Notizen durchgeblättert, seine Post, sogar den Stapel kopierter Bulletins. Alles wie üblich. Ankündigungen von Vorlesungen, von neuen Textbüchern, von Konferenzen. Ersuchen um Empfehlungsschreiben, Nachdrucke seiner Artikel, um seine Mitarbeit bei Komitees. Nichts Ungewöhnliches. Sie hatte den Kopf geschüttelt, plötzlich erschöpft. »Nichts«, sagte sie. »Genau, was ich gestern auch erwartet hätte, als noch nichts passiert war.«

»Nun, vielen Dank, daß Sie es durchgesehen haben, Mrs. Chandler. Und jetzt möchte ich mit den anderen hier sprechen. Ich komme dann später zu Ihnen nach Hause. Wäre Ihnen fünf Uhr recht?«

Es war mehr Befehl als Frage. Anne sagte: »Natürlich.«

»Haben Sie einen Wagen hier?«

»Ja, bei meinem Institut. Harper Hall.«

»Haben Sie Ihren Mann heute morgen zum Campus gefahren?«

»Oh, ich verstehe, wonach Sie fragen. Nein, heute haben wir beide Wagen genommen. Er war zuerst beim Arzt, und ich bin direkt in mein Büro gefahren. Seiner steht wahrscheinlich hier auf dem Parkplatz. Schwarzer VW Käfer.«

Hines schrieb es auf. Walensky sagte: »Es wäre mir ein Vergnügen, Sie nach Hause zu fahren, Mrs. Chandler.«

Sie hatte nicht vor, sich nach Hause karren zu lassen wie ein Invalide, aber sie hatte Walensky gestattet, sie bis zum Parkplatz bei Harper Hall unter seine Fittiche zu nehmen, weil sie dachte, Hines wäre ohne ihn effizienter. Ganz betäubt war sie nach Hause gefahren, hatte zwischendurch bemerkt, daß sie gerade etwas Unvorsichtiges getan hatte, wie zum Beispiel eine Kurve nehmen, ohne richtig auf den Verkehr zu achten. Aber in den Semesterferien waren nur wenige Autos auf der Straße, und sie hatte Glück.

Zu Hause hatte sie erst einmal einige Anrufe erledigt. Sie hatte ihre Sekretärin angerufen, nur um zu erfahren, daß Cindy die Nachricht schon überall verbreitet hatte. Sie hatte Rocky in Chicago und Paul in Houston angerufen. Fassungslos und ungläubig, Rocky unter Tränen, hatten sie versprochen zu kommen. Sie hatte ein Beerdigungsinstitut angerufen. Dann war Laura Brand von nebenan mit ihrem Auflauf angekommen. Schließlich Hines und Porter. Sie waren lange geblieben, hatten nach Tals Leben gefragt, mit ihr zusammen die Tour durchs Haus gemacht und mit besonderer Sorgfalt sein Arbeitszimmer untersucht. Während sie durch die Räume gingen, wurde ihr klar, daß Hines auch andere Fragen einstreute, herausfand, wo sie den ganzen Tag gewesen war, was sie gemacht hatte. Und er hatte sich für jedes Detail dieser Kontoauszüge und Versicherungspolicen interessiert. Es war sein Job, sie durfte es ihm nicht übelnehmen. Aber wie zum Teufel konnte er sie verdächtigen? Sie war schließlich ... und außerdem war es Zeitverschwendung. Sinnlos. Vergeudete Stunden, die sie nutzen sollten, um den Mörder zu fangen.

Aber schließlich waren sie weg.

Und das Haus war sehr leer.

Sie schüttete den Rest Wein hinunter und ging hinaus, um sich noch ein Glas einzuschenken.

Dem verdammten Auflauf fühlte sie sich nicht gewachsen, stellte sie fest, als sie die Flasche wieder in den Kühlschrank stellte. Aber einem Stückchen Käse vielleicht. Sie hatte heute kein Brot gekauft, aber es war noch eine halbe Schachtel Cracker übrig von einer Semesterabschlußparty, die sie vor zwei Wochen gegeben hatten. Besser die aufessen; sie wurden schon weich. Sie setzte sich an den Küchentisch und zwang sich, ein paar Scheiben Käse abzuschneiden. Eigentlich müßte sie jetzt die Fakten ordnen. Schwarz auf weiß würde ihr vielleicht etwas ins Auge fallen. Vielleicht würde sie etwas bemerken, das ein Fremder wie Hines nicht bemerkte. Sie holte einen Stapel Papier und legte ihn neben ihren Stuhl. Dann ging sie durch die Küche, um das Radio anzudrehen. Ärgerlich, daß die fröhliche junge Stimme Mussorgski nicht richtig aussprechen konnte, aber die oftgehörte Musik von *Bilder einer Ausstellung* füllte doch den Raum. Half ihr, die Gefühle in Schach zu halten.

Also gut. Was waren die Fakten? Zeit: kurz vor zwölf Uhr mittags. Ort: der untere Schluchtweg. Anwesende: könnte eigentlich jeder sein, außer, sie konnten beweisen, daß sie woanders waren. Aber sie kannte ein paar. Nora, Charlie, Bart, Maggie. Diese Studentin, Dorrie.

Sie starrte auf die Liste. Was jetzt?

Mussorgski marschierte weiter durch die Ausstellung.

Sie war erleichtert, als es klingelte. Vielleicht wieder Laura Brand, diesmal mit Nachtisch.

Aber überraschenderweise war es Maggie Ryan. Sie stand auf der Vortreppe, an jeder Hand ein kleines Kind. Kleines Mädchen von etwa vier, Krabbelkind etwas über ein Jahr. Alle drei mit schwarzen Locken und Jeans.

»Entschuldigen Sie die Störung«, sagte sie. »Aber ich dachte, es wäre besser, Sie jetzt zu erwischen als später, wenn mehr Leute hier sind. Ich hatte bloß eine Frage.«

»Kommen Sie nur herein. Maggie, nicht?«

»Richtig. Das ist Sarah, und das ist Will.«

»Hallo.« Anne grinste töricht auf die kleinen Sonnenscheinchen hinunter. Niedlich. Sie machte die Tür weiter auf. Sarah kam herein und sah sich neugierig im eichengetäfelten Flur um. Der kleine Will erspähte etwas und bewegte sich zielstrebig aufs Wohnzimmer zu, Maggie ihm auf den Fersen.

»Hiergeblieben, Will!« Sie erwischte ihn, als er am Couchtisch vorbeikam, nahm ihn auf und fragte Anne: »Wo wollen wir uns unterhalten?«

Der kleine Junge verzog das Gesicht und grapschte mit seiner speckigen kleinen Hand nach dem Messingfeuerhaken. Anne sagte: »Wie wär's mit der Küche? Ich versuche gerade, eine Schachtel Cracker zu vertilgen.«

»Wunderbar.« Maggie setzte Will ab und scheuchte die Kinder hinter Anne her in die Küche. Sie setzte sich auf einen der Stühle und pflanzte sich Will auf den Schoß. Alle drei langten nach den Crackern.

»Amam!« sagte Will, stopfte einen in seinen kleinen Mund und hatte die Freuden von Messingfeuerhaken vergessen.

»Amam«, stimmte Maggie zu.

Anne setzte sich an die andere Seite. »Also. Sie hatten eine Frage?«

»Ja, über meinen neuen Boß. Es tut mir leid, so hereinzuplatzen, Professor Chandler, aber –«

»Ach, Gott, nennen Sie mich Anne. Sie haben genauso viele Titel wie ich. Und genauso viele Kinder.«

»Also Anne, Sie haben Kinder?«

»Einen Jungen und ein Mädchen, wie Sie. Paul und Rocky. Einen Mann und eine Frau, sollte ich besser sagen.«

»Ihre Tochter heißt Rocky?«

»Roxane.«

»Oh, natürlich!«

»Im Alter von zehn Jahren beschloß sie, Rocky sei passender. Tal beschwerte sich natürlich. Er ist – er war im Grunde ein ausgesprochener Romantiker und wollte, daß seine wundervolle Tochter einen wundervollen Namen hätte. Aber sie spielte First Base bei den *Laconia Lions*, und er mußte zugeben, daß der Name Rocky besser geeignet war, Furcht und Schrecken in die Herzen der Gegner zu schlagen.«

»Ein guter Vater.« Maggies Lächeln kam von Herzen. »Werden Paul und Rocky bald bei Ihnen sein?«

»Ja. Rocky müßte Samstag abend eintreffen. Paul meint, er kann Sonntag hier sein.«

»Gut.«

»Ja. Also«, Anne schürzte streng die Lippen, »Sie gehen der Frage aus dem Wege, die Sie stellen wollten. Worum geht es?«

»Tja, ich habe mit Charlie Fielding geredet. Und mich gefragt, ob jemand ihn absichtlich in Verdacht bringen wollte. Aber sagen Sie mir bitte, wenn Sie nicht darüber sprechen möchten.«

»Ihn in Verdacht bringen? Was meinen Sie damit?« Nicht darüber sprechen kam gar nicht in Frage. Die alten Denkgewohnheiten setzten sich durch. Bei den meisten Problemen in ihrem Leben war die produktivste Reaktion immer gewesen, sie durchzudiskutieren, ihre logische Struktur zu untersuchen, die Lösung durchzudenken. Jetzt, obwohl ein Teil von ihr wußte, daß es keine Lösung gab, keine zufriedenstellende Lösung, war der Prozeß des Diskutierens doch tröstlich und vertraut. Sogar besser als Listen machen. Und sie war entschlossen, herauszufinden, was passiert war.

»Hat Sergeant Hines Ihnen die Sachen gezeigt, die sie in der Schlucht gefunden haben?« fragte Maggie.

»Ja.«

»Tja, das kleine Chaplin-Notizbuch gehört Charlie Fielding. Aber ich bin mir ziemlich sicher, daß er es heute nicht dort verloren hat, weil ich seit Viertel nach neun mit ihm zusammen war. Er sagt, er hat hineingeschaut, bevor er heute morgen das Haus verließ. Also hat jemand zwischen diesem Zeitpunkt und dem Augenblick, als ich in die Schlucht kam, sein Notizbuch dort hingelegt.«

»Bart«, sagte Anne.

»Bart? Warum sagen Sie das?« Mit der schizophrenen Geschicklichkeit, an die Anne sich noch aus ihren eigenen Tagen als junge Mutter erinnerte, teilte Maggie Cracker aus, wischte Krümel von kleinen Mündern und folgte dem Gespräch mit gespannter Aufmerksamkeit.

»Die Pfeife.« Anne schüttelte den Kopf. »Aber warum sollte er?«

»Das war Barts Pfeife? Charlie sagte, sie wäre ähnlich, aber heller – ja, natürlich! Er hatte seine nicht! Sie gaben ihm die Zigarette, weil er sie brauchte! Ihm war richtig schlecht.«

»Ich habe Verständnis für Entzugserscheinungen«, sagte Anne. »Apropos ... Sie rauchen nicht?« Sie hielt Maggie die Schachtel hin.

»Danke, nein. Aber Gauloise-Rauch bringt ein paar schöne Erinnerungen zurück.«

»Sie sind also in Frankreich gewesen.« Anne zündete ihre Zigarette an.

»Paris, in meinem vorletzten Highschooljahr. Habe viel gelernt.«

»Eine Stadt voller Lektionen.«

»Ja.« Maggie wühlte in ihrer Tasche, gab Sarah ein Buch, und auf Wills Schrei hin zog sie auch für ihn eins heraus. Dann schauten ihre blauen Augen wieder in Annes. »Als ich Ihren Mann heute morgen kennenlernte, haben wir ein paar Minuten über Französisch geredet, und er sagte, es wäre sein besonderer Wunsch, daß ich Sie kennenlernte. Das ist der andere Grund, aus dem ich heute abend gekommen bin.«

»Wegen Ihres Französisch? Woher wußte er das?«

»Tja, er hörte meine Tochter auf Französisch fluchen, und –«

»Das macht meine auch.« Anne lächelte Sarah anerkennend zu.

»Und weil mein Mann vor ein paar Jahren im Farm-Theater den Cyrano gespielt hat. Nick O'Connor.«

»Cyrano? Das war Ihr Mann? Gott, haben wir das genossen!« Sie erinnerte sich, wie Tal hinterher auf dem Parkplatz herumgehüpft war und seine liebsten Szenen nachgespielt hatte, als sie zum Wagen gingen. Anne selbst war immer noch ganz mitgenommen von dem romantischen Pathos in Cyranos wunderbarer Todesszene und mußte schlucken, als sie über Tals Possen lächeln wollte.

Auch jetzt steckte ihr ein Schluchzer im Hals. Anne schnaubte sich die Nase in eine Papierserviette.

Maggie sagte: »Ich bin froh, daß es Ihnen gefallen hat. Nick wird diesen Sommer wieder am Farm-Theater sein. Mark Anton und Big Daddy. Er kommt nächste Woche, wenn er eine Fernsehepisode abgedreht hat.«

»Ach? Welche?«

»*Kojak*. Sie brauchten jemanden, der Telly Savalas ähnlich sehen kann.« Aber Maggie war nicht entgangen, daß das Interesse in Annes Tonfall nachließ, und sie kehrte zu ihrer ersten Frage zurück. »Können Sie sich denken, warum Bart oder sonst jemand versuchen könnte, Charlie Fielding in Verdacht zu bringen?«

»Charlie in Verdacht bringen? Nein.« Dankbar kehrte Anne zu dem Problem zurück. »Kann mir Charlie gar nicht mit ernsthaften Feinden vorstellen. Er ist ein schüchterner junger Mann, immer freundlich, bemüht zu gefallen. Sehr gescheit, Scharfsinn für wissenschaftliche Probleme. Arbeitet zu hart. Manchmal kommt es mir ungesund vor, daß junge Professoren so viele Stunden für eine ordentliche Professur arbeiten müssen. Ich könnte mir denken, daß es deshalb auch mit Lorraine nicht geklappt hat.«

»Lorraine?«

»Seine Ex-Frau. Sie ist hier Studentin gewesen. Arbeitete selbst sehr fleißig, ehrgeizig. Blieb noch, nachdem sie ihren Dr. Phil. gemacht hatte. Tal war damals Vorsitzender, und er fand eine halbe Stelle als Dozentin für sie, aber die war natürlich im Hinblick auf ihre Karriere völlig nutzlos. Also beendete sie ihre Forschungsarbeit, veröffentlichte ein paar Artikel und ging weg, um eine Stellung in Queens College anzunehmen. Eine Weile pendelten sie noch an den Wochenenden hin und her, aber offensichtlich haben sie es nicht so hingekriegt, daß es funktionierte.«

»Ja, Nick und ich mußten das auch manchmal tun. Scheußliche Art, eine Ehe zu führen. Aber sie haben sich dann im Guten getrennt?«

»Soweit ich weiß. Obwohl Charlie eine Zeitlang sehr in sich gekehrt schien.« Anne starrte Maggie mißtrauisch an. »Sie wollen doch nicht andeuten, daß Lorraine Fisher dies alles aus der Ferne gedeichselt hat, um es Charlie heimzuzahlen, oder?«

»Klingt lachhaft«, gab Maggie zu. »Aber man kann nie wissen, manche Ex-Frauen sind ziemlich verbittert. Und da ich für den Mann arbeite, habe ich mich eben gefragt, ob es jemanden gibt, der wütend auf ihn ist oder in irgendeiner Weise davon profitiert, wenn er in Schwierigkeiten kommt. Wie steht's mit seiner akademischen Stellung? Irgendwelche Konkurrenz?«

»Hauptsächlich Tal.«

»Tal? Sie schienen heute morgen dicke Freunde.«

»Klar. Die Rivalität war rein intellektuell. Der große Streitpunkt ist, was das Auge auf den nächsten Fixationspunkt lenkt.«

»Ach, ich erinnere mich, daß sie darüber gewitzelt haben. Charlie hebt den Inhalt hervor, die Hypothese, die der Leser darüber aufstellt, welche Bedeutung als nächstes kommt. Tal plädiert für den typographischen Stimulus. Buchstaben und Abstände.«

»Genau.« Anne lächelte. »Die üblichen akademischen Spitzfindigkeiten.«

»Schon. Aber auch mit ein paar praktischen Weiterungen. Ich meine, außer daß es uns vielleicht Hinweise gibt, wie man Menschen besser lesen lehren kann, hängen ja auch eine Menge Fördermittel und akademische Preise davon ab.«

»Das ist wahr.«

Sarah zupfte an Maggies Ärmel.

Maggie beugte den Kopf zu dem kleinen Mädchen, horchte auf ihr drängendes Flüstern, und gab ihr noch einen Cracker. Will, der auf dem Boden saß, turtelte mit seinem Buch. Maggie lächelte zu Anne hinüber. »Dann wurde ich also angestellt, um zu beweisen, daß Ihr Mann sich irrt!«

»Es zu versuchen«, sagte Anne kampflustig. »Er sammelte Gegenbeweise. Tal sagte, seine neueste Studie würde Charlies Theorie genau im Kern treffen. Beweise den Vorrang der Wortgestalt vor der Bedeutung.«

»Wirklich? Wer wußte von dieser Studie?«

»Ich weiß nicht. Tal hat sie erst vor ein paar Tagen analysiert. Aber ich glaube nicht, daß es ein großes Geheimnis war.«

»Möglicherweise hat also jemand bemerkt, was für ein Problem das für Charlie sein könnte?«

»Was wollen Sie damit andeuten? Daß der Verdacht auf Charlie gelenkt wurde, weil jemand dachte, er hätte ein Motiv, Tal zu – zu – Aber das ist lächerlich!«

»Kann sein. Aber Charlie hat viele Jahre in diese Studie gesteckt. Wenn sie jetzt zusammenbräche, wäre das keine Kleinigkeit.«

Anne nickte finster. »Also hat vielleicht jemand gemeint, das sei ein plausibles Motiv. Aber es ist doch sowieso irrelevant. Charlie war mit Ihnen zusammen.«

»Schon, aber... Das ist ein Pferd, Will. Pferd.«

»Wauwau!«

»Na, wie du meinst.« Maggie streichelte die glänzenden Locken des Kleinen.

»Willy ist doof«, verkündete Sarah verächtlich.

»Nein, nicht doof. Er benennt Gruppen, Sarah. Hat bloß noch nicht in Pferde und Hunde unterteilt. Charlie war bei mir, ja«, fuhr sie ohne Unterbrechung fort, »aber niemand wußte das. Daher hätte der Mörder Charlie als Sündenbock aussuchen können, weil es ein Motiv gab und weil es so leicht war, an Charlies Notizbuch zu kommen und es dort hinzulegen, um die Polizei auf die falsche Fährte zu lenken.«

»Ach so.« Ein vernünftiger Plan. Würde Bart so vernünftig sein? Wahrscheinlich. »Aber ich dachte, es sollte wie Selbstmord aussehen.«

Maggie sagte: »Wie ein gestellter Selbstmord. Von Charlie gestellt.«

»Ziemlich kompliziert!«

»Ja. Aber ich habe mich gefragt – also, angenommen, die Polizei hätte Charlies Notizbuch nicht gefunden. Das ist eine unfreundliche Frage, aber da es ein Motiv für Charlie gibt, habe ich mich gefragt, ob es auch ein Motiv für einen Selbstmord geben könnte.«

»Unmöglich!« Anne lehnte sich über den Tisch und stach mit einem steifen Zeigfinger auf die Luft vor Maggies Nase ein. »Er war glücklich! Feierte, um Gottes Willen! Es kann nicht sein!«

»Ich weiß.« Maggie schreckte vor ihrem Zorn nicht zurück. Sie streckte sanft die Hand nach Anne aus. »Die erste Frau meines Mannes – es war wohl Selbstmord. Er war niedergeschmettert. Vollkommen am Boden zerstört. Und es kam nicht mal so überraschend. Sie hatte eine Leidensgeschichte von Depressionen und Selbstmordversuchen.«

»Nichts dergleichen!« Anne schüttelte den Kopf. »Vor zwei Jahren, mitten in der Chemotherapie, klar, da war Tal deprimiert. Wer wäre das nicht? Aber danach ... na ja, er wußte sein Leben um so mehr zu schätzen. Und es wird besser. Sein Arzt hatte heute morgen gute Nachrichten für ihn!«

»Charlie dachte, das wäre es vielleicht, was er beim Lunch feiern wollte.«

»Aber Sie deuten an, daß der Mörder dachte, die Polizei könnte an Selbstmord glauben. Wenn sie das Notizbuch nicht gefunden hätte.« Sie lehnte sich entnervt zurück. »Klingt nach sehr akademischen Gedankengängen, oder? Erklärungen über Erklärungen, falls die ersten Erklärungen nicht funktionieren.«

»Ja. Außerdem ist es eine gute Möglichkeit, auf die Schnelle eine Pistole loszuwerden.« Sie kämmte mit den Fingern ihre Locken zurück. »Aber jetzt muß ich eine noch gemeinere Frage stellen. Sie waren ziemlich schnell am Tatort. Sie haben hübsche Versicherungspolicen da auf dem Couchtisch. Sie kennen Tals Fachbereich gut, hätten Sachen arrangieren können.«

»*Merde*!« Anne knallte die Faust auf den Tisch. »Sie sind ja schlimmer als dieser Idiot von Hines! Sehen Sie, es stimmt, vor zwei Jahren mußten Tal und ich beide der Möglichkeit ins Auge sehen, daß er sterben könnte. Wir mußten einsehen, daß es nicht in unserer Hand lag. Aber verdammt noch mal, ich wollte jeden Augenblick mit diesem Mann, der mir vergönnt war! In welcher Form auch immer!«

VIII

»Ja«, sagte Maggie. »Ich glaube Ihnen.«

»Na also, warum fragen Sie dann so was?« wollte Anne wissen.

Beim Klang von Annes erhobener Stimme hatte Sarah sich neben ihre Mutter gestellt, und Maggie zog sie beruhigend an sich. Selbstvergessen murmelte Will immer noch »Wauwau« in sein Buch. Maggie sagte: »Es ist mein erster Tag in einem neuen Job, und jemand wird ermordet, und mein Boß hat damit zu tun. Ich will wissen, was vorgeht. Und das läßt sich nur schwer herauskriegen, ohne daß man gemeine, knallharte Fragen stellt. Verstehen Sie«, setzte sie sanft hinzu und deutete auf Annes geballte Faust auf dem Tisch, »Sie stehen auf meiner Liste, Anne. Genau wie ich auf Ihrer.«

Anne schaute ihre Faust an. Darunter lag das Papier, auf das sie die Namen der Leute geschrieben hatte, die in der Schlucht waren: Charlie, Nora, Bart, Maggie, Dorrie.

Sie sagte: »*Merde*«, und sank in ihrem Stuhl zurück.

»Ja. Sie sind an der Reihe, wenn Sie wollen. Stellen Sie mir gemeine, knallharte Fragen. Oder, wenn Ihnen das lieber ist, gehe ich. Es liegt ganz bei Ihnen.«

Anne funkelte Maggie an. Die jüngere Frau zog ihr Kind an sich, erwiderte aber Annes Blick mit diesen aufrichtigen, intelligenten Augen. Anne hob ihre Gauloise an die Lippen und sagte: »Sie sind ein rücksichtsloses Biest, nicht? Scheren sich den Teufel drum, was andere Leute denken. Oder fühlen.«

Maggie zuckte die Achseln. »Das kommt darauf an. Wenn es um Mord geht, ja, dann bin ich manchmal rücksichtslos.« Sie ließ Sarah los und bückte sich nach ihrer Tasche auf dem Fußboden. »Sie möchten also, daß ich gehe.«

»Moment noch«, knurrte Anne. Inmitten der Wolke von Mißtrauen und Zorn nahm eine Idee Gestalt an. »Ein bißchen Rücksichtslosigkeit kann genau das sein, was wir brauchen. Und ich für mein Teil habe die Wahrheit immer wichtiger gefunden als gutes Benehmen.«

»Dito«, sagte Maggie und richtete sich auf. »Ehrlich, ich bin nicht gekommen, um Ihnen noch mehr Sorgen zu machen. Aber ich bin neugierig, und manchmal ist gemein und knallhart der einzige Weg, Antworten zu bekommen. Also bin ich manchmal ein grober Klotz.«

»Hören Sie, grober Klotz.« Anne nahm einen langen, stärkenden Zug aus ihrer Zigarette. »Ich denke gerade wieder an Jackie Edwards. Damals sind Sie mir viel vernünftiger vorgekommen als die Polizei. Und Sie haben Jackies Mörder gefunden.« Sie kämpfte das peinliche Zittern in ihrer Stimme nieder. »Maggie, helfen Sie mir, auch Tals Mörder zu finden.«

»He, ist ja gut!« Maggie hob die Brauen, und entließ dann Sarah mit einem Klaps. Das Kind setzte sich neben seinen kleinen Bruder auf den Linoleum-Fußboden. Die beiden fingen an, sich um Wills Buch zu streiten. Maggie fuhr sich mit den Fingern durch die Haare und runzelte die Stirn. »Ich bin nicht die Polizei, Anne. Und es ist reichlich Polizei da.«

»Zu viele«, fauchte Anne. »Hines scheint ja was von seinem Job zu verstehen, aber er kennt den Campus nicht. Seine Polizei setzt kaum jemals den Fuß auf das Gelände. Also stellt er hier blöde Fragen über die Versicherung, genau wie Sie. Und Walensky kennt den Campus, aber ich glaube nicht, daß er es je mit einem Mord zu tun hatte. Hat sogar die Fahrerflucht vor zwei Jahren vermasselt, als der kleine Hammond-Junge zwei gebrochene Beine davontrug. Tal war rasend vor Wut. Sagte, Walensky wäre mehr daran interessiert, die Universität gut dastehen zu lassen, als daran, den Fahrer zu erwischen.« Sie sah Maggie mit zusammengekniffenen Augen an. »Aber das wissen Sie alles! Sie sind hergekommen, um nach Charlie zu fragen. Sie scheinen der Polizei selbst nicht allzu sehr zu trauen.«

»Da haben Sie recht.« Die Kinder waren jetzt aufgestanden und wanderten in der Küche umher. Maggie folgte ihnen mit den Augen, während sie sprach. »Walensky scheint überfordert. Hines hat einen schlechten Start, weil Walensky ihm nicht hilft. Außerdem muß er sich damit aufhalten, Charlie Fielding und mich zu überprüfen. Ich kann das überspringen, weil ich weiß, daß keiner von uns beiden es getan hat. Ich habe mir gedacht, es könnte nichts schaden, zu überlegen – Hey!« Das war an Will gerichtet, der einen der Unterschränke aufmachte. Maggie schwang sich durch die Küche wie ein Habicht auf Mäusejagd und entriß seinen pummeligen Händchen Annes Kristallglasschale.

Anne drückte ihre Zigarette aus. »Wir haben noch eine Stunde Tageslicht. Sie können draußen auf unserer Schaukel spielen, wenn sie wollen. Und wir können auf der Terrasse ein Glas Wein trinken.«

»Fabelhaft!« Maggies strahlendes Lächeln leuchtete auf. Sie hatte in ihrer Tasche ein Spielzeug für Will gefunden, aber das konnte offenbar mit dem Reiz der Kristallschale nicht konkurrieren. Sie stupste den quengelnden Buben unters Kinn. »Will, hast du gehört? Möchtest du schaukeln gehen?«

»Schaukeln! Hurra!« rief Sarah.

»Aukel! Huaa!« echote Will.

Maggie brachte die Kinder nach draußen zu den Schaukeln, während Anne ein zweites Glas aus dem Schrank nahm und beide mit Wein, Crackern und einem Aschenbecher auf ein Tablett stellte. Sie sah aus dem Fenster. Maggie prüfte die Ketten und Sitze der Schaukeln und kletterte sogar bis auf den Querbalken der Konstruktion, um die Verschraubung zu inspizieren. Offenbar bestand sie die Prüfung, denn als Anne mit dem Wein die Terrasse betrat, kam Maggie mit großen Schritten über den Rasen zu ihr auf die Steinplatten. »Damit sind sie eine Weile beschäftigt«, sagte sie. »Sie wollen Astronauten spielen, die durch die Lüfte schwirren.«

»Prima.« Anne deutete einladend auf die weißen Gitterstühle und den Tisch. Die geflieste Terrasse lag zwischen Eßzimmer und Garten, vor zuviel Sonne und Wind geschützt durch die beiden Flügel, in denen sich Wohnzimmer und Küche befanden. Tal hatte immer sehr gerne hier draußen gegessen, an heißen Tagen sogar schon zum Frühstück. Heute war es zu kühl gewesen. Anne hob ihr Glas und nippte dran, ehe sie sich setzte.

Maggie stellte ihren Stuhl so, daß sie die Kinder gut sehen konnte, und zog dann ein Foto aus ihrer Tasche. »Darf ich mir das mal ausleihen?«

Es war ein Gruppenbild von der Weihnachtsparty des Fachbereichs. Anne, Tal, Bart und seine Frau, Charlie, Nora, Bernie. Alle hielten Champagnergläser in der Hand und grinsten dämlich in die

Kamera. Anne hatte es zuletzt an ihrem Kühlschrank gesehen, mit einem Magneten befestigt. Sie sagte: »Bedienen Sie sich.«

»Danke.« Das Foto verschwand wieder in der Tasche. Maggie trank einen Schluck Wein, nickte und fragte: »So, und was möchten Sie als erstes wissen?«

»Sie waren die ganze Zeit mit Charlie Fielding zusammen, sagten Sie?«

»Ja. Also, beinahe. Wir haben die Schlucht auf dem oberen Weg überquert, und als wir an der College Avenue ankamen, bin ich vorausgerannt, um einen Brief an Nick einzuwerfen. Dazu mußte ich über die Straße zum Postamt, was vielleicht zwei Minuten dauerte. Charlie war ungefähr da, wo ich ihn verlassen hatte. Er hätte also vielleicht Zeit gehabt, zur oberen Brücke und zurück zu rasen. Aber er hätte unmöglich jemanden auf dem unteren Weg erschießen, ihm die Pistole in die Hand drücken und so schnell den ganzen Weg zurücklaufen können.«

»Und Sie sind sicher, daß es zu der Zeit geschehen ist?«

»Ja. Wir sind unterwegs auf der oberen Brücke stehengeblieben und haben den unteren Weg ziemlich genau angeschaut. Es war noch nicht passiert. Der Weg war leer. Aber wir haben jemanden gesehen, der sich da unten in den Büschen versteckte. Mein Gott, wenn ich gewußt hätte –« Maggie nahm einen großen Schluck Wein, sah stirnrunzelnd das Glas an und drehte den Stiel in den langen Fingern.

»Wer war es?« fragte Anne mit zugeschnürtem Hals.

»Ich weiß es nicht. Wir konnten nur einen Ärmel und einen Schuh erkennen. Die gleiche Farbe wie diese riesigen Stiefel, die Hines uns gezeigt hat, aber das heißt nicht viel. Es war zu weit weg, um zu erkennen, ob schon Fußspuren im Schlamm waren.« Ärgerlich hackte sie mit dem Daumen auf sich ein. »Und Ryan hier, diese Miss Supergescheit, faselt davon, daß es wahrscheinlich ein Vogelbeobachter ist. Gott.«

»Was ist mit den anderen, die sich zum Lunch getroffen haben?« fragte Anne. »Hätte es einer von denen sein können?«

»Bart oder Nora? Klar. Sie sagen beide, daß sie auch den oberen Weg genommen haben. Sie haben es ja gehört. Aber jeder von ihnen hätte auf dem unteren Weg sein können, nachdem wir weitergegangen waren.«

»Und da ist noch Barts Pfeife.«

»Ja. Er war auch beim Lunch schon zappelig«, sagte Maggie. »Vermißte sie schon.« Sie trank noch einen Schluck Wein und schaute Anne über den Glasrand mit Eulenaugen an. »Hatte Bart einen Streit mit Tal?«

»Nein. Nicht, daß ich wüßte. Sie fragen, weil ich mit seinem Namen herausgeplatzt bin.«

»Ja.«

»Ich dachte nur an die Pfeife. Na ja, Bart hat seine Probleme. Er ist kein glücklicher Mann. Hat neuerdings Schwierigkeiten mit dem Publizieren, und deshalb ist Bernie Reinalter knauserig mit den Gehaltserhöhungen.«

»Er hat doch eine ordentliche Professur?«

»Oh, ja, loswerden können sie ihn nicht, es sei denn, sie können ihm grobe Inkompetenz nachweisen. Aber Bernie verteilt die Gelder, und bei der augenblicklichen Inflationsrate hat Bart bestimmt zu leiden. Tal sagte, er setzte große Hoffnungen auf den neuen Fördermittelantrag, den er einreicht. Er hatte Tal um einen Empfehlungsbrief gebeten. Wahrscheinlich als Ausgleich zu den lauwarmen Worten, die er von Bernie bekommen wird.«

»Ich verstehe. Tja, das ist ja keine so ungewöhnliche Situation. Hat Bart Familie?«

»Seine Frau arbeitet beim Uni-Verlag, sie ist wissenschaftliche Redakteurin. Ein paar erwachsene Kinder, die sind in die Stadt gezogen.«

»Also keine familiären Probleme?«

»Seine Frau hatte letztes Jahr eine Augenoperation. Keine offensichtlichen Eheprobleme, wenn Sie das meinen. Aber wer weiß so etwas schon mit Bestimmtheit?« Sie überlegte, ob vor Jahren wohl irgendwer im Fachbereich etwas von Miss Einführungskurs gewußt hatte. Tal war ein diskreter Mann, hatte offenbar nie vorgehabt, seine Ehe zu gefährden. Miss Einführungskurs hatte die Idee gehabt, auf der Türschwelle zu erscheinen und tränenreich zu verlangen, Anne möge Tal freigeben und seiner wahren Liebe überlassen. Anne, mit einem Baby auf der Hüfte und dreiundfünfzig französischen Studentenaufsätzen, die auf ihre Korrektur warteten, hatte gesagt: »Schätzchen, wenn Tal etwas von mir will, muß er mich selbst fragen. Ich habe einfach keine Zeit, über Mittelspersonen zu verhandeln.« Er hatte natürlich nie gefragt, überhaupt nie davon gesprochen, aber im nächsten Semester gewissenhaft zu Hause die Nachricht verkündet, daß Miss Einführungskurs auf ein College in New York City abgewandert war. Armes Kind ... Anne zerrte ihre mäandernden Gedanken wieder in die Gegenwart zurück.

»Aha«, sagte Maggie gerade. »Also, wir haben uns gedacht, daß Charlies Notizbuch aus seiner Tasche gefallen sein könnte, als er heute morgen vom Auto in sein Büro rannte. Mehrere Leute hätten es aufheben können.«

»Bart?«

»Er ist einer davon. Nora, Cindy, der Vorsitzende. Übrigens war auch meine Babysitterin, Liz, morgens in Van Brunt. Aber ich habe bei McDonald's nach ihr gefragt, und der Angestellte dort hat bestätigt, daß meine beiden Kinder mit einer jungen Frau, auf die Liz' Beschreibung paßt, von Viertel vor zwölf bis halb eins dort gewesen sind.«

»Und die Zeit wußte er genau? Nicht, daß Liz etwa einen Grund hätte –«

»Ich weiß. Die Schicht fing um halb zwölf an. Er gab zu, daß die Zeit geschätzt war, aber um mehr als fünf Minuten irrte er sich nicht.« Sie lächelte. »Gelegentlich benutzen auch wir Statistiker einfach unseren gesunden Menschenverstand. Jedenfalls glaube ich ihm soweit, daß sie die Kinder wieder nehmen darf.«

»Na, ich bin froh, daß jemand aus dem Schneider ist.«

»Einer weniger. Richtig. Und jetzt, was wissen Sie über Reinalter?«

»Bernie? Aber warum –«

»Das wollen wir ja gerade herauskriegen«, unterbrach Maggie brüsk. »Reinalter traf gegen neun in Van Brunt ein, sagt Cindy. Ich sah ihn einen Augenblick, als ich von Cindy Formulare kriegte. Sie sagt, er ging um halb zwölf mit ein paar japanischen Computerwissenschaftlern zum Lunch im Fakultätsclub. Er hätte Charlies Notizbuch finden können, und wenn er sein Auto an der richtigen Stelle am Eingang zum Weg stehenließ, hätte er um Viertel nach zwölf beim Fakultätsclub gewesen sein können. Nicht sehr wahrscheinlich, aber streichen Sie ihn noch nicht, bis wir etwas mehr wissen.«

»Ich verstehe, was Sie meinen. Aber verdammt noch mal, nach allem, was Tal für ihn getan hat! Er hat wirklich eine Menge riskiert!«

»Was hat Tal getan?«

Anne starrte auf den Rasen hinaus. Er lag jetzt fast vollständig im Schatten, aber der Himmel über dem Immergrün war noch hell. Die Kinder schwangen auf den Schaukeln hin und her, ihr Geplapper klang aus der Entfernung gedämpft herüber. Sarah war auf dem Trapez, ein kräftiges kleines Mädchen, das sich geschickt hochgezogen hatte und nun auf der Stange saß. Sie hielt Will Vorträge über die Oberfläche des Mondes. Will paßte nicht sonderlich gut auf. Er hatte sich bäuchlings auf einen Schaukelsitz geworfen, schob sich mit seinen Stummelbeinchen vorwärts und schwang dann kichernd zurück.

Maggie sagte: »Es wird noch gemeiner und knallhärter sein, wenn ich Reinalter fragen muß.«

Das war wohl wahr. »Tal war Vorsitzender, als Bernie kam«, sagte Anne langsam. »Vor etwa fünfzehn Jahren. Bernie war auf irgendeinem kleinen College im mittleren Westen gewesen. Irgendwo in Iowa vielleicht. Er arbeitet über pädagogische Tests, und er hatte gerade einen neuen mathematischen Test entwickelt, der für recht gut gehalten wurde. Er bewarb sich hier um eine Position. Hielt eine gute Antrittsvorlesung, und das Forschungskomitee sagte, schnappt ihn euch. Aber Tal fand es ein bißchen merkwürdig, weil es für Bernie kein Aufstieg war. Die Position war genau gleich und das Gehalt sogar niedriger. Bernie sagte, er wollte in den Osten, an eine größere Universität und so weiter. Aber Tal hatte einen alten Freund in Iowa. Nicht an Bernies College, aber in einer Stadt in der Nähe.«

»Keine Freunde in Bernies College?«

»Es war ein ziemlich kleines College. Aber das Beziehungsnetz der Ehemaligen funktionierte trotzdem. Tals Freund stellte ein paar Nachforschungen an und kriegte raus, daß Tal recht hatte. Bernie war in Verruf geraten. Offenbar hatte der zuständige Staatsanwalt in Bernies Stadt ein paar Prostituierte verhaften lassen. Und gegen Strafnachlaß hatten sie Bernie als einen ihrer Kunden genannt.« Anne schnaubte verächtlich. »Ich wette, von ihren Freiern bei der Polizei oder den Anwälten haben sie keine genannt.«

»Na, sie wollten doch Strafnachlaß«, sagte Maggie.

»Genau. Bernie konnte nicht zurückschlagen. Jedenfalls war Wahljahr, und deshalb kam es in die Lokalzeitungen, ehe es vom Gericht abgewiesen wurde. Es *wurde* abgewiesen«, sagte sie noch, damit Maggie es auch bestimmt mitkriegte. »Na, das wäre ja schon schlimm genug in einer Stadt wie dieser, mit einer großen Universität. Eltern, die ihre Töchter aufs College schicken und dann Gerüchte hören, daß einer der Professoren ein Bordell frequentiert – entsetzlich! Aber stellen Sie sich die Reaktion in einer Kleinstadt im Bible Belt vor, vor so langer Zeit. Und stellen Sie sich einen Professor vor, der nicht nur mit College-Studenten arbeitet, sondern mit den kleinen Kindern der Stadt pädagogische Forschungen betreibt. Wie Ihre Kinder.«

»Ich verstehe«, sagte Maggie, und ihre Augen ruhten auf den Kleinen, die am anderen Ende des Garten schaukelten. »Einerseits ziemlich intolerant. Aber man muß auch für die Eltern Verständnis aufbringen. Ich würde so ziemlich alles tun, damit meinen Kindern nichts geschieht. Alles.« Sie warf Anne einen Blick zu, die blauen Augen dunkel im schwindenden Licht. »Tal hat ihn trotzdem eingestellt?«

»Hat ihm gesagt, er solle sich zusammenreißen und noch mehr gute Tests entwickeln, und wahrscheinlich würde nie mehr jemand daran denken. Also kam Bernie her, und soweit ich weiß, ist es genau so gelaufen.«

»Er sieht aus wie die Wohlanständigkeit in Person.«

»Er *ist* die Wohlanständigkeit in Person.«

»Was damals passiert ist, stand also in Iowa in den Zeitungen«, sagte Maggie nachdenklich. »Ein fleißiger Reporter könnte es ausgraben. Also würde es an sich keinen Unterschied machen, daß Tal es wußte und sonst niemand. Aber wenn Reinalter wieder in Schwierigkeiten käme, vielleicht an sich eine Kleinigkeit, die aber vor dem Hintergrund der früheren Anschuldigungen übel aussieht – worin bestanden die? Was Abartiges?«

Anne schüttelte den Kopf. »Ich weiß nicht. Tal hat es mir gegenüber nicht erwähnt, also nehme ich an, daß die Zeitungen nichts darüber gebracht haben.« Sie schauerte und knöpfte ihre Jacke zu. Es wurde kühler. Schwer vorstellbar, daß der prüde Bernie in irgendwelche neuen Schwierigkeiten geraten könnte. Sie sagte: »Ich habe in Bernie immer das gebrannte Kind gesehen, das für einen neuen Anfang dankbar ist.«

»Sie haben vermutlich recht«, sagte Maggie. »Aber streichen wir ihn mal noch nicht von unserer Liste. Als nächste ist Cindy dran.«

»Cindy?«

»Sekretärinnen sind wichtige Leute in der Fakultät. Warum sie nicht in Betracht ziehen?«

»Sie war bei einem Treffen zum Lunch. Ich bin ihr begegnet, als sie zurückkam.«

»Wo war sie gewesen?«

»Weiß ich nicht.«

»Wo haben Sie sie gesehen?«

»Van Brunt. Um Viertel nach zwölf etwa, unmittelbar, bevor ich mich auf den Weg durch die Schlucht machte.«

»Mm. Das reicht noch nicht ganz«, sagte Maggie leise.

»Ich weiß. Für mich auch nicht«, giftete Anne. »Hines ist es ein halbes Dutzendmal mit mir durchgegangen. Ich hatte mit jemandem telefoniert, kurz bevor ich aus dem Büro in Harper Hall ging, aber es hat ihn nicht beeindruckt.«

»Es gibt viele Telefone auf dem Campus. Und außerdem auch an der College Avenue. Sie hätten überall gewesen sein können.«

»Ja. Trotzdem, bis zu einem gewissen Punkt können Cindy und ich füreinander bürgen.« *Hätte es Cindy sein können? Bestimmt nicht.*

»Und die anderen Leute bei dem Treffen werden für sie aussagen.«

»Möglich.« Würden sie das? Anne goß den Rest aus der Flasche in ihr Glas. »Soll ich noch Wein holen?«

»Nein, danke, für mich nicht.« Maggies schlaue Augen waren unverwandt auf sie gerichtet, voller Neugier. Anne erwiderte ausdruckslos den Blick, und schließlich sagte Maggie nur: »Können Sie mir etwas über Nora sagen?«

»Auch eine schwer arbeitende junge Professorin, wie Charlie Fielding. Hat schon ein Buch veröffentlicht. Zur Entwicklung der Sozialkompetenz, sagte Tal.«

»Familie?«

»Ein jüngerer Bruder in New York. Sie hat mir erzählt, sie hätte ihn großgezogen, also müssen die Eltern tot sein. Und letztes Jahr lebte sie mit jemandem zusammen, einem Computerwissenschaftler. Brownell, oder so ähnlich. Er kam nur zu ein paar Partys in der Fakultät, also kenne ich ihn eigentlich gar nicht.«

»Was ist mit Tal? Hat er je erwähnt, daß sie Probleme hätte?«

Anne schüttelte den Kopf. »Nein. Das heißt – sie und der Computerfachmann haben sich letztes Jahr zerstritten. Auf der Halloween-Party, weiß ich noch, war Nora beschwipst und fing an, Charlie Fielding nachzustellen. Hat den armen Kerl zu Tode erschreckt. Weiß nicht, ob sie sich mit dem Computerknaben je wieder ausgesöhnt hat oder nicht.« Anne rutschte auf ihrem Stuhl herum. »Sonst hat Tal wegen Nora nur noch erwähnt, daß da letztes Jahr ein Student war. Ein junger Mann. Kam in Noras Büro, und offenbar bedrohte er sie irgendwie. Tal und Charlie Fielding unterhielten sich im Gang und hörten Geschrei. Sie gingen nachsehen, sahen einen jungen Mann mit strähnigem Haar rasend vor Wut mit der Faust auf ihren Schreibtisch schlagen. Als sie auftauchten, sagte sie ihm, sie würde mit ihm reden, wenn er sich beruhigt hätte, und er ging. Aber Tal meinte, sie war noch eine ganze Weile danach ziemlich mitgenommen. Erwähnte sogar, daß sie sich eine Pistole beschaffen wollte. Der Junge muß ihr gedroht haben.«

»Eine Pistole! Das klingt ernst. Was wollte er denn?«

»Sie sagte, es ginge um eine Note. Aber Tal sagte, wenn das alles war, dann müßte er auch ein Drogenproblem haben. Er war viel zu aufgebracht für die übliche Notenbeschwerde.«

»Sogar für wenn-ich-diesen-Kurs-nicht-schaffe-ist-mein-Examen-gegessen?«

»Tja, in meinen dreißig Jahren Unterricht hat mich selbst deswegen niemals jemand ernsthaft bedroht. Aber möglich ist es wohl.«

»Tal hat wahrscheinlich recht mit den Drogen.« Maggie zog ein Bein hoch und stemmte den Fuß auf die vordere Stuhlkante. »Gott, diese Sonnenuntergänge sind überwältigend.«

Anne nickte. Im Osten war der Himmel jetzt dunkel, aber im Westen leuchteten unregelmäßige Wolkenfetzen rosa und golden in einem letzten strahlenden Augenblick, ehe die Nacht anbrach. Am anderen Ende des Rasens versuchten die Kinder *Gonna fly now* zu singen. Die Welt drehte sich. Für andere Menschen brach ein neuer Tag an. Nur Anne saß betäubt und steif da und versuchte, sich mit diesen albernen Überlegungen von der Leere abzulenken. ›*Et je voudrais mouri*‹, sagte Cyrano, ›*sous un ciel rose*.‹« Ich möchte unter einem rosaroten Himmel sterben. Na, auch dein Wunsch ist nicht ganz in Erfüllung gegangen, Großnase.

Maggie fragte sanft: »Haben wir fürs erste genug geredet?«

Anne nahm einen Schluck Wein. Schieb es noch ein paar Minuten auf. »Machen wir weiter, ehe ich vergesse, wie man das macht.«

Maggie streckte ihren Arm über den Tisch aus und berührte aufmunternd ihre Schulter. »Gut. Wir haben über Tals Kollegen geredet. Über seine Arbeit. Hat es sonst noch was gegeben, das ihm Sorgen machte?«

»Eigentlich nicht. Na ja, vor fünfzehn Jahren, als er Vorsitzender wurde, hatte der Fachbereich ernste Finanzprobleme. Aber das hat er auf die Reihe gekriegt, und als Bernie Vorsitzender wurde, war alles wieder in Ordnung.«

»In letzter Zeit nichts?«

Anne zuckte die Achseln. »Nichts Ernsthaftes. Ich meine, ein paarmal hat er gesagt, es ginge irgendwas Merkwürdiges vor. Aber wenn ich es genauer wissen wollte, sagte er, nein, er würde einfach alt. Machte einen Witz draus. Und dann war er natürlich immer voller Mitgefühl für Studenten mit Problemen. Ich glaube, so hat er auch – aber wir reden ja über Sachen neueren Datums. Mal überlegen. Eine junge Frau mit einem Knieproblem letztes Jahr, und eine andere, die beide Eltern bei einem Autounfall verloren hatte. Oder kleine Kinder, die er traf, wenn sie zu Experimenten herkamen. Er freute sich immer, wenn er sie in den Fluren traf und mit ihnen reden konnte. Manchmal kam er nach Hause und sagte, er hätte Lehrer werden sollen. Dann mußte ich ihn erinnern, daß er das ja schon war. Er kriegte die Kinder einfach nur zehn Jahre später.«

»Schon seine erste Frage an mich war wegen der Kinder«, sagte Maggie.

»Ja. Deswegen war er in der Pädagogik; er fand, Kinder wären so wunderbare Menschen. Sie lagen ihm sehr am Herzen. Ich weiß noch, vor zwei Jahren gab es ein kleines Mädchen in Bart Bickfords Studie über Kreativität im Kindesalter. Jill Baker. Erzählte eine phantastische Geschichte, wie sie von Haien gejagt wurde und ihren eigenen Augapfel herausnahm und als Periskop benutzte, und daß sie ein Zauberwort kannte, das die Haie aufhielt. Gescheites Kind. Aber einen Monat später sagte Tal zu mir, daß ihn diese Geschichte immer noch verfolgte. Ich sagte, wieso auch nicht? Diese Jill Baker ist vielleicht der kommende Jules Verne. Obwohl ich der Gerechtigkeit halber sagen muß, daß ihm Kinder manchmal auch sehr ernste Probleme anvertrauten. Sie waren ihm gegenüber ganz offen. In Barts Studie gab es noch ein kleines Mädchen. Frannie irgendwas. Den Namen habe ich vergessen. Sie hat während der Testphase kaum reagiert, und Barts studentische Assistentin war genervt. Aber Tal sagte, sie hatte einen so traurigen Gesichtsausdruck, daß er sich im Gang auf den Boden setzte und ihr erklärte, daß es schwer sei, an alltägliche Sachen zu denken, wenn es auch große Probleme gäbe. Frannie stimmte ihm zu und erzählte ihm ganz sachlich, daß sie über das Sterben nachdenken müsse. Es stellte sich heraus, daß man gerade Leukämie diagnostiziert hatte.«

»Gott!«

»Ich glaube, das war für Tal besonders schmerzlich, weil er damals selbst gerade eine Chemotherapie durchmachte. Er weinte wegen

Frannie. Und etwa um die gleiche Zeit wurde der kleine Hammond-Junge von diesem Fahrerfluchtwagen verletzt. Wir fühlten uns alle gräßlich, aber Tal war tagelang deprimiert.«

»Nun, da hat er recht. Das ist Grund zum Trauern.« Maggies Stimme klang irgendwie heiser.

»Ja.« Anne schaute die junge Frau an, die ihr am Tisch gegenüber saß. Maggies Bein war immer noch hochgezogen, ihr Ellbogen lag auf dem aufgestellten Knie, und die Stirn hatte sie in die Hand gestützt. Die Masse schwarzer Locken beschattete ihr Gesicht. Anne sagte: »Von allen Sachen, die ich erwähnt habe, sind diese Kinder wohl das, was ihn am meisten erschüttert hat.«

»Mich auch.« Maggie streckte ihr Bein aus und bewegte sich unruhig auf ihrem Stuhl. »Aber es ist noch nicht sehr aufschlußreich, oder? Streß und Spannungen im Fachbereich, aber nichts Außergewöhnliches. Ich meine, Fahrerflucht kommt vor. Prostituierte haben nun mal Freier. Und so weiter.«

»Ja. Vielleicht sind wir auf der falschen Spur.«

»Kann sein. Walensky gegenüber haben Sie etwas über Tals Steuern gesagt.«

»Ach, die Sache mit dem Finanzamt. Ja, wir waren im Ausland, als die Steuererklärung fällig war, also stellte er den Antrag, sie später einzureichen. Ziemlich problemlos, dachten wir. Aber das Finanzamt hat den Antrag irgendwie verschlampt und ihn wegen der Verspätung verklagt. Er mußte von allen Dokumenten noch mal Kopien machen. Er war richtig wütend deswegen.«

»Klar. Aber ein Motiv kann man darin wohl nicht sehen.«

»Also sind wir wieder beim Fachbereich.«

»Richtig. Ich sehe nicht, wie sich das vermeiden ließe. Na, morgen rede ich noch mal mit Charlie. Vielleicht ist ihm über Nacht etwas eingefallen. Und ich wette, Cindy weiß eine Menge.«

»Schon möglich. Sie ist eine aufgeweckte Frau«, stimmte Anne zu. Sie sollte auch mit Cindy reden.

Die Kinder hinten auf dem Rasen waren lebhafte Farbkleckse in der hereinbrechenden Dämmerung. Wie oft hatten sie und Tal hier gesessen und dem kleinen Paul und der kleinen Rocky zugeschaut, zusammen gelacht, ihre Tage miteinander verbracht. Sie sagte: »Sie haben nach seinen Sorgen gefragt. Aber meistens brachte Tal fröhliche Geschichten nach Hause.«

»Oh, ich weiß! Ich bin ihm einen Augenblick begegnet. Und den hat er froh gemacht.«

»Froh.« Ja. Tal machte die Welt froh.

Ihr knubbelnasiger, wunderbarer Tal.

Plötzlich brach Anne in Tränen aus, abgrundtiefe, nasse Schluchzer, die einer nach dem anderen aus ihrem Innersten aufstiegen, immer mehr, und sie mit ihrer Urgewalt überschwemmten. Es verging eine lange, lange Zeit, bis sie ein wenig nachließen und Anne erschöpft und bebend gewahr wurde, daß Maggie neben ihr kniete, einen Arm um ihre Schultern gelegt hatte, ihr Trost zuflüsterte und sie sanft wiegte.

Mit verschwommenem Blick sah sie, daß die Kinder im Lichtfleck vom Küchenfenster auf der Terrasse saßen. Sie blätterten wieder in ihren Büchern.

Der Himmel war schwarz.

IX

Charlie hob sein Kinn. Er schabte mit dem Rasierer seinen stoppeligen Hals und blinzelte das schlaffe Gesicht im Spiegel verschlafen an. Lächle, Fielding. Ah, viel besser. Praktisch ein Paul Newman. Höflich, stark und gutaussehend, bereit, es mit allem aufzunehmen, was die Welt für ihn aushecken würde, bereit, es mit Sergeant Hines oder –

Hines. Ach, verdammt. Tal Chandler! Die Realität stürzte auf ihn ein. Charlies frühmorgendliches Gehirn hatte auf Automatik geschaltet und ihn schwankend ins Badezimmer gesteuert, ohne ihn an gestern zu erinnern. Schwer zu glauben, nachdem er sich die halbe Nacht herumgeworfen hatte, zerschlagen von Kummer und Ängsten und unfähig zu vergessen. Endlich war er in unruhigen Schlaf gesunken. Ein paar Stunden später hatte der Wecker ihn halbwegs wachgeklingelt. Jetzt war die gesegnete Benommenheit in Sekunden zerstört, und das ganze Entsetzen wieder da.

Tal war tot. Sein überschwenglicher, herausfordernder Freund war erschossen worden.

Und wer immer ihn erschossen hatte, er hatte Charlies Notizbuch in der Nähe liegenlassen.

Und Sergeant Hines verdächtigte Charlie.

Wer zum Teufel hatte das getan? Endlich vollständig wach, spülte Charlie sich die letzten Schaumreste vom Gesicht und setzte seine Brille auf. Gestern abend nach dem Essen hatte er versucht, dahinterzukommen, hatte Listen gemacht und über unzähligen widersprüchlichen Tatsachen gegrübelt, sich bemüht, jemanden zu finden, der Tal vielleicht töten wollte. Es schien unmöglich, daß der freundliche kleine Mann in irgendwem so mörderische Gefühle auslösen könnte. Aber nach einer Weile waren Charlie ein paar häßliche Möglichkeiten eingefallen.

So um Mitternacht hatte er sich endlich selbst eingestanden, daß er ziemliche Angst hatte.

Einige der Möglichkeiten hatten damit zu tun, daß Tal zuviel wußte.

Was bedeuten konnte, daß auch Charlie zuviel wußte.

Gestern abend war Charlie zum ersten Mal seit Jahren herumgegangen, um alle Fenster zu verriegeln und die Türen doppelt und dreifach zu überprüfen. Die Unzulänglichkeit seiner kläglichen Sicherheitsvorrichtungen starrte ihm ins Gesicht. Keine Alarmanlage. Kein Gewehr. Keine Dobermänner. In dieser Gegend brauchte man angeblich solchen Schutz nicht. Verbrechen war ein Großstadtproblem, nicht? Morde kamen in dieser Stadt nicht vor.

Aber einer war doch passiert. Und Charlie hing mittendrin.

Gestern abend war er viel zu durcheinander gewesen, um mit Deanna ins Reine zu kommen, also hatte er es gar nicht erst versucht. Im Augenblick mußte man sie mit Samthandschuhen anfassen. Sie hatten keinen offenen Streit gehabt, aber es gab zu viele Ausflüchte, sie hätte an dem einen oder anderen Projekt zu arbeiten oder müßte sich mit Freunden treffen. Bei jeder anderen hätte er wohl nur die Achseln gezuckt, ein nettes Abenteuer war schal geworden. Aber er und Deanna teilten etwas Besonderes miteinander, etwas, das zu erhalten sich lohnte. Nicht nur die gemeinsamen Interessen – Filme, natürlich, und Schlittschuhlaufen, und alberne Witze und italienisches Essen. Aber vor allem waren sie zusammen von explosiver Sinnlichkeit, irgendwie erreichten und befriedigten sie die tiefsten Bedürfnisse des anderen in einer Weise, die er mit Lorraine nie erlebt hatte. Getrennt von Deanna litt er, fühlte sich unvollständig, sehnte sich nach dem Duft ihres Haars, ihrer weichen honigbraunen Haut, ihren warmen schlanken Beinen, ihren rätselhaften Augen voll Weisheit und Hunger. Sie brauchte ihn auch.

Aber er würde Zeit haben müssen, um mit ihr zu reden, herauszufinden, was los war. Am Semesterende war er vermutlich zerstreut gewesen, unaufmerksam. Das schlimmste, was er tun konnte, wäre, diese schreckliche neue Geschichte auch noch in das Kuddelmuddel zu werfen. Also hatte er sich letzte Nacht damit begnügt, seinen liebsten Schnappschuß von ihr unters Kissen zu legen. Eine dumme Schuljungen-Geste vielleicht. Er hatte gehofft, er könnte sich mit dem Gedanken in Schlaf wiegen, sie bald zu sehen, sie zu beruhigen, diesen süßen, seidigen Körper wieder zu genießen. Aber seine unkontrollierbaren Gedanken schweiften immer wieder zu häßlicheren Dingen ab: dem grauen Tweed auf dem Weg, Hines' ausdruckslos fragender Stimme, Cindys verklemmtem kleinen Lächeln.

Und jetzt, endlich ganz wach, konnte er sehen, daß das Spiegelbild nichts mit Paul Newman zu tun hatte. Bloß der übliche Charlie Fielding mit müden, ängstlichen Hundeaugen hinter der schneidigen Pilotenbrille.

Er ging wieder ins Schlafzimmer und zog seine Hemdenschublade auf, als das Summen der Türklingel durch die Stille sägte. Standbild: Charlie gebückt, die Hand nach der Schublade ausgestreckt. Dann ein schneller Zusammenschnitt der Ängste der vergangenen Nacht, die wieder über ihn hereinstürzten. Der Mörder? Stand der Mörder vor der Tür? Weil Charlie Fielding, der zu wenig wußte, vielleicht zuviel erraten könnte?

Dad wäre natürlich furchtlos zur Tür marschiert, cool wie Bogart. Einen ganzen Zug Infanterie hätte er niederstarren können. Aber Charlie hatte irgendwie nicht die richtigen Gene erwischt.

Spielt eurer Stärke entsprechend, hatte Trainer Wilhelm sie ermahnt. Mit trockenem Mund ging Charlie die Möglichkeiten durch. Er könnte zur Hintertür hinaus auf den Innenhof rennen. Aber nein, denn dann würde er an der Hausfront vorbeigehen müssen, um die Straße zu erreichen. Er könnte durch die Küche in die Garage laufen. Ins Auto springen, den Motor anwerfen und so entkommen.

Aber um aus dem Schlafzimmer in die Küche und von da in die Garage zu kommen, müßte er durch den Eingangsflur gehen. Und derjenige, der vor der Tür stand, könnte ihn durch das Glas sehen.

Er könnte das Schlafzimmerfenster benutzen, hinausklettern –

Aber womöglich war es nicht der Mörder. Es könnte Hines sein, und einen Fluchtversuch zu machen, wäre das Dümmste, was er tun könnte.

Charlie zog den Frotteemantel enger um sich und band den Gürtel zu, wobei er wünschte, es wäre eine kugelsichere Weste, eine Rüstung, ein Panzer. Er zog seinen Hockeyschläger aus der hinteren Schrankecke, leckte sich die trockenen Lippen, straffte die Schultern und ging schlotternd zur Tür.

»Maggie!«

»Hallo, Charlie. Wollen Sie mit mir frühstücken? Oder haben Sie schon was gegessen?« Sie trug ein rotes Hemd unter einer schlabbrigen Jeansjacke, und ihr Lächeln war wie ein Sonnenstrahl.

»Frühstück? Uff, klar.« Seine Knie waren wacklig vor Erleichterung. Er hielt sich am Türgriff fest, als er zurücktrat, um sie hereinzulassen. »Oh, ich meine, nein, ich habe noch nichts gegessen.«

»Prima. Ich dachte, ich gehe ins Plato. Die servieren doch Frühstück, oder?«

»Ja. Mein Assistent ißt manchmal dort.«

»Mein Gott, Charlie! Was in aller Welt ...« Sie war durch den gefliesten Flur gegangen und starrte ins Wohnzimmer.

Charlie stellte seinen Hockeyschläger in die Ecke, holte tief Luft und strich sich das Haar zurück. Ob es ihr gefiel? »Sammlerobjekte vom Film«, erklärte er.

»Gott, das ist ja wunderbar! Solche Erinnerungen!« Sie stürzte auf den Kamin zu. Der war flankiert von Bücherregalen, vollgestopft mit Lampen, Frühstücksdosen, Puppen, Autogrammen, sogar mit ein paar Büchern. An den Wänden darüber hatte er gerahmte Poster aufgehängt: einen *Superman* aus den Fünfzigern mit George Reeves, einen neueren Clint Eastwood als Dirty Harry, *Fenster zum Hof*, und ein paar kleinformatige Chaplin-Karten aus dem Foyer, *Rampenlicht* und *The Kid*. Maggie, die am Kaminsims stand, schaute über die Schulter zu ihm hinüber. »Das sind echte Kostüme?«

Er hatte eine hellblaue Schürze und ein cremefarbenes Hemd ordentlich über den Kamin gehängt. Charlie nickte stolz. »Die Schürze hat Judy Garland im *Zauberer von Oz* getragen.«

»Mein Gott! Die ist ja geradezu heilig! Und das Hemd?«

»Stammt von Valentino. *Der Sohn des Scheichs*.«

»Unglaublich!« Auf Zehenspitzen musterte sie das Hemd. »Wo treiben Sie so wundervolle Sachen auf?«

Er zuckte die Achseln. »Auktionshäuser. Anzeigen in Sammlerzeitschriften. Ein Laden in New York namens Second Hand Rose.«

Sie ging am Regal entlang und grinste, wenn sie ein Spielzeug erkannte. »Ein Batmobil! Wie klasse! Und he, Sie sind ja für den Strand gut ausgerüstet, nicht?« Sie deutete auf den aufgeblasenen *Weißen Hai* und das bunte Sandeimerchen mit Schneewittchen und den sieben Zwergen darauf. »Oh, was ist das denn?«

»Eine Spieluhr. Hier, ich ziehe sie mal auf.« Behutsam drehte er den kleinen Schlüssel und stellte sie wieder hin. Micky und Minnie Maus tanzten zu der geklimperten Melodie von *Yes, Sir, That's My Baby*.

Maggie lachte. »Ich werde die Kinder herbringen müssen, damit sie das alles sehen können! Aber ich habe sie frühzeitig mit Liz losgeschickt, weil ich mit Ihnen reden wollte, bevor wir zum Campus gehen.« Sie schaute sich nach ihm um, und der seitliche Lichteinfall durch die großen Glastüren zum Hinterhof hob ihre starken Wangen- und Kieferknochen hervor. »Oh, lassen Sie sich nicht aufhalten. Ziehen Sie sich einfach an, und ich stöbere hier herum, bis Sie fertig sind.«

»Gut.«

Charlie eilte wieder ins Schlafzimmer. Erstaunliche Frau, diese Maggie. Ihre Reaktion auf seine Sammlung freute ihn. Manche Leute sagten: »Gott, dieser Schrott soll Geld wert sein?« und erzählten ihm dann ausführlich von allen Nachtlichtern und Frühstücksdosen aus ihrer Kindheit, die sie weggeworfen hatten. Maggie schien es zu verstehen, wie Lorraine, wie Deanna. Aber Maggie war ja mit einem Schauspieler verheiratet, deshalb wahrscheinlich. Charlie fischte seinen linken Schuh unter dem Bett heraus und beschloß, sie wegen einiger seiner Ideen über Tal zu fragen. Sie war vernünftig, nicht verschlossen wie Sergeant Hines. Er wünschte, er wüßte, was Hines dachte.

Als er ins Wohnzimmer zurückkam, hatte Maggie es sich in seinem ledernen Lesesessel gemütlich gemacht und blätterte in einem

Dick-und-Doof-Buch. Der Knöchel eines langen Beines in Jeans lag auf dem anderen Knie, und das Buch war auf dem Schenkel abgestützt. Ihr strahlendes Lächeln blitzte auf. »Zwei Fragen.«

»Okay.« Er schlüpfte in das leichte Jackett, das er über dem Arm getragen hatte.

Sie stand auf und stellte mit einer einzigen fließenden Bewegung das Buch an seinen Platz zurück. »Bei den meisten Sachen habe ich herausgekriegt, was sie sind. Aber woher ist der Hut?«

Er folgte ihrem Finger. Ein todschicker Fedora im Stil der Vierziger. Er sagte: »Al Pacinos Hut aus *Der Pate*.«

»Interessant. Die Hälfte von Nicks Freunden hatte Nebenrollen darin. Es war ein toller Film.«

»Ja, der Hut war ein richtiger Glücksfall. Müßte auch im Wert steigen. Die Kostüme klettern am schnellsten. Die Schürze ist jetzt schon Hunderte wert.« Er sah in ihre blauen Augen. »Sie hatten noch eine Frage?«

»Ja. All diese Sachen haben mit Filmen zu tun.« Sie zeigte zum Bücherregal. »Wo sind die Filme?«

Er zögerte. Es waren größtenteils Raubkopien, illegal, und er könnte es nie riskieren, ihr seine Geheimsammlung vorzuführen. Aber sie schien Verständnis zu haben; er konnte sie einen Blick in das Zimmer werfen lassen. Er sagte: »Meist auf sechzehn Millimeter. Ich kriege eine ganz gute Sammlung zusammen.« Er deutete mit dem Daumen auf das dritte Zimmer. »Möchten sie sie sehen?«

»Klar.« Sie folgte ihm eifrig. Ein Regal von Boden bis zur Decke war teilweise mit seinen Büchern über Film und Video angefüllt, aber hauptsächlich mit seinen Raubkopien von Filmen. Eine Leinwand und ein großer Fernseher auf einem feuerfesten Aktenschrank standen gegenüber von einem abgewetzten Sofa. Hastig nahm er einen Socken vom Sofa und ein paar Zeitschriften vom Boden und verstaute sie auf den Regalen. Maggie sagte: »Das ist beeindruckend.«

Charlie merkte, daß er vor Stolz grinste. »Das ist noch nicht alles.« Er schloß den Aktenschrank auf und zog ein dickes Buch aus der obersten Schublade. »Das ist meine Bestandsliste.«

»Meine Güte, Sie sind aber gut organisiert.« Sie blätterte darin, schaute sich dann im Zimmer um, den Kopf zur Seite geneigt wie ein Rotkehlchen, und nahm alles in sich auf.

»Ja, als Lorraine ausgezogen war, dachte ich daran, eine kleinere Wohnung zu nehmen. Dann stellte ich einen Fernseher hier hinein, und der Rest hat sich so angesammelt.« In Erinnerung versunken schaute er den Aktenschrank an. »Dieses Zimmer war ursprünglich Lorraines Büro.«

»Lorraine.«

»Meine Ex-Frau. Sie haben sie wohl nicht mehr kennengelernt. Sie unterrichtet jetzt am Queens College.« Er trat in den Flur zurück und knipste das Licht aus, als sie ihm folgte. »Sie hat dieses Haus ausgesucht. Ihr gefiel der Hinterhof. Aber für einen Junggesellen ist es auch recht praktisch.«

»Ja. Hübsche Wohnung. He, ich bin am Verhungern! Gehen wir essen, ja?«

Er folgte ihrem schwarzen Camaro ins Tal hinuter und den nächsten Hügel hinauf. Die College Avenue lag fast oben. Sie bog in eine Seitenstraße ein und parkte, ein paar Plätze weiter war eine zweite Parklücke. Sie stiegen aus und gingen den halben Block zum Plato zu Fuß.

George Zikakis erspähte Charlie und kam mit großen Schritten herüber, um ihn zu begrüßen, das runde, schnurrbärtige Gesicht in traurige Falten gelegt. »Schrecklich, schrecklich!« rief er. »Ich kann es nicht glauben! Tal Chandler... er war mir wie ein Bruder, dieser Mann! Ein Bruder!«

»Ja. Ja, das war er.« Charlie ließ sich in herzlichem Beileid auf die Schulter klopfen. Dann sagte er: »Maggie, das ist George Zikakis. Besitzer vom Plato. Das ist Maggie Ryan. Sie wird diesen Sommer mit mir arbeiten.«

George schüttelte Maggie heftig die Hand. »Gut, gut! Aber es tut mir leid, daß Sie zu einem so traurigen Zeitpunkt gekommen sind.« Er brachte sie zu einer Nische und winkte die Kellnerin herbei.

»Waren Sie auch mit Tal befreundet?« fragte Maggie.

»Natürlich! Er kam oft hierher. Immer mit einer fröhlichen Geschichte. Oder einem Kompliment für die Küche vom alten George.« Er schlug sich auf die breite Brust. »Und mein Herz tut weh. Ein feiner Mann! Es sind die Drogen, wissen Sie«, fügte er unvermittelt hinzu. »Diese jungen Leute, sie sind verrückt nach Drogen. Ich sage der Polizei dauernd, sie sollen sie einsperren. Es ist doch illegal, oder? Aber die sagen, sie müssen warten, bis sie ein Verbrechen begangen haben. Und sehen Sie, dann können sie sie nicht finden! Ein feiner Mann wie Tal ... und alles, was sie tun, ist herkommen und Fragen stellen! Wen haben Sie gesehen, was haben Sie gesehen, ist etwas Ungewöhnliches vorgefallen?« Er nahm die Kaffeetassen vom Tablett der Kellnerin und stellte sie vor Charlie und Maggie. »Aber das Problem ist, es ist nicht ungewöhnlich! Verbrechen ist jetzt alltäglich! Ich habe der Polizei gesagt, selbst hier sind wir nicht sicher! Ein feiner Mann wie Professor Chandler... schrecklich!«

»Also hat keiner von Ihnen etwas Ungewöhnliches gesehen?« fragte Maggie.

»Nichts. Ich war in der Küche, verstehen Sie, habe Charlie gestern nicht mal hereinkommen sehen. In der Küche ist viel los. Manchmal schaue ich aus dem Fenster. Gestern war ein schöner Tag. Aber ich habe nichts Ungewöhnliches gesehen. Möchten Sie Pfannkuchen? Eier?«

»Rühreier«, sagte Maggie. »Mit Extra-Toast und einem großen Orangensaft.«

»Ich nehme das gleiche.« Charlie nickte. Der Kaffee war heiß und stark, George war stolz darauf.

»Sie haben wohl Hunger«, sagte George anerkennend.

»Gutes Essen gibt's hier«, erwiderte Maggie. Er strahlte. Sie sagte noch: »Also wegen gestern, niemand auf der Straße hat etwas Ungewöhnliches gesehen? Daß jemand rannte?«

»Nichts. Nur Jack im Schuhladen gegenüber, der sah diese Professorin rennen. Es fiel ihm auf, weil sie ein Kostüm anhatte, keine Jogging-Sachen.«

»Nora Peterson?«

»Ja, die. Und ein paar Minuten später hörte Jack dann die Schreie von dem Mädchen, das ihn gefunden hat. Und Jack sagt, dann ist eine Fremde hier aus der Tür geschossen und ist ihr zu Hilfe gekommen.«

»Das war Maggie«, sagte Charlie.

»Sie? Sie waren das? Freut mich, Sie kennenzulernen!« sagte George. »In dem Fall wissen Sie ja, was dann passierte.« Er tippte auf seinen Block. »Also sollte der alte, fette Grieche lieber gehen und Rühreier machen, eh? Vielleicht sollte er aufhören zu schwatzen.«

»Wir wollen alle rauskriegen, was Tal Chandler zugestoßen ist«, sagte Maggie.

»Ja. Ein wunderbarer, wunderbarer Mann.« George schüttelte kummervoll den Kopf und schlurfte zurück in die Küche.

Maggie trank etwas Kaffee und meinte dann: »Es war also ungewöhnlich, daß Nora rannte.«

»Möglich. Aber das tun wir doch alle, wenn wir spät dran sind, oder?« bemerkte Charlie. »Gestern morgen bin ich auch gerannt.«

»Das kann man sagen!« Maggie grinste, dann wurde sie wieder ernst. »Haben Sie darüber nachgedacht, ob Tal Feinde gehabt haben könnte? Oder Sie selbst?«

»Schwer, an was anderes zu denken.« Charlie hob seinen Kaffeebecher und merkte dann, daß er ihn schon ausgetrunken hatte. »Aber ich habe keine festen Anhaltspunkte. Zwei grundsätzliche Möglichkeiten. Es hätte – aber ich sollte keine Anschuldigungen aussprechen.«

»Richtig, wir denken bloß laut. Grundsätzliche Möglichkeiten.«

»Ja. Nun, es hätte seine Frau sein können.«

»Hm. Irgendein besonderer Grund, aus dem Sie das sagen?«

»Bloß ... tja, manchmal gibt es familiäre Konflikte.« Tante Babs heult. Dad, starr vor Abscheu, marschiert zur Tür hinaus. Der neunjährige Charlie schluchzt. »Warte, warte!«

»Stimmt«, sagte Maggie, die ihn beobachtete. »Wußten Sie von Problemen zwischen Tal und Anne?«

Er zerrte seine Gedanken wieder in die Gegenwart zurück. »Nein. Aber es ist schwer, Leute wirklich gut zu kennen. Und ich dachte, sie hätte genausogut schon da sein können, bevor wir sie gesehen haben.«

»Ja, das ist auch richtig. Welches ist die zweite grundsätzliche Möglichkeit?«

»Das, worüber wir gestern geredet haben. Daß Tal irgendwie etwas erfahren hat, von dem jemand nicht wollte, daß es bekannt wurde.«

»Ist Ihnen da etwas eingefallen?«

»Nur, daß im pädagogischen Fachbereich einige Dinge ... nicht eigentlich schlimmer, aber problematischer sind als in anderen Abteilungen. Weil wir mit Kindern arbeiten.«

»Was zum Beispiel?«

»Es ist einfach so, daß sich niemand mehr aufregt, wenn ein Mathematikprofessor Hasch raucht oder sich jede Nacht in den Schlaf trinkt. Aber Menschen, die mit kleinen Kindern zu tun haben, dürfen nicht mal die üblichen Laster haben.«

»Stimmt. Oder angenommen, da war etwas ... in den Zeitungen haben Geschichten über Belästigungen von Kindern gestanden. Wenn Tal etwas dergleichen gewußt hätte –«

»Gott, niemand würde – nicht im pädagogischen Fachbereich! Kinder sind so zerbrechlich. So bereit, die Welt zu umarmen, aber so zerbrechlich. Wir wissen das!«

»Trotzdem werden Kinder belästigt.«

»Nicht von Leuten, die Kinder kennen. Ich kann mir nicht vorstellen –« Charlie schüttelte den Kopf. Er hatte nie begreifen können, daß es Menschen gab, die einem Kind so etwas Grausames antun konnten. Obwohl er wußte, daß solche Menschen herumliefen. Aber nicht im Fachbereich! »Jedenfalls«, fuhr er fort, »habe ich so etwas nicht gemeint. Aber gute Eltern sind sehr besorgt. Sie wollen, daß die Leute, die mit ihren Kindern arbeiten, selbst in kleinen Dingen gute Vorbilder sind, und das ist gut so. Und man muß auf den Ruf des Fachbereichs achten. Aber die Kinder sind die Hauptsache. Jedes Kind ist einzigartig. Zur falschen Zeit betrunken zu sein, könnte so leicht –« Seine Hände waren krampfhaft am Kaffeebecher festgeklammert. Er lockerte seinen Griff. »Tja, Erwachsene können achselzuckend über etwas hinweggehen. Kinder können verletzt werden.«

Sie schaute ihn einen Augenblick schweigend an, und ihre blauen Augen schauten so intensiv in seine, daß er den Blick senkte. Sie sagte weich: »Sie wurden verletzt, nicht wahr?«

Die Ankunft von Eiern und Toast war seine Rettung. Die Kellnerin war nervös, die Hälfte ihrer Aufmerksamkeit galt George, der hinter der Theke stand und ein kritisches Auge auf sie hatte. Als Teller und Tassen scheppernd an Ort und Stelle manövriert worden waren, machte Maggie dem Besitzer ein OK-Zeichen, woraufhin er strahlte. Dann trank sie ihren Orangensaft, ehe sie fragte: »Warum verpaßt Cindy Ihnen solche Seitenhiebe?«

»Cindy?« Er unterbrach sich. Die Kellnerin war wieder da, diesmal mit der Kaffeekanne.

Aber als sie gegangen war, sagte Maggie beharrlich: »Und Sie sticheln auch gegen Cindy. Es ist nicht nur Spaß.«

»Doch, ist es. Jetzt ist es Spaß. Wir hatten eine Art Streit vor ein paar Jahren, aber wir kommen miteinander aus.« Er zuckte die Achseln.

»Worum ging es bei dem Streit?«

»Um nichts. Es ist alles ausgestanden.«

Sie schob sich eine Gabel Rührei in den Mund und mümmelte: »Sie wollen nicht sagen, was passiert ist?«

Charlie strich Marmelade auf seinen Toast. »Nein. Es ist wirklich unwichtig. Es ist vorbei.«

»Wenn Tal davon erfahren hätte, wäre Cindy dann besorgt?«

»Nein! Da haben Sie Ihren Beweis. Tal *wußte* es! Tal zeigte es mir! Es ist Jahre her, daß... jedenfalls ist es nicht wichtig. Nicht wert, die Sache aufzurühren.«

»Aber immer noch sehr emotionsgeladen.« Sie kaute einen Augenblick, dann fragte sie: »Also gut, Charlie, was würden Sie tun, wenn Sie herausbekämen, daß jemand im Fachbereich kokst? Oder vielleicht mit seinen Studentinnen schläft?«

»Niemand tut das!«

»Wir nehmen ja nur an. Was würden Sie tun? Es Walensky berichten?«

»Nein. Das käme darauf an. Dem Vorsitzenden vielleicht. Ja, wahrscheinlich würde ich zu Reinalter gehen.«

»Und was würde Reinalter tun?«

»Er würde ... ich weiß nicht. Die Person zu sich bestellen. Eventuell zur Polizei gehen. Er würde es unterbinden, aber versuchen, es nicht bekannt werden zu lassen, damit wir anderen nicht in einen Skandal hineingezogen werden. Und das würden wir, wenn es herauskäme, verstehen Sie.«

»Aber die betroffene Person könnte trotzdem ihren Job verlieren, vielleicht sogar ins Gefängnis kommen.«

»Schon. Das hängt davon ab, wie schlimm es wäre.«

»Gut. Also diese Geschichte mit Cindy, die nicht relevant ist, weiß Reinalter davon?«

»Nein.« Charlie konnte fühlen, wie seine Kiefermuskeln sich verkrampften.

»Und wenn er es wüßte, was würde mit Cindy geschehen? Würde er sagen, es ist alles vorbei, es ist nicht von Bedeutung?«

»Kann sein.«

Ihr Blick wurde schärfer. »Sehen Sie mal, ich versuche zu helfen. Ich kann Ihnen nicht helfen herauszufinden, wer Ihnen die Schuld in die Schuhe schieben will, wenn ich nichts über Sie oder Ihre Feinde oder die Feinde Ihrer Feinde weiß.«

Teufel, er hatte gedacht, diese energiegeladene Beraterin wäre auf seiner Seite. Jetzt erinnerte sie ihn an Tante Babs, die auf ihm herumhackte, um herauszufinden, warum er zu spät vom Hockeytraining nach Hause kam. Er knallte seinen Becher so fest auf den Tisch, daß der Kaffee überschwappte. »Verdammt.« Verärgert rieb er mit einer Papierserviette an dem Flecken herum. »Also gut, Bernie Reinalter steht wirklich auf öffentliches Ansehen. Für den Fachbereich ist das sicher gut. Aber Sie haben recht, er könnte Cindy selbst nach so langer Zeit noch ziemlich hart anfassen.«

»Gut.« Sie trank noch etwas Kaffee und lehnte sich in der Nische zurück. Ihr Frühstück hatte sie schon aufgegessen, wie er sah. Er nahm seinen Toast. Sie fuhr fort: »Nächste peinliche Frage. Können Sie mir von Lorraine erzählen?«

»Lorraine?« Er senkte den Kopf, um seinen wachsenden Ärger zu verbergen.

»Charlie, es tut mir leid. Vielleicht sollten wir es einfach der Polizei überlassen.«

»Gute Idee!« Aber die Ängste nagten wieder an ihm. Der Mörder. Und fast genauso schlimm, Hines mit seinen neutralen Fragen und seinen undurchdringlichen Augen. Charlie leerte seinen Kaffeebecher und sagte in versöhnlicherem Ton: »Wissen Sie, Lorraine ist jetzt in Queens. Nicht hier. Wie könnte sie damit zu tun haben?«

»Ich weiß. Es ist wahrscheinlich verrückt zu vermuten, daß sie nach so langer Zeit versuchen würde, es Ihnen heimzuzahlen.«

»Nicht nur das – sie hatte Tal sehr gern. Sie würde nie –«

»Charlie, jeder mochte Tal! Sie haben sogar eine Person in Betracht gezogen, die ihn so gern hatte, daß sie ihn geheiratet hat!«

»Ach, verdammt. Ja, ich weiß.« Er lehnte sich mit verschränkten Armen in der Nische zurück und starrte wütend die Zuckerdose an. »Ja, schon gut, machen Sie weiter. Ich werde es versuchen. Was ist mit ihr?«

»Na, zunächst einmal gibt es normalerweise einigen Groll, wenn es zur Scheidung kommt.«

»Das hielt sich in Grenzen.« Er hielt seine Stimme unbewegt und versuchte, es objektiv zu betrachten. »Wir respektieren einander. Wir sind erwachsen. Es lief einfach nicht so, wie wir erwartet hatten.«

»Sie dachten, sie wäre anders als sie tatsächlich war? Oder dachten Sie, *Sie* wären anders?«

Charlie nahm seine Brille ab, rieb sich die Nase und blinzelte kurzsichtig auf seinen Teller. »Von beidem etwas. Man fängt so etwas mit einer Vision an, wissen Sie? Wie wundervoll die Welt sein wird. Wer kann schon sagen, was schief geht? Zuerst haben Lorraine und ich uns gegenseitig viel geholfen. Das Projekt, an dem ich jetzt arbeite, ist teilweise ihre Idee. Sie sagte, du hast diese ganzen supergescheiten Ideen über geübtes Lesen. Warum mit Anfängern arbeiten? Ist es nicht vernünftig, erst sicherzugehen, daß geübte Leser es wirklich so machen? Und sie hatte von jemandem gehört, der Videotechniken benutzt. Sie hat mich darauf gebracht, damit zu arbeiten. Sie hatte recht: ich bin verdammt gut darin. Kluge Frau, Lorraine.« Er setzte seine Brille wieder auf. »Aber privat ... na ja, da hat es einfach nicht geklappt. Verdammt, wenn ich gewußt hätte, woran es liegt, hätte ich es auf die Reihe gekriegt! Nach einer Weile hörten wir einfach auf, so zu tun, als ob.«

»Wie war ihre Beziehung zu Tal?«

»Freundschaftlich. Nein, eigentlich mehr als das. Als sie hier Studentin war, hat sie ein oder zwei Kurse bei ihm belegt. Und nachdem wir geheiratet hatten und sie ihr Examen gemacht hatte, stellte er sie als Dozentin ein. Teilzeit. Kein toller Job, aber natürlich gab es hier auf ihrem Gebiet keinen Vollzeitjob. Und es ließ ihr Zeit, ein Forschungsprojekt abzuschließen. Das hat ihr eigentlich den Job in Queens mit Aussicht auf eine ordentliche Professur verschafft.«

»Hatte sie etwas getan ... ich meine, wie Cindy, etwas, wovon Tal wußte und das ihrer Karriere schaden könnte?«

»Lorraine? Mein Gott, nein! An Wochenenden hat sie manchmal einen Joint geraucht. Das war schon alles. Hab'ich auch. Und ich wette, Sie auch!«

Maggie grinste. »Touché. Und ich bin auch der Meinung, daß das Geheimnis nicht finster genug ist, ein Verbrechen auszulösen, weil die Konsequenzen heutzutage gleich Null sind. Außer vielleicht, man will für die CIA arbeiten. Selbst Bernie Reinalter rechnet vermutlich damit, daß seine jüngeren Fakultätsmitglieder ein bißchen Hasch in ihrer Vergangeheit haben.«

»Stimmt. Ein Führungszeugnis für den Geheimdienst braucht niemand.«

»Gut. Hat Lorraine sich auch auf Lesen spezialisiert?«

»Nein, auf kognitive Entwicklung. Sie arbeitete über semantische Kategorien und belegte mein Leseseminar im ersten Jahr, als ich es unterrichtete. So haben wir uns kennengelernt.«

»Aha. Reden Sie noch mit ihr?«

»Kaum. Manchmal treffen wir uns auf Tagungen.« Er schob seinen Teller weg. »Also, wenn Sie fertig sind, lassen Sie uns zahlen und zum Campus gehen.«

Sie lächelte sonnig. »Gute Idee. Gehen wir.«

X

Das Untergeschoß im Van Brunt-Gebäude war noch eintöniger als das Erdgeschoß: weiße Decke, weiße Wände, weiße Türen, weiße Linoleum-Fliesen. Charlie schloß seinen Versuchsraum auf und knipste das Neonlicht an. Maggie schaute sich neugierig um: Arbeitstisch, Pappschachteln mit Zubehör, Computer-Terminal und durch Vorhänge abgeteilter Versuchsbereich. »Tut mir leid, Ihnen Umstände zu machen«, sagte sie, »aber ich kann die Ergebnisse viel besser interpretieren, wenn ich eine Ahnung habe, was die Leute tatsächlich gemacht haben, um sie zu erzielen.«

»Klar«, sagte Charlie. »Ist doch gut, daß Sie interessiert sind.« Er hatte ihr diese Vorstellung schon gestern nachmittag geben wollen, nachdem er sie den EDV-Leuten vorgestellt und ihr seine eigenen kodierten Datenblätter erklärt hatte. Aber dann war Tal – *nur nicht dran denken, es schnürt dir bloß die Kehle zu*. Er wandte sich ab, schaltete den Bildschirm ein und wählte ein Band aus. Er räusperte sich. »Lassen Sie mich noch mal nachsehen, ob ich den richtigen Drucker angeschlossen habe. Gut. Der andere hat Mätzchen gemacht. Vielleicht kann ich ihn heute nachmittag in Ordnung bringen. Okay, also da sitzt die Testperson.« Er deutete auf einen Stuhl vor dem Bildschirm.

»Aha«, Maggie schaute auf den Bildschirm. »Also, ich bin jetzt Testperson. Was soll ich tun?«

»Sie lesen einige kurze Textabschnitte, und danach sehen Sie eine Reihe Wörter, eins nach dem anderen. Sie drücken auf diesen Knopf, wenn es eins von den Wörtern war, die Sie gelesen haben. Wir nennen ihn den Ja-Knopf.« Er zeigte auf einen knallroten Knopf auf der Fernbedienung, die auf der Armlehne des Stuhls befestigt war.

»Kapiert.«

»Also, Sie sitzen hier und tragen diese komische Brille. Fast wie bei einer Augenuntersuchung.« Er wies auf den Stuhl, während er ein neues Mundstück an den Kopfhalter klemmte. »Dieses Ding vor Ihrer Nase ist ein Mundstück. Sie müssen daraufbeißen.«

»Daraufbeißen?«

»Es hält Ihren Kopf ruhig. Das ist wichtig, weil wir ihre Augenbewegungen fotografieren und messen, indem wir ein Licht von Ihrer Hornhaut in die Kamera reflektieren lassen. Wenn Ihr Kopf sich bewegt, ist es unmöglich zu erkennen, welchen Buchstaben Sie angesehen haben.«

»Na gut.« Maggie ließ sich in den Stuhl fallen und fühlte nach, wo der Ja-Knopf war.

»Sehen Sie, daß das Mundstück mit Wachs überzogen ist? Ihre Zähne hinterlassen einen Eindruck, daher können wir alles schneller kalibrieren, wenn wir mehrere Sitzungen mit der selben Testperson haben.« Er stellte die Apparatur auf ihre Höhe ein. »Wenn sich das richtig anfühlt, drücken Sie den Ja-Knopf.«

Sie hob die Augenbrauen, schien zu dem Schluß zu kommen, daß es nicht besser werden würde, und drückte auf den Knopf.

»Gut, also jetzt kalibriere ich die Kamera. Schauen Sie auf den Punkt auf dem Bildschirm. Sobald Sie ihn fixiert haben, drücken Sie den Ja-Knopf. Dadurch erfährt der Computer die genauen Koordinaten der individuellen Reflektion Ihrer Hornhaut für diesen Punkt. Dann zeigt er Ihnen einen neuen Punkt. Wieder das Gleiche, Sie fixieren den Punkt und drücken auf den Knopf.« Er paßte genau auf, während sie auf eine Reihe verschiedener Punkt-Positionen auf dem Bildschirm reagierte. Endlich erschien ›Danke!‹ auf dem Bildschirm, und Charlie sagte: »Gut. Wenn Sie jetzt anfangen können, drücken Sie wieder auf den Ja-Knopf.«

Sie drückte.

»Also dann. Lesen Sie so schnell und so normal, wie sie können. Ich weiß, daß es mit diesem Apparat nicht leicht ist, aber versuchen Sie es.« Er ließ das Band laufen. Die kurzen Abschnitte, alle in Großbuchstaben, blinkten nacheinander auf und erloschen. Jeder wurde gefolgt von einer enstprechenden Anzahl von Testwörtern. Nach zehn Minuten war das Band zu Ende.

»Also«, sagte Maggie und lehnte sich im Stuhl zurück, »das Essen bei George schmeckt mir besser als dieses Mundstück.«

Charlie grinste. »Ohne Zweifel. Wenn es sie gäbe, würde ich

welche mit Schokoladengeschmack bestellen. Hier, sehen wir mal, wie Sie abgeschnitten haben.« Er nahm ihre aufgezeichneten Antworten aus dem Drucker und überflog sie. »Gut. Hier ist ein Fehler. Fehler interessieren uns besonders.«

»Natürlich. Ich habe jahrelang mit Psychologen gearbeitet. Ein perfektes Ergebnis ist von Ihrem Standpunkt aus ein Flop. Was ist mir entgangen?«

»Sektempfang. Sie meinten, ja, Sie hätten das Wort gesehen.«

»Aber das habe ich doch! In dem Abschnitt über Schaumwein!«

»Hier ist das Band noch mal.« Er fand den Abschnitt und hielt ihn auf dem Bildschirm fest. Wie die anderen auch, war der Satz in Großbuchstaben geschrieben: TRADITIONELL AUS FRANKREICH, KOMMEN EDLERE SCHAUMWEINE HEUTE AUS ALLEN WEINREGIONEN UND WERDEN AUF JEDEM SEKTENRANG GEREICHT.

»Gott. Sie haben recht. Ein simpler klassischer Korrekturlesefehler.«

»Stimmt. Wir versuchen herauszukriegen, was zu diesen Fehlern führt. Offensichtlich ist der Kontext eine wichtige Variable. Dieser Satz hat ein Gegenstück, das lautet: WENN DIE KRIMINALITÄT IN EINER STADT ZUNIMMT, STEIGT HÄUFIG AUCH DER ZULAUF VERSCHIEDENER RELIGIÖSER GRUPPIERUNGEN MIT SEKTEMPFANG.«

Maggie kicherte. »Kein Wunder, daß sie Zulauf haben. Wenn sie dazu noch Kaviarhäppchen reichen, gerate selbst ich in Versuchung.«

Charlie grinste. »Ich auch. Vor allem, wenn ich an den scheußlichen Wein denke, der uns hier auf der letzten Weihnachtsfeier serviert wurde.«

Maggie wandte ihre Aufmerksamkeit wieder dem Bildschirm zu. »Also habe ich aufgrund des Kontexts verlesen? Aber ich weiß noch, daß mir ein paar merkwürdige Wörter aufgefallen sind beim Lesen.«

»Richtig. Eins der Dinge, die wir prüfen, ist, ob der Punkt, auf den das Auge fixiert ist, mit dem Lesefehler zu tun hat. Normalerweise sieht man etwa zehn Buchstaben auf jeder Seite des

Fixationspunktes, außerdem bekommt man periphere Informationen über die ungefähre Länge der folgenden Wörter. Sagen wir, Ihr Fixationspunkt war irgendwo auf dem Wort *Weinregionen*. Dann geht Ihre klare Sicht weiter bis *Sek* oder *Sekt* und Sie wissen aus der peripheren Information etwas über die Länge des Wortes und seine Form.«

Maggie runzelte die Stirn. »Wenn es alles in Großbuchstaben ist, sind die Wortformen ziemlich ähnlich.«

»Wir haben auch Versuchsreihen mit Groß- und Kleinbuchstaben, und ich hoffe, im Verlauf des Sommers noch eine mit zufällig verteilten Groß- und Kleinbuchstaben durchlaufen zu lassen. Jedenfalls, zurück zu dem, was Sie gerade gelesen haben. Sie sehen *Sekt*, dazu die periphere Info, dazu den sinngebenden Kontext. Und Sie mögen überzeugt sein, daß Sie das Wort *Sektempfang* statt *Sektenrang* gelesen haben. Andererseits, wenn Ihr Blick zufällig auf einen Punkt innerhalb des Wortes fixiert ist, treten die mittleren Buchstaben *nr* deutlich hervor, und Sie werden *Sektenrang* lesen, selbst wenn es kein Wort ist, das Sie erwartet hatten.«

»Aha. Ich überfliege den Abschnitt, nehme an, daß ein Wort wie *Sektempfang* als nächstes auftaucht, sehe ein paar Informationen, die meine Hypothese stützen, und lese weiter, ohne sie zu überprüfen.«

»Richtig. Schließlich haben Sie ja bei den meisten Texten, die Sie lesen, recht damit. Sinnlos, noch mal nachzulesen. Macht Sie nur langsamer.«

»Aha. Wenn ich also den Anweisungen folge und schnell lese, werde ich ein paar Ihrer Nonsens-Wörter falsch lesen.«

»Genau. Die Frage ist jetzt, wieso? Welches sind die üblichen Quellen für Lesefehler? Sie haben eben meine eigene Theorie erklärt: daß ein Leser eine Vorannahme hat bezüglich der Bedeutung, die als nächstes auftaucht, und daß diese Vorannahme, diese Hypothese den Leseprozeß beeinflußt. Das ist die Theorie, die ich erhärten möchte.«

»Wenn ich die Differenzen zwischen Ihnen und Tal richtig verstehe, vertritt er einen anderen Ansatz, stimmt's?«

»Ja. Er würde sich darauf berufen, daß bei *SEKTEMPFANG* und *SEKTENRANG* die Wortform ähnlich ist.«

»Er würde annehmen, daß bei einer Schrift mit Ober- und Unterlängen weniger Lesefehler auftreten, ja? Sehen wir mal. Bei *Sektempfang* haben der dritte und vierte Buchstabe eine Oberlänge und der siebte und achte sowie der letzte eine Unterlänge. Bei *Sektenrang* haben der dritte und vierte Buchstabe eine Oberlänge. Danach nichts mehr bis zur Unterlänge des letzten.«

»Das stimmt. Er ist viel stärker an typographischen Merkmalen interessiert, also an dem, was dann tatsächlich auf der Seite erscheint.«

»Also können Sie tatsächlich beide den Lesefehler erklären, den ich gerade gemacht habe. Tal würde sagen, die typographischen Anhaltspunkte waren dürftig, und Sie würden sagen, daß ich etwas über Frankreich und Wein erwartet habe.«

»Richtig. Natürlich ist das nur eine Schwerpunktfrage. Beides geht miteinander einher, und das wissen wir beide. Aber ich finde es einfach interessanter, höhere geistige Prozesse zu untersuchen als Zeichen auf Papier.«

»Ach so.«

»Natürlich haben wir auch andere Bedingungen. Manche Leute sehen dieselben Sätze in normalem Druck, so daß das Erscheinungsbild nicht so ähnlich ist. Oder die gleichen Wörter in Großbuchstaben in wahlloser Reihenfolge, so daß für Hypothesen über die Bedeutung nicht so viel Raum bleibt. Wir versuchen, das auseinanderzufieseln, um so viel wie möglich darüber zu erfahren, was geschieht, wenn Leute lesen, und wie man ihnen helfen kann, effektiv zu lesen.« Er nahm das Band heraus, schaltete den Apparat aus und deutete vage mit der Hand darauf. »Etwas so Kompliziertes wie Lesen muß in ganz kleinen Abschnitten untersucht werden. Ich habe mir schon ganz zu Anfang geschworen, mich nicht mit Typographie oder Wörterlisten zu befassen. Bei meiner Arbeit geht es immer um Abschnitte, Texte. Selbst wenn ich mich für einzelne Wörter wie *Sektempfang* interessiere, ist es nur, um die Wirkung des Kontextes darauf festzustellen.«

»Ich verstehe. Vielen Dank für den Einblick in die Studie aus der Sicht des Versuchskaninchens.« Sie folgte ihm in den Gang hinaus. »War Tals Arbeit ähnlich wie Ihre? Ich meine, die Art seiner Experimente?«

»In mancher Hinsicht. Natürlich hatte er keine Videotechnik zur Hand. Aber viele seiner Fragen waren ähnlich. Tatsächlich hat er vor ein paar Jahren eine Studie mit Satzpaaren gemacht, ähnlich denen, die Sie gerade gesehen haben. Aber seine Versuchspersonen saßen mit einem Bleistift am Tisch. Er sagte ihnen, sie bekämen zum Schluß einen Punkt für jede korrekt beantwortete Inhaltsfrage, außerdem einen Bonus von fünf Punkten, wenn sie in weniger als zehn Minuten fertig waren. Und übrigens, sagte er, unterstreichen Sie jeden Druckfehler, den Sie bemerken. Aber dafür gab es keine Belohnung.«

»Ach so. Und er versuchte herauszukriegen, ob sinnvoller Kontext oder Wortgestalt dazu führten, daß die Leute Druckfehler übersahen?«

»Ja. Außerdem hatte er eine Art interessanten Versuch, in dem die Worte mit beliebigen Groß-und Kleinbuchstaben geschrieben wurden. Zum Beispiel hätte ›New York‹ ein großes E, Y, R statt –«

Er brach ab, weil direkt vor seiner Nase eine Tür aufgestoßen wurde. »Tut mir leid, ich wollte Sie nicht rammen«, murmelte Bart Bickford, der ein kleines Mädchen in einem viel zu großen rosa T-Shirt hinausbugsierte. Neben Barts riesiger Gestalt wirkte sie winzig, eine kleine Streichholzfigur.

»Und wissen Sie, wen ich noch mag?« sagte sie gerade zu ihm. »Cher!« Unbeholfen und unschuldig markierte sie einen lasziven Hüftschwung. Charlie lächelte. Kinder verblüfften ihn noch immer, ihr gieriger Lernhunger. Man sehe sich sich bloß dieses tapsige, geschlechtslose Kind an, das hier den Vamp spielte. Oder kleine Jungs, die Krieg spielen, oder Polizei oder Hockeystars. Oder lesen. Es gehörte eine ziemliche Anstrengung dazu, ein Kind vom Lesenlernen abzuhalten. Nicht, daß Erwachsene nicht gelegentlich Erfolg damit hätten ... Tante Babs. Aber die meisten Kinder kämpften sich weiter durch ihre Buchstaben, die Wörter, die Bedeutungen, lange nachdem die meisten Erwachsenen schon verzweifelt aufgegeben hätten. Je klarer Charlie die Schwierigkeiten dieses Unterfangens wurden, um so mehr wuchs sein Respekt vor Kindern. Diese Zähigkeit, diese Bereitschaft, hart zu arbeiten. Er konnte sich nicht daran erinnern, lesen gelernt zu haben, nur daß er es immer geliebt hatte. Aber er erinnerte sich noch, wie er Eishockeyspielen gelernt hatte. Ungefähr im Alter dieses Mädchens. Stunden und Stunden hatte er damit verbracht, seinen dürren Beinen Geschwindigkeit und Wendigkeit beizubringen und in der bitteren Kälte den flüchtigen Puck zu jagen, wobei er Tante Babs mit seinen ständig aufgeschlagenen Knien und verrenkten Knöcheln plagte. Nicht, daß er je richtig gut geworden wäre. Nur zweimal, bei richtigen Spielen, hatte ihn dieser glühende Feuereifer überkommen, war er allein mit dem Puck durch einen roten Nebel geschliddert, und der Weg am Torwart vorbei hatte vor ihm geleuchtet, seine Kameraden hatten ihm lauthals zugejubelt. Aber meist waren nur die winzigen Verbesserungen seiner eigenen Leistung und das begeisterte Lob von Trainer Wilhelm sein Lohn gewesen. Dad war nicht mal zu den Entscheidungsspielen gekommen. Vielleicht ganz gut so. Freundlich wie er war, hatte ihn der Trainer die meiste Zeit am Rand des Spielfelds behalten. Als er mit der Highschool anfing, hatte Charlie es aufgegeben und sich darauf konzentriert, ein kluger Kopf zu werden. Aber er erinnerte sich noch immer an die Jahre verbissenen Trainings.

»Also das sind die Leute, die ich gut finde!« schloß das kleine Mädchen flammend.

»Klasse!« Bart schien aufrichtig. Er lächelte Maggie und Charlie an. »Shelley hat mir gerade ein paar tolle Geschichten erzählt. Aber jetzt müssen wir gehen. Ihre Mutter wartet auf dem Parkplatz. Komm, Shelley.« Sie steuerten auf den Ausgang zu.

Maggie zog die Tür zum Treppenhaus auf und wurde dann langsamer. Charlie hinter ihr prallte fast mit ihr zusammen. Dann hörte auch er die leisen, erregten Stimmen. »Hören Sie, Wayne, Sie müssen es gewußt haben! Selbst Cindy Phelps wußte es! Und sie sagt, der ganze Fachbereich wußte Bescheid!«

»Es war eine Ermessensfrage, ja?« Walensky klang genervt. »Kein Grund, daß Sie sich einmischen. Sie müssen begreifen, Reggie, daß diese akademischen Typen anders sind! Keine billigen Ganoven aus der Downtown. Man muß eine ganz andere Art der Befragung anwenden, sonst hat man das Dekanat auf dem Hals. Von den Bürgerrechtlern gar nicht zu reden.«

»Hier geht es nicht um ein Kreuzverhör, sondern darum, die verdammten Informationen zu kriegen! Und wenn Sie schon etwas wissen und beschließen, Ihre akademischen Schützlinge nicht zu befragen, um sie nicht aufzuregen, dann geben Sie mir wenigstens einen Tip, einverstanden?« Man hörte einen tiefen Seufzer, als ob Hines sich zurückhielte und versuchte, nicht zuzuschlagen. »Sehen Sie, Wayne, es ist ja keine große Sache. Heute nachmittag bekomme ich einen Bericht. Wenn die Phelps-Geschichte relevant erscheint, habe ich Zeit, mit allen zu reden.«

»Sie haben leicht reden, keine große Sache! Ihnen liegt ja auch der Dekan nicht in den Ohren. ›Haben Sie es schon herausgefunden? Nein? Na, machen Sie schnell. Aber um Himmels Willen, stellen Sie niemandem irgendwelche Fragen!‹ «

»Ja.« Hines schmunzelte humorlos. »In der Stadt haben wir ein paar Politiker, die sind genauso. Na, erzählen Sie Ihrem Dekan was Sie wollen, aber ich rede mit denen.«

»Aber vorsichtig.«

»Hören Sie, ich habe auch meine Probleme. Wie zum Beispiel, diesen Fall zu lösen. Keine Sorge, ich kenne die Bürgerrechte, wahrscheinlich besser als Sie. Und ich bin auf dem College gewesen, genau wie Ihr Dekan. Ich werde also niemanden gegen den Strich bürsten, der das nicht nötig hat. Aber Sie kennen diese Leute, ich rechne auf Insider-Informationen von Ihnen, okay? Je eher wir diesen Fall aufklären, desto eher sind wir alle –«

Maggie zog Charlie ins Treppenhaus und ließ die Tür laut hinter sich zuknallen, bevor sie hinaufstiegen. Sie sagte mit heller Stimme: »Zufällig verteilte Groß- und Kleinbuchstaben. Das zerstört die bekannten Wortformen, nicht? Oh, hallo, Sergeant Hines, Captain Walensky!«

Die beiden Polizeibeamten, die Gesichter zu unbewegten Masken erstarrt, sahen zu, wie Maggie und Charlie um die Ecke bogen und zu ihnen hinaufstiegen. »Hallo«, sagte Hines. »Ich war gerade auf dem Weg zu Ihnen, Professor Fielding. Gary Kramer sagte, Sie wären unten. Nur ein paar Fragen.«

»Ja, klar.« Charlie trat auf den Treppenabsatz und zwang seine Schultern, sich zu entspannen. Schließlich wollte die Polizei den Mörder finden. Walensky war schon seit Jahren da, und selbst dieser aufdringliche Neue, Hines, wollte den Mörder erwischen und diesen Alptraum zu Ende bringen. Aber es war auch ein Alptraum zu wissen, daß die Polizei jedes Wort, das er sagte, jede Bewegung, die er machte, auf die Goldwaage legte. Und er machte sich Sorgen wegen der Reibereien zwischen beiden.

Hines schlug gewissenhaft sein Notizbuch auf. »Professor Fielding, Sie haben mir gesagt, daß Sie gestern erst auf dem unteren Pfad gewesen sind, nachdem Professor Chandler erschossen worden war.«

»Das stimmt.«

»Sie meinten, jemand hätte Ihr Notizbuch nehmen und es in der Nähe fallenlassen können.« Seine Stimme klang freundlich, fast zu herzlich, und Charlie merkte, daß er vor dem anderen Polizisten eine Show abzog.

Er nickte und hoffte, locker und zuversichtlich zu wirken. »So muß es gewesen sein, es sei denn, es wäre mir vorher von der Brücke gefallen.«

»Also, wie sollte diese Person an Ihr Notizbuch gekommen sein?«

Charlie warf Maggie einen Blick zu. »Darüber haben wir geredet. Zu Hause habe ich in dem Buch etwas nachgesehen. Als ich hier ankam, war ich spät dran, also bin ich von meinem Wagen zum Büro gerannt. Am ganzen Van Brunt entlang. Es könnte dabei aus meiner Tasche gefallen sein. Jeder Beliebige hätte es aufheben können.«

»Jeder, der zufällig in der Nähe von Van Brunt Hall gewesen ist«, sagte Maggie.

Hines sah sie kurz an, dann wieder Charlie. »Wir werden dem nachgehen. Können Sie sich denken, wer Ihnen vielleicht etwas anhängen möchte?«

Charlie schüttelte den Kopf. Walensky runzelte jetzt die Stirn, und Hines schien ihn statt Charlie anzureden, als er sagte: »Ich frage, weil sie jemand schon sehr hassen müßte, wenn er sich die Mühe gemacht hat, das Notizbuch da hinzulegen.«

»Ja, ich weiß«, sagte Charlie. »Ich kann mir nur denken, daß es auf dem Boden gelegen hat und jemand es einfach benutzte, weil es zur Hand war.«

Hines nickte. »Und um welche Zeit sind Sie in Van Brunt aufgebrochen, um zur College Avenue zu gehen?«

»Ungefähr zwanzig vor zwölf. Vielleicht ein paar Minuten früher.«

»Sind Sie am Sekretariat vorbeigekommen?«

Charlie sah Interesse in Maggies Gesicht aufleuchten. »Ja«, sagte sie. »Aber die Tür war zu.«

»Das stimmt«, sagte Charlie. »Ich habe angenommen, daß Cindy und Bernie beide beim Essen wären.«

»Wieso dachten Sie das?« fragte Walensky scharf.

»Weil die äußere Bürotür offen steht, wenn einer von ihnen da ist.«

»Immer?«

Warum fragte Walensky nach diesem Detail? Wußte er etwas über Cindy? Möglicherweise sogar über Bernie? Charlie antwortete bedächtig: »Fast immer. Gelegentlich macht Bernie die Tür zu seinem Büro zu, wenn er da ist, wenn er das Budget fertigstellen muß und nicht gestört werden will, oder wenn er ein Doktorandenexamen abnimmt, solche Sachen. Aber gewöhnlich stehen beide Türen offen, wenn er da ist. Und wenn Cindy irgendwo im Gebäude ist, steht die äußere Tür offen. Wenn sie geschlossen ist, heißt das also, daß beide weg sind.«

»Sie haben keinen von beiden weggehen sehen?« fragte Hines. Seine Stimme war kräftig, und seine harten Augen warnten Walensky. Mit einem winzigen, unwilligen Nicken gab der Campusbeamte zu, daß das Interview wieder Hines gehörte.

Charlie fühlte sich wie das Seil beim Tauziehen. »Nein, wir haben sie nicht gesehen. Wir haben uns in meinem Büro Kodierblätter angesehen.«

Maggie nahm ihre Aktentasche in die andere Hand. »Ich habe gehört, daß Professor Reinalter zum Lunch in den Fakultätsclub gehen wollte.«

»Mm«, sagte Hines, ohne eine Miene zu verziehen.

»Um Viertel nach. Wenn er also so früh schon weg war –«

»Mm«, sagte Hines noch einmal.

»Und Cindy war auch nicht da«, sagte Maggie.

Hines schaute Walensky an. »Cindy Phelps sagt, sie sei ein paar Minuten nach Professor Reinalter aufgebrochen und zum Innenhof gegangen, um ihre Brote zu essen. Haben Sie sie gesehen, Professor Fielding?«

»Nein«, sagte Charlie. Auch Walensky schien sehr interessiert an Hines' Fragen. »Aber wir gingen in die andere Richtung. Konnten sie also nicht sehen.«

Maggie runzelte die Stirn. »Hat sie sich dort mit jemandem getroffen?«

Hines sah sie scharf an. Trotz seiner Konzentration auf Walensky entging ihm nichts. »Wir prüfen es nach.«

»Cindy ißt manchmal gern allein zu Mittag«, betonte Charlie. »Sie sagt, mit den Kindern zu Hause und dem Betrieb im Büro den ganzen Tag, ist es Luxus, eine Minute für sich allein zu haben.«

Hines schlug eine neue Richtung ein. »Gut. Eine letzte Frage. Wissen Sie irgendwas über Handfeuerwaffen, Professor Fielding?«

»Um Gottes Willen, nein! Außer, was ich im Kino sehe.«

»Sie waren nicht beim Militär?«

»Nein. Als Student war ich fast die ganzen sechziger Jahre zurückgestellt.«

Hines nickte und schrieb es auf. »Was ist mit den anderen im Fachbereich?«

»Beim Militär? Wir reden nicht viel über – warten Sie, ich erinnere mich, daß Bart Bickford einmal gesagt hat, er wäre in Korea gewesen.«

»Korea.« Hines notierte es und schaute dann mit erhobenen Augenbrauen Walensky an.

Walenky sagte abwiegelnd: »Das sind uralte Kamellen. Die meisten haben gedient.«

»Sonst noch jemand, Professor Fielding?« Hines' Stimme war stahlhart.

»Tja, Bernie Reinalter auch, jetzt, wo ich darüber nachdenke. Er und Bart haben eines Tages darüber gesprochen. Auf einer Party. Vor Jahren, noch bevor... na ja –« Bei dem finsteren Blick, der Walenskys Gesicht umwölkte, brach er ab.

Hines sagte glatt: »Bevor Professor Bickford zu der Überzeugung kam, daß Professor Reinalter versuchte, ihn aus dem Fachbereich zu drängen.«

»Äh... ja.« Wußte Hines denn schon alles über diesen Fachbereich? Charlie warf einen Blick auf Walensky und war plötzlich deprimiert.

Hines hatte den Kuli wieder gezückt. »Also, besitzt Professor Reinalter eine Waffe? Oder sonst jemand im Fachbereich?«

»Tja, Bernie geht manchmal Wachteln schießen, er muß ein Gewehr haben oder so. Ach, und Nora! Nora Peterson hat eine Waffe. Kleine Pistole, zur Selbstverteidigung.«

»Gut. Sonst noch jemand?« Hines stand gleichmütig da, unbewegt bis auf die braune Hand mit dem Kuli, aber der Blick, mit dem er Walensky kurz anblitzte, schien von Triumph zu sprechen.

»Nein. Nein, das sind alle, von denen ich weiß«, sagte Charlie unbehaglich. »Aber Captain Walensky hat recht, viele Professoren haben in der Armee gedient. Sie würden hier nicht unbedingt darüber sprechen.«

»Natürlich. Nun, vielen Dank, Professor Fielding, vielleicht rede ich später noch einmal mit Ihnen.«

»Klar. In Ordnung.«

Walenskys Mund war säuerlich verzogen. »Ist Bart Bickford noch unten?«

»Ja, er ist gerade mit einer seiner Versuchspersonen fertig geworden«, informierte ihn Maggie.

»Danke. Wir bleiben in Verbindung. Gehen wir, Captain Walensky.« Hines begann, die Treppe hinunterzugehen, und hielt dann inne. »Sagen Sie mir auf alle Fälle Bescheid, wenn Ihnen jemand einfällt, der etwas gegen Sie haben könnte, Professor Fielding.«

»Mach ich.«

Erleichtert, daß es vorerst vorbei war, folgte Charlie Maggie durch die Tür in die Halle. Sein Hiwi Gary Kramer, ein dicklicher Lockenkopf, schoß aus dem Büro neben Charlies. »Hi!« rief er.

»Hi, Gary«, sagte Maggie.

»Wie kommen Sie voran?« Charlie zog seine Schlüssel heraus.

»Gut.« Gary schwenkte die Videokassetten in seiner Hand. »Dies ist der letzte mit den Unterlängen-Texten. Ich kann jetzt mit den Passagen in Großbuchstaben anfangen.«

»Wunderbar!« Charlie schloß die Tür auf und wandte sich an Maggie. »Das bedeutet, daß Sie auch mit diesen Datenblättern anfangen können, wenn Sie wollen.«

»Gut. Drei von unseren Studien sind also fertig zum Einsatz, richtig? Ich werde sie sofort zu den Computern runterbringen. Falls nicht die Polizei noch etwas will.«

Bullen. Verdammt. Charlies Zorn flackerte wieder auf, obwohl sein Verstand ihm sagte, daß er unberechtigt war, daß sie ihre Arbeit tun mußten. Hines und Walensky schienen jetzt allgegenwärtig, gingen mit ihren Fragen in Charlies Leben ein und aus und unterbrachen seine Gedankengänge, selbst wenn sie physisch weit weg waren. Und Walensky, der eigentlich helfen sollte, oder wenigstens sicherstellten, daß der Fachbereich nicht vollkommen durcheinandergeriet, tat keins von beiden. Charlie wollte, daß er den Mörder schnell erwischte, aber statt dessen machte er immer weiter Kotau vor den Behörden, um den Ruf der Uni sauber zu halten; das war alles, worum er sich scherte. Charlie erinnerte sich, wie wütend Tal vor zwei Jahren gewesen war, als der kleine Jonathan Hammond von einem Auto angefahren wurde. Walensky hatte die kostbaren ersten Minuten nach dem Unfall damit verbracht, lieber die Unibehörden anzurufen, anstatt die Polizei und die berittenen State Trooper zu informieren. Na ja, er hatte die Ambulanz gerufen, sogar selbst erste Hilfe versucht. Die Zeitungen konnten keinen Fehler daran finden, selbst Tal konnte ihm das nicht vorwerfen. Das Kind war schwer verletzt worden. Aber den Fahrer hatte man natürlich nie erwischt. Trotzdem, verdammter Walensky. Und Hines. Und der Mörder, der vielleicht –

»Verdammt, Gary, das nicht!« hörte Charlie sich schreien. Gary, am Bücherregal, ließ das Band fallen und zuckte zurück, als hätte man ihn geschlagen.

»Tut mir leid, verdammt. Wollte nicht brüllen. Diese verdammte Geschichte mit Tal...« Charlie nahm seine Brille ab, rieb sich die Augen, setzte die Brille wieder auf. Er hatte seine Stimme wieder unter Kontrolle. »Die Studie, die Sie suchen, ist auf dem dritten Brett. Sehen Sie? Braune Kreise?«

»Hab sie«, sagte Gary. Er zog das Band heraus, sagte: »Bis später« und schlich aus dem Zimmer.

»Gott, ich bin schon soweit, daß ich Studenten anbrülle.« Charlie schlug sich mit der Faust in die Hand.

»He, immer mit der Ruhe.« Maggie tätschelte ihm den Rücken. »Wir sind alle gereizt. Es ist eine verdammt frustrierende Situation.«

»Richtig. Verdammt noch mal, ich wünschte, ich wüßte, wer... oder warum...«

»Arbeit hilft am besten«, sagte Maggie, so energisch wie Tante Babs. »Manchmal kommen die Antworten von allein, wenn man an etwas ganz anderes denkt.«

»Sie kommen jedenfalls überhaupt nicht, wenn ich an den Mord denke«, gab Charlie zu.

»Ich bin im Computerzimmer. Bis später.« Mit wehenden roten Hemdzipfeln verschwand Maggie leichtfüßig nach draußen. Sie schien so stark, so überlegen. Charlie schleppte sich an seinen Schreibtisch.

Er brauchte Deanna. Das würde helfen. Deanna war aufbauend, konnte mit einem Blick, einer Berührung erreichen, daß er sich stark und überlegen fühlte. Charlie nahm seine Brille ab und rieb sich die Augen.

Er hatte sie im Februar kennengelernt. Er spielte nicht mehr Hockey, lief aber noch gern Schlittschuh. Das Muskelspiel erinnerte ihn an den Sport, den er einst geliebt hatte. An dem matschigen Samstag hatte er nach Syracuse fahren müssen, um eine Schachtel Videobänder abzuholen, und aus einer plötzlichen Laune heraus hatte er seine Schlittschuhe ins Auto geworfen, um die riesige städtische Eisbahn auszuprobieren. Sie war überfüllt, schließlich war

Samstag. Anfänger stolperten an den Rändern herum, wilde Horden kleiner Jungs schrieen und schubsten sich gegenseitig, um Eindruck auf unbeholfene, kichernde Schulmädchen zu machen, während ernsthaftere Schlittschuhläufer wie er selbst versuchten, ihnen auszuweichen. Ein paar Eiskunstläufer trainierten in der Mitte. Er war schon fast entschlossen, aufzugeben und zum bescheidenen, aber weniger überfüllten Stadion in Laconia zurückzukehren, als eine zarte Gestalt links an ihm vorbeischoß. Sie trug weiße Strumpfhosen und einen kurzen, säuberlich ausgebesserten, roten Eislaufrock. Leuchtend braunes Haar wurde im Nacken von einer weißen Spange zusammengehalten. Während er zusah, führte sie einen wunderbaren Drehsprung mit Arabeske aus und landete auf ihrem rechten Schlittschuh, um ihm rückwärtsgleitend das Gesicht zuzuwenden, das linke Bein und die Arme elegant ausgestreckt, die Wangen rosig im Triumph.

Charlie wurde einen Tick langsamer, um sich ihrer Geschwindigkeit anzupassen, und klatschte Beifall.

Ihre Augen begegneten seinen. Sie lächelte schüchtern.

Eine große anschwellende Woge kochte in Charlie hoch, von den Lenden zum Herzen zu den erstaunten Augen. Mist, dachte er, Mist, Mist, Mist. Aber es war zu spät. Sie brachte die Luft zum Prickeln und überschwemmte ihn mit hoffnungsloser Begierde.

Und dann gönnte ihm das launische Schicksal eine Sekunde später doch einen Funken Hoffnung. Einer der wüsten kleinen Jungen, von seinen Kameraden geschubst, rutschte Charlie quer über den Weg und stieß gegen das rückwärtsgleitende Bein der entzückenden Läuferin. Sie taumelte zurück, schlug mit den Armen um sich und fing sich fast auf dem anderen Schlittschuh ab, ehe sie in einem wilden Durcheinander aus blinkenden Schlittschuhkufen, rotem Röckchen und berauschenden weißen Schenkeln hinfiel. Augenblicklich war Charlie an ihrer Seite und hatte die Hand an ihrem Ellbogen, noch ehe sie Zeit hatte, etwas anderes als Erstaunen zu zeigen. »Alles in Ordung?« fragte er besorgt.

»Ja.« Stirnrunzelnd sah sie den Jungen an. »Oh Gott, habe ich ihm wehgetan?«

»Das will ich doch schwer hoffen!« sagte Charlie. Der Knirps hatte sich auf die Füße gekämpft, Deanna ein schamrotes ›Schuldigung‹ zugeblafft und lief jetzt ungeschickt auf seine johlenden Kumpel zu. Sie schaute ihm nach, kicherte, und stand, nur mit einem winzigen Druck auf Charlies sehnsüchtige Hand, gewandt auf.

»Seien Sie nicht gemein. Er lernt ja noch«, sagte sie.

»Ich bin nie gemein. Aber fair ist fair.« Er bemerkte, wie ihr Haar von den Schläfen mit einem weichen Kupferschimmer zurückfederte. Er sagte: »Wie wär's mit einer heißen Schokolade? Oder einer Cola?«

Die unglaublichen Augen, von diesen langen, natürlichen Wimpern eingerahmt, wandten sich ihm wieder zu. Er sah Einsamkeit darin und Verlangen wie sein eigenes, und Weisheit und Vorsicht. »Nein, danke. Lieber nicht«, sagte sie schüchtern.

»He, nach einem solchen Sturz ist aber was angesagt. Um wieder in Schwung zu kommen.« Und als sie einen Blick auf die Seitentribünen warf, immer noch zögernd, nahm er eine melodramatische Haltung ein, die Hand auf dem Herzen. »Oh, bitte, du willst doch meine Gefühle nicht verletzen!«

Nein, sie wollte seine Gefühle nicht verletzen. Sie ließ ihn ihre Hand nehmen und sie zum Erfrischungsstand führen. Sie war richtig froh über die Cola. Ihre korallenroten Lippen schlossen sich um den Strohhalm, und in einem entzückten Nebel nahm Charlie ihre kleinen banalen Äußerungen auf, als wären sie kostbare Rubine. Ihr Name sei Deanna, sagte sie. Sie war erst vor kurzem nach Greenwood, außerhalb von Syracuse gezogen und hatte noch nicht viele Freunde. Ja, sie mochte Kino, *Der Clou* und *Rocky* eher als *Der weiße Hai* oder *Der Exorzist*. Sie war heute mit Betty Giordano auf die Eisbahn gekommen – sie deutete auf eine lachende Gruppe bei den Tribünen. Die rundliche Dunkelhaarige war ihre Freundin. Aber Betty hatte ein paar Jungs entdeckt, die sie kannte, und war hingegangen, um mit ihnen zu reden. Deanna war weiter Schlittschuh gelaufen.

»Du bist sehr gut«, sagte Charlie. »Du mußt einen guten Lehrer gehabt haben.«

»Ja. Als ich klein war, in Pittsburgh, war eine tolle Trainerin im Sportzentrum. Miss Donaldson. Sie wollte mich in ihre Olympia-Klasse aufnehmen.«

»Was ist passiert?«

»Mama und Papa ließen sich scheiden. Wir lebten eine Weile auf dem Land.«

»Keine Gelegenheit zum Schlittschuhlaufen?«

»Es gab einen Teich. Aber der war im ganzen Winter bloß zwei oder drei Tage zugefroren.« Ein anbetungswürdiges Schmollen.

»Na, hier kannst du ja üben. Solange diese Blagen dich nicht dauernd umschmeißen.«

Sie lächelte. »Als Schlittschuhläufer muß man damit rechnen, daß man umgehauen wird, sagte Miss Donaldson immer.«

Oh, ihn hatte es umgehauen, das konnte man wohl sagen, ihn hatte es umgehauen. Aber er wußte, er durfte nichts überstürzen. Sie war zu schüchtern. Sie trank ihre Cola aus und sagte etwas von Betty suchen. »Klar«, sagte er mit lässigem Gruß. »Bis dann.«

Aber als sie ihren Colabecher in die Mülltonne warf, hatte sie ihm einen Blick geschenkt, so voller Verlangen und Hunger, daß sein Herz wieder zu singen begann. Er wußte es. Sie wußte es. Sie waren füreinander bestimmt.

Gary klopfte an die Tür. »Äh ... Charlie?«

Charlie setzte seine Brille wieder auf. »Nur herein, Gary«, sagte er herzlich. An Deanna nur zu denken heilte schon seine zerrissene Seele.

»Ich wollte die Kodier-Kategorien für diese neue Bänder noch mal nachprüfen«, erklärte Gary.

»Klar. Setzen Sie sich.« Charlie zog die Verschlüsselungsliste aus der Schreibtischschublade.

Morgen, sagte er sich. Morgen würde er Deanna sehen.

XI

Bernie Reinalter legte die Fingerspitzen zusammen und lehnte sich im Schreibtischstuhl zurück. »Der Fachbereich wird sein Möglichstes tun, um die Bearbeitung zu erleichtern, Anne.«

»Das weiß ich, Bernie.« Er hatte sie in sein Büro gebeten, in diesen Stuhl gewinkt und ihr gesagt, sie solle es sich bequem machen, als ob es überhaupt möglich wäre, sich auf der Studentenseite des Schreibtisches wohl zu fühlen. In Wirklichkeit wollte er, daß sie es ihm bequem machte. Daß sie auf dem untergeordneten Stuhl saß, eine Schreibtischbreite zwischen ihnen, unter Kontrolle. Schreien nicht erlaubt. Weinen auch nicht. Äußern Sie lediglich ihren angeblichen Schmerz und ihre Absicht, tapfer weiterzumachen, als sei nichts geschehen. Als ob ihr Leben nicht zerstört wäre.

»Kommen Paul und Rocky?« fragte er.

»Morgen abend. Paul vielleicht nicht vor Sonntag.«

»Das ist gut. Bestimmt sind sie Ihnen eine große Hilfe. Gescheite Kinder. Nun ja, eigentlich keine Kinder mehr. Ich sehe sie immer noch vor mir wie vor dem College.« Seine blassen Augen blickten ins Weite. »Ich erinnere mich noch an Rocky mit ihrer Baseballmütze bei einem Grillfest des Fachbereichs. Sie stand damals wahrscheinlich kurz vor ihrem Highschool-Abschluß.

Ich fragte sie, nur so zum Spaß, ob sie im College Sport als Hauptfach nehmen wollte. »Nein«, sagte sie. »Mathe. Um einen Ball zu fangen, muß man im Bruchteil einer Sekunde eine Differentialgleichung lösen.«

Reinalter lächelte. »Kaltblütig wie ein Indianer.«

Da sah Reinalter ähnlich, Rockys Kaltblütigkeit zu bewundern. Er war selbst kaltblütig. Gut, manchmal, wie jetzt eben, gab er sich Mühe, menschlich zu sein, aber irgendwie war die Wirkung immer die, als spräche er aus einer überlegenen, frostigen Höhe. Piz Reinalter, direkt nördlich vom Mont Blanc. Anne sagte: »Rocky gibt immer noch Softballtraining.«

»Gut. Nun, ich wollte Sie nur wissen lassen, daß wir alles tun, um Ihnen zu helfen. Offiziell oder inoffiziell.«

Anne sagte verstockt: »Wenn es natürlich Mord ist, gibt es zusätzliche Komplikationen, nicht wahr?«

Er zuckte bei dem Wort nicht direkt, zog aber die blonden Augenbrauen zusammen. »Das ist richtig. Selbstverständlich kooperieren wir mit der Polizei, bemühen uns um Aufklärung.«

»Wir kooperieren alle mit der Polizei, Bernie.« Anne zog eine Zigarette hervor, zündete sie an und blies gallischen Rauch in seine schweizerische Nase. »Und bisher tue ich mein Möglichstes, die Reporter abzuwehren.«

»Das weiß ich zu schätzen, Anne.« Endlich hatte sie ihn aufgeschreckt, und jetzt beugte er sich vor, plötzlich ernsthaft interessiert. »Sie wissen, wie wichtig es ist, schlechte Publicity zu vermeiden.«

Also das war es. Hätte sie wissen müssen. »Bernie«, sagte Anne, »jemand in diesem Fachbereich hat Tal *ermordet*. Das ist keine gute Publicity, wie immer man es darstellt.«

»Ja, ich weiß. Aber schließlich ist es ein isoliertes Problem, nicht wahr? Kein Grund – «

»Seien Sie nicht albern, Bernie!« Anne hatte genug von dem Untergebenenstuhl. Sie stand auf und marschierte um den Schreibtisch herum zu seinem Papierkorb, um ihre Zigarettenasche abzuklopfen. Sie schaute auf Bernie herunter. »Es besteht jeder Grund, die Probleme in diesem Fachbereich unter die Lupe zu nehmen. Die Polizei hat Tals Büro und unsere Wohnung schon durchsucht, und sie wird auch den Rest des Fachbereichs unter die Lupe nehmen, wenn ihnen irgendeine Rechtfertigung dafür einfällt.«

Bernies Augen zuckten zum Schreibtischbein hinunter, dann wieder hoch. »Das stimmt, Anne. Aber wir müssen trotzdem diskret sein, meinen Sie nicht? Ich meine, wenn Sie Steuerprobleme haben, dann wollen Sie doch auch nicht, daß es in den Zeitungen breitgetreten wird, oder?«

Anne bedauerte ihn fast. »Teufel auch, Bernie, das ist mir vollkommen egal. Die Steuerbehörde hat sich geirrt. Eine Untersuchung ist genau, was wir wollten. Und von viel Geld ist sowieso nicht die Rede. Obwohl ich begreife, daß in Ihrem Fall –«

Bei dem Anflug von Panik in seinen Augen brach sie ab. Sie drehte sich zu den Fenstern um und zog an ihrer Zigarette. Der Glückliche, zwei große Fenster auf den Parkplatz. »Hören Sie, mir scheint, alle sind so diskret wie möglich«, sagte sie. »Sogar die Polizei. Walensky beobachtet jede Bewegung von Hines und umgekehrt. Aber wir müssen die Wahrheit sagen, selbst wenn sie häßlich ist.«

»Aber manche Sachen sind irrelevant! Zeitverschwendung!« Ein schriller Unterton war in seine Stimme geraten. Er stand auf, weil ihm offensichtlich bewußt wurde, daß man nicht gut den Patriarchen spielen konnte, wenn selbst eine kleine Matrone wie Anne in der Lage war, auf sein ergrauendes Haupt herunterzublicken. Er trat an die andere Fensterseite und holte tief Luft. »Und es gibt Dinge, von denen Tal nicht wollte, daß sie bekannt wurden.«

»Tal hat sein Leben der Wahrheit gewidmet.«

»Aber er wußte auch, daß man die Dinge im Kontext sehen muß. Eine vereinzelte Tatsache ist keine Wahrheit, Anne. Nicht für sich allein.«

»Aber sie ist ein Teil der Wahrheit.« Anne drehte sich um und sah ihn an. »Sehen Sie, Bernie, ich weiß ein paar Dinge über diesen Fachbereich. Im Lauf der Jahre hat Tal mich in einiges eingeweiht. Offensichtlich bin ich nie mit heißen Tips über Skandale im pädagogischen Fachbereich zu den Zeitungen gerannt. Ich habe nicht vor, jetzt damit anzufangen. Aber verdammt noch mal, wenn Sie der Polizei nichts von Ihren Problemen damals in Idaho erzählen, dann tue ich es!«

Bernie starrte sie an, frostig wie Alpenluft. Schließlich sagte er: »Es ist nicht relevant, Anne. Tal würde das wissen. Es kann einer Karriere schaden. Und einem Fachbereich. Und die Nachforschungen aufhalten.«

»Sagen Sie das alles auch Hines. Er ist nicht dumm. Er ist nicht darauf aus, Karrieren zu vernichten. Er wird es im Kontext sehen, wie Sie sagen. Aber der Kontext ist Mord. Der Mord an Tal, Bernie!«

»Anne, ich weiß, Sie sind natürlich tief erschüttert. Aber Sie müssen einen Sinn für Proportionen behalten!«

»Mein Sinn für Proportionen ist in Ordnung, Bernie. Aber was zum Teufel ist mit Ihrem passiert?«

Seine Augen wichen ihrem strengen Blick aus. Dann sah er sie wieder an. »Ich sag's ihm«, murmelte er schließlich.

»Gut.« Anne drückte ihre Zigarette in Bernies Papierkorb aus. Gestern, vor langer Zeit, hätte Bernie ihr vielleicht leid getan, wie der junge Dingsbums, der mehr Zeit für seine Hausarbeit brauchte. Aber heute spielte es keine Rolle mehr, daß Bernie Jahre damit verbracht hatte, den Ruf des Fachbereichs und sein eigenes tadelloses Image zu kultivieren. Nichts spielte eine Rolle. Selbst den Mörder finden und Rache üben war unwichtig. Aber wenigstens lenkte es sie ab, sich auf diese Aufgabe zu konzentrieren. Befreit aus ihrem tiefen Schmerz zu tiefem Zorn. Zorn war viel angenehmer.

Es klopfte an der Tür. Cindy rief: »Professor Reinalter, es sind wieder Reporter da. Können Sie mit ihnen reden?«

»Verdammt«, grummelte Bernie. »Das Dekanat sollte sich doch darum kümmern.«

»Soll ich hingehen?« erbot sich Anne.

Bernie wirkte schockiert. »Nein, nein, natürlich nicht. Sagen Sie ihnen, ich bin unterwegs, Cindy.« Er streckte den Arm nach seiner Jacke aus und musterte sich in einem kleinen Spiegel auf der Innenseite seiner schmalen Schranktür. »Die werde ich schnell los, Anne. Bin gleich zurück.«

»Danke, Bernie.« Sie akzeptierte die Gefälligkeit. Sie wollte wirklich nicht mit Reportern sprechen.

»Wenn sie weg sind, kann Cindy Ihnen bei den Formularen helfen, die unterschrieben werden müssen.«

»Gut.«

»Bis später.« Die Tür schloß sich hinter ihm. Als sie sich bückte, um ihre Tasche aufzuheben, schoß Anne ein Bild durch den Kopf: sein schneller schuldbewußter Blick auf das Schreibtischbein, als sie erwähnte, daß Hines Büros durchsuchte. Vielleicht nicht das Bein, vielleicht die Schublade. Sie zog die Schublade auf, von ihrer eigenen couragierten Neugier überrascht. Sowieso nichts drin, wie sie sah, bloß ein paar beliebte Mathe-Rätselhefte, zu sehr Massengeschmack, um die Regale eines Wissenschaftlers zu schmücken. Bernie war entschieden leicht in Verlegenheit zu bringen. Sie schob die Schublade wieder zu und wartete darauf, daß sie die Papiere unterschreiben konnte.

Anne unterschrieb das x-te Formular und schob den Stapel über Cindys Schreibtisch. »Die sind fertig. Auf zum nächsten Bündel.«

»Hier.« Cindy überreichte ihr neue Papiere. »Lundgren sagt, er hat den Rest von dem Zeug am Montag parat, also können Sie direkt zu ihm ins Personalbüro gehen und brauchen nicht erst hier vorbeizukommen.« Cindy legte die Formulare zu den passenden Haufen und stapelte sie neu, während sie redete. Heute trug sie ein weißes Leinenkostüm über einem kürbisfarbenen Strickhemd.

»Gut«, sagte Anne. »Dann rede ich besser heute mit Ihnen.«

»Ach?« Cindy hielt inne und fixierte Anne mit ihren hellen hervorstechenden Augen unter dem Vorhang dichter, getuschter Wimpern.

»Wer hat es Ihrer Meinung nach getan?«

Die Augen blickten woanders hin. »Gott, ich weiß nicht, Anne. Bart vielleicht, oder Charlie?«

»Dann also Bart«, sagte Anne betrübt. »Schwer vorstellbar. Charlies Notizbuch hinlegen, um es Charlie anzuhängen, und es dann als unechten Selbstmord inszenieren. Gott. Und dann aus Versehen seine eigene Pfeife fallenlassen.«

Cindy zuckte ihre in weißes Leinen gekleideten Schultern. »Wäre möglich«, sagte sie. »Oder umgekehrt.«

»Maggie war mit Charlie zusammen und sagt, er könnte es nicht getan haben.«

»Schon möglich. Aber wem kann man bei so etwas schon glauben?«

»Cindy, was ist das mit Charlie? Haben Sie einen Hinweis, daß er es gewesen sein könnte?«

»Nein, nein.« Cindys Hand hob sich und fiel in einer resignierten Geste wieder auf den Schreibtisch. »Er und Maggie waren nicht jede Minute zusammen. Aber es ist schwer, sich vorzustellen, daß es einer von beiden getan haben könnte. Andererseits, Bart ist ein so friedfertiger alter Bär. Und Charlie hatte schließlich ein Motiv.«

»Sie meinen, es war Tals neue Studie? Aber über die Ergebnisse streiten sie sich doch seit Jahren.«

»Ja, es ist ein hanebüchener Grund. Aber alle anderen haben überhaupt keinen Grund.«

»Ich weiß.« Keinen Grund. Überhaupt keinen Grund. Warum also war es geschehen? Vielleicht war alles nur ein böser Traum.

»Anne!« Maggie Ryan stürmte ins Zimmer, heute flammend in einem roten Hemd. Sie ließ ihre Aktentasche neben Cindys Schreibtisch fallen. »Wie fühlen Sie sich?«

»Wütend«, sagte Anne.

»Genau. Ich auch.« Sie berührte Anne am Ellbogen und wandte sich an Cindy. »Gibt es irgendwelche Probleme, wenn ich heute abend noch spät im Gebäude bin? Ich muß etwas Zeit aufholen, weil ich mir jetzt zwei Stunden frei nehmen muß.«

»Klar, Sie können bis spät arbeiten«, sagte Cindy. »Der Nachtwächter kommt gegen zehn und schließt ab, aber mit ihrem Schlüssel können Sie trotzdem rein und raus. Wo gehen Sie jetzt hin?«

»Liz möchte mit den Kindern schwimmen gehen, aber als ich eben mit ihr gesprochen habe, sagte sie, Wills Schniefen sei schlimmer geworden. Und wenn er seinen Mittagsschlaf versäumt, ist er eine absolute Plage, selbst wenn er gesund ist. Also bringt sie ihn in ein paar Minuten mit dem Wagen hier vorbei, und ich nehme ihn zum Schlafen mit nach Hause, solange sie mit Sarah in den Park schwimmen geht.«

»Kinder sind so ineffizient«, sagte Anne. »Paul und Rocky sind auch immer zu verschiedenen Zeiten krank geworden. Verdoppelte das Problem.«

»Besser, als es zu verdreifachen«, murmelte Cindy.

»Sie haben drei Kinder?« fragte Maggie.

»Zwei Mädchen und einen Jungen. Und jedesmal, wenn eins eine Erkältung erwischt, weiß ich, daß es für Mark und mich drei Wochen Herumjonglieren bedeutet, manchmal auch noch für meine Mutter.«

»Das kenne ich.« Maggie schüttelte mitfühlend den Kopf.

»Immerhin werden sie älter«, sagte Anne. »Dann können sie bei Erkältungen selbst für sich sorgen. Aber dann ist man sowieso dauernd voller Sorge um sie, krank oder gesund. Drogen, die Schule abbrechen, die üblichen Teenagerkrankheiten.«

»Oh Gott. Vielleicht sollten Sie uns das nicht sagen«, meinte Cindy und stützte verzagt das Kinn in die Hand.

»Ich weiß noch, wie ich meiner Mutter mitgespielt habe«, sagte Maggie. »Gott, sie mußte eine Menge durchmachen. Aber jetzt weiß ich sie wirklich zu schätzen. Cindy, sagen Sie, untersucht Walensky diesen Fall immer noch?«

»Doch, er ist mal vorbeigekommen. Aber der schwarze Typ aus der Stadt, wie heißt er noch, Hines? Der arbeitet wirklich dran. Er ist viel öfter in der Gegend gewesen.«

»Aha. Ich habe mich nur gefragt, weil ich gerade an Nora Petersons Büro vorbeigekommen bin und einer von der Campus-Polizei drin war. Er machte die Tür zu.«

Anne runzelte die Stirn. »Worauf der wohl aus ist? Es war nicht Walensky?«

»Nein, der jüngere Typ. Der uns gestern hierhergefahren hat. Pete irgendwas, hat Walensky ihn genannt.«

»Pete Dixon.« Anne erinnerte sich an den Namen auf der Uniform, die ihr gestern den Weg blockiert hatte, so daß sie nicht sah, ob der wohlbekannte Tweed auf dem Weg das war, was sie fürchtete.

»Richtig. Pete Dixon.«

»Interessant«, sagte Cindy. »Walensky ist immer ziemlich zurückhaltend. Haßt öffentliches Aufsehen. Wahrscheinlich sagt ihm die Verwaltung, er soll aus den Schlagzeilen bleiben. Aber vielleicht nutzt er zur Abwechslung mal seinen Vorteil aus. Haben Sie die Zeitung gestern abend gesehen?«

Anne sagte: »Die hab' ich mir geschenkt.«

»Tja«, sagte Cindy, »es waren drei Fotos auf der Titelseite. Eins von der Schlucht, eins von Tal, und eins von Dekan Hughes, der ernst und offiziell aussieht. Und Walensky steht dahinter im Schatten. Man kann ihn kaum erkennen.«

»Klingt wie der ideale Mitarbeiter von Dekan Hughes«, sagte Maggie. »Hines war nirgends zu entdecken. Aber es gab ein paar Kommentare von einem Polizeisprecher.«

»Irgendwas, das wir noch nicht wußten?« fragte Anne.

»Absolut nichts. Eine Menge Leute wollten sich nicht dazu äußern. Sie eingeschlossen.«

»Ja. Sie haben gestern nachmittag ein paarmal angerufen, und ich ließ sie abblitzen. Gestern abend habe ich den Telefonhörer danebengelegt.«

»Gute Idee«, sagte Maggie und sah dann überrascht auf.

Ein schwergebauter, kahlwerdender Mann in einer braunen Uniform war hereingekommen. Er hatte einen Lieferschein bei sich, dessen vielfarbige Seiten und dunkle Kohlepapiere in seiner Hand knisterten. »Paket für Professor Charles Fielding«, verkündete er. Hinter ihm im Gang stand eine Sackkarre mit einem großen Pappkarton darauf.

Cindy sagte: »Ich rufe ihn an.« Ihre wohlmanikürten Finger drückten auf die Telefontasten. Der Dienstmann betrachtete das Büro, während er wartete, seine lebhaften braunen Augen schweiften vom Fenster zu den Aktenschränken zu den drei Frauen. Sein Blick ruhte einen Augenblick auf Eric, dem Plastikkopf. Anne kam der Mann bekannt vor. Wahrscheinlich einer von den Leuten, die letzten Monat die Aktenschränke ans Französich-Institut geliefert hatten.

Cindy legte den Hörer auf. »Professor Fielding ist nicht da. Ich kann den Empfang hier quittieren, und dann kann er es selbst in sein Büro hinunterbringen.«

»Na gut«, sagte der Dienstmann zweifelnd. Er deutete auf den Karton. »Aber er ist ziemlich schwer.«

»Ach so.« Cindy beäugte die Sackkarre und ihre Ladung, stand dann auf und zog ihren Schlüsselbund aus der Schublade. »Na, dann bringen wir ihn eben in sein Büro. Es ist nicht weit. Bin gleich zurück«, sagte sie noch zu Maggie und Anne, als sie in den Gang hinaus eilte. Der Dienstmann kippte die Karre auf die Räder und schob sie gehorsam hinter Cindys weiß und orange gekleideter Gestalt her.

»Möchte wissen, wo Charlie steckt.« Anne stieß eine Rauchwolke aus.

»Er sagte was davon, daß er heute nachmittag irgendwas reparieren wollte.« Maggie blätterte hastig eine der Aktenschubladen hinter Cindys Schreibtisch durch. »Einen Drucker, glaube ich.«

»Tal hat es immer gehaßt, mit komplizierten Geräten zu arbeiten. Er sagte, menschliche Wesen wären schon unberechenbar genug, ohne daß man noch unberechenbare Apparate benutzt.«

»Charlie ist aber ein guter Techniker. Haben Sie sein Haus gesehen?« Maggie zog einen Ordner heraus und sah auf den Namen.

»Sie meinen den Maschinenpark, den er hat? Ja. Sein Büro ist auch voll von Apparaten.«

»Stimmt. Ich kann ihn schon verstehen. Ich bastle gern an meinen Wagen herum.« Sie ging die Schublade weiter durch. »Wenn man den ganzen Tag mit Menschen zu tun hat, ist es gut, sich mit etwas zu beschäftigen, das schlicht und einfach den Gesetzen der Physik gehorcht, ohne dicke Schichten Psychologie obendrauf.«

Cindy kam wieder herein und bauschte mit einer Hand ihre Lokken auf. »Junge, Junge, Charlie geht da drin allmählich der Platz aus. Er hat es durchorganisiert, aber der Typ mußte seine Karre am Bücherregal vorbei ganz nach hinten schieben, ehe er abladen – He! Was tun Sie da?« Sie kam zu Maggie herübergeschossen.

»Sehe mir meine Unterlagen an.« Maggie überreichte Cindy eine Mappe. »Wollte sehen, ob mein Gesundheitszeugnis drin ist. Ich wußte nicht mehr, ob ich es Ihnen wiedergegeben hatte oder nicht. Wills Schniefen hat mich daran erinnert.«

Ohne zu lächeln nahm Cindy die Mappe, schaute hinein und sagte: »Es ist da. Alles in bester Ordnung.«

»Gut. Danke.«

Cindy sage: »Nächstes Mal warten Sie lieber und fragen mich. Diese Unterlagen sind nicht für die Öffentlichkeit bestimmt.«

»Tut mir leid, hätte dran denken müssen.« Maggie ließ ihre Aktentasche zuschnappen, dunkel gegen ihr leuchtend rotes Hemd. »Tja, ich mache mich besser auf zum Parkplatz. Liz müßte mit meinen tropfnasigen Sohn jeden Augenblick da sein.« An der Tür drehte sie sich noch einmal zu Anne um. »Vielleicht könnten wir uns einen Augenblick unterhalten, wenn Liz Will nach seinem Mittagsschlaf wieder abholt. Sind Sie dann hier fertig?«

»Ja, gleich. Ich gehe wahrscheinlich wieder in mein Büro in Harper.«

»Gut. Ich komme dann dorthin.« Sie verschwand den Gang hinunter.

Cindy hängte Maggies und Tals Akte wieder in die Schublade zurück, knallte sie zu und verschloß sie.

Anne nahm ihren Füller, um Cindys Formulare zu unterschreiben und sah zur Tür, durch die Maggie gerade verschwunden war.

Mit ihrer Aktentasche.

Einer Aktentasche, die zwei Akten aus Cindys abgeschlossenem Schrank enthielt.

Sie hoffte, die wären aufschlußreicher als die mathematischen Rätselhefte, derentwegen Bernie anscheinend ein so schlechtes Gewissen hatte.

XII

Anne hatte den Stapel Formulare fertig unterschrieben und trottete zum Parkplatz hinunter. Sie würde zu ihrem Büro in Harper fahren und nachsehen, ob es im Fachbereich Französisch etwas für sie zu tun gäbe. Einer ihrer jungen Kollegen hatte ein Angebot aus Princeton, ein anderer glaubte, er könnte Jacques Derrida überreden, nächstes Jahr eine Vorlesung zu halten – all das hatte sie Anfang der Woche interessiert. Vor Äonen.

Sie ging auf den Parkplatz hinaus. Scheußliche zweckorientierte Landschaft, die sich heutzutage um jedes Gebäude ausbreitete. Aber in den alten Zeiten war es wahrscheinlich nicht viel besser. Vor dem Asphalt und dem Verbrennungsmotor gab es Matsch und Pferdemist.

Sie sah Maggie unter dem Dach der Laderampe stehen, etwas in ihre Aktentasche stecken und mit dem Dienstmann reden, der Charlies Paket gebracht hatte. Anne winkte, und Maggie rannte die zwei Stufen hinunter und über den Platz, um sie zu begrüßen. »Fertig mit dem Papierkram?«

»Nur vorläufig. Cindy hat einen Verwaltungsbeamten aufgetan, der eine neue Ladung verspricht.« Sie deutete mit dem Kopf auf den Dienstmann. »Haben Sie was Interessantes über Charlies Paket herausbekommen?«

»Der Lieferschein war nicht sehr detailliert. Ach, da kommt Liz!«

Der rote Toyota mit dem Babysitter und zwei Kindern, eins zapplig und eins mürrisch, kam neben ihnen zum Stehen. »Er gehört Ihnen«, rief Liz, während sie sich an Will vorbei reckte, um die Beifahrertür zu öffnen.

»Gut.« Maggie machte die Tür auf und schnallte den Kindersitz ab. »Wie geht's miteinander?«

Sarah, die auf dem Rücksitz saß, riß ihre braunen Augen vor Wonne weit auf. »Mammi, da ist ein Wasserfall, wo Liz schwimmt!«

»Wim!« echote Will.

Maggie hob den wimmernden Buben aus dem Wagen, balancierte ihn auf ihrer Hüfte und streichelte Sarahs Locken. Dann nahm sie den Kindersitz heraus und sagte: »Viel Spaß, ihr beiden. In zwei Stunden seid ihr fertig, ja?«

»Ja. Ich hole ihn in Ihrer Wohnung ab«, sagte Liz.

»Prima. Er wird bestimmt schlafen; er ist jetzt schon quengelig.«

»Wim!« beharrte Will weinerlich. Aber der Toyota fuhr schon los.

Maggie fand ein Tempotuch und bearbeitete Wills laufende Nase. Er drehte beleidigt den Kopf weg.

»Kinder sind so undankbar«, bemerkte Anne.

Maggie lächelte den winzigen zappelnden Buben an. »Stimmt. Ihr Wille ist viel größer und stärker als sie selbst.«

»Gut, daß wir so eingerichtet sind, die kleinen Wesen zu lieben«, sagte Anne. »Ich weiß noch, als meine Kinder klein waren, habe ich mich immer gewundert, daß irgendwer jemals das Erwachsenenalter erreicht. Babys haben so gar keine gesellschaftlichen Tugenden.«

Als ob er ihre These beweisen wollte, krümmte Will den Rücken und streckte sich nach dem Pflaster. »Unte!« verlangte er.

»Wenn ich dich runterlasse, wirst du bloß wieder raufwollen«, erinnerte ihn Maggie.

»Unte! Unte!«

Sie schaute sich auf dem Parkplatz um. Keine Autos in Bewegung. Sie stellte den kleinen Buben ab, und er torkelte ein paar Schritte weit, um seine Freiheit zu zelebrieren. Seine Mutter schaute wieder zu Anne. »Wissen Sie, Anne, ich habe mich gefragt, ob Cindy nicht ein paar unserer Fragen beantworten könnte.«

»Das bezweifle ich. Vor ein paar Minuten habe ich sie gefragt, was sie denkt, und sie ist genauso unsicher wie wir.«

»Aber sie könnte einen Teil der Antwort kennen, ohne es zu wissen.« Maggie folgte ihrem Sohn mit den Augen. »Sekretärinnen haben eine Menge Informationen.«

»Ja«, knurrte Anne. »Ich habe gesehen, wie Sie mit ein paar ihrer Informationen abgehauen sind. Schon Zeit gehabt, nachzusehen?«

»Nö. Das wollte ich machen, während Will schläft. Aber trotzdem, wenn wir mit Cindy außerhalb des Büros reden könnten –« Maggie spannte sich plötzlich. Der kleine Will hatte den Dienstmann an der

Verladerampe entdeckt und wackelte mit Höchstgeschwindigkeit über den Asphalt auf ihn zu.

»Pa!« rief er aus.

Maggie lief ihm nach, aber ehe sie dort war, war Will die Rampe hinaufgestürmt, auf der Treppe gestolpert und hatte sein kleines Kinn angeschlagen. Er fing an zu brüllen, und der Dienstmann hob ihn auf.

»He, kleiner Mann, so schlimm ist es gar nicht«, tröstete er gerade, als Maggie und Anne ankamen. Maggie streckte die Arme nach ihm aus, aber der Bub wandte sich von ihr ab und verbarg sein Gesicht in der braunen Uniform. Maggies Augen begegneten denen des Dienstmanns. Es war nur ein kurzer Augenblick, aber in ihrem Blick lag eine so tiefe Beredtsamkeit, daß Anne plötzlich klar wurde, daß ihr etwas entgangen war. Da dämmerte es ihr.

»Cyrano de Bergerac, nehme ich an«, sagte sie.

Maggie grinste sie reumütig an. »Geht doch nichts über ein Kind, um einen zu verraten. Sie haben recht, Anne. Das ist Nick.«

»Enchantée«, sagte Anne. »Aber was zum Teufel geht hier vor?«

»Maggie sagte, hier läge einiges im Argen. Ich dachte, ich könnte vielleicht Beistand leisten.« Auch seine Stimme war anders, bemerkte Anne. Angenehm, aber eindeutig weder die rollenden Kadenzen von Cyrano noch die barschen Töne eines Dienstmanns.

»Tal hat im College ein bißchen Theater gespielt«, sagte Anne. »Und hat seine Liebe zum Theater nie verloren. Er fand Ihren Cyrano großartig.«

»Danke.« Nick lächelte. Ein breit gebauter, angenehm unschöner Mann, der seinen kleinen Sohn immer noch an die Schulter gedrückt hielt. Die Schluchzer des Buben gingen allmählich in einen gelegentlichen verheulten Schluckauf über.

»Na, ich bin froh, daß Sie da sind«, sagte Anne. »Wir versuchen herauszukriegen, was los ist, weil unsere beiden Abteilungen hart arbeitender Polizisten kaum in der Lage sind, miteinander zu kommunizieren. Und weil ich es nicht aushalte, es nicht zu versuchen.«

»Ich werde tun, was ich kann«, versprach Nick.

»Niemand soll wissen, daß Sie hier sind?«

»Noch nicht«, erklärte Maggie. »Wir wollen sehen, ob er etwas finden kann, indem er im Hintergrund bleibt.«

»Stimmt. Sie waren fast unsichtbar in der Uniform.«

»Unsichtbar für euch Professoren-Typen.« Nick lächelte, und Anne wurde wieder an den schneidigen, langnasigen Cyrano erinnert. »Nicht für meinen Sohn. Und einer der Wächter hier stellte ein paar Fragen.«

»Zeit, dich in ein anderes Kostüm zu kriegen«, sagte Maggie. »Ach, hör mal, da sich alles so entwickelt hat, nimm doch Will mit in die Wohnung, ja? Er kann seinen Mittagsschlaf halten, während du dich umziehst.«

»Er hat einen nötig.«

»Stimmt. Und ich kann im Computerraum nachsehen, ob die Resultate von Charlies erster Studie schon da sind. Wär schön, wenn ich das hinter mir hätte.«

»Gut. Ruf mich so in einer Stunde an.« Nick trug Will behutsam zu einem gemieteten Kleinlaster, der in der Nähe der Verladetür geparkt war, während Maggie den Kindersitz auf dem Beifahrerplatz befestigte. Will protestierte halbherzig, als sein Vater ihn anschnallte. Maggie packte Nicks große Hand und drückte sie zum Abschied, und Anne spürte einen plötzlichen Stich des Zorns, daß sie Tals nicht drücken konnte. Unfair, daß die Welt kein Moratorium für Gefühle ausgerufen hatte. Sie drehte sich unbeteiligt weiter, voll von niedlichen Babys und Liebenden und Blumen und Vögeln. Sie sollte in Schwarz gehüllt sein, wie beim Tod anderer Könige auch.

»Alles okay?« fragte Maggie sanft. Der Kleinlaster war abgefahren.

Anne schaute vom Pflaster hoch, auf das sie hinuntergestarrt hatte. »Nein. Ich bin wütend. Ich will Tal.«

»Ja.« Maggie nahm sie in den Arm.

»Und wenn ich ihn nicht haben kann, dann soll die Welt stillstehen. Ich will, daß die ganze Menschheit trauert. Ich will, daß Scharfschützen vom FBI denjenigen niederknallen, der ihn umgebracht hat.«

»Dem stimme ich zu! Aber das Beste, was ich tun kann, ist mit Leuten reden. Und Aktenmappen stehlen.«

»Werden Sie sie jetzt lesen?«

»Bald«, sagte Maggie. »Ich will sehen, ob ich mit ein paar Leuten reden kann, solange sie noch hier sind. Und ich muß wirklich nach Charlies Ausdrucken sehen.«

»Ich komme mit.«

»Klar, wenn Sie wollen, aber es kann langweilig werden. Zuerst gehe ich in den Computerraum.«

»Gehen wir.« Anne zog die stählerne Verladetür auf und fand sich am Fuß eines weiträumigen Treppenhauses. Sie marschierte an der Treppe vorbei, von ihrem Zorn getrieben, und weiter durch die Feuertüren in die weißen Korridore der Kellerräume.

Maggie holte sie ein. »Vierte Tür«, sagte sie.

Der Raum stand voller Terminals, obwohl nur wenige Menschen an den Maschinen saßen. Ein großes Rauchverbotsschild hing an jeder Wand. Maggie sah einen Stapel Ausdrucke durch, beriet sich kurz mit einer jungen Frau mit kastanienbraunem Haar, schaute dann zu Anne zurück und machte ein saures Gesicht. »Der Computer ist abgestürzt«, berichtete sie. »Es heißt, er soll in zwei Stunden wieder einsatzbereit sein.«

»Tal wurde immer ganz wahnsinnig, wenn er auf Resultate warten mußte.«

»Schon. Aber meist ist es besser, etwas anderes zu unternehmen.« Leichtfüßig ging Maggie zurück auf den Korridor und hielt Anne die Tür auf. »Sehen Sie, da ist Bart. Gehen wir mit ihm reden.«

Bart drehte sich um, als sie näherkamen, die düstere Stirn fragend zusammengezogen. »Oh, Maggie. Und Anne! Gott, Anne, wie kommen Sie denn zurecht?«

Die Wahrheit dauerte zu lange. Anne sagte: »Ganz gut.«

Sein großes Gesicht war vor Betroffenheit verzerrt. »Also Sie wissen, wenn wir irgendetwas tun können – ich meine, Libby hat versucht, Sie anzurufen, aber es war besetzt.«

Sie hatte ja den Hörer danebengelegt. Sie sagte: »Klar, Bart, ich weiß, daß Sie da sind, wenn ich Sie brauche. Aber es gibt wirklich nicht viel zu tun. Es sei denn, Sie könnten uns helfen, herauszufinden, wer es getan hat.«

»Gott, ich wünschte, das könnte ich! Es – tja, ich weiß, daß es alles sicher noch schlimmer macht, die ewigen Fragen der Ermittler. Selbst für mich ist es schwer, und für Sie erst, zu allem anderen ...« Er schüttelte den Kopf.

»Und die verdammten Reporter.«

»Ja. Ja, das war ja leider abzusehen.« Seine Hand verirrte sich zur Tasche. Er hatte eine Pfeife drin. Anne konnte die Form durch den weichen Tweed erkennen. Sie fragte sich, ob er eine neue hatte kaufen müssen.

»Wir hatten eine Idee und haben überlegt, ob Sie wohl was dazu sagen könnten«, sagte Maggie. »Man hat Ihre Pfeife in der Schlucht gefunden. Wissen Sie, wie sie dahin gekommen ist?«

Seine tiefliegenden Augen wichen ihr aus, und ein Anflug von Verzweiflung huschte über sein Gesicht. Anne staunte über das Ausmaß des Kummers, der darin geschrieben stand. »Ich weiß nicht, warum«, murmelte er.

»Aber Sie glauben zu wissen, wer.« Maggie forschte in seinem Gesicht. »Sie denken, Charlie hat es getan, um Sie zu belasten. Sie glauben, ich decke ihn.«

Er war betreten. »Na ja, ich weiß, daß Sie für ihn arbeiten –«

»Nicht für ihn. Mit ihm. Ich werde als Beraterin aus Fördermitteln bezahlt, ganz unabhängig. Bart, ich habe versucht zu überlegen, ob Charlie eine Möglichkeit gehabt hätte, das zu tun, aber mir ist keine eingefallen. Deshalb bitte ich Sie, eine Minute nachzudenken. Wenn nicht Charlie, wer dann?«

»Nicht Charlie?«

»Sehen Sie mal, Sie denken, er hat versucht, Sie in Verdacht zu bringen und dabei aus Versehen sein Buch fallenlassen. Tja, warum könnten Sie es nicht sein, der versucht hat, ihn zu belasten, und dabei irrtümlicherweise die Pfeife fallenließ?«

»Hat er das gesagt? Hat die Polizei deswegen –«

Anne sagte ungeduldig: »Bart, es ist eine Möglichkeit. Sie sind Wissenschaftler, denken Sie nach! Jeder von uns kennt ein paar Fakten. Sie sagen, Ihre Fakten lassen Sie Charlie verdächtigen. Aber was, wenn es nicht Charlie ist? Was, wenn jemand Sie beide reingelegt hat?«

»Uns beide. Gott, das kommt mir so unwahrscheinlich vor – aber es ist auch unwahrscheinlich, daß Charlie –« Er schaute ins Weite, über Annes Kopf hinweg. »Gott, wissen Sie, zuerst war ich überzeugt, daß es einfach ein Straßenräuber war. Als sie dann meine Pfeife und Charlies Notizbuch gefunden hatten – tja, es war, als hätte man mich zweimal getroffen. Tal, und dann Charlie, der mich reinreißt. Aber warum sollte jemand das sowohl Charlie als auch mir antun?«

»Um ganz sicher zu gehen, daß die Polizei in die falsche Richtung schaut«, erklärte Maggie geduldig. »Wahrscheinlich in der Hoffnung, daß der eine oder andere von Ihnen kein sicheres Alibi hat. Aber es wäre nützlich, wenn wir dahinterkommen könnten, wer außer Charlie Ihre Pfeife noch genommen haben könnte.«

»Ach so.« Mit einem Funken Hoffnung schaute Bart sie an. »Wenn wir also herauskriegen, wer das Notizbuch und die Pfeife genommen haben könnte, haben wir unsere Antwort.«

»Nur, daß es nicht so leicht ist.« Maggie fuhr sich mit den Fingern durchs Haar. »Charlies kleines Buch steckte in seiner äußeren Jackentasche und hätte hier oder auf dem Weg zur Collegetown überall herausfallen können.«

»Also konnte jeder, der die Pfeife hatte, auch das Buch bekommen.« Die tweedbedeckten Schultern sackten wieder herunter. »Na, das Problem ist, ich kann es nicht viel weiter eingrenzen. Ich habe gestern morgen in der Halle eine geraucht. Dann bin ich hineingegangen und habe an meinem Antrag auf Fördermittel gearbeitet.«

»Der, bei dem Tal geholfen hat?«

»Ja. Nachdem er gegangen war, war ich ein paar Stunden damit beschäftigt. Dann mußte ich gehen, um meinen Film in Collegetown abholen, bevor ich ihn zum Essen traf. Als ich den Pfad zur Schlucht hinuntergehen wollte, faßte ich nach meiner Pfeife, und sie war weg.«

»Also gut. Sie haben sie an diesem Morgen benutzt, sie weggesteckt, in die Tasche gesteckt. Wen haben Sie danach gesehen?«

»Wissen Sie, das hat mich Sergeant Hines alles gefragt, aber er hat nicht erklärt, wieso«, sagte Bart. »Ich sagte ihm, ich glaubte, es wäre

Charlie. Ich dachte, er versuchte herauszubekommen, wie Charlie an die Pfeife gekommen ist und wunderte mich, daß er dauernd nach allen anderen fragte. Jedenfalls, das erste, was passierte, war, daß Charlie fast mit mir zusammengestoßen ist, als er den Gang entlangrannte. Ich sah Cindy im Büro, und Tal. Wollte Bernie sprechen, aber er hatte keine Zeit.« Seine Stimme hatte einen bitteren Unterton. »Also ging ich in mein Büro. Tal kam herein, und später ging ich zu Nora ins Büro, um etwas bei Piaget nachzuschlagen. Gegen elf kamen ein paar meiner Studenten zu mir ins Büro. Während sie noch da waren, rief Cindy an und sagte, Bernie hätte es geschafft, zehn Minuten für mich zu erübrigen, ob ich rüberkommen würde. Also war ich zehn Minuten in Bernies Büro.«

»Worüber haben Sie gesprochen?« fragte Maggie interessiert.

»Nichts Wichtiges.«

Es gab eine kurze Pause. Bart betastete seine Pfeife in der Tasche. Schließlich sagte Anne: »Sie und Bernie verstehen sich nicht gerade gut.«

»Sie meinen, er –?« Ein kurzes rauhes Auflachen. »Nein. Daß er mir etwas anhängen will, das könnte ich mir schon vorstellen. Aber Charlie ist immer sein Goldjunge gewesen. Und Tal – Gott, darauf stoße ich immer wieder, Anne. Jeder mochte Tal!«

Verletzt sagte Anne bissig: »In dem Fall hat ihn jemand erschossen, der ihn mochte. Seien Sie doch logisch, Bart!«

»Ja.« Kleinlaut schaute er weg. So ein bulliger Mann, *un bouboule*, aber so leicht in Verlegenheit zu bringen.

»Da wir gerade logisch sind«, sagte Maggie, »lassen Sie mich fragen, ob Ihnen die Pfeife aus der Tasche gefallen sein könnte.«

»Nein. Na ja, es ist eventuell möglich. Früher ist es ein oder zweimal vorgekommen, daß ich mich gebückt habe, und sie ist herausgefallen. Aber das ist unwahrscheinlich – ach, zum Teufel, das Ganze ist unwahrscheinlich, nicht?«

»Ja.« Maggie hatte die Arme über ihrem flammendroten Hemd gekreuzt, und ihre Brauen zogen sich zu einem nachdenklichen kleinen Stirnrunzeln zusammen. »Also, wenn Ihnen noch etwas einfällt, sagen Sie es auf alle Fälle der Polizei. Aber wir wollen Sie nicht länger aufhalten. Ich weiß, daß Sie ein Experiment laufen haben.«

»Ja.« Er lächelte Anne zu. »Immer noch dabei, herauszufinden, wie kreativ Kinder sein können.«

»Ist das eine Fortsetzung der Studie, die Sie vor zwei Jahren gemacht haben?«

»Das war eine Pilot-Studie. Waren ein paar interessante Sachen dabei. Aber unsere Fortsetzungsstudie letztes Jahr ist nichts geworden. Die Geschichten waren so unterschiedlich, daß die Kodierer sich nicht auf Kategorien einigen konnten. Daher grenzen wir die Geschichten der Kinder jetzt mehr ein, geben ihnen Themen, statt sie frei wählen zu lassen. Ach, Teufel, Anne, mein Geschwätz darüber wollen Sie nicht hören!«

In Maggies Stimme klang lebhaftes Interesse mit. »Anne hat mir erzählt, daß Tal von einer der Kindergeschichten in der Pilotstudie sehr beeindruckt war. Der junge Jules Verne, erinnern Sie sich, Anne?«

»Jill Baker«, sagte Anne.

Bart nickte. »Ja. Das ist ein gutes Beispiel für das Kodierungsproblem, das ich erwähnte. Jill Baker hat ein paar interessante Tiergeschichten erzählt. Ich hielt sie für ziemlich kreativ. Aber einer der Kodierer meinte, alle Tiergeschichten seien von irgend etwas abgeleitet.«

»Wenn Sie also den Kindern Themen geben, lassen Sie ihre Kodierer auf anderen Gebieten nach Kreativität suchen, als auf der inhaltlichen Ebene?« fragte Maggie.

»Das stimmt. Obwohl es mir widerstrebt, der kindlichen Phantasie auf diese Art Grenzen zu setzen.«

»Diese Jill Baker – hatte sie Brüder und Schwestern?«

»Warten Sie mal.« Nachdenklich sah er wieder in die Ferne. »Ich bin der Mutter begegnet. Bobbie Baker, oder so ähnlich. Ich glaube, sie war geschieden und Jill das einzige Kind. Warum fragen Sie?«

Maggie zuckte die Achseln, das rote Hemd bewegte sich auf und ab. »Bloß Neugier. Ich sehe, wie meine Tochter ihrem kleinen Bruder Geschichten erzählt und frage mich, ob das ihre Phantasie fördert.

Tja, Anne, gehen wir. Ich muß Charlie finden und ihm sagen, daß der Computer abgestürzt ist, mit seinen Zahlen drin.«

»Schlimm, schlimm«, sagte Bart. »Anne, Sie rufen uns an, wenn wir irgendwas tun können, ja?«

»Ja. Bis dann, Bart.«

Maggie nahm ihre Aktentasche, und sie gingen wieder den Gang entlang und um die Ecke. Bei einer offenen Tür blieb sie stehen. Anne sah, daß Charlie im Zimmer war und sich über eine auseinandergenommene Maschine beugte. Er summte *Over the Rainbow* und zuckte zusammen, als Maggie sprach. »Wie macht sich's?«

»Oh, Maggie! Und Anne. Hallo.« Er richtete sich auf und schob die Brille auf der Nase hoch.

Maggie stellte ihre Aktentasche auf den Tisch neben dem Apparat. »Haben Sie das Problem gefunden?«

»Ich habe es auf zwei mögliche Fehlerquellen eingegrenzt«, sagte Charlie. »Sobald ich die geklärt habe, kann ich es reparieren.«

»Gut. Ich habe mir schon gedacht, daß Sie es schaffen, wenn Sie dabei summen.«

»Ja.« Charlie sah Anne fast schuldbewußt an. »Solche Geräte nehmen mich völlig gefangen. Vergesse manchmal die reale Welt dabei.«

Anne nickte. Nett von ihm, sich zu entschuldigen, als ob er auch wüßte, daß die ganze Welt Trauer tragen müßte. Sie wollte nach einer Zigarette greifen, aber dann fiel ihr Blick auf die Schilder im Computerraum. So viele Arbeitsgeräte brauchten heutzutage eine rauchfreie Umgebung. Menschen offenbar eingeschlossen. Irgendwann demnächst würde sie aufhören, aber jetzt war kaum der richtige Moment dafür.

Maggie berichtete Charlie von dem Problem mit den Computer-Ausdrucken. »Sind Sie in ein paar Stunden noch in der Nähe?«

»Ja, natürlich. Dieses Ding hier kostet mich mindestens noch eine Stunde, und ich habe heute noch nicht mal meine Post nachgesehen.«

»Dann komme ich später noch mal vorbei. Vielleicht können wir heute doch noch die Ergebnisse durchgehen.« Sie nahm ihre Aktentasche wieder an sich. »Viel Glück mit dem Drucker.«

»Danke.«

»Nächster Halt, Telefonzelle«, sagte Maggie, als sie wieder im Gang waren.

»Wenn ich dabei rauchen kann«, sagte Anne. »Aber ich dachte, wir sehen Cindys Akten an und geben sie zurück.«

»Ja, wenn wir Zeit dazu haben. Aber es hat sich noch was ergeben.« Maggie stieß die Eingangstür im Untergeschoß auf und ging voran zu den Telefonzellen. Anne zündete eine Gauloise an, während Maggie das Telefonbuch aufschlug. »Viele Bakers. Wissen Sie, wo Jill wohnt, Anne?«

»Jill Baker? Ich weiß nicht.«

»Wohnt mit ihrer Mutter zusammen, sagte Bart. Ein Name wie Bobbie. Roberta, vielleicht. Wie wär's mit R.M. Baker, 401 Stafford – nein, das ist auf dem Campus, wahrscheinlich ein Student. Na, versuchen wir also B.E. Baker. 1731 Pinetree Lane.« Sie schlug das Buch zu und kehrte zu Anne zurück.

»Wir versuchen also, Jill Baker zu finden?«

»Wir schauen nur vorbei und kommen dann wieder hierher.« Sie legte das Telefonbuch wieder an seinen Platz und ging um die Ecke zum Parkplatz. »Nehmen wir doch mein Auto. Das heißt, wenn Sie mitkommen wollen.«

»Klar. Aber wieso dieses plötzliche Interesse an Jill Baker?«

»Sie haben gesagt, Tal fand ihre Geschichte beunruhigend. Und mir ist eingefallen, daß sie jetzt aus der Schule zurück sein müßte. Hier sind doch noch keine Ferien, oder?«

»Erst nächste Woche.« Anne stieg in den Camaro. Kinderspielzeug war auf dem Rücksitz verstreut.

»Gut, fahren wir. Die Pinetree Lane gehört zu der neuen Siedlung auf dem Westhügel, stimmt's? Forest Park?« Maggie schnallte den Sicherheitsgurt an und drehte den Zündschlüssel.

»Ja. Alle Straßen haben solche Baumnamen. Kiefer, Kirschbaum, Eichenhain. Tal nannte es immer Parkettsiedlung.«

Maggie lachte. »Auf zur Parkettsiedlung. Es ist gar nicht so weit von hier, wenn wir bei Minerva Creek quer rüberfahren.«

»Stimmt. Sie kennen sich gut aus hier.«

»Als Studentin hatte ich hier einen wunderbaren, rostigen alten

Ford. Die Federn kamen durch die Polster, aber er lief gut. Gott, wie ich den Wagen geliebt habe. Mein erster. Ich habe ihn dauernd frisiert, die Bremsbeläge erneuert, all so was. Bin überall in den Hügeln damit herumgefahren.« Maggie seufzte. »Schließlich rostete der Rahmen durch und ich verkaufte ihn einem Typ zum Ausschlachten. Ungefähr zu der Zeit, als ich sowieso nach New York ging.«

»Das erste Auto, die erste Wohnung«, sagte Anne. »Komisch, mit wieviel Liebe man sich daran erinnert, selbst wenn sie den Ansprüchen längst nicht mehr genügen würden. Oder die erste Auslandsreise. Gott, war ich naiv! Aber damals fühlte ich mich so welterfahren.«

»Ging mir genauso.« Ihre blauen Augen lächelten Anne zu. »Ich war eine richtige Landpomeranze aus Ohio und dachte, Achtung, Paris, jetzt komme ich! Ich war so gierig. Fünfzehn Jahre alt, und wollte die ganze Stadt verschlingen, mit allem, was sie zu bieten hatte. Kunst, Musik, Theater, Sport, Literatur. Liebe.«

»Ich auch. Ich war vierzehn. Vielleicht ist das in dem Alter eine gesunde Einstellung.«

»Möglich.« Maggies Stimme klang jetzt ernst. »Aber man kann auch schwer auf die Nase fallen, wenn man nicht aufpaßt.«

»Das kann überall passieren. Und von Dingen, die einem mit fünfzehn passieren, erholt man sich wieder.«

»Erholen. Tja, manchmal vielleicht.« Wieder dieser schräge Blick, diesmal nüchtern. »Jedenfalls schaut man wieder nach vorne.«

»Ja. Man man schaut nach vorne, man wächst.« Anne schaute zum Fenster hinaus. Sie waren vom Universitätshügel ins Tal hinunter gefahren und durchquerten die Stadt in Richtung der Straße, die zum Westhügel hinaufführte. »Die Franzosen verstehen sich darauf, nach vorne zu schauen. Sie verzeihen Jugendsünden viel leichter als Amerikaner. Sie sind nie Puritaner gewesen. Aber natürlich erwarten sie von einem, daß man später gesetzter wird, Verpflichtungen eingeht.«

»*Sérieux* wird.« In Maggies Stimme lag ein Anflug von Bitterkeit.

Anne sah sie scharf an. »Ja. *Sérieux*.« Seriös, ein verantwortlicher, achtbarer Bürger zu werden. »Aber wenn Sie erst fünfzehn waren, konnte man das ja nicht von Ihnen erwarten.«

»Nein.« Maggie atmete tief durch und bog in die Siedlung ein, eine Reihe niedriger Häuser aus den Fünfzigern, die sich nur durch den Farbanstrich und die Bepflanzung unterschieden. »Hier ist die Pinetree Lane.«

Das Haus der Bakers war gelbgestrichen mit einem ungepflegten Rasen und ungeschnittenen Büschen. Ein bejahrter Pinto und ein Fahrrad standen in der offenen Garage. Anne folgte Maggie zur Haustür.

Die Frau, die an die Tür kam, sah müde aus, war etwa fünfunddreißig, blond, in Jeans und rosa T-Shirt. »Mrs. Baker?« fragte Maggie.

»Ja?« Sie strich sich eine Haarsträhne aus der Stirn.

»Ich bin Maggie Ryan. Sie sind die Mutter von Jill Baker?«

»Ja.« Sie stand sehr still. »Stimmt was nicht?«

»Nein, keineswegs. Wir interviewen nur die Kinder noch einmal, die vor zwei Jahren an Professor Bickfords Kreativitätsstudie teilgenommen haben. Tut mir leid, daß wir Sie nicht vorher benachrichtigen konnten. Aber wenn Jill da ist, würden wir gern fünf oder zehn Minuten mit ihr sprechen.«

»Oh, ja.« Die Frau entspannte sich. »Kommen Sie herein. Ich bin Barbara Baker. Ich bin selbst gerade erst nach Hause gekommen, deshalb ist nicht aufgeräumt. Aber Sie arbeiten ja auch, wie ich sehe. Also wissen Sie, wie das ist.« Sie winkte sie in die Küche und rief durch den Flur: »Jill! Komm einen Augenblick her! Besuch!« Dann kam sie zu ihnen und fragte: »Kaffee?«

»Schrecklich gern«, sagte Maggie. Sie hatte einen Block aus ihrer Aktentasche genommen und war ganz ernsthafte Forscherin.

Barbara Baker goß zwei Becher aus einer Kaffeekanne ein, die an der Steckdose neben dem Herd hing, reichte sie Anne und Maggie und nahm selbst einen dritten, der schon bei der Spüle stand. »Worum geht es bei diesem Folge-Interview?«

»Wir prüfen nur nach, woran sich die Kinder noch erinnern. Wir machen ein paar Beispiel-Interviews, und wenn die Sache interessant aussieht, wird vielleicht noch eine ausgewachsene Studie draus.« Maggie unterbrach sich und sah zur Tür. Ein fohlenhaftes Mädchen von etwa zwölf kam herein, sie trug Jeans und ein graublaues Sweatshirt. Sie war blond, wie ihre Mutter, mit langen Wimpern und blauen Augen. Sie war auch fast so groß wie ihre Mutter, bewegte sich aber ungeschickt, noch nicht ganz zu Hause in ihrem langgliedrigen Körper.

Barbara Baker lehnte sich an die Küchenzeile. Sie sagte: »Diese Leute sind gekommen, um dich nach dem Projekt zu fragen, bei dem du vor zwei Jahren mitgemacht hast. An der Universität. Erinnerst du dich, wo du die verrückten Geschichten erzählt hast?«

»Ja?« Jill schien nicht feindselig, nur vorsichtig.

Maggie sagte: »Ich bin Maggie, und das ist Anne. Wir wollten bloß sehen, was Kinder nach zwei Jahren von ihren Geschichten noch behalten haben. Das ist eine ziemlich lange Zeit.«

»Ja.« Jill stimmte zu. Sie ließ sich auf einen der Küchenstühle sinken und zog ein Bein hoch. »Wie ein Gedächtnistest?«

»Eher ein Spiel. Ohne Bewertung«, beruhigte Maggie sie.

»Woran soll ich mich erinnern?«

»An die Geschichten, die du erzählt hast.«

»Das werden Sie bereuen«, warnte Barbara Baker. Sie brachte ihre Kaffeetasse an den Tisch und setzte sich auf den vierten Stuhl, während sie ihrer Tochter im Vorbeigehen zärtlich durch die Haare fuhr. »Das Mädel hat eine irre Phantasie.«

»Das ist genau, was wir suchen«, sagte Maggie. »Jill, kannst du uns die Geschichten erzählen?«

»Also, ich hab eine erzählt, wo ich ein Clown war und ein zahmes Huhn hatte«, fing Jill an. Sie hatte ihr Knie umschlungen und schaute gelegentlich auf, um zu sehen, wie Maggie und Anne reagierten. »Wir sind durch die ganze Welt gereist und sind dann nach Laconia gekommen. Dann sind wir zum Rummelplatz und haben eine große Rakete zum Mond gebaut. Aber wir hatten nicht genug Geld für Benzin.«

Barbara lachte. »Der Teil ist nicht ausgedacht! Auf die Art sind wir vor ein paar Jahren steckengeblieben. Jills Vater ließ einen Unterhaltsscheck platzen, und da saßen wir, das Konto auch schon überzogen.«

»Was habt ihr also getan, du und das Huhn?« fragte Maggie Jill.

»Wir kriegten beide Jobs im Supermarkt. Aber keiner wollte bei einem Huhn Kaffee kaufen, wissen Sie? Also habe ich mein Clown-Make-up herausgeholt und das Huhn wie den amerikanischen Adler geschminkt. Und da haben sich alle als Patrioten gefühlt und Kaffee gekauft. Und so kamen wir doch noch zum Mond. Wie, habe ich vergessen.« Jill sah stirnrunzelnd die Tischplatte an. »Da war noch was, aber ich weiß nicht mehr.«

»Schon gut. Es ist eine tolle Geschichte«, sagte Maggie. »Du hast ein gutes Gedächtnis. Das ist ja zwei Jahre her.«

»Erzähl die andere«, drängte Barbara. »Die mit dem Hai.«

Über Jills Gesicht lief ein Schatten. »Die mag ich nicht.«

»Wissen Sie, was passiert ist? Sie ist mit ihren Freundinnen losgegangen und hat sich *Der weiße Hai* angesehen, und es hat sie zu Tode geängstigt«, erklärte ihre Mutter. »Sie war, Moment, neun Jahre alt. Also hat sie eine Geschichte darüber erfunden. Aber sie hat sie nie gemocht.«

Maggie sagte: »Du mußt sie uns nicht erzählen, Jill. Aber ich würde sie gern hören, wenn du einverstanden bist.«

Jill schwieg einen Augenblick, hielt ihr Bein umschlungen und drückte den Mund ans Knie. Dann sagte sie hastig: »Ich bin in ein Zimmer gegangen, und da war ein Mann mit Sonnenbrille und Schnurrbart und einem dunklen Regenmantel und einer orangenen Schwimmweste. Ich bin in ein Boot gestiegen. Und das Wasser platschte außen am Boot, und ein Hai kam. Der Mann hat gesagt, schnell, du hast Rosa an, das mögen Haie. Also hat er meine Sachen genommen und mir gezeigt, wie ich mich unten im Boot hinlegen sollte, wo der Hai mich nicht sehen konnte.« Ihre Stimme klang flach, Stakkato. »Und ich wollte den Hai sehen, aber ich wollte nicht aufstehen. Also nahm er meinen Augapfel heraus und hielt ihn über den Bootsrand, und dann konnte ich das Wasser und den Hai sehen, der mit den Zähnen schnappte. Als ob man durchs Fenster sieht. Und er sagte, ich sollte die Zauberworte rufen, dann würde der Hai verschwinden. Ich mochte die Zauberworte nicht, aber ich hatte Angst. Also hab ich sie gerufen, und der Hai ging weg, und er setzte meinen Augapfel wieder ein. Und ich bin aus dem Boot gestiegen und nach Hause gegangen.«

Anne war erschüttert. Kein Wunder, daß Tal über die Einbildungskraft dieses Kindes nachgegrübelt hatte.

Maggies Unterkiefer hatte sich gestrafft. »Danke, Jill«, sagte sie nüchtern. »Ich bin ganz deiner Ansicht. Die erste Geschichte ist lustiger. Aber ich bin wirklich froh, daß du dich auch an die andere erinnert hast.«

»Hat absolut nichts vergessen«, sagte Barbara stolz. »Aber wissen Sie, sie will immer noch kein Rosa tragen. Dabei sieht sie so hübsch darin aus.«

»Blöde Farbe«, grummelte Jill mit einem zornigen Blick auf ihre Mutter.

»Na ja, sie hat sich die Geschichte wahrscheinlich bloß ausgedacht, damit sie ihre rosa Kleider wegtun konnte.« Barbara lachte. »Ich wünschte, sie hätte gewartet, bis sie meine Größe hatte. Ich hätte sie genommen!«

Anne merkte, daß Barbara versuchte, ihre Tochter aufzuheitern.

»Gab es noch andere Geschichten, Jill?« fragte Maggie.

»Nein, wir hatten nur Zeit für zwei. Da war noch was, eine Art Test, den wir gemacht haben. Viele Fragen. Aber ich weiß nicht mehr, was die waren.«

»Schon gut, das brauchen wir nicht. Noch eins.« Maggie zog das Foto von der Weihnachtsparty heraus. »Erinnerst du dich an irgendwelche von diesen Leuten?«

Jill studierte es ernsthaft. »Das da ist Bart«, sagte sie und zeigte darauf. »Ihm habe ich die Geschichten erzählt. Und das ist Tal. Den habe ich danach gesehen, in der Halle, und er wollte wissen, warum ich weine, und ich habe gesagt, es wäre eine schreckliche Geschichte über Haie. Und er sagte ja, Hai-Geschichten wären sehr schlimm. Aber er hat auch gesagt, schlimme Geschichten können gut sein, wenn wir uns danach überlegen, wie wir mit schlimmen Sachen fertig werden können, wenn sie wirklich passieren.« Sie starrte ihr hochgestelltes Knie an.

»Erkennst du sonst noch jemanden auf dem Bild?« fragte Maggie.

»Nein.«

»Den Mann im Regenmantel?«

Jill warf noch einen Blick auf den Schnappschuß. »Nein.« Dann blickten die blauen Augen plötzlich erschreckt zu Maggie auf. »Ich meine, er ist ja nicht echt.«

»Richtig«, sagte Maggie. »Tja, das ist alles. Danke, Jill, du warst uns eine große Hilfe.«

»Schon gut.« Alle gingen zur Tür.

»Ach, Jill!« Maggie war schon auf halbem Weg zur Auffahrt. »Könntest du mir einen Augenblick dein Fahrrad zeigen? Meine Tochter wünscht sich eins, und ich möchte über Raleighs Bescheid wissen. Was dir daran gefällt und was nicht.«

»Gut.« Jill ging zu ihr in die Garage.

Anne holte eine Gauloise hervor. »Möchten Sie eine Zigarette?« fragte sie Barbara.

»Danke, nein. Aber rauchen Sie nur. Werden Sie uns die Ergebnisse dieser Folgestudie mitteilen?«

Anne brauchte eine Sekunde, sich zu erinnern, daß sie ja angeblich an einer neuen Phase von Barts Studie arbeiteten. »Natürlich«, sagte sie, und fügte hinzu: »obwohl sie vielleicht nicht sehr weit führt. Dies ist ja nur zur Vorbereitung, wie Sie sehen.«

»Ja.«

»Ihre Tochter ist wirklich entzückend. Sie muß eine wahre Freude sein.«

»Oh, ja.« Barbara Baker lächelte. »Eine Freude und eine Nervensäge. Sie hat wirklich eine wüste Phantasie. Glauben Sie, das kommt, weil ihr Vater weg ist?« Sie sah plötzlich verletzlich aus.

»Wer weiß?« sagte Anne. Sie wollte Barbara gern trösten. Selbst mit einem begeisterten Vater wie Tal war Muttersein eine Angelegenheit voller Zweifel und Sorgen. »Wahrscheinlich ist sie nur ein gescheites Mädchen. Vielleicht ein Genie.«

»Ich wünschte, das könnte man an ihren Zeugnissen sehen!« Barbara strich eine paar lose blonde Strähnen zurück. »Nächstes Jahr wird sie ein Teenager.«

»Viel Glück!« sagte Anne aus tiefstem Herzen. »Aber sie scheint ein vernünftiges Mädchen zu sein. Und es ist möglich, die Phase zu überleben. Meiner Tochter und mir ist es gelungen.«

»Ich freue mich, das zu hören.«

Maggie hatte Jills Schulter freundschaftlich gedrückt und kam die Auffahrt herauf. »Kommen Sie, fahren wir!« rief sie von der Fahrerseite des Camaro. »Nochmal vielen Dank, Barbara!«

»Nichts zu danken.«

Anne setzte sich auf den Beifahrersitz und drückte ihre Zigarette im Aschenbecher aus. Während sie rückwärts hinausfuhren, winkte sie Barbara und Jill zu. Als sie aus der Siedlung Richtung Minerva Creek einbogen, fragte sie: »Was hatten Sie und Jill denn da hinten zu bereden?«

Maggie schaute sie kurz an, Schatten in den blauen Augen. »Ich habe ihr gesagt, ich wüßte, daß die Hai-Geschichte wirklich passiert ist. Aber sie hätte ganz recht, es wäre besser, wenn ihre Mutter und andere Leute glaubten, es wäre nur eine Erfindung.«

»Die Hai-Geschichte? Sind Sie verrückt?« Aus mißtrauisch zusammengekniffenen Augen sah sie Maggie an. »Boote in Zimmern und herausnehmbare Augäpfel? Jill hat einfach diesen gräßlichen Film gesehen und sich selbst eine gute Geschichte darüber ausgedacht. Oder sie hatte einen Alptraum und hat den erzählt.«

Maggie seufzte, während sie den Camaro in die schmale Creekstraße lenkte. »Ich hoffe, daß Sie recht haben, Anne. Ich hoffe, bei Gott, daß sie recht haben.«

XIII

Um halb fünf hatte Charlie den Drucker wieder in Ordnung gebracht. Fast bedauernd setzte er den Deckel wieder darauf. Es war angenehm gewesen, sich auf eine andere Art Problem zu konzentrieren. Ein lösbares Problem. Er schob den Drucker an seinen Platz auf dem Arbeitstisch und schloß den Raum hinter sich ab. Beim Treppensteigen zwang er sich zur Konzentration auf die Sachen, die er noch erledigen mußte: die Post holen und bei Gary nachfragen, ob es mit der Kodierung der vierten Studie Probleme gegeben hatte.

Erst ging er ins Sekretariat, um in sein Postfach zu sehen, und wünschte sofort, er hätte es nicht getan. Sergeant Hines lehnte mit gezücktem Notizbuch am Fensterbrett und sprach mit Cindy. Als Charlie hereinkam, lächelte er. »Professor Fielding! Genau der Mann, den ich sehen wollte!«

»Oh. Na gut.« Charlie blieb verlegen an der Tür zum Postraum stehen und warf einen schnellen Blick auf Cindy. Was für Geschichten hatte sie jetzt wieder erfunden? Und wo war Walensky? Hatte er Hines das Feld überlassen? Na ja, Hines allein war vielleicht besser als zwei zerstrittene Polizisten auf einmal.

Behende kam Hines auf die Füße. »Wenn Sie jetzt Zeit haben, mit mir zu reden, können wir in Ihr Büro gehen.«

»Einverstanden. Ich bin nur wegen meiner Post gekommen.« Auf Hines' Nicken zog Charlie das halbe Dutzend Schriftstücke aus seinem Fach.

»Sie haben auch einen großen Karton bekommen«, teilte Cindy ihm mit. »Ich hab ihn in Ihr Büro bringen lassen.«

»Danke«, sagte Charlie. »Wahrscheinlich die Videobänder, die ich bestellt habe.« Er schaute Hines an. »Können wir?«

»Ja, bringen wir es hinter uns. Danke, Mrs. Phelps«, setzte er, an Cindy gerichtet, hinzu.

Das ganze Wohlbefinden, das Charlie bei der Reparatur des Druckers erfüllt hatte, war dahin. Er konnte spüren, wie seine Nackenmuskeln sich verkrampften, seine Beine steif wurden. Was für ein Alptraum war das doch! Das Entsetzen über Tals Tod, und dann noch diese verdammten Unannehmlichkeiten, weil er sein Notizbuch aus den Augen verloren hatte.

Er schloß sein Büro auf. Cindy hatte recht; auf seinem Schreibtisch stand ein großer Karton. Er warf seine Post daneben, zog seinen Stuhl hervor, damit er Hines sehen konnte, und deutete auf den anderen Stuhl. »Womit kann ich Ihnen helfen?«

Der große Mann setzte sich, zückte Notizbuch und Bleistift. Charlie fragte sich, wo Porter war. Wahrscheinlich auf der Polizeistation, wo er alle vom FBI überprüfen ließ oder versuchte, Fingerabdrücke mit denen von ungelösten Morden zu vergleichen, oder... Hines räusperte sich und brachte Charlie in die Wirklichkeit zurück. Der Sergeant hatte sich in dem Eichenstuhl zurückgelehnt, die langen Beine ausgestreckt, das Notizbuch auf dem Schenkel. Er sagte: »Ich habe nur ein paar Fragen. Sie haben heute Nora Petersons Pistole erwähnt. Erzählen Sie mir davon.«

»Ich weiß nicht viel darüber.« Hines reagierte nicht, schaute ihn lediglich erwartungsvoll an, den Bleistift gezückt. Charlie erklärte: »Ich weiß es nur, weil sie uns letztes Jahr, nachdem der Student sie bedroht hatte, allen erzählt hat, sie würde sich eine Pistole kaufen.«

»Sie haben sie nie gesehen?«

»Also, genaugenommen, hat sie sie uns einmal gezeigt, nicht lange danach. Ein paar von uns waren in der Halle, und das Thema kam auf. Jemand fragte danach. Bart, denke ich, Professor Bickford. Und sie zog sie heraus. Aber ich habe sie nicht sehr genau angeschaut. Ich mag Pistolen nicht besonders.« Plötzlich wurde ihm klar, daß Hines zweifellos genau in diesem Augenblick eine Pistole bei sich hatte, also fügte er hastig hinzu: »Aber die Polizei sollte natürlich welche haben.«

»Mm.« Hines schrieb eifrig, immer noch lässig zurückgelehnt. »Wo bewahrte Professor Peterson ihre Pistole auf?«

»Tja, das war einer der Punkte, die mir Sorgen machten. Sie bewahrte sie im Büro auf. Schreibtischschublade, glaube ich. Sie sagte, die wäre abgeschlossen, aber ich fand die Idee trotzdem nicht gut, weil junge Leute in der Nähe sind. Die Studenten wären schon schlimm genug, aber hier gibt es ja auch jüngere Kinder. Sie kommen zu Experimenten oder zum Vorschulprogramm. Ich meine, wenn Kinder in der Nähe sind, muß man übervorsichtig sein.«

»Das ist wahr. Ich habe Kinder, und ich benutze zu Hause ein Gewehrschloß«, sagte Hines. »Wissen Sie, ob Professor Peterson eins benutzte?«

»Sie hat nie was darüber gesagt«, antwortete Charlie. »Und ich weiß auch nicht, wie so was aussieht.« Worauf zielten diese Fragen?

»Wissen Sie, in welcher Schublade sie aufbewahrt wurde?«

»Hören Sie mal, was soll das alles mit Noras Pistole? War das diejenige – mein Gott, war es Noras Pistole?«

Hines rührte sich nicht, saß nur geduldig da, bereit, Charlies Antwort aufzuschreiben. Nach einem Augenblick fiel Charlie die Frage wieder ein. »Ich weiß nicht, in welcher Schublade sie sie hatte. Ich bin nicht mal sicher, daß sie sie überhaupt in einer Schublade aufhob. Aber wenn, und wenn sie einen Standardschreibtisch hat, so wie meiner, dann ist die einzige abschließbare Schublade die oben in der Mitte.«

Hines notierte es sich, starrte die Seite einen Augenblick an, zog dann seine Beine ein und stand auf. Er ging zum Fenster hinüber und schaute einen Augenblick auf den Parkplatz hinunter. Als er sich wieder zu Charlie umwandte, stand er im Gegenlicht, und Charlie konnte den Ausdruck in seinem dunklen Gesicht nicht erkennen. Hines sagte: »Ich möchte, daß Sie über Mittwoch morgen nachdenken, Professor Fielding.«

»Mittwoch morgen?«

»Vorgestern.« Hines' Stimme hatte sich fast unmerklich verändert. Sie klang härter, spröder. »Können Sie mir sagen, was Sie gemacht haben? Fangen Sie mit dem Moment an, als Sie hier im Gebäude eintrafen.«

Charlie war der Mund trocken geworden. Was konnte das mit dem Mord an Tal zu tun haben? Oder mit Noras Pistole? Er sagte: »Mittwoch hatte ich verschiedene Dinge zu tun. Ich sprach mit meinem Assistenten darüber, wie wir die dritte Studie abschließen wollten. Er ist der Hauptkodierer. Und ich wollte das Material für die Statistikerin fertigmachen, weil sie am nächsten Tag kommen sollte. Mußte ein paar Häufigkeitsdiagramme für sie neu anfertigen, weil ich bloß vorläufige hatte. Und ich mußte einige –«

Hines unterbrach ihn. »Um wieviel Uhr sind Sie am Mittwoch gekommen?«

»Gegen neun. Wie üblich.«

»Und was haben Sie zuerst getan?«

»Ich habe mein Büro aufgeschlossen. Meinen Sie das?«

»Ja. Sie sind vom Parkplatz direkt in Ihr Büro gegangen?«

»Ja.« Charlie schob seine Brille höher auf die Nase. Er hatte den Sergeant nie als freundlich empfunden, aber jetzt war er von brutaler Kälte.

»Und dann?« Hines' Worte stießen scharf zu.

»Ging ich in mein Büro. Stellte meine Sachen ab. Schaute nebenan nach, ob mein Assistent da wäre, war er aber nicht. Kehrte in mein Büro zurück und fing an, Sachen für die Statistikerin zurechtzulegen. Für Dr. Ryan.«

Hines schrieb wieder. »Gut. Und dann?«

»Ich arbeitete an den Diagrammen und merkte, daß ich ein Lineal brauchte, weil mein Assistent meins ausgeliehen hatte. Ich sah wieder in seinem Büro nach, aber er war immer noch nicht da. Aber ich konnte sehen, daß Nora Petersons Tür am Ende des Ganges offenstand, also ging ich hin und lieh mir ihres. Ich stellte die Diagramme fertig und –«

»Einen Augenblick, Professor Fielding. Warum sind Sie in Professor Petersons Büro gegangen, um ein Lineal auszuleihen?«

»Das habe ich doch gesagt, weil die Tür offenstand.«

»Wäre es nicht das Übliche, ins Sekretariat zu gehen?«

»Nicht unbedingt. Es ist fast auf der anderen Seite des Gebäudes. Noras Büro ist viel näher.«

»Professor Bickfords Büro ist noch näher.«

»Aber seine Tür war nicht offen!« Charlie rückte seine Brille zurecht. »Er war vielleicht nicht mal da. Und selbst wenn er da war, wollte er nicht mit so was gestört werden, wenn seine Tür zu war. Es ist eine Art stillschweigende Übereinkunft. Wenn wir mit Leuten reden wollen, lassen wir die Tür ein Stück auf.«

»Gut, Professor Fielding, gut.« Hines lächelte, aber Charlie spürte nichts von Wärme. Der große Sergeant war immer noch eine dunkle Silhouette vor dem grellen Fensterlicht. »Bitte, fahren Sie fort. Sie gingen in Professor Petersons Büro.«

»Hm, ja. Zuerst habe ich sie nicht gesehen, also klopfte ich an die offene Tür. Sie wissen schon, wie man das so macht. Sie sagte ›Herein‹, also ging ich hinein.«

»Ja?«

»Sie stand auf einem Stuhl und stellte irgendwelche Bücher auf dem obersten Bücherbrett um. Sie fragte, was ich wollte. Ich sagte, ich wollte mir für eine halbe Stunde ihr Lineal ausleihen. Sie sagte –« Verdammt. Oh, verdammt. Charlie rieb sich das Kinn mit einer Hand. Er wünschte, der Trainer wäre da und sagte ihm, was er tun sollte.

»Sie sagte was?« Hines' kalte Stimme war erbarmungslos.

»Sie, hm, sie sagte, ja, klar, ich könnte es haben. Sie sagte, es liege in ihrer mittleren oberen Schublade, ich sollte mich bedienen.«

»Und taten Sie das?«

»Ja. Die Schublade war nicht abgeschlossen.«

Hines hörte auf zu schreiben. Charlie versuchte, im Gegenlicht seinen Gesichtsausdruck zu erkennen. Er wirkte nachdenklich, betrachtete seinerseits Charlie. Hielt wahrscheinlich Ausschau nach Anzeichen von Schuld – kaltem Schweiß, zittrigen Händen. Wenn er so weitermachte, würde er die auch finden. Charlie fügte heiser hinzu: »Eine Pistole habe ich nicht gesehen.«

»Nicht? Sie meinen, sie war nicht in der Schublade?«

»Nein. Vielleicht. Ich meine, ich habe nicht gesehen, ob sie da war. Ich habe die Schublade vielleicht zehn Zentimeter weit aufgezogen. Das Lineal lag ganz vorn.« Er führte es vor, zog seine eigene Schublade auf. »Ich habe keine Ahnung, was hinten in der Schublade gewesen sein könnte.«

Hines fing wieder an zu schreiben, und Charlie schob mit zittrigen Händen seine Schublade zu. Es war beängstigend zu sehen, wie seine unschuldigsten Handlungen im Scheinwerferlicht der Verdächtigungen dieses Polizisten üble Schatten warfen. Und warum konzentrierte sich Hines auf ihn? Wieso nicht auf Nora selbst? Wieso nicht auf Bart, oder Cindy, oder –

Eben hatte er mit Cindy geredet. Vielleicht hatte sie was gesagt. Oder vielleicht hatte er ihr auch Fragen gestellt. Charlie hoffte es.

Hines fragte: »Wann haben Sie das Lineal zurückgegeben?«

»Zurückgegeben? Ich habe es noch nicht zurückgegeben.« Er schaute um den Karton auf seinem Schreibtisch herum und entdeckte es an der Vorderkante. »Da ist es. Normalerweise hätte ich es inzwischen zurückgegeben, aber es war alles so chaotisch.«

»Mm.« Hines kam vom Fenster herüber, inspizierte das Lineal, ohne es zu berühren, und setzte sich dann wieder auf den Stuhl. »Sagen Sie, Professor Fielding, was für ein Verhältnis haben Sie zu Professor Peterson?«

»Verhältnis? Wir sind Kollegen, das ist alles.«

»Treffen Sie sie auch außerhalb des Büros?«

»Na ja, es gibt Partys, natürlich. Picknicks des Fachbereichs. Mittagessen mit Komitees. Das Übliche. Alles hat mit dem Fachbereich zu tun.«

»Sonst nichts?«

Charlie schloß einen Moment lang die Augen. Es war klar, daß jemand – Cindy? – zuviel geredet hatte. Er sagte erschöpft: »Nichts. Wirklich. Bei der Halloweenparty hatte Professor Peterson ein bißchen zuviel getrunken, und es gab ein Mißverständnis. Aber das ist alles.«

»Erzählen Sie mir von dem Mißverständnis.« Hines war keinen Deut verständnisvoller geworden. Charlie konnte ihn jetzt besser sehen, aber sein Gesichtsausdruck war genauso hart und unnachgiebig, wie er sich gedacht hatte.

»War keine große Sache.« Charlie leckte sich die Lippen. »Wir hatten uns beide als Filmstars verkleidet, und sie schäkerte herum. Bestand darauf, daß wir zusammen gingen. Wahrscheinlich ganz gut so; sie war nicht recht in der Verfassung zu fahren. Ich brachte sie an die Tür, und das war's.«

»Sie sind nicht mit ihr hineingegangen?«

»Nein. Da wurde mir klar, daß es ein Mißverständnis gegeben

hatte. Aber ich wollte einfach nicht – ich meine, Nora ist nett, aber sie ist überhaupt nicht mein Typ.«

Hines sah ihn prüfend an, als ob er Aussagen gegeneinander abwöge, dann fragte er: »Halten Sie es für möglich, daß sie einen Groll gegen Sie hegt?«

»Einen Groll?« Mein Gott, war Nora diejenige gewesen, die davon gesprochen hatte? Nein, bestimmt nicht, sie würde diese peinliche Geschichte nicht erwähnen. Er sagte: »Ich weiß nur, daß wir die ganze Zeit als Kollegen miteinander arbeiten konnten, ohne auf diesen Abend Bezug zu nehmen. Ich dachte, wir wären uns darin einig, ihn zu vergessen.«

»Mm.« Hines machte sich eine Notiz, blätterte zurück und sagte dann: »So, das wäre im Augenblick alles, Professor Fielding. Sagen Sie mir Bescheid, wenn Ihnen zu Professor Peterson oder ihrer Pistole noch etwas einfällt.«

»Gut. Das werde ich«, versprach Charlie und stand auf, als der große Polizist hinausging.

Noras Pistole. Was zum Teufel konnte das bedeuten?

Aus dem Gang ertönte Sergant Hines' Stimme: »Ah, Dr. Ryan! Ich habe eine Frage an Sie.«

»Nur zu. Schießen Sie los.«

»Wie lange waren Sie von Professor Fielding weg, als Sie gestern Ihren Brief einwarfen?«

»Drei Minuten. Vielleicht fünf. Nicht lange.«

»Es ist ein wichtiger Punkt.«

»Ja, Sergeant Hines. Das weiß ich.« Maggies Stimme klang ernst.

»Denken Sie drüber nach. Um ganz sicherzugehen«, riet er.

»Gut. Was ist los? Gibt es eine neue Entwicklung?«

»Es gibt immer Entwicklungen. Wir untersuchen alle. Einen guten Tag wünsche ich.« Hines' Schritte entfernten sich.

Maggie steckte ihren schwarzen Lockenkopf in die Tür. »Hi, Charlie. Was ist los? Darf ich hereinkommen?«

»Klar. Er hat es auf mich abgesehen, nicht?«

»Sie meinen wegen der Frage, wie lange wir außer Sichtweite voneinander waren? Ich bezweifle, daß das persönlich gemeint ist.«

Beschwingt trat sie ein, das Hemd glühend rot vor dem eintönigen Bürohintergrund. Sie setzte sich in den Stuhl, den Hines gerade verlassen hatte, und stellte ihre Aktentasche auf den Fußboden. »Er hat wahrscheinlich neue Informationen aufgegabelt und muß jetzt ein paar von den alten nachprüfen.«

»Das mag sein.« Charlie starrte sie finster an. Eine lebendige, knochige Frau, in der Welt zu Hause, obenauf. Er wünschte, er würde sich auch obenauf fühlen.

»Wonach hat er gefragt? Warum sind Sie so niedergeschlagen?«

»Tja, es sollte mich nicht kümmern. Ich war mit Ihnen zusammen. Aber er scheint die Idee zu haben, ich hätte Noras Pistole aus ihrer Schublade genommen.«

»Noras Pistole? Sie meinen, Tal wurde mit Noras Pistole erschossen?«

»Muß wohl. Er hat gerade eine halbe Stunde damit verbracht, mich darüber auszuquetschen, was ich über Pistolen weiß, wo Nora ihre aufbewahrte, wie ich sie aus ihrer Schublade genommen haben könnte. Et cetera.« Charlie schüttelte sich. »Ich weiß überhaupt nichts über diese verdammte Pistole, aber als ich ihm geantwortet habe, klang es trotzdem verdächtig!«

»Ja. Eine Morduntersuchung ist kein Vergnügen. Warum glaubte er, Sie könnten ihre Pistole genommen haben?«

»Ich weiß nicht, was ihn auf die Idee gebracht hat. Aber es stellte sich heraus, daß ich Mittwoch hingegangen bin, um ein Lineal zu leihen, und sie sagte, ich sollte es aus ihrer Schublade nehmen. Die Schublade war nicht verschlossen.«

»War die Pistole drin?«

»Ich habe keine Ahnung! Das Lineal lag ganz vorne, also habe ich es mir geschnappt. Ich habe die Schublade nicht mal weit genug aufgemacht, um sehen zu können, was noch drin war.«

»Na, dann«, sagte Maggie tröstend, »könnte es ja auch jeder andere gewesen sein, der sie Mittwoch besucht hat. Oder zu anderen Zeiten, wenn sie die Schublade immer offenließ.«

»Das stimmt. Aber weiß Hines das auch?«

»Oh, das weiß er bestimmt. Er wird mit allen reden.«

»Kann sein.« Aber die Erinnerung an den großen schwarzen Sergeanten, der ihm mit seinen scharfen Fragen zu Leibe rückte, war noch zu frisch, um schnell vergessen zu werden.

»Da wir gerade von Nora sprechen«, sagte Maggie, »ich habe diesen jungen Campus-Polizisten heute in ihrem Büro gesehen. Hat er auch mit Ihnen geredet?«

»Nein. Ein junger?«

»Er war in der Schlucht bei uns, noch bevor Captain Walensky ankam.«

»Oh, ja, ich erinnere mich. Er kam mir bekannt vor. Sie haben recht, ich habe ihn heute im Gebäude gesehen.«

»Aber ich kann außer Nora niemanden finden, mit dem er heute nachmittag gesprochen hat. Also hat Walensky ihn nur geschickt, um mit Nora zu sprechen.«

»Ja.« Charlie erinnerte sich an den jungen Polizisten, rief sich vor Augen, wie er mit Nora sprach. Und irgendwo in seinem Hinterkopf tauchte ein altes Bild auf: Nora, ängstlich hinter ihren Schreibtisch geduckt, ein wütender Student mit strähnigen Haaren, der darauf einhämmerte, Charlie selbst, der mit Tal herbeieilte, um zu sehen, was das Geschrei zu bedeuten hätte. Charlie stöhnte: »Nein!«

»Nein was?«

»Ich begreife nicht, wie das sein kann. Aber ich könnte fast schwören, daß der Polizist der Student ist, der Nora letztes Jahr bedroht hat.«

»Was?«

»Oh, es muß ein Irrtum sein. Sie sind ganz verschiedene Typen.«

»Gestern in der Schlucht schienen Nora und er sich nicht zu kennen«, sagte Maggie nachdenklich.

»Ja. Es muß ein Irrtum sein. Ist Ihnen zu all dem noch etwas Neues eingefallen?«

Sie schaute träumerisch hinaus in den Himmel, aber nach einem Augenblick antwortete sie: »Nichts Weltbewegendes. Tatsächlich habe ich an unserem Projekt gearbeitet. Als ich vor ein paar Minuten zum Campus zurückkam, lagen Ihre Ausdrucke bereit. Wollen Sie einen Blick darauf werfen?«

»Ja! Sehen wir sie durch«, stimmte Charlie zu. Vielleicht würden sie seine Gedanken von Hines' Attacke ablenken.

Maggie holte den gefalteten Computerausdruck hervor und blätterte ihn auf. »Gute Nachrichten und schlechte Nachrichten«, sagte sie. »Ihre Hauptvariable von der Bedeutung des Kontexts kommt in allen drei Studien heraus. Aber wenn man die Studien durchsieht, ist der Effekt der Wortgestalt noch stärker. Demnach sieht es so aus, als hätten Sie und Tal beide recht.«

»Na, das wußten wir ja.« Aber enttäuscht war er doch. Er hatte gehofft, sein Kontext-Effekt würde sich als wirksamer erweisen als der Wortgestalt-Effekt. »Wie steht's mit den Informationen zur Augenbewegung?« fragte er.

Sie faltete den Ausdruck direkt neben dem großen Karton auf seinem Schreibtisch auf. »So, jetzt geht's los«, verkündete sie, und die nächste halbe Stunde lang brüteten sie über den statistischen Details. Nichts Umwerfendes, aber auch nicht schlecht. Eine großer Teil davon würde sich publizieren lassen, obwohl die Leute aus Tals Wortgestalt-Lager sich auf einige der Resultate stürzen und sie als Beweise für ihre eigene Auffassung benutzen würden. Tja, so war eben die Wissenschaft, ein fortlaufendes Streitgespräch unter Wissenschaftlern, bei dem die Natur als Schiedsrichter fungierte – wann immer man die Natur dazu bringen konnte, sich zu der Frage zu äußern. In diesem Fall sagte die Natur nur leider, daß die Wortgestalt verdammt wichtig war.

»Besteht eine Chance, daß die Zahlen sich durch die übrigen Studien noch ändern?« fragte er Maggie.

»Wahrscheinlich nicht sehr. Aber so ganz genau weiß man das ja nie.«

»Na, jetzt habe ich eine Menge, womit ich arbeiten kann. Danke, Maggie.«

»Nicht der Rede wert. Ich werde den Ausdruck übers Wochenende behalten und bis Montag kopieren, wenn das recht ist. Dann können Sie anfangen zu schreiben und mir sagen, welche Informationen Sie noch brauchen.«

»Klingt gut.«

Maggie ließ die Ausdrucke wieder in ihre Aktentasche gleiten, stand auf und streckte sich.

»Na dann. Bis Montag.«

»Gut. Schönes Wochenende.«

Sie verschwand mit flatternden roten Hemdzipfeln.

Charlie stand auf und schob den Karton beiseite. Montag würde er ihn mit Gary nach unten schaffen müssen. Merkwürdig, er hatte geglaubt, er hätte diesen Karton schon vor zwei Wochen bekommen. Dachte, er stünde schon unten.

Er blätterte die liegengebliebene Post durch. Hauptsächlich Ankündigungen von Vorträgen oder Konferenzen, eine Bitte um ein Empfehlungsschreiben, zwei Zeitschriften. Nein, eine. Der andere braune Umschlag trug einen unbekannten Absender in New York. Er öffnete ihn und starrte verständnislos auf die reißerisch aufgemachte Zeitung darin. Dann sah er die eingekreiste Annonce, und plötzlich fühlten sich seine Beine verschwommen an, wie Beine, die sich im Wasser spiegeln. Er setzte sich hin.

Was er vor sich hatte, war eine Ausgabe von *Screw*.

Und die scheußliche Annonce gab eine postlagernde Adresse in Laconia an.

Was zum Teufel ging hier vor? Wer annoncierte in *Screw*? Wo war das hergekommen?

Was sollte er jetzt tun?

Nicht Hines sagen, beschloß er auf der Stelle. Diese kalten, intelligenten Fragen konnte er jetzt nicht noch einmal ertragen. Aber dies mußte untersucht werden, bald. Er nahm seinen Hörer ab und wählte.

»Captain Walensky, bitte. In der Mordsache Chandler.«

»Ja, Sir, einen Augenblick.«

Nach ein paar Sekunden hörte Charlie: »Walensky.«

»Hi, hier ist Charlie Fielding. Hören Sie, ich habe gerade etwas mit der Post bekommen. Ich weiß nicht, ob es was mit dem zu tun hat, was Tal passiert ist, aber es ist sehr merkwürdig.«

»Ja? Was ist es?«

Charlie senkte die Stimme, obwohl niemand im Gang war. »Es ist, ähm, ein Exemplar von *Screw*.«

»Von was?«

»*Screw.* Das Pornoblatt. Und sie haben eine Anzeige mit einer Adresse in Laconia umrandet.«

»Großer Gott. Wer hat es Ihnen geschickt?«

»Ich weiß nicht. Abgestempelt ist es in New York.«

»Ich bin gleich drüben. Weiß sonst noch jemand davon?«

»Ich habe es selbst eben erst aufgemacht.«

»Na, ich muß Ihnen nicht erst sagen, daß Sie das geheimhalten sollen, bis wir rausgekriegt haben, was los ist.« Charlie konnte an Walenskys Stimme hören, daß er sich große Sorgen machte. »Wenn es mit dem Mord zu tun hat, wird es natürlich herauskommen. Wenn nicht, tun wir, was wir können, Ihren Fachbereich da rauszuhalten. Kein Anlaß, Ihren Ruf zu ruinieren.«

»*Meinen* Ruf?« protestierte Charlie kreischend. »Ich habe mit dieser Anzeige nichts zu tun!«

»Sicher nicht. Aber Sie müssen verstehen, wenn die Presse davon hört, verfolgen die Sie sowieso, weil sie an Sie geschickt wurde. Bisher haben wir die meisten abgewimmelt und zum Dekanatsbüro geschickt, aber wenn sie davon hören sollten, könnten wir sie nicht mehr aufhalten. Verstehen Sie?«

»Ja. Ich verstehe.« Charlie hatte Visionen von Blitzlichtern und gebrüllten Fragen, *La Dolce Vita.* »Gott, warum kann nicht jemand rauskriegen, wer Tal umgebracht hat? Alles wieder ins normale Gleis bringen!«

»Wir tun unser Möglichstes«, sagte Walensky müde. »Der Dekan ruft mich sowieso schon alle zwei Stunden an. Mir bleibt nichts übrig, als die Nerven zu behalten und mit der Untersuchung weiterzumachen. Also, ich komme in ein paar Minuten vorbei und hole diesen *Screw.* Heben Sie auch den Umschlag auf.«

»Gut.« Langsam legte Charlie den Hörer auf.

Was für ein Tag.

XIV

Anne zog die noch warmen Laken aus dem Trockner. Es war irgendwie wie Weihnachten, aber wieso? Es war Juni. Ach ja, die Laken, die blauen und gelben Laken, die sie nur benutzte, wenn Paul und Rocky zu Besuch kamen. Ferienlaken. Mit ihrem Wäschekorb trottete sie die Treppe hoch. Die Laken waren eigentlich nicht schmutzig gewesen. Aber sie hatten seit Januar im Schrank gelegen, also hatte sie sie in die Wäsche gesteckt, damit sie frisch waren. Paul und Rocky würden es vermutlich nicht mal bemerken. Oder vielleicht doch, unbewußt. Tal sagte, die meisten geistigen Vorgänge seien unbewußt, nicht nur das komplizierte obszöne Zeug, von dem Freud sprach, sondern die ganz alltäglichen Abläufe, wie die Balance halten beim Gehen, die Fingermuskeln im richtigen Spannungsgrad halten, wenn man einen Bleistift nahm, die Augen bewegen beim Lesen. Auf der Bewußtseinsebene dachte man über die klugen Einfälle nach, die Molière oder Rostand vor einem darlegten, aber ein anderer Teil des Gehirns sorgte stillschweigend dafür, daß sich die Augen so über die Seite bewegten, daß man diese Ideen herauslesen konnte. Sie hatte Tal beim Korrekturlesen einiger seiner Artikel geholfen, und es war eigenartig gewesen, über das Lesen zu lesen, eine Tätigkeit im gleichen Augenblick zu reflektieren, in dem man sie ausübte.

Wieder zu Tal. Das war auch ein unterschwelliger Teil ihres Bewußtseins, der sie von jedem Gedanken wieder zu ihm zurückführte. Aber sie hatte gar nicht an ihn denken wollen. Wie war sie darauf gekommen? Ach, die Laken. Daß Paul und Rocky vielleicht unbewußt bemerkten, daß sie frisch waren. Der Geruchssinn arbeitete meist unbewußt, machte sich kaum bemerkbar, färbte nur den Hintergrund emotional ein. Vielleicht würden Paul und Rocky die frischgewaschenen Laken riechen und getröstet sein, ohne zu wissen, warum.

Pauls Bett hatte sie fertig. Sie strich die Überdecke glatt und nahm die andere Garnitur Bettwäsche mit zum Schlafsofa in ihrem Arbeitszimmer. Früher war es Rockys Zimmer gewesen. Sie war entsetzt, als Anne es in Beschlag genommen hatte. Die meisten jungen Leute glaubten, ihre eigene Kindheit sei sakrosankt und müsse auf ewig unangetastet bleiben. Aber nachdem sie einen Tag geschmollt hatte, weil ihre Sammlung Pferdezeitschriften im Keller gelandet war, sah Rocky ein, daß man nicht viele Tage zu Hause verbringen konnte, wenn man auf der Universität in Chicago war. Und ja, sie konnte auch verstehen, daß das Arbeitszimmer unten zu eng war für zwei Elternteile und vor Büchern aus allen Nähten platzte. Aber Anne merkte doch, daß ihre Tochter ernüchtert war von der Erkenntnis, daß auch sie unerbittlich dem Lauf der Zeit unterworfen war. Kapitel eins war zu Ende. Sie war jetzt erwachsen, kein Kind mehr, das die Erwachsene nur spielt.

Anne klappte das Schlafsofa auf. Gute Beschäftigung. Muskeln gebrauchen statt Verstand. Ihr eigener Verstand war im Augenblick unzuverlässig, ineffizient, abschweifend, die meiste Zeit betäubt, aber anfällig für gelegentliche Ausbrüche wütenden Schmerzes. Beim Frühstück hatte sie automatisch zwei Gläser Saft eingegossen, und dann hatte die Erkenntnis, daß er seins nicht trinken würde, zwanzig Minuten hilfloses Schluchzen ausgelöst.

Aber auf die Nachforschungen konnte sie sich konzentrieren, stellte sie fest. Hines hatte heute morgen angerufen und wissen wollen, ob jemand in Tals Fachbereich Waffen besäße. Ihr war nur Noras Pistole eingefallen. Er hatte auch nach Tals Zeit als Vorsitzender gefragt. Offensichtlich hatte Bernie Reinalter ihm von den Problemen erzählt, die die Leitung eines Fachbereichs mit sich brachte, und Hines hatte beschlossen nachzuprüfen, mit welchen Konflikten Tal es damals zu tun gehabt hatte. Anne hatte ihm von den finanziellen Schwierigkeiten in der Anfangszeit erzählt, aber gezögert, etwas über Bernies Vergangenheit zu sagen. Das mußte Bernie selbst tun. Es war nicht nötig, daß sie einen Ruf ruinierte. Also hatte sie Hines gesagt, sie würde sich mit ihm in Verbindung setzen, sobald sie zum Nachdenken gekommen wäre.

Sie stopfte immer noch Laken um die unhandliche Matratze des Bettsofas, als es an der Tür klingelte. Mußte Maggie sein. Sie hatte gestern abend angerufen und gesagt, sie hätte Neuigkeiten und würde gern noch einmal mit ihr reden. Anne gab dem halbgemachten Bett einen Klaps. Na und, wenn sie nicht mehr dazu kam, konnte Rocky es verdammt noch mal selbst machen.

Maggie trug heute ausgewaschene Jeans und ein dunkelblaues Crinklehemd, eins von diesen leichten, bügelfreien aus indischer Baumwolle. Sah bequem aus. »Jede Menge Neuigkeiten«, sagte Maggie. »Und jede Menge Fragen.«

»Heute weder Mann noch Kinder?«

»Nick stellt ein paar Nachforschungen an. Und die gesegnete Liz hat die Kinder. Sie kommen gut miteinander aus.«

»Gut.« Anne winkte sie in die Küche. »Also, haben Sie in Cindys Akten etwas gefunden?«

»Ein paar Fragen habe ich gefunden.« Maggie segelte durchs Eßzimmer, warf ihre Aktentasche auf den Küchentisch und landete auf dem gleichen Stuhl, den sie vorgestern abend benutzt hatte. »Wo soll ich anfangen?«

»Kaffee?« Anne hatte zwei Becher aus dem Küchenschrank genommen, handgemalte französische Becher mit grünen Blättern und gelben Blumen, die sie und Tal in einem Ferienjahr aufgetan hatten.

»Richtig. Kaffee ist der beste Einstieg.«

»Milch und Zucker?«

»Ja, bitte.«

»Gut. Und jetzt schießen Sie los.« Sie goß Kaffee in die Becher.

»Gut. Die Pistole. Die Pistole in Tals Hand gehörte Nora.«

»Nora!« Ein Teil der Kaffeesahne, die Anne in Maggies Becher goß, schwappte auf die Tischplatte.

»Ja. Die sie seit Monaten in ihrem Schreibtisch hatte.«

»Die Pfeife und das Notizbuch hätte sie ja nehmen können, aber –«

»Da ist noch was Merkwürdiges. Erinnern Sie sich, daß Sie mir erzählt haben, sie hätte sich die Pistole letztes Jahr nach der Szene in ihrem Büro angeschafft? Dieser Typ, der verschwand, als Tal und Charlie Fielding hereinplatzten.«

»Das hat Tal gesagt.«

»Das hat auch Charlie gesagt. Aber gestern meinte er, der Student, der sie belästigt hatte, hätte so ausgesehen wie der junge Campus-Polizist, der uns in Walenskys Wagen gefahren hat.«

»Ein Polizist? Wie kann er der Student mit den strähnigen Haaren sein, den Tal geschildert hat?«

»Haarschnitt, Uniform.« Maggie zuckte die Achseln.

»Aber wieso sollte Walensky ihn einstellen? Und warum hat er gesagt, er hätte Probleme mit den Zensuren?«

»Gute Fragen.« Maggie setzte ihren halbleeren Becher ab. »Ich würde gern mit Nora reden.«

Anne starrte Maggie an: »Sie könnte es sein, oder? Nora. Ihre Pistole.«

»Klar. Oder es könnte jemand anders sein, wenn er an ihre Pistole kam.«

Anne sagte bitter: »Ja, ich weiß, daß wir anderen nicht draußen sind. Hines hat heute morgen angerufen. Jetzt wird mir klar, worauf er hinauswollte. Fragte mich, ob ich von jemandem im Fachbereich wüßte, der eine Waffe hat. Natürlich habe ich an das gedacht, was Tal von Nora erzählt hat. Also weiß er jetzt, daß ich ihre Pistole gestohlen haben könnte. Habe ihm direkt in die Hand gespielt, nicht wahr?«

Maggie zuckte die Achseln. »Ich denke, daß alle anderen, die er gefragt hat, das gleiche gesagt haben. Es war kein Geheimnis im Fachbereich.«

»Wohl nicht«, stimmte Anne mürrisch zu.

»Das einzige, was ich sonst noch über Nora erfahren habe, war, daß sie ihr Studium in Illinois mit Jobs selbst finanziert hat, meistens abends.« Maggie lehnte sich bequem zurück und schaukelte mit dem Stuhl.

»Ich dachte, sie wäre ans Penn gegangen.«

»Für ihre Doktorabeit. Da hatte sie ein Forschungsstipendium. Aber als Studentin hatte sie ein schweres Leben. Und Sie sagten, sie hätte ihren kleinen Bruder mit großgezogen.«

»Ja, das hat sie einmal erwähnt. Stand sonst noch etwas in dem Ordner aus Cindys Schrank?« fragte Anne.

»Nein. Das ist alles, was ich über Nora herausbekommen habe. Ich meine, sie hat die gleiche Versicherung wie alle anderen auch, hat beste Empfehlungsschreiben von renommierten Wissenschaftlern und so weiter.« Sie schaukelte wieder mit ihrem Stuhl. »In Barts Akte stand auch nicht viel.«

»Aber etwas gab es doch?«

Maggie nickte. Die Morgensonne fiel schräg übers Fensterbrett und glänzte auf ihren schwarzen Locken, schimmernd wie gestern abend die Stare auf dem Rasen. »Er war vor zehn Jahren in St. Louis im Krankenhaus. Warum, steht nicht drin, nur, daß er zehn Monate dort war.«

»Ein Krankenhaus.«

»St. Charles.«

Anne zuckte die Achseln. »Kenne ich nicht. Obwohl zehn Monate mir ziemlich lange vorkommt.«

»Schlimmer Autounfall vielleicht? Oder vielleicht etwas Psychisches.«

Anne bekam schmale Lippen. »Sie sind vielleicht taktlos!«

»Danke gleichfalls, Gnädigste. Vielleicht sollten wir Bart danach fragen.«

Anne blies dem Sonnenstrahl eine Rauchwolke entgegen. Sie wand sich einen Augenblick und löste sich dann in dünne, geisterhafte Gespinste auf.

Maggie fragte: »Würde Ihnen das schwerfallen?«

»Die meisten dieser Leute sind *unschuldig*.«

»Stimmt. Aber einer nicht. Eins dieser Geheimnisse könnte das Motiv gewesen sein. Andererseits, wenn es Ihnen lieber ist, könnten wir es einfach Sergeant Hines mitteilen.«

»Noch weniger angenehm, wenn er danach fragt.« Anne drückte die Zigarette aus. »Ich will es rauskriegen, verdammt noch mal.«

»Gut. Fragen wir. Aber zuerst erzählen Sie mir von Cindy.«

»Was ist mit ihr?«

»Tja, wie ich schon sagte, in den Ordnern stand nicht allzuviel. Aber eine Sekretärin könnte mehr mitkriegen. Ich habe mich gefragt, ob sie vielleicht die Gelegenheit hätte, Leute zu erpressen.«

»Cindy? Erpressen? Nein.«

»Wie können Sie da so sicher sein?«

Anne sank in ihrem Stuhl zusammen und nahm ihren leeren Becher. »Das kann ich natürlich nicht. Vielleicht bin ich wieder zimperlich. Aber – wissen Sie was«, sagte sie mit plötzlichem Entschluß, »gehen wir sie besuchen. Das ist einfacher als Erklärungen.«

»Aber heute ist Samstag.«

»Sie wohnt an der Cortland Road. Hat uns mal zum Picknick eingeladen. Ländliche Gegend. Es wird eine hübsche Fahrt.«

»Gut. Erst Nora, dann Cindy.« Maggie stand auf und schloß ihre Aktentasche. »Wir nehmen meinen Wagen, ja?«

»Warum nicht? Ich muß noch kurz ins Bad.«

Beim Händewaschen betrachtete Anne sich im Spiegel. Sie war überrascht, so wenig Unterschied zu sehen. Das ergrauende Haar war immer noch aus dem Gesicht nach hinten gebürstet, kurz und sachlich. Ihre dunklen Augen in dem Kranz aus Fältchen sahen müde aus, ja, von blauen Schatten untermalt, und die Mundwinkel hingen ein wenig nach unten. Aber es gab kein sichtbares Anzeichen ihrer inneren Verstörung. Ein gefrorener Schrei von Edvard Munch, zugedeckt von zäher Betäubung. Und die Betäubung ihrerseits von Schichten kleiner Beschäftigungen überdeckt. Wasch die Laken, mach die Betten, fang den Mörder. Weiter, weiter. *Ne te foule pas la rate*, übertreib's nicht, brich dir keinen ab. Die Franzosen konnten sehr bildhaft sein.

Aber was zum Teufel konnte man sonst tun? Sich einen abzubrechen war ein geringer Preis dafür, den unaufhörlichen Schrei in Schach zu halten.

Als sie herauskam, sah Maggie das Telefonverzeichnis des Fachbereichs durch. »Nur wegen Barts Adresse«, sagte sie. »Wenn Cindy nichts über ihn weiß, können wir ihn auch gleich besuchen.«

»Klingt vernünftig.«

»Und wir sollten zum Lunch hierher zurückkommen. Ich habe Nick gesagt, er kann mich hier anrufen, wenn ich nicht zu Hause bin.«

»Gut. Machen wir uns auf.«

Plötzlich sah sie sich auf die direkte, beunruhigende Art, die Maggie hatte, durchdringend gemustert. »Wollen Sie das wirklich, Anne?«

Anne seufzte. »Hören Sie, ich bin müde, mir ist elend. Aber ich muß wissen, warum es passiert ist. Es ist also ein besseres Gefühl für mich, wenn ich etwas unternehme, und nicht hier herumsitze und versuche, nichts zu fühlen. Nur bleibt mein Hirn nicht immer ganz bei der Sache.«

»Ihr Gehirn funktioniert ausgezeichnet. Gehen wir also.«

Noras Wohnung lag gerade noch innerhalb der Stadtgrenze. Der Komplex bestand aus zehn zweistöckigen Backsteingebäuden, die im Winkel zueinander standen und von offenen Treppenschächten durchbrochen wurden. Der Zufahrtsweg wand sich zwischen ihnen hindurch und verbreiterte sich gelegentlich zu Parkplätzen. Hohe Bäume mit jungen Blättern umgaben den Komplex, aber die wenigen, die näher an den Häusern standen, waren spindeldürr, bei manchen waren noch die Haltedrähte an den schlanken Stämmen befestigt.

Nora kam an die Tür. In Jeans und einem grauen Schlabberpullover, das grau gesträhnte Haar zu einem lockeren Pferdeschwanz gebunden statt zu dem üblichen Knoten, sah sie jünger aus als in ihren strengen Campuskleidern. »Anne! Wie geht es Ihnen? Hallo, Maggie.«

»Hallo, Nora.«

»Was kann ich für Sie tun?«

Sie schaute Anne an, also antwortete sie. »Wir wollten ein paar Minuten reden. Informationen austauschen.«

»Über – über das, was geschehen ist? Aber das macht doch die Polizei. Ich habe mit Sergeant Hines und mit Captain Walensky geredet.«

»Ja. Die sind sehr eifrig bei der Sache«, sagte Maggie. »Aber wir dachten, wenn wir unsere Informationen austauschen, frischt das vielleicht unser Gedächtnis auf. Das würde ihnen auch helfen.«

»Sie wollen Ihr Gedächtnis auffrischen.« Nora zögerte, dann machte sie die Tür weit auf. »Gut. Keine schlechte Idee. Kommen Sie herein.«

Maggie machte Anne ein Zeichen, noch zu warten. »Wir haben von Ihrer Pistole gehört, Nora.«

»Ja. Ich dachte mir schon, daß es darum geht. Kommen Sie, frischen wir Gedächtnisse auf.«

Sie betraten ein langes weißes Wohnzimmer mit einem Panoramafenster am Ende. Nora nahm eine graue Jacke vom dunklen Tweedsofa und warf sie Richtung Eßzimmer. »Nehmen Sie Platz.«

Anne folgte der Aufforderung und setzte sich ans andere Ende des Sofas. Maggie machte einen schnellen Rundgang durchs Zimmer und blieb vor dem riesigen gerahmten Bild eines Runensteins an der Seitenwand stehen. »Die liebe ich«, sagte sie zu Nora. »So geheimnisvoll.«

Nora nickte. »Ich stelle mir gern vor, daß einer meiner Vorfahren das gemacht hat. Ein Norweger oder eine Norwegerin, die vor langer Zeit diese Zeichen in den Stein gehauen hat.«

»Ich auch.« Maggie nahm eine Fotografie in die Hand, die auf einem Tisch unter dem Druck stand. »Mütterlicherseits habe ich Wikingerblut. Habe immer geglaubt, daß ich deswegen so gerne auf Entdeckungsreisen gehe. Die Familie ist wichtig, nicht?« Sie kam zu ihnen und setzte sich in einen schwarzen Sessel an Noras Sofaende.

»Ja, ich denke schon. Also, Sie wollten über die Pistole reden, haben Sie gesagt.« Nora saß auf der Sofakante, sehr aufrecht, die Hände im Schoß verkrampft. Aber als sie sich Anne zuwandte, blickten ihre Augen weich und besorgt. »Anne, sind Sie ganz sicher, daß Sie das wollen?«

»Die Wahrheit ist am besten, selbst wenn sie eine Weile schmerzt«, sagte Anne. »Dafür ist Tal eingetreten. Und ich auch.«

»Und wir anderen auch«, sagte Maggie.

Noras Kopf fuhr herum, um sie anzustarren. »Ach, wirklich?«

»Natürlich. Obwohl man sie manchmal gegen andere Werte abwägen muß. Gerechtigkeit, Gnade, Liebe.«

»Oder Ihr Portemonnaie? Ihren Gehaltsscheck für den Sommer?«

Maggie beugte sich auch vor und sah Nora in die zornigen Augen. »Ich lüge nicht, um Charlie Fielding zu schützen, Nora. Ich habe gesagt, was ich weiß, und ich versuche, den Rest der Wahrheit herauszubekommen. Sie auch?«

Nora senkte den Blick. »Ja. Ja, natürlich. Ich meine nur, Sie sollten sehr gründlich über das nachdenken, was geschehen ist.«

»Das tue ich. Aber wieso sind Sie so überzeugt, daß Charlie es getan hat?«

»Er war Tals Rivale. Das wissen Sie, Anne. Und er hat versucht, mich in Verdacht zu bringen, indem er meine Pistole benutzte! Das hätte kein anderer getan!«

»Bart? Bernie? Cindy?« fragte Maggie.

»Es gibt einfach keinen Grund!« sagte Nora. »Ich habe darüber nachgedacht, glauben Sie mir! Direkt nachdem Tal – direkt nachdem es passiert war, habe ich in meiner Schreibtischschublade nachgesehen. Und da wurde mir klar, daß es möglicherweise meine Pistole gewesen war. Also habe ich alle Möglichkeiten durchdacht, und keine andere scheint vernünftig. Niemand würde mich derartig reinreißen!« Ihre Stimme war fast schrill geworden.

»Außer Charlie?« fragte Maggie.

»Ja. Ich hätte es auch von ihm nicht gedacht, aber – tja, ich habe ihn einmal in Verlegenheit gebracht. Seitdem ist er immer sehr kühl zu mir gewesen.«

Anne sagte: »Ich habe Maggie von der Halloweenparty erzählt, Nora.«

»Ich verstehe.« Nora schaute auf ihre verkrampften Hände.

»Was ist denn in der Nacht eigentlich vorgefallen?« fragte Anne. »Es war das einzige Mal, daß ich Sie nahezu betrunken gesehen habe. Sie müssen unter Streß gestanden haben.«

»Nichts Besonderes. Familie – ich meine, der Mann, mit dem ich zusammengelebt hatte, war gegangen, also war ich depressiv.«

»Der Computerwissenschaftler?« sagte Anne mitfühlend, und fuhr, ermutigt von einem winzigen Nicken Maggies, fort. »Ray Sowieso?«

»Ja, richtig.«

»Ich erinnere mich an ihn. Schien recht nett, aber das heißt ja nichts.«

»Nein, das heißt nichts. Es stellte sich heraus, daß er anderweitige Verpflichtungen einfach nicht akzeptieren konnte. Zum Beispiel meiner Arbeit gegenüber.«

»Er ist etwa zwei Jahre mit Ihnen zusammen gewesen, richtig?« fuhr Anne fort.

»Länger. Hören Sie, das hatte nichts mit Tal zu tun. Glauben Sie mir, Anne!«

»Ich glaube Ihnen. Aber es führte zu Ihrem Problem mit Charlie.«

»Nur auf ganz indirekte Art. Ich war traurig deswegen, klar. Und ich trank mehr als gewöhnlich und kam in Kicherstimmung, und Charlie machte all diese kleinen Chaplin-Tricks –«

»Ja, ich erinnere mich«, sagte Anne. »Er war gar kein so schlechter Imitator. Diese zuckenden Augenbrauen und das ständige Tippen an den Chaplin-Hut von, wenn er ein hübsches Mädchen sah. Und normalerweise ist er so schüchtern.«

»Das war es ja gerade!« sagte Nora lebhaft. »Bis dahin war er mir gegenüber immer geradezu ängstlich gewesen, aber er klebte sich den kleinen Schnurrbart an und setzte den Hut auf, und plötzlich schien er regelrecht zu flirten. Und ... tja, ich fühlte mich auch nicht gerade wie Professor Peterson. Ich hatte meine altmodische blonde Perücke auf und ein hautenges Kleid an. Und ich dachte allmählich, daß Charlie wahrscheinlich auch einsam wäre, vielleicht sollte ich mich auf einen Flirt einlassen. Also brachte ich ihn dazu, mich nach Hause zu fahren.« Sie zuckte die Achseln, ohne die Hände in ihrem Schoß zu lockern. »Aber er schaltete sofort ab. Selbst in meinem benebelten Zustand konnte ich das merken. Nichts als einsilbige Bemerkungen auf dem ganzen Heimweg, und als ich ihn fragte, ob er auf eine Tasse Kaffee hereinkommen wollte, schubste er mich praktisch aus dem Auto. Mir war das inzwischen egal, aber jetzt im Nachhinein denke ich, daß es ihm peinlich war. Und ich glaube nicht, daß er mir je verziehen hat.«

»Anscheinend gehen Sie doch sehr höflich miteinander um«, sagte Maggie.

»Ja, aber da ist immer dieser gewisse Unterton. Als ob er glaubte, ich würde mich auf ihn stürzen.«

»Und deshalb denken Sie, daß er die Pistole gestohlen hat?«

»Natürlich nicht nur deswegen.« Nora sah Maggie direkt ins Gesicht. »Hauptsächlich, weil ich gesehen habe, wie er sie genommen hat.«

»Sie haben es gesehen?« fragte Anne begierig und schaute Maggie zum ersten Mal zweifelnd an. Hatte sie die ganze Zeit auf die unbestätigte Aussage dieser Frau hin an Charlies Unschuld geglaubt? Einer Frau, die Zimmergenossin der armen ermordeten Jackie Edwards gewesen war?

»Ich habe es gesehen«, sagte Nora bestimmt. »Mittwoch morgen machte er die Schublade auf und nahm etwas heraus.«

»Das ist interessant«, sagte Maggie. Sie lag zurückgelehnt im schwarzen Sessel, die langen Beine von sich gestreckt, die Knöchel unter dem Couchtisch gekreuzt. »Sie waren im gleichen Raum?«

»Ja. Seine Ausrede war, daß er ein Lineal borgen wollte. Ich stellte gerade Bücher ins Regal, also sagte ich ihm, er sollte es sich selbst nehmen. Es lag in derselben Schublade. Und als dann Tal – als es dann passierte – schaute ich nach der Pistole, und sie war weg!«

»Haben Sie die Pistole in seiner Hand gesehen?«

»Ich – nein, das nicht.«

»Haben Sie das Lineal gesehen?«

»Ja, aber er hatte auch keinen Grund, das zu verstecken! Wahrscheinlich hat er die Pistole schnell eingesteckt, damit ich sie nicht sehe.«

»Haben Sie direkt, nachdem er gegangen war, in der Schublade nach der Pistole gesucht?«

»Nein. Ich bin nie auf die Idee gekommen, daß jemand so etwas tun könnte! Ich habe erst am späten Donnerstag nachmittag nachgesehen.«

»Haben Sie Ihre Schublade immer unverschlossen gelassen?«

»Ja, wenn ich im Büro war. Morgens schloß ich sie auf.«

»Haben Sie sie abgeschlossen, wenn Sie zum Lunch gingen?«

»Ja. Na ja, normalerweise. Ich schloß die Bürotür ab.«

»Aber nicht immer.«

Nora öffnete ihre Hände und gestikulierte hilflos. »Wie konnte ich denn wissen, daß er so einen Plan im Kopf hatte?«

»Das konnten Sie natürlich nicht. Haben Sie abgeschlossen, wenn Sie für ein paar Minuten aus dem Büro gingen? Zur Toilette oder die Post holen?«

»Normalerweise habe ich die Bürotür verschlossen, den Schreibtisch nicht.« Nora seufzte. »Schon gut, es ist wahr, daß ich nicht so vorsichtig war, wie ich hätte sein müssen. Aber es ist auch wahr, daß Charlie einen Tag bevor die Pistole benutzt wurde in der Schublade gewühlt hat!«

Anne wußte nicht, was sie denken sollte. War es richtig gewesen, Maggie zu glauben? Aber selbst Nora gab zu, daß andere Leute in ihrem Büro gewesen sein könnten.

Und natürlich hätte Nora selbst jederzeit die Pistole nehmen können.

Maggie sagte: »Anne und ich haben uns überlegt, daß Tal ein sehr neugieriger Mensch war. Er hat meine Familienbeziehungen in den kurzen fünf Minuten rausgehabt, die wir miteinander gesprochen haben. Und wir dachten, er wäre vielleicht ermordet worden, weil er jemandes Geheimnis herausbekommen hat. Etwas, das er nicht wissen sollte.«

»Geheimnis?« Noras Hände krampften sich wieder ineinander.

»Fällt Ihnen jemand ein, der ein Geheimnis hat? Jemand, der töten würde, um es geheimzuhalten?«

»Ich – nein, ich kenne keine Geheimnisse. Vielleicht hat Charlie ein Geheimnis. Aber warum kann es nicht einfach Rivalität sein? Wenn Charlie sich von meiner Filmstar-Imitation bedroht fühlte, warum sollte er sich nicht von Untersuchungen bedroht fühlen, die seinen widersprechen?«

»Na gut.« Maggie schoß plötzlich vor und stellte etwas auf den Couchtisch, wo Anne und Nora es sehen konnten. Es war der silbergerahmte Schnappschuß einer jungen Frau und eines Jungen von etwa zehn. Nach einem Augenblick erkannte Anne, daß die junge Frau Nora war, mit langem ungepflegtem Haar im Stil der mittleren sechziger Jahre. Maggie fragte: »Ist das Ihr kleiner Bruder?«

»Das? Ja.«

»Wie heißt er?«

»Dick. Richard.«

Maggie nickte, als wäre sie erfreut. »Erzählen Sie mir von Dick.«

»Lieber Himmel, wieso? Er ist mein kleiner Bruder, ich habe ein Foto von ihm. Was gibt es sonst zu sagen?«

Anne wußte nicht genau, worauf Maggie hinauswollte, aber sie sagte: »Sie haben mir erzählt, Sie hätten Ihren kleinen Bruder fast alleine großziehen müssen.«

»Stimmt, ja. Meine Mutter wurde sehr krank, als er neun war, und ich mußte sie ersetzen.«

»Wie geht es ihm jetzt?« fragte Maggie.

»Gut. Es geht ihm gut.«

»Er ist jetzt zweiundzwanzig, sagten Sie.«

»So?«

»Im Plato, während wir auf Tal warteten. Bart fragte Sie, wie Ihr Bruder sich macht. Er sagte, mit Drogen und allem wäre es heutzutage schwer, Kinder aufzuziehen. Sie sagten ihm, Dick wäre zweiundzwanzig und mache sich gut.«

»Tja, das habe ich wohl gesagt. Es ist wahr.«

»Wo arbeitet Ihr Bruder?«

»Hören Sie, was hat das denn damit zu tun?«

Maggie lehnte sich wieder im Stuhl zurück. »Sie sind damals Barts Frage ausgewichen. Jetzt weichen Sie meiner aus. Ist Ihr Bruder in Schwierigkeiten?«

»Ich sehe nicht, wie uns das weiterbringt.« Nora war auf den Füßen. »Anne, ich möchte nicht unhöflich sein, aber das ist nur Zeitverschwendung. Vielleicht wäre es besser, Sie –«

»Schon gut, schon gut, tut mir leid!« Maggie hob die Handflächen in einer Friedensgeste. »Ich verspreche, nicht weiter nach Dick Peterson zu fragen.« Als Nora sie mißtrauisch ansah, wiederholte sie: »Ehrlich. Ich verspreche es.«

»Tja dann...« Nora setzte sich wieder. »Ich verstehe trotzdem nicht, was wir uns noch zu sagen hätten.«

»Aber Sie müssen doch ein paar Fragen an uns haben«, sagte Maggie.

»Tja, Anne, ich möchte nicht unhöflich sein«, sagte Nora.

»Nur zu«, meinte Anne. »Wir haben Ihnen einige sehr unhöfliche Fragen gestellt. Sie sind dran.«

»Ich habe mich gefragt, ob Sie der Polizei wohl das ganze Ausmaß der Rivalität zwischen Charlie und Tal geschildert haben.«

Also glaubte sie immer noch, daß es Charlie war. Anne sagte: »Ja. Ich habe es ihnen gesagt. Aber ich hatte den Eindruck, daß es nur eine unter vielen akademischen Kontroversen war, auf die Tal sich einließ. Er liebte das.«

»Ich bin sicher, daß es von Tals Seite aus nur das gewesen ist. Wenn er gewußt hätte, wie ernst Charlie es nahm –«

»Hat er es denn so ernst genommen?«

»Na, muß er doch.«

»Sicher ernster als Tal, denke ich«, überlegte Anne. »Er ist noch jung. Aber er hatte eine Menge Studien laufen. Für mich sah es nicht danach aus, als würde es ihn vernichten, wenn Tal in einer Frage recht behielte.«

»Vielleicht nicht«, stimmte Nora zu. »Und bestimmt hatte Tal keinen Grund, etwas anderes zu denken. Er war gewiß nicht darauf aus, Charlie zu vernichten, und konnte sich nicht vorstellen, daß sonst jemand darauf aus wäre.«

»Was die Pistole angeht«, unterbrach Maggie. »Charlie hat mir gesagt, Sie hätten sie letztes Jahr gekauft, nachdem jemand Sie in Ihrem Büro bedroht hatte.«

»Ja.« Nora versteifte sich wieder.

»Tal hat ihn auch gesehen, nicht?«

Anne nickte. »Er und Charlie gingen hinein, als sie das Geschrei hörten. Der Student ging sofort weg, sagte Tal, aber Sie waren so nervös, daß Sie die Pistole kauften.«

»Das stimmt«, sagte Nora.

»Nur für's Büro?« fragte Maggie.

»Nein, ich habe noch eine in der Handtasche. Aber die packe ich im allgemeinen weg, während ich im Büro bin.«

»Sie hatten also zwei Pistolen«, sagte Maggie. »Was waren das für Drohungen? Weswegen?«

»Bloß ein Zensurenproblem.«

»Da steckt mehr dahinter, Nora. Man kauft sich keine Pistolen, weil ein Student wütend wird. Man kauft sie, wenn man sich vor richtigen Verbrechern fürchtet. Schuldeneintreibern zum Beispiel.«

Nora zuckte zusammen. Anne merkte, daß Maggie einen Treffer gelandet hatte, aber worauf beruhte ihre Frage? Sie fragte: »Er war ein richtiger Verbrecher?«

Nora schüttelte den Kopf. »Nein, nein, er war kein Verbrecher!«

»Kein Verbrecher«, sagte Maggie. »Gut. Also halfen Sie ihm, den Job bei der Campuspolizei zu bekommen. Sie haben mit Walensky gesprochen.«

»Der verdammte Kerl! Er hat versprochen, niemandem etwas zu sagen!« Nora stand wieder auf den Füßen und war auf dem Weg zum Telefon.

»Warten Sie, warten Sie!« Maggie flog hinter ihr her und legte eine Hand auf ihren Arm. »Niemand hat mir ein Wort gesagt! Ich zähle nur zwei und zwei zusammen.«

»Was? Was zählen Sie zusammen?« Nora wirbelte herum, um ihr ins Gesicht zu starren.

»All die beunruhigenden Sachen, die während des letzten Jahres einer schwer arbeitenden Professorin für kindliche Entwicklung zugestoßen sind. Eine Trennung, ein Pistolenkauf, Besuche von einem Typen, der erst als wütender Student auftritt und später als Campuspolizist. Aber der Polizist hieß nicht Dick Peterson.«

Anne begriff plötzlich. »Er hieß Pete Dixon«, sagte sie.

Nora sank ein wenig zusammen.

Maggie sagte: »Zuerst ergaben all diese Fakten nicht viel Sinn. In der Mitte war ein Loch. Aber als ich merkte, wie ausweichend Sie reagierten, als es um einen Bruder ging, dem Sie nahestanden, den Sie großgezogen hatten, einem, von dem Sie Tal und Bart früher erzählt hatten – Tja, wenn der in ernsten Schwierigkeiten wäre, dann hätte alles andere mehr Sinn.«

»Bitte sagen Sie es niemandem!« bat Nora. »Es geht um Leben und Tod!«

»Es sind also wirklich Verbrecher hinter ihm her?«

»Er hatte in New York ein paar Drogenprobleme. Machte viel

Schulden. Ja, sie sind hinter ihm her.« Sie war ganz hohläugig vor Angst. Anne wurde von Mitleid gepackt.

»Also haben Sie ihn dazu gebracht, seinen Namen zu ändern und haben ihn bei Walensky untergebracht?« Maggie deutete aufs Sofa, und Nora ließ sich zu ihrem Platz zurückführen.

»Ja«, sagte sie. »Es kostete viel Mühe. Er wollte Geld, als er letztes Jahr kam, als Tal und Charlie ihn gesehen haben. Aber ich konnte keine Drogenschulden bezahlen, ich konnte einfach nicht! Ich begriff, daß auch das andere Geld, das ich ihm geschickt hatte, dafür draufgegangen war. Also schickte ich ihn zu einem Rehabilitationsprogramm. Er hatte endlich genug Angst, die Sache ernst zu nehmen, denke ich. Zum Schutz änderten wir seinen Namen, und als er herauskam, übernahm ihn Walensky.«

»Sie haben die Campuspolizei ausgesucht, damit er bewaffnet war und Kumpel in der Nähe hätte?«

»Ja, es schien sicher zu sein. Und er war in New York hin und wieder Wachmann gewesen, sagte er, also dachte ich, er könnte die Arbeit schaffen. Bisher hat er sich gut gemacht. Bitte, sagen Sie es niemandem!«

»Kein Grund, es jemandem zu sagen, wenn Walensky schon alles weiß. Ist das so?« fragte Anne.

»Ja. Er war sehr hilfsbereit.«

»Na, dann wird er Hines ja sagen, was immer erforderlich ist.«

»Theoretisch ja«, sagte Maggie. Sie zog ein Stück Papier aus der Tasche und kritzelte darauf. »Haben Sie einen Umschlag, Nora?«

»Sicher. Normales Briefformat?« Nora ging zum Schreitbtisch an der Wand.

»Ja.« Maggie sprang auf und ging mit ihr. Sie nahm den Umschlag, steckte ihren Zettel hinein, und klebte ihn zu.

»Was tun Sie da?« fragte Nora.

»Eine Sekunde.« Maggie schrieb eine Adresse auf den Umschlag, nahm sich von Noras Schreibtisch eine Briefmarke und klebte sie auf. »Hier, Anne. Bitte bringen Sie das raus und werfen Sie es ein. Ich treffe Sie in einer Minute beim Wagen. Ich muß Nora noch alles erklären.«

Anne wollte schon protestieren, aber etwas in Maggies Tonfall brachte sie dazu, den Brief widerstandslos entgegenzunehmen. »Bis später, Nora. Vielen Dank für Ihre Hilfe«, sagte sie und ging verblüfft hinaus. Der Briefkasten stand am Ende der Parkzone. Sie zündete eine Gauloise an und ging dann hinüber, den Brief einzuwerfen. Er war an M.M. Ryan bei Ryan und Reade in New York adressiert und trug den Vermerk ›Persönlich‹. Als sie wieder zum Wagen zurückging, kam Maggie auch gerade aus der Wohnung. »Also, was sollte das alles?« fragte Anne.

»Vielleicht unnötig. Aber in der Familie sind eine Menge Pistolen im Umlauf«, sagte Maggie, während sie die Tür öffnete. »Ich dachte, Nora und ihr Bruder sollten wissen, daß meine persönliche Post nur geöffnet wird, wenn ich als Leiche auftauche.«

»Leiche! Sie glauben, sie würde – *merde*!« Anne nahm einen tiefen Lungenzug und drückte die Zigarette im Aschenbecher des Camaro aus. »Also haben Sie diese Geschichte an sich selbst geschickt, nur für alle Fälle. Nora würde doch bestimmt nicht – Aber wenn das letztes Jahr in ihrem Büro ihr Bruder war, dann hat er ein hitziges Temperament.«

»Er hat ein aufbrausendes Temperament, er hat ohne weiteres Zugang zur Pistole seiner Schwester, und falls Tal in ihm den wütenden Studenten erkannt hatte und anfing, Fragen zu stellen, dann hatte er auch ein Motiv.« Maggie bog auf die Hauptstraße ein und fuhr Richtung Cortland Road, ehe sie grimmig hinzufügte: »Aber was mir die meisten Sorgen macht, ist Nora. Sie mag Charlie nicht besonders, aber Haß ist nicht der Grund für diese Anschuldigungen. Es ist Panik. Sie hat eine Todesangst, daß Klein-Dicky es getan hat.«

XV

Die Cortland Road führte durch hügeliges Farmland und Waldgebiet, wo steilere Abhänge eine Bewirtschaftung schwieriger machten, bis in die Berge. Außerhalb des Stadtgebiets von Laconia lagen kleine Häuser zu beiden Seiten der Straße auf Grundstücken, die von den Farmen dahinter abgezwackt waren. Cindy Phelps wohnte in einem einstöckigen Bungalow aus weißgestrichenen Asphaltplatten. Es war ein tristes kleines Haus, nur die hübsche Veranda mit der Schaukel und eine lange Hecke aus eindrucksvollen rosa Pfingstrosen, die die kiesbestreute Auffahrt säumten, machten es etwas lebendiger. Maggie parkte am Rand der Auffahrt ein kleines Stück hinter Cindys Toyota. Anne stieg aus und blieb stehen, um eine der schweren Blüten zu berühren.

»Es ist wunderbar hier draußen«, sagte Maggie.

Anne folgte ihrem Blick und nickte. In sanften Hügeln neigte sich das Land hier bis zum See hinunter, der an diesem Junitag so blau war wie ein Saphir. Die Schäbigkeit der Häuschen am Straßenrand störte nicht, weil der Blick vom See, den diesigen Bergen und den weißen Wolken gefesselt wurde, die über den weiten Himmel zogen. Anne konnte die Türme der Universität sehen, winzig auf einem fernen Berg. Ihr eigener Stadtteil dahinter schien nur aus Bäumen zu bestehen, und der Friedhof jenseits davon verschmolz mit der Landschaft. Sie war froh, daß er auch auf einem Hügel lag. Tal mochte Hügel. Von einem Hügel aus war die Grandiosität des Universums tröstlich.

Sie wandte sich um und folgte Maggie auf dem Zementweg zur Haustür.

»Na so was! Was führt Sie beide hier her?« Cindy kam in Jeans und einem rosakarierten Holzfällerhemd an die Tür. Ein rosa Haarband hielt ihre Lockenmähne zurück.

»Ein paar Fragen über den Fachbereich«, erklärte Anne.

»Ich hätte gedacht, Sie beide wüßten schon alles«, sagte Cindy. Ein Junge lugte hinter ihr aus der Tür. Sie scheuchte ihn wieder hinein und rief: »Bin gleich wieder da, Mark.« Dann kam sie heraus auf die Veranda und machte die Tür fest hinter sich zu. Ihre Turnschuhe waren auch rosa.

»Alles, was wir erfahren, scheint nur neue Fragen aufzuwerfen«, sagte Maggie.

»Das ist mir auch schon aufgefallen.« Cindy ging bis ans Ende der Veranda, schaute zum See hinaus und kehrte ihm dann den Rücken, um sich aufs Geländer zu setzen. »Das Verteufelte ist, ich kann mir nicht vorstellen, wieso irgendjemand Tal umbringen wollte.«

»Ich kann mir eine Menge möglicher Gründe vorstellen.« Maggie schritt die ganze Länge der Veranda ab. »Aber die meisten haben damit zu tun, daß Tal ein unerfreuliches Geheimnis von jemandem kannte.«

»Genau das meine ich«, sagte Cindy. »Was für ein Geheimnis hätte er wissen können? Und was hätte dieses Wissen bedeutet?«

Anne lehnte sich an die Hauswand und steckte sich eine Zigarette an. »Ich dachte, Ihnen würde dazu was einfallen.«

»Wieso mir? Reden Sie mit Bernie.«

Maggie war mit ihrem Manöver an Cindys Ende der Veranda gelangt. »Hören Sie auf damit, Cindy«, sagte sie. »Sie wissen mehr über den Fachbereich als Bernie. Sie sind schon länger dabei, und Sie haben die Unterlagen. Und mir fällt auf, daß Sie nicht sagen, die Leute hätten keine Geheimnisse.«

»Ja, sicher. Ich bin schon eine ganze Weile auf dieser miesen alten Welt. Ich weiß, daß Leute manchmal etwas zu verbergen haben. Deshalb weiß ich noch lange nicht, worum es sich handelt.« Ihre steifen Schultern straften ihren leichten Tonfall Lügen.

Anne versuchte, die gespannte Atmosphäre aufzulockern. »Wir dachten nur, Sie würden vielleicht ein paar Vermutungen anstellen wollen. Wir wissen ja, daß niemand es mit Bestimmtheit weiß.«

»Sehen Sie mal, Anne, Sie und ich, wir verstehen uns ziemlich gut. Sie wissen, daß es nichts gibt, was ich für Tal nicht tun würde.« Cindys helle Augen unter den geschwärzten Wimpern blickten aufrichtig.

Anne nickte. »Ich weiß.«

»Aber ich weiß nichts, das weiterhelfen könnte. Ehrlich. Und blöd bin ich auch nicht. Ich begreife schon, worauf das hier hinausläuft.« Sie deutete mit dem Kopf kurz auf Maggie. »Wenn ich irgendwas über irgendwen sage, dann ist der nächste Schritt, zu behaupten, ich hätte die Leute erpreßt, und Tal hätte es rausgekriegt. Alles, was ich weiß, macht mich also auch zur Verdächtigen!«

»Um Gottes Willen, Cindy!« Anne stampfte über die Veranda, um über den Büschen die Asche abzuklopfen. »Sie wissen, daß ich das nicht glaube!«

»He, nicht so schnell. *Ich* könnte es glauben«, sagte Maggie. Sie schaute Cindy immer noch direkt an, hatte einen Fuß auf das Geländer gestützt und sperrte sie damit effektiv ein. »Ich habe Anne gegenüber diese Möglichkeit sogar erwähnt. Stimmt's?«

»Deswegen sind wir ja hier!« sagte Anne zu Cindy. »Ich wollte ihr zeigen, daß Sie nichts damit zu tun haben!«

»Und wie, zum Teufel, soll ich das Ihrer Meinung nach beweisen?« Cindy saß hoch in ihrer Ecke, und ihre Augen wanderten von Anne zu Maggie und zurück.

»Wie zum Teufel kann irgendeine von uns das beweisen?« gab Anne zurück. »Hines ist auch hinter mir her, Cindy. Hat meine ganzen Versicherungsunterlagen durchgesehen und mit all meinen Nachbarn geredet.«

»Ich weiß. Es tut mir leid, Anne.«

»Hines überprüft auch Charlie und mich«, warf Maggie ein. »Und wir geben uns gegenseitig ein Alibi.«

»Ein so gutes auch wieder nicht«, schnappte Cindy. »Was ist mit dem Brief, den Sie eingeworfen haben? Sie und Charlie behaupten, Sie hätten sich nur ein paar Minuten nicht im Auge gehabt. Aber mit ein paar Minuten mehr sind Sie so verdächtig wie jeder andere.«

»Stimmt. Sie hätten also gern Charlie in der Rolle?« fragte Maggie.

Cindy erstarrte einen Augenblick, ehe sie sagte: »Welchen Unterschied macht das schon, wenn Sie wirklich bei ihm waren?«

»Ich weiß, daß es nicht Charlie war. Aber Sie und er hegen einen Groll gegeneinander. Mich interessiert der Grund.«

»Aha. Jetzt wird wieder alles auf Cindy geschoben!« Sie rutschte unruhig auf dem Geländer.

»Das versuchen wir doch gar nicht!« unterbrach Anne ungeduldig. »Maggie, machen Sie keine Spielchen. Sagen Sie ihr, daß wir nicht glauben, daß sie es getan hat!«

Maggie nahm ihren Fuß vom Geländer und wandte sich Anne zu. »Ich sage ihr die Wahrheit, Anne. Wenn Sie beide etwas wissen, das ihre Unschuld beweist, dann haben Sie es mir nicht gesagt. Außerdem gibt es da eine Frage wegen Cindy, die mich beunruhigt.«

»Und die wäre?« fragte Anne.

»Gestern kam sie gegen halb eins vom Lunch zurück. Sie sind ihr dabei begegnet, nicht?«

»Ja.« Anne stieß eine Rauchwolke aus. »Als sie die Bürotür aufschloß.«

»Worauf läuft das hinaus?« wollte Cindy wissen.

»Es läuft auf die Tatsache hinaus, daß Sie Anne gesagt haben, Sie wären auf einer Versammlung gewesen. Aber Hines haben Sie gesagt, Sie hätten allein gegessen.«

»Ich war allein. Ruhiger Fleck im Park.«

»Oh, um Gottes Willen!« Anne ging mit großen Schritten ans Verandaende und warf ihre Zigarette an Cindy vorbei auf den Kies. »Wir erreichen gar nichts, wenn wir nicht offen zueinander sind! Niemand verlangt, daß Sie es Hines sagen, Cindy. Aber sagen Sie Maggie die Wahrheit, damit wir das hinter uns bringen und über Tal nachdenken können!«

»Anne, es tut mir leid. Aber –«

Anne drehte sich zu ihr um. »Cindy, ich muß wissen, wer Tal umgebracht hat. Das ist im Augenblick die oberste Priorität. Also lassen wir die Spielchen und machen wir voran.« Sie schaute wieder Maggie an. »Cindy war bei einem Treffen. Anonyme Spieler.«

»Verdammt noch mal!« Cindy starrte auf ihre rosa Turnschuhe.

»Anonyme Spieler.« Maggie schaute Cindy nachdenklich an. »Ach so. Sie können Hines nicht sagen, wer sonst noch da war.«

»Genau.« Cindy warf ihre Locken zurück und schaute trotzig von Anne zu Maggie. »Wenn Sie Hines sagen, daß ich auf einer AS Versammlung war, kommt er an und will Namen von mir wissen. Das kann ich ihnen nicht antun.«

»Und Charlie weiß, daß Sie bei den AS sind, und deshalb will er nicht reden«, sagte Maggie. »Der ritterliche Typ.« Sie holte tief Luft und warf Anne einen Blick zu. »Wieso wußten Sie über Cindy Bescheid?«

»Tal«, sagte Anne. Sie ging um die Schaukel herum und setzte sich darauf, halb verdreht, um sie ansehen zu können. »Kurz nachdem er Vorsitzender wurde, fand er es heraus. Versuchte zu helfen.«

Maggie sah Cindy an. »Hat er geholfen?« Ihre Distanziertheit war verschwunden.

»Er hat sehr geholfen«, sagte Cindy. »Ich kam gerade dahinter, daß mir das nichts brachte als mehr Schulden. Wissen Sie, es ist komisch, man kann jahrelang weitermachen und denken, nur einmal gewinnen, mehr brauche ich nicht, und die ganze Zeit bemerkt man nicht, wieviel man verliert, während man darauf wartet. Je mehr man verliert, desto sicherer ist man, daß jetzt die Glückssträhne kommen muß. Aber schließlich habe ich doch begriffen, wie die Familie darunter litt, daß ich auf den Glückstreffer wartete. Tal brachte mich zu den AS. Das beste Geschenk, das ich je bekommen habe.«

Maggie schaute auf den See hinaus. »Tal hat das also seit Jahren gewußt.«

»Ja. Er hat mir sogar geholfen, einen Plan auszuarbeiten, wie ich meine Schulden bezahlen kann. In zwei Jahren bin ich schuldenfrei. Vielleicht kaufe ich dann ein neues Auto.« Sie streckte einen Arm nach hinten und zeigte auf den Toyota.

»Wer außer Anne und Charlie weiß davon?« fragte Maggie.

»Sonst niemand. Bis jetzt.«

»Ihre Familie?«

»Nein. Die glauben bloß, daß die Uni nicht gut zahlt. Na, Gott weiß, daß auch das stimmt.«

»Weiß Bernie Reinalter davon?«

»Mein Gott, nein!« Cindys türkisfarbene Lider schlossen sich fest vor Sorge. »Mr. Modell-Manager findet das raus, und ich kann meinen Job vergessen.«

»Warum? Sie haben die Spielsucht doch jetzt unter Kontrolle, nicht?« sagte Maggie. »Sie sind Ihre Schulden fast los. Würde er nicht mehr Verständnis aufbringen?«

»Sie kennen Bernie nicht.«

»Das stimmt. Ich kenne ihn nicht.« Maggie zögerte, dann sah sie Anne kurz an. »Tja, Anne hat recht. Ich sehe keinen Sinn darin, das überall zu verkünden. Aber ich wüßte gern, ob Sie sich Gedanken über andere Leute im Fachbereich gemacht haben.«

»Haben Sie Ihre Idee von Cindy, der Erpresserin, aufgegeben?« fragte Cindy.

Maggie hielt unschuldig die Hände hoch. »He, wissen Sie was, wenn Sie es uns verraten, dann wissen wir, daß für Sie kein Geld drin ist.«

»Gott, ihr Akademiker seid so logisch.« Cindy richtete ihr rosa Haarband mit beiden manikürten Händen. »Na gut, was sind Ihre Fragen?«

»Wissen Sie irgendwas über Nora Petersons Bruder?«

»Bruder? Nichts. Es sei denn –« Cindy runzelte die Stirn.

»Setzen Sie sich vielleicht auf die Schaukel, damit Anne sich nicht so verdrehen muß?«

»Klar.« Cindy setzte sich zu Anne auf die Schaukel. Maggie hockte sich ein paar Schritt vor ihnen aufs Geländer, die langen Beine in den ausgebleichten Jeans vor sich ausgestreckt. Das dunkelblaue Crinkle-Hemd blähte sich hin und wieder im Wind. Es erinnerte Anne an einen dunklen Vogel, der sein Gefieder sträubt. Maggie sagte: »Sie wissen also etwas über Noras Bruder?«

Cindy lehnte sich auf der Schaukel zurück, paßte sich Annes Rhythmus an und stieß mit den rosa Turnschuhen langsam ab. »Komisch. Als Sie einen Bruder erwähnten, ist mir ein Telefongespräch vom letzten Jahr wieder eingefallen, nicht lange, nachdem der Student in ihrem Büro eine Szene gemacht hatte. Ich nahm ab, und es stellte sich heraus, daß der Mithörknopf für ihre Leitung gedrückt war.«

»Das muß ja hin und wieder passieren«, sagte Maggie mit unbewegtem Gesicht.

»Nicht so oft, wie wenn *Sie* meinen Job hätten«, schoß Cindy zurück.

Maggie grinste. »Tja, da haben Sie mich durchschaut. Ich bin die Neugier in Person. Also erzählen Sie schon von diesem Anruf.«

»Sie redete mit jemandem, den sie Dick nannte. Sagte, sie hätte alles arrangiert, er sollte um halb drei zum Campus-Sicherheitsdienst im Verwaltungsgebäude gehen. Er moserte, als sie sagte, er müsse sich die Haare schneiden lassen, aber sie blaffte ihn an und sagte, dies wäre das letzte Mal, daß sie ihm aus der Patsche helfen würde. Dann sagte sie ›Schscht‹ und ich fand es an der Zeit, aus der Leitung zu gehen.«

»Wir hätten zuerst mit Ihnen reden sollen«, sagte Maggie. »Ja, dieser Dick, mit dem sie sprach, war ihr Bruder, und er ist jetzt Campus-Polizist. Nennt sich Pete Dixon.«

»Dixon.« Cindy beugte sich plötzlich vor, wodurch Annes Seite der Schaukel hin und her schwankte. »Das ist doch der Typ, der gestern vorbeikam, nicht? Das ist ihr Bruder? Wieso heißt er anders?«

»Es gibt Gründe dafür. Er hat Feinde und möchte eine Weile nicht erkannt werden.«

»Also ändert er seinen Namen und kommt in die Pampa, wo er sich die Haare schneiden lassen muß. Ich verstehe.«

»Ja. Und Nora besorgt ihm einen Job, wo er sicher ist.«

Anne runzelte die Stirn. Irgendwas paßte da nicht zusammen. »Etwas verstehe ich nicht. Wie konnte Nora ihn mit einem Job beim Campus-Sicherheitsdienst heraushauen? Das sind doch zwei völlig verschiedene Dinge. Wie konnte sie wissen, daß Walensky ihn einstellen würde?«

Unter ihren kohlschwarzen Wimpern hervor sah Cindy zu ihr hinüber. »Oh, Walensky ist nicht abgeneigt, Gefälligkeiten zu erweisen«, sagte sie.

»Wie meinen Sie das?«

»Tja, ich weiß ja nicht, ob das immer so läuft. Aber ein Bekannter von mir – schon gut, er ist bei AS. Walensky hat ihn erwischt, wie er bei einer der Verbindungen Geld borgte, ihre Portokasse. Walensky hat gelächelt, ihm gesagt, er lege keinen Wert darauf, sein Leben zu ruinieren, vielleicht könnten sie sich einigen.«

»Erpressung?« fragte Anne schockiert. »Sie meinen, er mußte Walensky bezahlen?«

»Er sagte, es sei ein vernünftiger Betrag gewesen, einmalig. Und jetzt weiß er, daß ein Bulle aufpaßt.«

Maggie sagte: »Eine Art informelles Bußgeld plus Bewährung.«

Cindy nickte. »Ja, sehen wir es positiv. Jeder hat eine blütenweiße Akte. Es hilft Walenskys Finanzen, und seinem Informationsnetz auch.«

»Nora muß wahrscheinlich mehr als nur ein bißchen für diese Art Gefälligkeit bezahlen. Und Dixon selbst –« Maggie stand auf und fing wieder an, große Kreise zu ziehen wie ein Habicht. »Anne, hat Tal kürzlich etwas über Nora gesagt? Oder über Walensky?«

»Mal überlegen.« Anne lehnte sich in der Schaukel zurück und schloß die Augen. Da war doch was gewesen ... was nur? Beim Frühstück, am Dienstag. Vor ein paar Tagen, vor einer Ewigkeit. »Er hat nichts Besonderes gesagt«, meinte sie. »Bloß, daß er den Fachbereich kaum noch wiedererkannte. All diese Projekte, die Bernie und Nora hätten, es wäre nicht mehr wie in alten Zeiten. Darauf lief es hinaus.«

»Er hat Bernie und Nora erwähnt?«

»Das ist alles, woran ich mich noch erinnere.«

»Nichts über Walensky?«

»Bei der Gelegenheit nicht. Aber er beschwerte sich dauernd über Walensky, seit er die Untersuchung im Fall des Jungen verbaselt hatte, der vom Auto überfahren wurde. Der kleine Hammond.«

»Hm – Gott, da ergeben sich ja ein paar scheußliche Möglichkeiten. Nehmen Sie an, Walensky hat den Fahrer erkannt und die Untersuchung absichtlich behindert? Wenn Walensky –« Maggie kam vor ihnen zum Stehen und schaute mit gerunzelter Stirn auf den See hinaus. »Anne, hat Tal jemals Dixon erwähnt? Oder Noras Bruder?«

»Nein. Nur die Szene im Büro.« Anne zog eine Gauloise aus der Packung, hielt sie einen Augenblick in der Hand und rollte sie zwischen den Fingern, wobei sie die hübsche graue Aufschrift betrachtete. »Glauben Sie, daß Tal herausgefunden hat, wer Dixon war? Er hat ihn letztes Jahr gesehen. Vielleicht hat er ihn erkannt. Vielleicht hat er angefangen, Fragen zu stellen.«

»Mich hat er nicht gefragt«, sagte Cindy.

»Würde er Sie denn fragen?« Maggies Blick wanderte vom See zu Cindy.

»Möglich. Er hat es oft getan, Fragen über den Fachbereich. Sie beide sind nicht die einzigen, die denken, daß ich eine Menge weiß.« Sie schüttelte ihre Lockenmähne. »Gott, ich wünschte nur, ich wüßte so viel, wie ihr Leute glaubt!«

»Ich auch.« Maggie fing wieder an, auf und ab zu wandern, die Hände tief in den Jeanstaschen vergraben, die Schultern hochgezogen. »Hines müßte das alles wissen. Cindy, glauben Sie, Tal würde es mit Erpressung versuchen?«

Ruckartig richtete Anne sich auf, brachte die Schaukel ins Schleudern und schrie schon, ehe ihr Zorn ihr bewußt wurde. »Was für eine idiotische Frage ist das denn?«

»Anne, es tut mir leid.« Maggie blieb wieder stehen, und ihre mitfühlenden Augen leuchteten blauer als der Himmel.

Anne wollte kein Mitgefühl. »Es ist eine blöde Frage!«

»Es ist eine, die Hines stellen wird.«

»Das heißt ja nicht, daß wir das tun müssen! Zeitverschwendung.« Anne hatte die Zigarette immer noch in der Hand, hatte sie vor Zorn zerdrückt. Sie rollte sie zwischen den Fingern wieder glatt und zündete sie an. Ihre Hände zitterten. »Maggie, wir fragen nur deswegen selbst herum, damit wir Zeit sparen. Sackgassen vermeiden. Wenn Sie in der Richtung weitermachen, ist die Sache gelaufen.«

»Wie auch immer«, sagte Cindy, »ich weiß, daß Tal kein Erpresser ist. Überlegen Sie doch, was er mir hätte antun können!«

»Richtig!« bellte Anne.

Maggie hob beschwichtigend die Hände. »Schon gut. Ich höre auf, ich höre auf! Cindy, was können Sie uns über Bart Bickford sagen?«

»Der bärige Bart? Er will neue Fördergelder für eine weitere Kreativitätsstudie haben.«

Annes Herz klopfte immer noch. Sie sah dem Rauch zu, der sich von der Spitze ihrer Gauloise nach oben ringelte. Beruhige dich, sagte sie sich. Fragen müssen gestellt werden. Hör auf die Antworten.

»Jeder möchte eine Förderung«, bemerkte Maggie. »Hat Bart gute Chancen?«

»Ja, ich glaube schon. Tal meinte das auch. Bart hat letztes Jahr Geld für die Pilotstudie bekommen, und er sagt, er hat gute Ergebnisse. Wenn also nichts dazwischen kommt – tja, Sie können ihn ja nach den Details fragen.«

»Das werde ich tun«, sagte Maggie. Sie schaute wieder auf den See hinaus und setzte hinzu: »Warum war er so lange in dem Krankenhaus in St. Louis?«

Cindy sah ihr lange und kalt ins Gesicht. »Sie sind an meinen Akten gewesen. Das dachte ich mir.«

Maggie zuckte die Achseln.

Cindy sagte: »Er wurde wegen Depressionen behandelt. Selbstmordversuche, die ganze Palette.«

»Ach so.« Maggie schwang sich wieder aufs Geländer. »Ich nehme an, es ist ein Problem, so etwas in den Akten zu haben, wenn man mit Kindern arbeitet.«

»Ich weiß nicht, ob es ein Problem ist oder nicht. Aber ich weiß, daß Bart furchtbare Angst hat, jemand könnte es rauskriegen. Der Lebenslauf, den er benutzt, beginnt erst nach dieser Zeit.«

»Tja, dann ist es eindeutig ein Problem. Wenn es ihm Sorgen macht, ist es ein Problem.«

»Tal wußte es«, sagte Cindy. »Er hat die Information aus der Akte gestrichen, als er merkte, wie nervös Bart deswegen war. Beschloß, den Eintrag über den Klinikaufenthalt zu lassen, aber den Grund dafür rauszunehmen.«

Maggie warf einen Blick auf Anne.

Anne blies Rauch durch die Nase und funkelte sie an. Maggie zuckte die Achseln und wandte sich wieder an Cindy. »Gut. Und jetzt, was ist mit Charlie?«

»Charlie hat nichts damit zu tun. Sagen Sie doch selbst.«

»Aber diese Fehde, die Sie beiden haben«, bohrte Maggie weiter.

Cindy sprang von der Schaukel und ging mit festen Schritten zur

Haustür. »Vergessen Sie's. Es ist vorbei. Charlie hat nichts damit zu tun, das können Sie selbst beweisen.«

»Könnte er einen Komplizen haben?«

Cindy schüttelte die Locken. »Ein Einzelgänger wie Charlie?«

Maggie marschierte über die Veranda um Cindy direkt gegenüberzustehen. »Cindy, da steckt mehr dahinter, nicht? Charlie sagt nichts über Sie. Warum? Sie weigern sich, über ihn zu reden. Warum?«

»Also spielen wir beide fair«, gab Cindy zurück. »Es ist vorbei. Vergessen Sie's.«

»Was ist vorbei?« wollte Anne wissen. »Warum wollen Sie uns nicht helfen? Hatten Sie eine Affäre mit Charlie? Ist Lorraine deshalb gegangen?«

»Gott, nein!« sagte Cindy. Sie sah ehrlich überrascht aus.

»Ja, was zum Teufel sollen wir denn Ihrer Meinung nach denken?«

Cindy warf den Kopf zurück. »Ist doch ganz egal, was ich meine, nicht? Wir werden alle rumsitzen und Schlimmes voneinander denken, bis das aufgeklärt ist.«

Anne beugte sich in der Schaukel vor und stieß mit einem Finger in Cindys Richtung. »Dann helfen Sie uns, es aufzuklären!«

Cindy schaute sie an und zuckte hilflos die Achseln.

Maggie betrachtete Cindy immer noch aus schmalen Augen. Sie sagte plötzlich: »Sie haben Geld aus dem Fachbereich gestohlen, nicht wahr?«

Anne rief aus: »Nein! Das würde sie nicht tun!« Aber im gleichen Augenblick sah sie, daß der Schreck Cindy in die Glieder fuhr wie ein Stromschlag, und sie wußte, daß Maggie recht hatte. Sie stand auf und ging näher zu ihnen. »Was meinen Sie, Maggie?«

»Sie hat es unterschlagen«, sagte Maggie.

»Sie sind verrückt«, sagte Cindy beherzt.

»Aber...«, fing Anne an, dann fielen die Puzzlestücke an ihren Platz. Tals Sorge wegen Cindys Spielsucht, wegen der Wirkung auf ihre Familie, hatte er gesagt. Sein Feuereifer, sie bei den AS unterzubringen. Seine Sorgen über die Finanzlage des Fachbereichs, als er Vorsitzender wurde. Anne sagte: »Tal hat Ihren Job gerettet, nicht? Diese Schulden, die Sie abzahlen – sind die beim Fachbereich?«

»Oh, Gott.« Cindy schob sich an Anne vorbei, stellte sich wieder ans Ende der Veranda und schaute auf den See hinaus. Anne folgte ihr und lehnte sich an den Eckpfosten der Veranda.

»Ist es der Fachbereich, bei dem Sie Schulden haben?« drängte Anne.

»Nicht direkt.« Cindys Blick war fast erheitert. »Erst hatte ich Schulden bei Tal.«

»Tal?«

»Und Ihnen, nehme ich an. Er hat es Ihnen nie gesagt? Sehen Sie, er hat das Fachbereichsgeld selbst zurückgezahlt, die Bücher in Ordnung gebracht. Dann ließ er mich in Raten zahlen. Sobald meine Kreditwürdigkeit wieder in Ordnung war, lieh ich mir Geld von der Bank und zahlte ihn aus. Ich schulde Ihnen nichts mehr. Auch dem Fachbereich nicht. Bloß der verdammten Bank.«

»*Merde*.« Anne starrte ins Blau des Sees.

»Sie haben das nicht gewußt, Anne?« fragte Maggie.

Anne schüttelte langsam den Kopf. »Diesen Teil nicht. Wieviel hat er –«

»Sechzehntausendvierhundertsiebzig«, sagte Cindy.

»*Merde*«, sagte Anne noch einmal. Das war vor neun Jahren gewesen. Er hatte es wahrscheinlich aus seinem Reisebudget genommen. Sie erinnerte sich jetzt, zwei Jahre lang war sie allein nach Europa gefahren. Er hatte gesagt, er hätte jetzt als Vorsitzender zu viel zu tun. Er hatte gesagt, er würde für Paul und Rocky sorgen, während sie reiste. Verdammter Tal, sie hätte ihn doch nicht angeschrien, wenn er ihr das gesagt hätte. Oder? Ach, zum Teufel, wahrscheinlich doch.

»Ich sagte ihm, er wäre ein schlimmerer Spieler als ich«, sagte Cindy.

»Ja. Ja, das war er.« Anne schaute auf ihre Gauloise hinunter. Eine lange Aschenspitze saß auf dem weißen Stummel.

»Warum?« fragte Maggie, und ihre Stimme war so eisig wie Nordwind. »Warum hat er Sie nicht gefeuert, Cindy?«

Anne schleuderte die ausgerauchte Zigarette auf den Kies. »Weil er ein verdammter romantischer Idiot ist! Die große Torheit, die große Geste. *Quelle sottise! Mais quel geste!*«

»Nein, im Ernst.« Maggie starrte immer noch Cindy an.

»Sie halten das für keine ernsthafte Antwort?« Cindys Mund zuckte. Jetzt, wo ihr Geheimnis heraus war, schien sie gelöster. »Denken Sie sich skandalöse Erklärungen aus, so wie Anne? Sie denken, ich habe meinen geballten Charme aufgedreht und Tal verführt, mir seine Sechzehntausend zu geben?«

»Klingt realistischer als Annes Version.«

»Tja, ist es aber nicht«, sagte Cindy. Sie schaute von Maggie zu Anne, rieb ihre Handflächen an den Jeans und sagte: »Versprechen Sie, denen da drin nichts von alledem zu sagen, und Sie können auf eine Tasse Kaffee hereinkommen.«

Maggie meinte: »Sollten wir nicht besser hier draußen weiterreden? Weil –«

»Halten Sie die Klappe«, fauchte Anne. Diese Hälfte der Wahrheit kannte sie. »Wir gehen rein.«

Maggie warf ihr einen Blick zu, und ihre Augenbrauen wanderten in die Höhe. »Zu Befehl, Gnädigste«, sagte sie.

Anne folgte Cindy und Maggie durch ein ordentliches Wohnzimmer mit einem geblümten Sofa in die große sonnige Wohnküche, die sich über die ganze Rückseite des Hauses erstreckte. Drei Kinder lagerten auf dem goldfarbenen Teppich vor einem Trickfilm im Fernsehen. »Mark?« sagte Cindy. »Ich möchte dich mit jemandem aus dem Fachbereich bekanntmachen. Maggie Ryan.«

Die Kinder richteten sich auf und schauten sich um. Ein Mann mit rötlich braunem Haar drehte seinen Rollstuhl so, daß er sie ansehen konnte. Mit der unvernarbten Hälfte seines Gesichts lächelte er herzlich. »Hi«, sagte er und streckte die Hand aus.

»Hallo.« Ohne Zögern trat Maggie vor und nahm seine Hand. »Freut mich, Sie kennenzulernen, Mark.«

»Anne!« Er hatte sie hinter Maggie entdeckt. »Gott, das ist hart mit Tal.«

»Ja. Danke, Mark.« Sie nahm seine Hand als nächste. Seine blauen Augen waren traurig und direkt. Hinter ihm plapperte und tanzte der bunte Trickfilm. »Man kann nichts machen, außer herausfinden, wer es getan hat.«

»Ja.« Er drückte fest ihre Hand. »Und nach vorne schauen. Das ist auch ganz schön schwer, nach vorne schauen.«

»Eins nach dem anderen«, sagte sie. Ihre Augen brannten. Sie hielt immer noch Marks Hand fest, als sie Maggie herausfordernd ansah.

Maggie stand sehr still und prüfte den Raum mit einem schnellen Blick: die heiteren Vorhänge, die abgewetzten Stühle, die Geranien am Fenster, das Mädchen, das zu seinem Vater gekommen war und an seiner Schulter lehnte, das gerahmte Samtpolster voller Orden, unter anderem ein Flying Cross und zwei Verwundetenabzeichen. Sie begegnete Annes Blick und nickte ganz leicht.

»Milch und Zucker?« fragt Cindy fröhlich vom Küchenende des Raums.

Sie tranken ihren Kaffee. Maggie zweifelte nicht mehr an Tals Motiven.

XVI

Es roch nach Schweiß, Butter-Popcorn, Pfefferminzkaugummi. Eine flimmernde, winzige Gestalt, anmutig in Weiß, flehte: »Du bist meine einzige Hoffnung.« Charlie saß sehr still in der letzten Reihe, halb im Trance. Der Film war großartig: viel Action, faszinierende Bilder voll Phantasie. Und Deannas warme Gegenwart neben ihm erfüllte ihn mit Erregung und Wohlgefühl.

Aber dieser selige Trancezustand schwand immer wieder dahin, weil häßlichere Gedanken sich aufdrängten. Der Mord an Tal. Die Befragung durch Hines. Und die Ausgabe von *Screw*, die ihm von jemandem geschickt worden war, der anscheinend glaubte, er wüßte über die Anzeige Bescheid. Walensky hatte ihn zu dem Punkt genauestens befragt, als er sie abholte, aber schließlich hatte Charlie ihn überzeugt, daß der Absender ihn willkürlich ausgesucht hatte, da er ja nichts mit der Anzeige zu tun hatte. »Vielleicht hat in Laconia jeder, der mit Kindern arbeitet, ein Exemplar bekommen«, meinte Charlie. »Vielleicht will nur jemand, daß es untersucht wird.«

»Na, der Wunsch ist in Erfüllung gegangen«, sagte Walensky. Sein Burt-Reynolds-Gesicht wirkte alt und zerknittert. »Wir werden bei dem Postfach eine Wache aufstellen, mal sehen, was sich ergibt. Natürlich ist so eine Untersuchung schwierig. Wie bei Drogen. Der Täter wittert, daß offizielle Stellen sich dafür interessieren, und schon gehen die ganzen Beweise die Toilette runter, ehe wir hinkommen. Verstehen Sie? Ich will sagen, daß Sie mit niemandem darüber reden sollen.«

»Okay.«

»Dieser ganze Fall ist schrecklich kompliziert.« Walensky marschierte zu Charlies Fenster hinüber und schaute mit finsterem Gesicht auf die Büsche und den Parkplatz unten. »Hines trampelt auf dem ganzen Campus herum und regt alle auf; der Dekan schreit danach, daß wir jemanden, irgendjemanden, verhaften; die Presse verfolgt uns –« er schüttelte den Kopf. »Na ja, sagen Sie mir sofort Bescheid, wenn sonst noch was passiert. Ich werde anordnen, daß Sie gleich durchgestellt werden.«

»Gut. Soll ich es Hines auch sagen?«

Walensky sah ihn kalt an. »Ihnen ist Ihr Fachbereich scheißegal, was? Glauben Sie vielleicht, die Presse wird nicht jubeln, wenn Sie ihnen von der Anzeige in *Screw* erzählen? Und es Hines zu sagen ist dasselbe, wie die Presse benachrichtigen.«

»Ja. Gut. Ich verstehe. Aber viel hat er den Zeitungen nicht mitgeteilt.«

»Noch nicht. Bisher spielt er nach den Regeln, gibt keine Details raus. Aber die Reporter haben schon spitzgekriegt, daß die Universität damit zu tun hat. Irgendeine Sekretärin fängt an, Geschichten zu erzählen, und es steht in den Schlagzeilen.«

»Schon recht. Aber ich möchte in der Untersuchung nichts geheimhalten.«

»Sie haben es mir gesagt, und Hines wird schon erfahren, was er wissen muß. Wir erwischen den Chandler-Mörder, keine Sorge.« Er kam vom Fenster herüber und baute sich vor Charlies Schreibtisch auf. »Gott, ich dachte, hier wäre es friedlich! Könnte genausogut wieder in der Bronx arbeiten.«

»Glauben Sie, der Mörder könnte es geschickt haben?« fragte Charlie, immer noch vor sich hin brütend. »Er hat schließlich mein Notizbuch genommen und es neben die, äh, Leiche hingelegt. Vielleicht geht das hier in die dieselbe Richtung.«

»Kann sein.« Walensky nickte kurz. »Ich werde bei Bart Bickford und Nora Peterson mal vorsichtig antippen und sehen, ob sie auch so ein herrliches Exemplar gekriegt haben. Stutzig macht mich nur, daß der Umschlag in New York abgestempelt ist.«

»Lorraine?« platzte Charlie heraus. »Aber das ist Jahre her! Warum sollte sie jetzt plötzlich anfangen, mich zu terrorisieren? Und überhaupt, sie würde Tal nicht umbringen, und überhaupt, wie sollte sie das anstellen, von Queens aus?«

»Stimmt, das ist ja meine Rede. Entweder der Mörder bewegt sich sehr schnell, oder es gibt zwei«, sagte Walensky. »Was jetzt diese Ryan-Frau betrifft. Die ist doch aus New York, stimmt's?«

»Ja. Aber sie ist vorgestern erst angekommen, hat uns gerade erst kennengelernt!«

»Sie war früher schon mal hier. Das ist 'ne Knallharte«, sagte Walensky. »Bei dem Prozeß gegen den Dreiecks-Mörder habe ich für den Staatsanwalt gearbeitet, weil ein paar junge Leute von der Uni die Opfer waren. Er hat gesagt, die Verteidigung hat sie wirklich durch die Mangel gedreht, sie praktisch als Nutte bezeichnet. Er hat gesagt, sie war schwer mitgenommen, ist aber standhaft geblieben.«

»Gut. Sie versucht wirklich zu helfen«, sagte Charlie.

»Gut.« Walensky steckte die *Screw* samt Umschlag in seine Jakke und strebte zur Tür. »Tja, ich mache mich besser dran. Es gibt noch viel zu tun. Gott, was für ein Wespennest!«

Charlie bewegte sich in seinem Sitz. Dieses Vorortkino war ziemlich neu, mit rauhen, kirschfarbenen Polstern, die durch sein dünnes Hemd kratzten. Es war gerammelt voller Leute, dunkle Silhoutten vor ihm. Hinter dem Sitz trennte eine niedrige Wand die Sitzreihen vom hinteren Durchgang, der zur Lobby führte. Das rote Licht über dem Ausgang ließ Deannas Haar schimmern.

Auf der Leinwand rannten Luke Skywalker und C-3PO durch eine eindrucksvolle Wüstenlandschaft und suchten nach dem entlaufenen R2D2. Das Publikum war hingrissen. Aber Charlies unglückliche Gedanken spulten sich weiter ab.

Er hatte ernsthaft nachgedacht und dann Lorraine in Queens angerufen, aber umsonst. Und die Nachricht, die er ihr im Büro hinterlassen hatte, war unbeantwortet geblieben. Nicht, daß er in der Nähe eines Telefons gewesen wäre, wo sie ihn hätte erreichen können. Maggie auch nicht. Heute morgen hatte er auch sie zu finden versucht, um vorsichtig nachzubohren, ob sie etwas Neues erfahren hätte. Aber sie war weder unter ihrer Privatnummer noch irgendwo im Fachbereich zu erreichen. Selbst ihre Babysitterin und die Kinder waren weg. Also hatte er überhaupt keine Anhaltspunkte, wo sie zu finden wäre und –

Eine riesiges, furchteinflößendes Wesen ragte unvermittelt über Charlie auf. Das Publikum schnappte nach Luft, und auch Deanna stockte der Atem. Gesegnet sei George Lucas. Charlies Sorgen lösten sich auf. Er nahm ihre Hand, und war wieder gefangen im Zauber von Deanna und dem Film. Die riesige Gestalt auf der Leinwand hielt ihre Axt hoch. C-3PO war von der Klippe gefallen, und die Kreatur schlug auf Luke Skywalker ein. Jetzt lag auch Luke am Boden.

»Oh, nein«, stöhnte Deanna. Aufrecht und gespannt saß sie auf ihrem Platz, zog ihre Hand aus seiner und legte sie auf ihren Mund, den Blick auf die Leinwand geheftet. Das liebte er an ihr, diese Fähigkeit, sich völlig in der Handlung und den Bildern zu verlieren. Das flimmernde Licht der Leinwand fing sich in ihrem Haar, das mal vom Wüstensand golden schimmerte, mal rot im Licht der fremden Sonne. Er nahm wieder ihre Hand.

Auf der Leinwand war Alec Guinness erschienen, würdevoll und gütig. Er kniete neben dem betäubten Luke Skywalker und beruhigte den aufgeregten kleinen R2D2-Roboter. Beruhigte auch Deanna. Sie entspannte sich, zog ihre warme Hand unter Charlies hervor und steckte sie tief in die Popcorn-Tüte. Verdammter Guinness. Einen Augenblick schaute Charlie wütend den Film an, dann wurde er wieder eingefangen. Was für ein fabelhafter Schauspieler! Er hatte nur Erklärungen abzugeben, über Die Macht und die Geschichte der Jedi-Ritter, aber Guinness verlieh ihnen soviel Gewicht und Trauer, daß sie zutiefst weise schienen.

Mit diesem Film hatte Lucas wirklich eine wundervolle Arbeit geleistet. Kein Wunder, daß er das Land im Sturm eroberte, so daß Charlie selbst an diesem Vorstadtkino in einem Einkaufszentrum außerhalb von Syracuse eine Stunde hatte anstehen müssen, um Karten zu bekommen. Menschen aller Altersgruppen hatten mit ihm in der Schlange gestanden; mehrere verliebte junge Paare in Jeans, eine schweigsames silberhaariges Paar in pastellfarbenem Polyester, ein kahlwerdender Universitätstyp in einem Aran-Pullover, ein junger Vater in Cowboystiefeln, zu dem gelegentlich seine Frau und kleinen Kinder gesellten. Es gab auch eine Menge etwas älterer Kinder, die für sich alleine Schlange standen; falls man ständiges Kichern, Schubsen, zur Toilette oder nahegelegenen Läden rennen, nachdem man dem Nachbarn aufgetragen hatte ›Halt mir den Platz frei, ja?‹ als Schlangestehen bezeichnen konnte.

Der Parkplatz hatte sich gefüllt, eine endlose Fläche Lack und

Chrom glitzerten im Licht der Junisonne. Gegen Mittag war es selbst im Schatten der Arkade so warm geworden, daß Charlie seine Windjacke auszog. Er hatte bemerkt, daß auch der Aran-Pullover ausgezogen war.

Endlich hatte er die Kasse erreicht und die kostbaren Karten ergattert. Er stand an der Tür und wartete. Und betete. Deanna war heute morgen wankelmütig gewesen. Er war zu dem Schluß gekommen, daß ein eher zufälliges Treffen das Beste wäre, und wie ein liebeskranker Halbwüchsiger hatte er in der Nähe ihres Wohnblocks herumgelungert, bis er sie herauskommen sah. Allein, Gott sei Dank. Sie hatte Jeans an und ein sonnengelbes T-Shirt und ging zielbewußt auf das kleine Einkaufszentrum an der Ecke zu, zwei Blocks von ihrem Haus entfernt. Er fiel neben ihr in Gleichschritt.

»Hi«, sagte er.

»Oh – hi.« Sie war überrascht, lächelte ihr schüchternes Lächeln, erfreut, aber unschlüssig. Nicht zu stürmisch, Charlie.

»Hast du heute schon was vor?« fragte er.

»Ich muß jetzt einkaufen.«

»Ja. Ich verstehe schon. Vielleicht heute nachmittag?«

»Nein, ich glaube nicht.« Aber ihr schüchterner Blick bat verzweifelt um sein Verständnis. »Ich meine, ich habe so viel zu tun.«

»Deanna, he, du weißt, daß ich dich liebe.« Er schluckte. Seine Handflächen waren feucht. Er rieb sie an seinen Jeans. »Wenn es also ein Problem gibt, sollten wir darüber reden.«

»Nein, das ist schon in Ordnung.« Eine schmale Schulter zuckte, viel zu beiläufig. »Ich kann mich einfach heute nicht mit dir treffen.«

»Also paß auf. Kein Haken dabei, das verspreche ich. Wir sehen uns einfach im Greenwood einen Film an, einverstanden?«

»Fest versprochen?« Sie war einen Augenblick unschlüssig, sah ihn kurz an, dann wieder scheu zu Boden.

»Selbstverständlich.«

Aber dann, die Augen immer noch auf den Bürgersteig gerichtet, schüttelte sie den Kopf. »Ich habe wirklich viel zu tun.«

»Krieg der Sterne?«

Das gab den Ausschlag. Freudige Erregung flammte in ihren Augen auf. Doch sie protestierte schwach: »Aber man braucht ewig, um Karten zu kriegen ...«

»Du erledigst einfach alles, was du zu tun hast, und kommst um halb eins hin. Ich besorge die Karten, einverstanden?«

»Gut, einverstanden.« Sie schaute auf die Uhr an ihrem zarten Handgelenk. »Oh, Gott, ich muß mich jetzt aber doch ziemlich beeilen!«

»Bis halb eins dann!« Er machte sich auf zum Kino.

Sie kam zwei Minuten zu spät, aber sie fanden noch Plätze in der letzten Reihe, am Gang. Er hatte Popcorn gekauft. Deanna hatte einen unglaublichen Appetit, und Popcorn war der ständige Begleiter ihrer Kinobesuche. Charlie machte es nichts aus. Als Kind hatte auch er Popcorn geliebt, und jetzt war deren Buttergeruch halb nostalgisch, halb vermischt mit der süßen Erregung durch Deannas Gegenwart neben ihm.

»Oh, mein Gott!« rief Deanna, während ein Schreckensschrei durch die Menge ging. Phantastische Wesen füllten die Leinwand. Große fötusartige Musiker in Schwarz spielten eine alberne Barmelodie. Ein mürrischer Barkeeper bediente eine bizarre Mischung von Gästen – Gott, wieviel Phantasie hatte das erfordert! Charlie war erstaunt und begeistert. Schuppige Kreaturen und schleimige Kreaturen, einäugige und vieläugige Kreaturen, Kreaturen mit Schnäbeln und Schnauzen und Kobraköpfen, gigantische Insekten und Seekuhartige Gebilde, alle beugten sich über bunte Getränke. Ein unsympathisches Menschenwesen mit zerschmetterter Nase suchte Streit mit Luke. Der alte Obi-Wan Kenobi redete mit einem unförmigen Monster, das eine Art Riesengorilla in Yorkshire-Terrier-Fell zu sein schien. Aber als der Mann ohne Nase Luke durchs Zimmer prügelte, summte das Laser-Schwert von Obi-Wan Kenobi und schlug ihm ein Bein ab. In entzücktem Entsetzen schlug sich Deanna beide Hände vor die Augen.

Charlie konnte sich nicht länger beherrschen. Verstohlen legte er einen Arm um ihre schlanke Taille und schob die Hand unter das sonnige T-Shirt auf die warme flaumige Haut darunter.

»Du hast es versprochen!« zischte sie und zappelte unter seiner ekstatischen Hand. Das Popcorn fiel zu Boden.

»Komm schon, du kannst besser sehen, wenn du auf meinem Schoß sitzt«, murmelte er und zog sie an sich. Süß, wie sie sich wehrte, den Kopf senkte und versuchte, seinen Arm wegzuschieben. Sie spielte gern die Widerspenstige. Aber er verstand sie, liebte ihre verführerischen Verrenkungen, liebte die berauschenden kleinen Spiele, die sie spielte.

Etwas fiel schwer auf Charlies Schulter. Deanna wand sich aus seinem Arm, lief in den Gang hinaus. Was, zum Teufel? Charlie beugte sich über ihren leeren Sitz, sah, wie sie über den hinteren Gang zum rotbeleuchteten Ausgang rannte. Aber der Griff auf seiner Schulter war fester geworden. Er schaute hoch.

Der große kahlwerdende Mann in dem Aran-Pullover lehnte über der halbhohen Trennwand hinter den Sitzen, und seine kräftige Hand drückte Charlie nach unten.

Charlie konnte nicht denken. Er tauchte ab, riß sich von dem schweren Griff los und schoß in den Gang wie ein Läufer vom Startblock. Popcorn knirschte unter seinen Füßen. Er sprintete zur Tür, die sich gerade hinter Deanna schließen wollte. In der Lobby sah er sie durch die Glastüren verschwinden, die auf den Parkplatz führten. Aber als er sich den Türen näherte, kehrte sein Verstand zurück, und er zögerte. Deanna nachzulaufen war ein Reflex, wie nach Luft schnappen, wenn man ertrinkt. Aber der große Mann war direkt hinter ihm. Er durfte diesen Grobian nicht zu seinem Liebling führen.

Wie sich herausstellte, hatte er kaum eine Wahl. Der Mann packte ihn beim Ellbogen, aber anstatt ihn aufzuhalten, schob er ihn mit der Geschicklichkeit des professionellen Rausschmeißers zur Glastür hinaus. Charlie schaute sich wild nach ihr um und entdeckte schließlich das gelbe T-Shirt und das helle braune Haar. Sie war mit ihrem Fahrrad gekommen. Der Mann blieb mit ihm ein paar Schritte vor der Kinotür stehen, und zusammen beobachteten sie, wie sie über den Parkplatz raste, in den Pedalen stehend, um mehr Kraft zu haben, und mit aller Macht tretend, um mehr Geschwindigkeit herauszuholen. Schnell, Deanna, flehte Charlie innerlich. Fahr ihm aus den Augen. Hatte sie diesen Mann hinter ihnen bemerkt? War sie deshalb weggelaufen?

Charlie leistete keinen Widerstand mehr, aber die muskulöse Hand umklammerte seinen Arm immer noch wie ein Schraubstock, während sie Deannas zarter entschwindender Gestalt nachblickten. Endlich sah der große Mann Charlie an. »Sagen Sie mir, Professor Fielding«, fragte er höflich, »wie alt ist Ihre kleine Freundin? Zehn?«

XVII

Unter dem Briefkastenschlitz in der Haustür wartete ein riesiger Stapel Post auf Anne. Sie ließ Maggie und Cindy vorgehen, hob dann den Stapel auf und nahm ihn mit zum Küchentisch. »Kaffee ist in dem Schrank über der Spüle«, sagte sie und legte die Briefe ab. Rechnungen, kurze Mitteilungen. Maggie ging den Kaffee aufsetzen, und Anne holte französisches Brot, Käse und Paté hervor.

Cindy breitete die Arme aus. »Ach, wie herrlich! Normalerweise bin ich es, die den Kaffee macht. Berufsrisiko.«

»Freuen Sie sich nicht zu früh«, sagte Anne beim Brotschneiden. »Die Teller sind in dem Schrank da oben. Neben der Spüle.«

Cindy seufzte theatralisch und deckte den Tisch. Sie hatte dem Drängen von Anne und Maggie nachgegeben, auf ein Sandwich mitzukommen. »Na gut, ich muß sowieso noch Lebensmittel einkaufen«, hatte sie gesagt. »Und ach, was soll's, Sie haben recht. Ich grübele auch dauernd über diese Geschichte nach. Es tut irgendwie gut, mit jemandem außer den hölzernen Polizisten darüber zu reden.«

Anne stellte den Moutarde de Meaux und die kleinen Cornichons auf den Tisch, öffnete eine Flasche Beaujolais, und schaute wieder den Stapel Post an. Sie zog den hohen Küchenpapierkorb an ihren Stuhl und setzte sich. Cindy und Maggie kamen zu ihr an den Tisch.

»Wenn wir aufgegessen haben, ist der Kaffee fertig«, sagte Maggie. »Darf ich?« Sie fuchtelte mit ihrem Messer.

»Klar. Greifen Sie zu.« Anne warf ein paar Reklamezettel in den Papierkorb. Kondolenzbriefe schienen den größten Teil des Stapels auszumachen. Sie legte sie beiseite, um sie später zu lesen.

Maggie tat eine Scheibe Paté auf etwas Brot, zögerte, und legte es dann Anne auf den Teller. »Essen Sie«, befahl sie, während sie sich selbst eine neue Scheibe abschnitt.

»Gott, Sie sind genauso schlimm wie meine Nachbarn«, grummelte Anne, ließ aber die Post Post sein, spießte ein Cornichon auf und fing an zu essen.

»Also«, sagte Cindy zu Maggie, »was haben Sie für Fragen?«

»Tja«, sagte Maggie mit vollem Mund, »überlegen wir mal. Wir haben vorerst wohl alles gesagt, was es über Nora und ihren Bruder zu sagen gibt. Und über Bart. Sie sagen, Charlie kommt nicht in Frage –«

»Richtig«, sagte Cindy. »Sie ja auch!«

»– es sei denn, er hat sich mit jemandem zusammengetan. Wir sollten also vielleicht über Bernie reden.«

»Bernie?«

»Haben Sie ihn zum Lunch weggehen sehen, Cindy?«

»Ja, um zwanzig vor. Er war zum Lunch mit diesen japanischen Computerleuten im Fakultätsclub verabredet.«

»Und wann ist er zurückgekommen?«

»Er ist erst um halb drei oder so wieder aufgetaucht, kurz bevor Sie und die ganzen Polizisten ankamen.«

»Also sind die Computerleute sein Alibi.«

»Ja. Nur – na, die Polizei weiß das. Er sollte sie erst um halb eins treffen.«

Hellwach schaute Maggie auf. »Er hat fünfzig Minuten gebraucht, um die vierhundert Meter zum Fakultätsclub zu laufen?«

»Er geht immer früh los«, erklärte Cindy mit einem rosakarierten Achselzucken. »Kommt sehr ungern zu spät, außerdem liebt er sein Gläschen vor dem Lunch.«

»Das stimmt«, sagte Anne. »Bernie trinkt eine Menge. Läßt sich aber nie was anmerken. Er wird einfach immer ruhiger und ruhiger.«

»Immer verklemmter und verklemmter«, stimmte Cindy zu. »Kann mir gar nicht vorstellen, wieso er überhaupt trinkt. Ich tu's gern, um locker zu werden.« Sie prostete ihnen mit ihrem Weinglas zu und nahm einen Schluck.

Anne fragte: »Cindy, hat Bernie je etwas über sein Problem in Iowa gesagt? Die Verhaftung?«

»Nein. Zu mir nicht.«

»Cindy, spielen Sie nicht Versteck«, sagte Maggie ungeduldig. »Haben Sie etwas darüber erfahren, aus irgendeiner anderen Quelle?«

»Gott, Sie haben mich auf einen Sockel gestellt wie ein Denkmal der Schnüffelei!«

»Auf diesem besonderen Sockel stehen wir alle zusammen«, schmeichelte Maggie. »Es ist für einen guten Zweck.«

»Ja, schon gut, ich habe Teile von Tals Gespräch mit seinem Freund aus Iowa gehört«, gab Cindy zu. »Aber der Fall wurde nicht weiter verfolgt, wie Sie wissen.«

»Wissen wir«, sagte Anne. »Aber wir wüßten trotzdem gern, worum es ging. Tal hat mir nur gesagt, daß ein paar Prostituierte ihn beschuldigt hätten, ihr Kunde zu sein.«

»Na ja«, sagte Cindy. Sie nahm noch einen Schluck Wein, stellte das Glas ab und drehte es ein paarmal zwischen den Fingern. »Na ja. Es scheint, daß eine von ihnen Ketten und Peitsche erwähnt hat.«

»Oha«, sagte Anne. Der saubere, sanfte, verklemmte Bernie? »Aber die Anklage wurde natürlich fallengelassen«, erinnerte sie die beiden mit schwacher Stimme.

»Und er ist jetzt seit zehn Jahren ein braver Junge«, sagte Maggie.

»Wenigstens nach außen hin«, sagte Cindy.

Maggie sah sie scharf an. »Wie meinen Sie das?«

Cindy zuckte die Achseln. »Nichts Ernstes. Er hat Zeitschriften in der untersten Schublade.«

»Na und?« sagte Anne. »Die habe ich gestern gesehen.«

»Er hat sie Ihnen gezeigt?« fragte Cindy ungläubig.

»Nein. Ich fand nur, er benahm sich ziemlich verdächtig wegen der Schublade. Als er also weg war, habe ich nachgeschaut.«

»Bravo«, sagte Maggie.

»Aber er hatte bloß Hefte mit Matherätseln drin.«

»Ach so«, sagte Cindy. »Sie haben also nicht reingeschaut.«

»Was ist drin?«

»Pornos. Sadomaso. Genau, was man erwarten würde, wenn die Iowa-Geschichte stimmt.«

»Oha«, sagte Anne noch einmal.

»Gestern hat er sie weggeschmissen«, sagte Cindy noch. »Anne muß ihm Angst gemacht haben.«

»Ja.« Maggie hatte ihr Sandwich schnell hinuntergeschlungen und lehnte sich jetzt im Stuhl zurück, hielt ihr leeres Weinglas in beiden Händen und starrte es nachdenklich an. »Cindy, Sie müssen zugeben, daß Sie eine Menge übler Geschichten über diese Leute wissen.«

Cindy nickte.

Maggie schaute Anne vorsichtig an. »Und Tal auch.«

»Ja«, sagte Anne.

Maggies Blick schweifte wieder zu Cindy. »Mehr, als in den Personalakten steht. Mehr, als er seiner Frau erzählte.«

»Ging mich ja auch eigentlich nichts an«, stellte Anne klar. »Im Fachbereich Französisch sind Sachen passiert, die ich Tal auch nicht groß erzählt habe.«

»Ja.« Maggie schaute immer noch Cindy an. »Und trotzdem, bei Ihnen hat er nie –?«

»Niemals«, sagte Cindy.

»Er wußte natürlich, daß Sie kein Geld hatten.«

»Weniger als keins«, sagte Cindy. »Im wahrsten Sinne.«

Anne wurde plötzlich klar, worüber sie redeten. Sie schlug mit der Faust auf den Tisch. »Hören Sie auf, Maggie!«

»Anne, sie können nicht beides haben! Entweder wir kriegen raus, was passiert ist, oder wir lassen es. Glauben Sie mir, die Polizei wird dieselben Fragen stellen.«

»Aber es ist Zeitverschwendung!«

»Wahrscheinlich.« Maggie zuckte die Achseln. »Aber sehen Sie, selbst wenn Tal niemanden erpreßt hat, mal angenommen jemand dachte, er hätte es vor?«

»Warum sollte das jemand denken? Nach so vielen Jahren?«

»Vielleicht hatten sie gerade erfahren, daß er etwas wußte, das geheim bleiben sollte. Das könnte bedrohlich wirken.«

»Aber sie hätten wissen müssen, daß er es mir erzählen würde! Es sei denn –« Anne dachte nach, »es sei denn, er hatte vor, es zu begraben. Wie er Bernies Vergangenheit begraben hat. Oder Cindys, hm, Anleihe ...«

Maggie drehte ihr Weinglas. »Genau.«

»Oder er wußte es nicht mit Sicherheit. Vielleicht würde er mir nichts sagen, wenn er es nur vermutete.«

»Richtig. Aber so oder so, wir wollen es herausfinden. Wenn Tal es Ihnen nicht gesagt hat, könnte es gut das Geheimnis sein, das zum Mord geführt hat. Wenn doch – tja, möglichereise sind Sie auch in Gefahr.«

Das Telefon schrillte.

Verdammt, wahrscheinlich wieder ein Reporter. Verärgert stand Anne auf, um es zum Schweigen zu bringen. »Ja?«

»Professor Chandler?« Eine Männerstimme. Ganz angenehm.

»Ja?« bellte sie.

»Tut mir leid, Sie zu stören, aber ist Maggie Ryan da?«

»Ja. Maggie?« Steif hielt sie ihr den Hörer hin. Maggie schoß durchs Zimmer, um zu übernehmen.

Immer noch bebend stampfte Anne zu ihrem Stuhl. Konnte Maggie recht haben? Konnte auch sie in Gefahr sein? Verflucht, sie hatte keine Lust, darüber nachzudenken. Auf gar keinen Fall würde sie aufhören, nach der Wahrheit zu suchen. Sie nahm sich wieder die Post vor.

»Hallo?« sagte Maggie. »Nick! Hi ... Oh, verdammt. Verdammt!« Ihre Faust schlug an die Wand. »Ja, das versuche ich. Wo ist ihre Mutter? ... Aha, arbeitet am Wochenende. Gut, ich versuche, mich auch mit ihr in Verbindung zu setzen ... Noch eins. Er hat bestimmt eine geheime Sammlung, da würde ich drauf wetten. Versuche doch, die zu finden... Nein, wir treffen uns in Charlies Büro, in etwa einer Stunde. Da hat er einen Projektor. Ich möchte gern sehen, ob der Film, den du gestern aus seinem Büro mitgenommen hast, wirklich das ist, was er zu sein schien, als wir ihn gegen das Licht gehalten haben.«

Sie legte auf und schloß einen Augenblick die Augen. Dann murmelte sie: ›*Espèce de merde!*‹ und wandte sich wieder zu Cindy und Anne um. Cindy stand jetzt am Spülbecken und schrubbte Teller.

»He, Leute«, sagte Maggie, fuhr sich mit der Hand durch das lockige Haar und sah sie einen Augenblick traurig an.

»Ja? Was?« sagte Anne barsch. Sie legte einen Brief von Tals Schwester beiseite und riß den nächsten Umschlag auf. Handgeschrieben, kein Absender. Ein Spinner. *Sag Lambert 2.6. = 18.8. Monolog V.* Wenn man erst mal in der Zeitung stand, war das Resultat, daß man solche –

Maggie fragte: »Wußten Sie, daß Charlie Fielding Kinder mißbraucht?«

»Oh Gott!« flüsterte Anne. Der Brief fiel in ihren Schoß.

»Nein!« Cindy riß den Kopf hoch, um Maggie anzustarren. »Das – das ist vorbei!« Sie beugte sich wieder über den Abwasch.

»Sie wußten das?« Mit zwei Schritten war Maggie bei ihr, packte ihren Arm und drehte sie um, damit Cindy sie anschauen mußte. »Sie wußten es! Sie Arschloch, Sie wußten es seit Jahren, nicht?«

»Nein –«

»Und Sie haben nichts gesagt!«

»Hören Sie auf!« schrie Cindy. Sie bog Maggies Finger hoch und versuchte, sie von ihrem Arm loszukriegen. »Sie wissen doch gar nichts, verdammt!«

»Falsch. Ich weiß doch einiges, verdammt! Sie und Charlie Fielding hassen sich, aber Sie haben sich gegenseitig beschützt wie die besten Freunde. Also nehme ich an, wenn Charlie nicht erzählt, daß Sie Geld aus dem Fachbereich unterschlagen haben, selbst wenn jemand ermordet wird und er einer der Verdächtigen ist – tja, dann müssen Sie wirklich was Übles gegen ihn in der Hand haben. Das ist es, nicht? Sie wußten es!«

»Es ist vorbei, verdammt noch mal! Ich habe es fast abgezahlt! Und was Charlie betrifft, es war nur das eine Mal –«

»Cindy.« Maggies Stimme war so kalt wie Wind vom Eismeer. »Charlie war heute in Syracuse, in einem Kino, und betatschte ein zehnjähriges Mädchen.«

»Was?« Cindy hörte auf, Maggies Finger zu verbiegen, um sie anzustarren. »Was?«

»Heute. Eine Zehnjährige.«

»Aber – er hat es versprochen! Und er hat geheiratet, auch wenn –«

»Gott. So lange ist das her?« Angeekelt ließ Maggie Cindys Arm los und steckte die Hände in die Taschen. Mit hochgezogenen Schultern stakste sie quer durch die Küche und lehnte sich an den Kühlschrank. »Cindy, vielleicht wissen Sie nicht, daß die meisten, die Kinder mißbrauchen, sich nicht ändern. Ich habe gestern eine deprimierende Stunde in der Bibliothek verbracht und die Statistiken studiert. Sie tun es immer wieder. Im Laufe ihres Lebens tun sie es Dutzenden von Kindern an. Hunderten. Die Psychologen versuchen alles, aber sie wissen einfach nicht, wie sie das heilen sollen.«

»Aber wie konnte er nur? Verdammt, die Menschen können sich ändern! Glauben Sie, mir ist es leicht gefallen, mit Spielen aufzuhören? Was glaubt er denn – «

»Ich weiß nicht, was er glaubt.« Anne fand, daß Maggie sehr erschöpft klang. »Aber jetzt ist Zeit zu sagen, was Sie wissen, Cindy. Alles. Fangen Sie damit an, wie sie es herausgefunden haben.«

Cindy senkte den Kopf. Die Masse blondierter Kringel fiel über dem rosa Haarband nach vorn und verdeckte halb ihr Gesicht. »Es war ein paar Wochen, nachdem Tal herausgefunden hatte, was ... was ich getan hatte. Damals arbeitete Charlie an Folgestudien für seine Doktorarbeit. Etwas über Lesen bei älteren Grundschulkindern. Na ja, es war eine behördliche Anweisung gekommen, die Schlösser im Gebäude auszuwechseln, und einmal ging ich am späten Nachmittag in die Experimentierräume hinunter, um nachzusehen, welche Schlüssel paßten. Die Stundenpläne waren an der Tür angeschlagen, und Charlie hätte fertig sein müssen. Ich habe gar nicht erst überlegt, sondern einfach die Tür aufgeschlossen, und da waren sie, halb ausgezogen, er und seine Fünftkläßlerin –« Cindy schlug in ihrem Entsetzen die Hände vors Gesicht.

»Mein Gott. Was haben Sie getan?« Maggie hatte die Fäuste in der Tasche geballt, der Jeansstoff spannte sich fest über den vorstehenden Knöcheln.

»Ich ging rein, machte die Tür hinter mir zu und sagte, ›Schätzchen, ich fahre dich jetzt nach Hause. Zieh die Jeans wieder an, ja?‹ Sie hatte Angst, das arme kleine Ding, flüsterte, ›Sagen Sie nichts, bitte sagen Sie nichts!‹ Charlie sagte, ›Es ist nicht, was Sie denken, Cindy!‹, und ich sagte, ›Ja, klar.‹ Und dann sagte er, ›Wissen Sie, Tal hat mich vor zwei Monaten gebeten, ein paar Seiten in den Akten des Fachbereichs nachzusehen, Cindy. Ich konnte gar nicht anders, als gewisse Probleme zu bemerken.‹«

»Mein Gott«, murmelte Maggie noch einmal.

»Was konnte ich also machen? Ich sagte, ›Es ist zurückgezahlt.

Und ich bin jetzt seit sechs Wochen bei AS. Ich kremple mein ganzes Leben um. Krempeln Sie ihrs auch um, und mein Mund bleibt so lange verschlossen wie Ihrer. Aber nicht länger. Das verspreche ich.' Und er schaute die kleine Melanie an, so hieß sie, und sagte, ›Ich verspreche es.‹ Ich dachte –« Cindy hob den Kopf. Tränen waren ihr über die Wangen gelaufen und hatten blasse Spuren in ihrem Make-up hinterlassen. »Dieser widerliche Schleimscheißer!«

»Ja, und Sie auch!« Maggies Fäuste fuhren aus der Tasche und hämmerten wütend gegen die Kühlschranktür. »All die Jahre waren kleine Mädchen in Gefahr –«

»He, Augenblick mal! Für mich stehen meine Kinder an erster Stelle! Gar nicht zu reden von dem tapfersten Kerl, der je in dem beschissenen Krieg angeschossen wurde! Was ist mit der Gefahr für die, Miss Allwissend? Denken Sie, ich hätte sagen sollen: ›Ach, tut mir leid, Mark, wir müssen meinen Job aufgeben und das Haus verkaufen und von der Fürsorge leben?‹ «

Anne saß ganz benommen da, und die Worte prasselten auf sie ein.

Maggie protestierte: »Aber diese armen Kinder –«

»Halten Sie die Klappe!« Tränen hingen wie Perlen an Cindys Wimpern. »Woher zum Teufel sollte ich das wissen? Ich habe ja keinen tollen Doktor Phil., so wie Sie. *Er* war der mit dem verdammten Doktortitel! Ich wußte nicht, daß ich in irgendwelchen verdammten Statistiken nachsehen müßte. Er sagte, er würde aufhören. Er hat wegen der kleinen Melanie sofort nachgegeben, hat überhaupt nicht protestiert. Wenn er das getan hätte –«

»Ja, was war mit Melanie? Haben Sie sie ganz allein mit allem fertigwerden lassen? Sie haben ihren Eltern nichts gesagt?«

»Das ist verdammt richtig, daß ich ihren Eltern nichts gesagt habe! Sie hat mich auf dem ganzen Heimweg angefleht, nichts zu sagen. Ihr Dad würde sie schlagen, sagte sie. Und wenn sie es ihrer Mutter sagte, würde die sich bloß betrinken und es dem Vater sagen, und dann würde der sie schlagen.« Sie holte tief Luft. »Sie sagte, Charlie wäre der einzige Mensch, der sie liebte. Der einzige, der sie nett fand. Mir war schlecht, Maggie. Schlecht!«

»Ja, schon gut, jetzt ist *mir* schlecht!«

»Also, was hätten Sie getan? Seien Sie ehrlich!«

Cindy und Maggie funkelten sich wütend an. Anne saß ganz still, unfähig zu begreifen, unfähig zu glauben.

Maggie senkte den Blick zuerst. »Ich hätte – ach verdammt, ich weiß es nicht, Cindy. Ich hätte Melanies Eltern nichts gesagt, da haben Sie recht. Es hätte auch nichts genützt, die Bullen auf ihn zu hetzen, weil sie Melanie gebraucht hätten, um einen Fall draus zu machen.«

»Also bitte! Sehen Sie?«

»Aber irgendwie hätte ich Charlie Fielding davon abgebracht.«

»Leicht gesagt«, schnaubte Cindy. »Was hätten Sie denn getan? Seinen Kaffee vergiftet?«

Maggie winkte frustriert ab. »Verdammt, ich weiß nicht, Cindy. Wenn ich nicht wüßte, daß diese Typen nie damit aufhören ... tja, Sie haben recht, vielleicht hätte ich Charlie auch geglaubt. Verflucht, wahrscheinlich hat er es in dem Augenblick selbst geglaubt.«

Cindys Zorn verflog bei diesen versöhnlichen Worten. Mit kläglicher Stimme sagte sie: »Wenn Bernie bloß nicht so ein verklemmter Prinzipienreiter wäre –«

»Ja.« Maggie schaute zu Anne hinüber, und ihr Blick wurde schärfer. »Anne. Alles in Ordnung mit Ihnen?«

»Ja«, sagte Anne. Aber Maggie ging stirnrunzelnd zu ihr und fühlte ihre Stirn.

»Sie sind blaß«, sagte sie.

Anne riß sich zusammen. »Also hören Sie auf, auf eine alte Frau plötzliche Schreckensnachrichten loszulassen«, sagte sie. Sie wühlte in ihrer Tasche und nahm ihre Zigaretten heraus. Der Zettel auf ihrem Schoß segelte auf den Fußboden, und Maggie hob ihn auf. Anne steckte ihre Gauloise an und nahm einen tiefen, lungenverpestenden Zug. *Verdammtes Leben. Voll von anonymen Briefen und Schmerzen und Kindesmißbrauch. Wer braucht das schon?*

Cindy hatte gedankenverloren an der Spüle gestanden, wobei eine sorgfältig manikürte Hand die Fingerknöchel der anderen massierte. Sie sagte: »Ich werde es tun, Maggie. Ich werde es Hines sagen. Sie haben recht, wir können ihn nicht immer weitermachen lassen. Vielleicht ist Bernie ja einsichtig – ach verdammt, das wird er nicht sein. Das wissen wir. Aber ich bin gut, ich kann woanders hingehen. Mich wieder hocharbeiten.«

Anne räusperte sich und versuchte, sich auf Cindys Problem zu konzentrieren. »Sie wollen ihren Job riskieren? Tal hat sich doch so angestrengt, damit Sie ihn behalten!«

»Aber Maggie hat recht. Ich dachte, er hätte aufgehört. Aber wenn er es immer noch macht... Gott, ich muß dauernd an die kleine Melanie denken, wie er das einsame, kleine, geprügelte Kind ausgenutzt hat, sie glauben machte, das wäre der Preis, den sie für Liebe zahlen müßte...«

»Aber welchen Preis würde sie für Gerechtigkeit zahlen müssen?« fragte Maggie nüchtern. Ihre Hand lag auf Annes Schulter. »Als dieser Vergewaltiger mich angriff, mußte ich vor Gericht gehen. Mußte die Geschichte wieder und wieder erzählen, einem Dutzend verschiedener Leute, die meisten skeptisch. Was würde das für ein Kind bedeuten? Und sein Anwalt hat mich auch attackiert, in aller Öffentlichkeit, vor dem Richter und den Geschworenen und den Reportern, vor allen Leuten. Er sagte, ich hätte den armen, schwachen Mann verführt. Sagte, ich hätte es darauf angelegt. Sagte, ich wäre eine Schlampe und eine Lügnerin. Wenn der Vergewaltiger nicht mit einem Messer auf mich eingestochen hätte, wäre er vielleicht freigesprochen worden.«

»Aber der Mann hatte Menschen umgebracht!« rief Anne aus und staunte dann über sich selbst, daß es sie überhaupt berührte. Es war doch alles ganz gleichgültig. Aber ein kümmerlicher Rest der alten Anne protestierte trotzdem.

»Das hat seinen Anwalt nicht daran gehindert, meinen Charakter in den Schmutz zu ziehen«, sagte Maggie. »Na gut, in diesem Fall würde er Melanie vielleicht nicht Schlampe nennen, aber eine Lügnerin bestimmt. Wunderbare Einbildungskraft, würde er sagen. Und dem kleinen Mädchen in Syracuse ginge es genauso, und vielleicht Jill Baker –«

»Jill Baker? Nein!« protestierte Anne.

»Vielleicht.«

»Also, was sagen Sie da eigentlich?« fragte Cindy. »Vor einer Minute haben Sie gesagt, ich hätte Charlie stoppen sollen. Tja, Sie hatten recht. Aber jetzt sagen Sie, ich soll es nicht tun!«

Maggie drückte Annes Schulter und legte den heruntergefallenen Zettel neben sie auf den Tisch. »Nein, nicht ganz. Ich sage nur, daß es Nachteile hat, Hines davon zu erzählen. Anne, wie ist es, sind Sie noch einer Fahrt zum Campus gewachsen? Denn es gibt vielleicht noch eine andere Möglichkeit.«

XVIII

Der Mann im Aran-Pullover legte den Hörer auf. Er hieß Nick, hatte er gesagt, und soweit Charlie das mitgekriegt hatte, war er eine Art Privatdetektiv. Er stieg wieder auf den Fahrersitz und kontrollierte Charlies Fesseln. Ein vorsichtiger Mann. Charlie war an den Beifahrersitz seines eigenen Wagens gebunden, die Handgelenke auf dem Rücken gekreuzt. Sie hatten auf der Hauptstraße bei einer abgelegenen Tankstelle mit einer Telefonzelle am Straßenrand gehalten, und Nick hatte ihn einen Augenblick allein gelassen, um zu telefonieren. Charlie hatte mit aller Kraft versucht, sich zu befreien, aber die Stricke saßen fest. Er hatte auch ein- oder zweimal geschrien, in der Hoffnung, ein Tankwart würde ihm helfen, aber Nick hatte weit vom Gebäude entfernt geparkt und die Fenster fest geschlossen gelassen. Niemand konnte ihn hören. Er konnte nicht mal mit der Stirn an die Hupe kommen.

»Also, Charlie«, sagte Nick, während er den Zündschlüssel ins Schloß steckte, »erzählen Sie mal von ihr.«

»Das hab ich doch schon getan«, erklärte Charlie mürrisch. »Sie wissen, wie sie heißt, wo sie wohnt, wo ihre Mutter arbeitet. Was gibt es noch zu sagen?« Er hatte nicht vor, diesem Fremden irgendwelche Details zu erzählen, verdammt noch mal, von der schnellen leichten Berührung von Deannas kleinem Mund, der flaumigen Kurve ihres Rückens ...

Nick sagte mild: »Ich würde gerne Ihre Version der Geschichte hören.«

Charlie sah ihn mißtrauisch an. »Wer hat Sie angeheuert?« wollte er wissen. »Deannas Mutter?«

»Nein. Sieht mir gar nicht danach aus, als ob sie das Geld dazu hätte.«

»Hat es was mit dem Mord an der hiesigen Uni zu tun?«

»So könnte man sagen, ja. Ich bin wegen Tal Chandler hier.«

»Aber Tal wußte es nicht!«

»Wußte was nicht?«

Charlie war still.

Nick sagte: »Als wir aus dem Kino kamen, sagten Sie, ›Es ist nicht, was Sie denken.‹«

»Na ja, ist es auch nicht.«

»Sagen Sie mir, Charlie, was denke ich denn?«

Charlie warf dem Mann neben ihm einen Blick zu – kräftig, muskulös, energischer Kiefer, durchdringende, braune Augen, die ihn von Zeit zu Zeit musterten. Er hatte gesagt, er wäre kein Bulle. Tja, das stimmte wahrscheinlich. Bullen lasen einem seine Rechte vor, und sie hatten Handschellen, wenn sie jemanden festnehmen wollten. Charlie war nicht festgenommen. Er fragte sich, wer ihn geschickt hatte. Er wirkte kultiviert und intelligent, und seine unterschwellige Gewalttätigkeit schien er gut unter Kontrolle zu haben. Ob er es verstehen könnte? So wenige konnten das. »Na ja«, sagte Charlie vorsichtig, »Sie denken wahrscheinlich, ich bin einer von diesen schmierigen Typen, die Kinder mißbrauchen.«

»Richtig, der Gedanke ist mir gekommen«, gab Nick zu. »Sie sagen, das stimmt nicht?«

»Um Gottes Willen, nein! Diese Leute – mein Gott, die müßte man –« Charlie fing sich noch rechtzeitig. »Ähm, sind Sie –«

»Nein, nein, Frauen sind mehr mein Geschmack«, sagte Nick. »aber ich kann versuchen, es zu verstehen.«

Charlie sagte: »Also ich weiß, daß es Typen gibt, die Kinder mißbrauchen. Sich ihnen aufzwingen. Gott, ich begreife nicht, wie jemand so etwas tun kann. Es ist ein Verrat, wissen Sie? Die meisten Kinder sind so unschuldig, so verletzlich. Man kann so viel Schaden anrichten! Diese Typen sollte man lebenslänglich einsperren.«

»Soweit bin ich Ihrer Meinung.«

»Tja, sehen Sie, dazu gehöre ich nicht«, sagte Charlie.

»Könnten Sie das erklären?« sagte Nick höflich. »Ich bin ganz Ihrer Ansicht, was die Verletzlichkeit von Kindern betrifft. Den unendlichen Schaden, der aus Mißbrauch entstehen kann.«

»Ja.« Hatte er Charlie deswegen gefesselt? Charlie warf einen Blick auf seinen Häscher. Er wußte nicht, was er glauben sollte. Nick hatte ihn mit Leichtigkeit überwältigt und ohne viel Federlesens festgebunden; aber seither war er nett gewesen, fast verständnisvoll.

Jetzt fuhr er ruhig mit der zugelassenen Höchstgeschwindigkeit, den Blick auf die Straße gerichtet, das unregelmäßige Profil ohne Anzeichen von Unruhe. Nur die Festigkeit, mit der seine großen Hände das Lenkrad gepackt hielten, verriet eine gewisse Anspannung. Er hatte keinen Abscheu gezeigt, nur verständnisvolle Wißbegier. Vielleicht verstand er wirklich etwas von Kindern. Vielleicht konnte er das mit Deanna verstehen.

Und wenn er es verstand, würde er Charlie vielleicht gehen lassen.

Nick warf ihm einen kurzen Blick zu und fragte nach: »Sie sagten *die meisten* Kinder.«

»Ja.« Charlie leckte sich die Lippen und starrte geradeaus auf die Straße. Sollte er wagen, das zu erklären? Außer Trainer Wilhelm hatte er noch nie jemanden gefunden, der wirklich verstand.

»Manche Kinder sind also anders?« half Nick weiter.

»Hin und wieder gibt es – tja, das ist schwer zu erklären.«

»Ein Mädchen, das anders ist?«

»Ein Mädchen, das ... sehr besonders ist.« Es war unangenehm, die Hände gefesselt zu haben. Die Brille rutschte auf seiner Nase abwärts. »Ach, ich glaube nicht, daß Sie das verstehen können.«

»Ich kann nicht verstehen, wie Sie glauben können, Sie hätten sie nicht belästigt.«

»Weil sie – also bei den meisten Mädchen wäre das wohl so«, gab Charlie zu. »Natürlich würde ich das von den meisten Mädchen nie verlangen. Aber Deanna ist – na ja, besonders.«

»Inwiefern?«

»Es ist – also, zum Beispiel arbeitet Bart Bickford in unserem Fachbereich mit kreativen Kindern. Manche davon sind einfach umwerfend, ihre Phantasie geht weit über die der meisten Kinder hinaus. Oder beim Sport ... ich erinnere mich an einen Jungen, mit dem ich früher Hockey gespielt habe, er war schon als Kind brillant. Oder in der Musik, da gibt es Wunderkinder. Ganz selten, eins unter tausend, aber wenn sie zehn oder zwölf sind, können sie mit Erwachsenen zusammen Konzerte geben.«

Die Knöchel am Lenkrad wurden weiß. »Ihre Theorie ist also,

daß das gleiche auch für Sex gilt? Manche kleinen Mädchen sind Wunderkinder, bereit, es mit Erwachsenen aufzunehmen?«

»Nein, nicht nur Sex. Liebe. Vollkommene Liebe. Ein Mädchen, das ein Talent zur Liebe hat, sollte lieben dürfen.«

Nick antwortete nicht, schüttelte nur den Kopf.

Er schien intelligent. Charlie versuchte es nochmal anders. »Das ist ja auch nichts Neues, um Gottes Willen! Wissen Sie, wie alt Dantes Beatrice war, als er sie zuerst gesehen hat? Sie war neun! Julia war dreizehn!«

»Romeo war nicht sechsunddreißig, wie Sie!« schnappte Nick. »Und als Beatrice neun war, war Dante auch neun.«

»Aber er konnte es erkennen!«

»Er konnte es erkennen?« Nick schwieg kurz, und als er wieder sprach, hatten seine Worte den zornigen Ton verloren. »Ich versuche, es zu verstehen, Charlie. Sie wollen sagen, daß es möglich ist, ein ... Wunderkind, wie Sie es nennen, von gewöhnlichen Kindern zu unterscheiden. Wie?«

»Oh, das erkennt man. Ein Mädchen hat so einen besonderen Ausdruck an sich. Man spürt das – das Verlangen.«

»Sie flirtet mit Ihnen?«

»Nein, nein! Zuerst nicht. Die meisten sind sehr scheu, kleine Rehe. Niemand versteht sie, daher sind sie einsam. Aber sie sehen dich an, und du weißt es.«

»Nein. Ich weiß es nicht«, sagte Nick entschuldigend, bewegte sich auf seinem Sitz und sah Charlie grübelnd an. »Mir ist an Deanna nichts Besonderes aufgefallen. Sie schien ein schüchternes kleines Mädchen zu sein, das es gern allen recht macht und zwar nett sein, aber eigentlich keine Zeit mit Ihnen verbringen wollte.«

Die Worte taten weh. Charlie versuchte, sich zu beherrschen. »Das ist nicht wahr! Sie hatte nur eine Menge zu tun, hat sie gesagt! Schließlich ist sie mit ins Kino gegangen!«

»Das täte jedes Kind! Es ist ganz offensichtlich, daß Deannas Mutter sowieso schon zu kämpfen hat, wahrscheinlich kann sie Deanna kaum Taschengeld geben. Jemand bietet ihr eine teure Eintrittskarte an, für einen Film, über den in der Schule alle reden ... tja, sie muß kein Wunderkind sein, um *Krieg der Sterne* sehen zu wollen.«

»Das ist es nicht!« Charlie schrie fast und zerrte an seinen Fesseln. Er wollte Nick zum Schweigen prügeln, diese falschen Worte sollten aufhören. Worte aus seinen wachen Alpträumen, die er in den Augenblicken danach hörte, wenn er sich vorkam wie der Abschaum der Erde. »Ich liebe sie! Und sie liebt mich! Verstehen Sie das nicht?«

»Nein. Ich verstehe nicht«, sagte Nick stur. »Sie wollte den Film schrecklich gern sehen, das war klar. Sie wollte Ihre Gefühle nicht verletzen. Aber sie wollte nicht mitkommen, bis Sie versprochen hatten, sie in Ruhe zu lassen.«

Charlies Herz fühlte sich an wie ein Stein. »Das – das haben Sie gehört?«

»Ich habe Sie seit Stunden beobachtet.«

»Verdammt! Und Sie haben gewartet, bis –«

»Ich hatte gehofft, daß sie vielleicht Ihre Nichte ist, und daß Sie einen netten platonischen Nachmittag bei *Krieg der Sterne* verbringen. Aber sie war so verstört, als Sie sie angefaßt haben –«

»Nein, das war sie nicht! Verdammt nochmal, Sie verstehen das nicht! Sie spielt nur manchmal gern ein bißchen die Spröde.«

»Spröde! Herrgott nochmal!« explodierte Nick und schlug mit dem Handballen aufs Lenkrad. Finster schaute er auf die grüne Landschaft hinaus, die von der Straße sanft zum See abfiel.

Charlie schaute auf seine Knie. Er hatte gehofft, daß etwas aus Nicks Erfahrung ihm helfen würde zu verstehen. Er hatte verständnisvoll gewirkt. Aber er war genauso blind wie die anderen. Charlie sagte steif: »Sie lassen mich festnehmen, nicht wahr?«

»Ja.«

»Es tut mir leid, daß Sie mir nicht glauben.«

»Oh, ich glaube, daß *Sie* es glauben«, sagte Nick. »Himmel!« Aber nach einem Augenblick sagte er sanfter: »Es muß hart für Sie sein, zu wissen, daß Ihre kleinen Wunderkinder so schnell erwachsen werden.«

Charlie sah ihn mißtrauisch an. »Ja.«

»Und dann hätten Sie keine Aufzeichnung von ihnen. Vielleicht Schnappschüsse, das ist alles.«

»Oh, nein! Ich habe Aufzeichnungen. Eine wunderbare Sammlung!«

»Eine Sammlung?«

»Fotos, kleine Geschenke, die sie mir gegeben haben, sogar ein paar kurze Filme. Aber Sie würden das nicht verstehen«, fügte er verspätet hinzu. Über seine geheime Sammlung durfte er nicht reden, Schätze, seinen innigsten Erinnerungen geweiht. Melanies Socke und Deannas kleine Schlüpfer waren viel kostbarer als Judy Garlands Schürze.

»Ich verstehe, daß man sich erinnern möchte.« Aber die Stimme blieb Nick im Halse stecken.

Charlie wurde wieder vom Zorn geschüttelt. »Ich mißbrauche Kinder nicht! Wie oft muß ich das noch sagen? Ich beschütze sie, verdammt nochmal! Aber wenn ich kann, dann helfe ich einer ganz Besonderen, ihre Möglichkeiten auszuleben!«

»Ja, ich weiß, und wenn das arme Kind einsam genug ist und verwirrt genug, nicht zu schreien, dann reden Sie sich ein, daß sie eins von Ihren sogenannten Wunderkindern ist, daß es ihr gefällt.«

»Sie verstehen nichts!«

»Doch, ich verstehe. Sie finden ein einsames kleines Mädchen, das nach Zuneigung hungert. Und Sie bieten ihr Zuneigung und Karten für *Krieg der Sterne* und Popcorn. Aber wenn sie das annimmt, erkennt sie, daß der Preis für Zuneigung die Seele zerstört.«

»Falsch! Es ist eine Erfüllung für sie! Sie liebt es, mir zu gefallen!«

»Die meisten Kinder möchten Erwachsenen gefallen. Aber nicht auf die Art! Haben Sie sie nicht wegrennen sehen, Herrgott nochmal? Ein Kind rennt doch nicht mitten aus *Krieg der Sterne* raus und rast dermaßen davon, wenn es nicht um sein Leben rennt. Um sein innerstes Selbst zu retten.«

»Ich habe doch gesagt, sie spielt gern die Spröde!«

»Oh, Gott.« Nick klang erschöpft. Er warf einen Blick auf Charlie, während sie von der Hauptstraße zur College Avenue abbogen. »Professor Fielding, Experte für Lesen und Lesefehler. Soviel ich weiß, glauben Sie, daß viele Lesefehler darauf beruhen, daß der Leser eine feste Hypothese hat, welches Wort als nächstes kommt und dann nicht nachprüft, welche Buchstaben tatsächlich vorkommen.«

»Ja.«

»Und doch sehen Sie nicht, daß Ihre falsche Hypothese bezüglich dieser Kinder Sie für ihre wahren Bedürfnisse blind macht. Professor Fielding, der Experte, merkt nicht, wenn er selbst ein Kind falsch interpretiert.«

Fehlinterpretation? Lächerlich. Charlies Alpträume wanden sich unter seinen inneren Protesten, aber er kämpfte sie nieder. Er war kein dreckiger Kinderschänder. Das war er nicht! Er hatte Deanna nicht falsch verstanden, sie zierte sich nur gerne. Er konnte das erkennen. Und er hatte auch die süße Melanie nicht falsch interpretiert. Nein. Auch nicht die zarte Jane. Auch nicht Wendy, damals, als er noch auf der Highschool war. Ellie auch nicht ... Nick verstand das einfach nicht.

Sie fuhren über die Brücke von der College Avenue. Unruhig bewegte Charlie seine Handgelenke und fragte beklommen: »Wo fahren wir hin?«

»In Ihr Büro, Charlie.«

»Aber warum?«

»Um zu entscheiden, was jetzt zu tun ist.«

Nick sagte nichts mehr, als sie auf den fast verlassenen Parkplatz einbogen und dicht bei Charlies Bürotrakt einen Platz fanden. Nick löste das Seil von der Rückenlehne, aber die Handgelenke ließ er gefesselt. Er zog Charlie aus dem Auto, schloß die Tür ab, steckte Charlies Schlüssel ein, schob ihn vor sich her ins Van Brunt-Gebäude und die Treppe hinauf in den ersten Stock.

Die Bürotür war leicht angelehnt, und von drinnen waren Stimmen zu hören.

»Was zum Teufel ist hier los?« wollte Charlie wissen und bremste angesichts dieses zusätzlichen Einbruchs in seine Privatsphäre.

Nick schubste ihn unsanft durch die Tür und schloß sie hinter sich.

Cindy Phelps und Anne Chandler saßen auf zwei der Stühle. Maggie hockte auf Charlies Schreibtischkante und fädelte Filmstreifen in seinen Projektor. »Hi, Nick. Wie ich sehe, haben Sie meinen Mann kennengelernt, Charlie. Sie kommen gerade recht zu unserer Vorführung. Aparter kleiner Film, den wir hier zwischen Ihren Videos ausgegraben haben.«

Charlies unwillige Augen entdeckten die Plastikhülle auf dem Schreibtisch.

Es war eine von denen, die sein schusseliger Assistent gestern beinahe genommen hätte.

Nick stieß Charlie in den dritten Stuhl und blieb hinter ihm stehen, eine Hand auf seiner Schulter. Auf einen Wink von Maggie hin streckte er die Hand zum Wandschalter neben der Tür und löschte das Licht. Die Leinwand war auf der anderen Seite des Büros über dem Bildschirm aufgehängt, das Bild war also klein, aber scharf.

Die erste Einstellung zeigt einen schönen Strand. Blauen Himmel. Dann hämmernde Musik und rosa Buchstaben, die sich zu BABY-HAI zusammensetzten. Schnitt zu einem Paar speckiger Beinchen, die im Wasser platschten, ein fröhliches Kichern. Dann Wellen, die Entsetzensschreie eines Kindes, ein roter Fleck im Wasser. Eine kleine Leiche auf dem Sand, Ketchup auf Armen und Gesicht, und, höchst schauerlich, ein blauer Augapfel, der neben dem Kopf lag.

»Mein Gott«, sagte Cindy, »das ist Erics Auge.«

»Eric?« fragte Nick.

»Der Kopf zum Auseinandernehmen, der im Büro auf dem Regal steht. Den leeren Blick würde ich überall erkennen.«

Anne Chandler sagte mit angestrengter Stimme: »Ist das der kleine Hammond-Junge?«

Sie verfielen in Schweigen, als ein neues Bild auf der Leinwand erschien: die Rückenansicht eines untersetzten, muskulösen Mannes in einer amtlich wirkenden hellbraunen Uniform. »Ich werde den Hai erwischen«, sagte er und ballte ungeschickt und theatralisch die Fäuste. »Ich werde diesen kinderfressenden Hai erwischen! Aber – ich brauche einen Köder!«

Schnitt zu einem wunderhübschen blonden, blauäugigen Mädchen. Sie hatte rosa Jeans an und ein T-Shirt in hellerem Rosa. Anne

Chandler japste: »Jill! Das ist Jill Baker!« Sie rutschte an die Vorderkante ihres Stuhls und verfolgte gespannt die Szene.

Jill runzelte die Stirn. »Das mag ich nicht«, murmelte sie. Dann, deutlicher: »Ich will nach Hause.«

Nick sagte leise: »Das ist nicht gespielt. Das hat sie ernst gemeint.«

»Man muß benutzen, was immer sie einem bieten, nicht wahr, Charlie?« Maggies Stimme war wie Essig.

Der Uniformierte zog einen dunklen Regenmantel über und achtete darauf, sein Gesicht nicht zu zeigen. »Du und ich gegen den Rest der Welt«, sagte er. Schnitt zur Außenansicht eines Bootes. Dann zu Jill, die immer noch protestierte und sagte, daß sie Haie nicht mochte. Charlie schaute auf seine Schuhe. Er schämte sich. Jill war nicht besonders, sie war ein gewöhnliches Kind, es gefiel ihr nicht. Er hätte energischer versuchen sollen, sie da rauszuhalten. Aber verdammt nochmal, er hatte getan, was er konnte. Und er hatte sie vor ein paar von den Szenen bewahrt, die sie haben wollten ...

Jill war jetzt im Boot. »Ich will nach Hause«, wiederholte sie. Ein Soundtrack wurde eingeblendet: *Show Me the Way to Go Home.* Der Mann, dessen Gesicht immer noch versteckt war, erklärte Jill, daß sie ihre Kleider opfern müßte, als Köder für den Hai.

Bei der nächsten Aufnahme umklammerte Nicks Hand Charlies Schulter fester. Jill kauerte nackt auf den Planken des Bootes. Dann eine Aufnahme des Wassers, der Arm im Regenmantel schwenkte rosa Kleider durch die Wellen. Dann gewollt verschwommene Bilder des Hais, der sich in Schaum und Schatten wie wild gebärdete, unterbrochen von langen Einstellungen von Jill, die sich streckte, um durch ein Bullauge zu schauen. »Den Hai kenne ich!« sagte Maggie. »Er ist aus Plastik und liegt auf dem Regal in Ihrem Wohnzimmer.«

Nick sagte: »Sie scheint die Kamera nicht zu bemerken.«

»Wir filmten durch einen falschen Spiegel«, sagte Charlie. »Sie wußte gar nicht, daß ich da war.«

»Sie wußte nur, daß ihr kein Mensch jemals glauben würde, daß sie die Wahrheit sagt«, bemerkte Maggie.

Hastige Aufnahme des muskulösen Mannes, der einen Schuß abgab. Der Hai schlug in rotem Wasser um sich. Dann kamen

Luftblasen, dann Stille. Ein Kommentar aus dem Off erklärte, daß das Mädchen seinem Helden dankbar war. Zu blöd, daß sie die Stimme aus dem Off benutzen mußten, dachte Charlie nüchtern, aber das verdammte Kind hatte nicht viel Brauchbares geliefert. Aber sie hatten sie wenigstens dazu gekriegt, die Hauptszene zu machen. Hier kamen die Aufnahmen, wie sie sich im Boot gequält am Boden wand, angstvoll nach dem Bullauge schaute und die Obszönität rief, die sie ihr eingetrichtert hatten.

»Was ist das denn!« explodierte Anne Chandler. »Das würde sie nie sagen!«

»Das Zauberwort«, sagte Maggie bitter. »Wissen Sie noch, wie sie sagte, es gäbe ein Zauberwort, damit der Hai abhaut?«

»Großer Gott«, grollte Anne.

Die Stimme aus dem Off erklärte, wie dankbar das Mädchen war, und der gesamte Film wurde wiederholt, für den Fall, daß jemand etwas nicht mitgekriegt hatte. Schnitt zu dem Mann, der den Regenmantel auszog, um seinen muskulösen Rücken zu zeigen. Als er ihn beiseite warf, fiel das Licht auf die Rückseite seines Oberarms. »Was war denn das?« fragte Maggie. Niemand antwortete.

Der Rest des Films hatte keine Dialoge, bloß ihre wenigen brauchbaren Aufnahmen von Jill, mit Rückenansichten des nackten Mannes zusammengeschnitten. Der verdammte Idiot war Exhibitionist. An Kindern lag ihm eigentlich gar nichts. Alles spielte sich vor dem Soundtrack von *Show Me the Way to Go Home* ab. Alle sahen schweigend zu, bis Charlie sich räusperte und sagte: »Er, äm, er hat sie nie wirklich angefaßt.«

»Na wunderbar«, fauchte Maggie. »Da müssen Sie ja echt stolz darauf sein.« Sie knipste die Projektorlampe aus und spulte den Film zurück.

»Sehen Sie«, sagte Charlie, ganz begierig, es zu erklären, »ich wollte sie nicht aufregen, deshalb –«

»Sie wollten sie nicht aufregen?« explodierte Maggie.

Nick schaltete die Beleuchtung ein, und die plötzliche Helligkeit traf Charlie voll ins Gesicht. Anne und Cindy drehten ihre Stühle so, daß sie ihn ansehen konnten. Maggie ließ die Baby-Hai-Filmrolle in ihre Aktentasche gleiten, ging um seinen Stuhl herum und stellte sich vor die Leinwand. In ihrem dunkelblauen Hemd, die Schultern hochgezogen wie ein Geier und mit verschränkten Armen, erinnerte sie Charlie an den Zauberer bei Disney, der zurückgekommen war, um seinen zitternden Lehrling zu vernichten. In seiner Erinnerung kroch die Fliege über das Gesicht von Tante Babs.

Charlie riß sich zusammen und sah in Maggies blaufunkelnde Augen. »Ich habe Jill nicht aufgeregt! Ich habe geholfen, wie ich nur konnte, weil sie nur ein Kind war ... nichts verstehen konnte.«

»Gott, Charlie. Sie glauben das wirklich, nicht?« Er war überrascht, Mitleid in ihrer Stimme zu hören.

Cindy sagte: »Sagen Sie mir, Charlie, hat Ihre Frau das mit Melanie herausgefunden? War das der Grund, warum sie gegangen ist?«

»Nein. Nein, eigentlich nicht.«

»Sie hat eine kleine weiße Socke gefunden. Und ein *Screw*-Heft, das er versteckt hatte, mit einer Annonce und einer Postfachnummer von Laconia«, sagte Nick.

»Verdammte Annonce –« Charlie begriff plötzlich, was Nick da gesagt hatte. »Lorraine hat Ihnen das gesagt? Lorraine hat Sie geschickt?«

»Nein, nein. Ich war sowieso auf dem Weg hierher. Also bin ich bei ihr vorbeigegangen, um sie zu fragen, ob sie weiß, warum jemand den Verdacht auf Sie lenken könnte. Erst sagte sie, sie wüßte nichts. Aber ich habe ihr klargemacht, daß jemand es auf Sie abgesehen hat und alles, was sie wüßte, könnte nützlich sein. Sie war sehr aufgewühlt. Sie sagte, sie hätte Sie vor Jahren verlassen, und Sie hätten ihr gar nichts erzählt. Sie hätte Sie dazu überredet, Erwachsene für Ihre Studien zu benutzen, sagte sie, und sie wäre überzeugt gewesen, daß ihr Verdacht unbegründet war, und sie wollte nichts mehr davon wissen, aber wenn ich das wollte, sollte ich mir vielleicht *Screw* anschauen. Inzwischen weinte sie, also ließ ich sie in Ruhe.«

»Verdammt. Sie haben mir das *Screw*-Heft geschickt?«

Maggie sagte: »Wir dachten, Sie würden versuchen, Beweismaterial zu vernichten und uns auf diese Weise hinführen, oder daß Sie wenigstens versuchen würden, mit möglichen Partnern Verbindung aufzunehmen. Tja, Sie müssen Ihre Spuren beim Postamt ziemlich gut verwischt haben, da sie es direkt an die Polizei weitergaben. Sie sahen so unschuldig aus wie ein Lamm. Ich dachte schon fast, wir wären auf der falschen Spur. Aber inzwischen habe ich erfahren, daß Walensky Sie wahrscheinlich schon erpreßt hatte. Stimmt's? Und Nick hat diesen Film geklaut, als er gestern einen Karton hier ablieferte. Gestern abend habe ich genug davon gesehen, um zu wissen, daß wir Sie besser im Auge behalten. Und dann hat Nick Sie mit Deanna erwischt.«

Charlie fragte unglücklich: »Warum konnten Sie es nicht der Polizei überlassen?«

Anne schnaubte. »Die gehen nicht sehr sanft mit Kindern um. Sagen Sie, waren Sie derjenige, der den kleinen Hammond-Jungen angefahren und seine Beine gebrochen hat? Das war er doch, der mit dem Plastikauge am Strand gelegen hat, nicht?«

»Ja, aber da hat ihm noch nichts gefehlt!« Charlie schauderte. »Das ist alles schief gelaufen! Sehen Sie, dem Kind ist in der Szene gar nichts passiert, aber er mochte das Ketchup nicht, und – nein, ich habe ihn nicht angefahren.«

»Ob Sie das nun gewesen sind oder nicht, wir sollten jetzt überlegen, was wir mit Ihnen anfangen, Charlie«, sagte Maggie energisch.

»Ich – also, diese Filme wollte ich sowieso nie machen. Ich habe die Kinder beschützt, habe nie zugelassen, daß er sie anfaßt. Wirklich!« beteuerte er, als Nicks Hand fester zupackte. »Er wollte bloß das Geld, wollte sich ein bißchen zeigen. Er hat sie nicht angerührt!«

»Das ist echt raffiniert«, sagte Maggie, »aber dazu kommen wir noch. Sehen Sie, Deanna und Melanie *hat* jemand angerührt. Das muß aufhören.«

»Schon gut. Es ist nicht, wie Sie denken, aber ich höre auf.«

»Das haben Sie schon mal gesagt!« sagte Cindy. Ihre Stimme war ganz dunkel vor Verachtung. »Sie haben mir das vor Jahren schon versprochen. Es wird Zeit, Sie einzusperren.«

Dumme Frau. Charlie schoß zurück: »Wenn ich ins Gefängnis gehe, Cindy, gehen Sie auch!«

Furcht flackerte in Cindys Augen auf, aber sie warf den Kopf zurück und sagte: »Das bezweifle ich. Das Geld ist bezahlt, und ich bin seit Jahren sauber. Ich bin also bereit, das zu riskieren, wenn es Sie hinter Gitter bringt.«

»Dummer Schachzug, Cindy. Sie werden auch Ihren Job verlieren.«

»Hey, Charlie, Sie wissen doch, daß ich Spielerin bin. Wenn Sie eingesperrt werden, ist das für mich, als hätte ich gewonnen.«

Mit ihr ließ sich einfach nicht vernünftig reden. Der Verzweiflungsknoten tief in seinem Brustkorb wuchs, sandte spinnenartige Tentakel aus, die sich eiskalt um seine Knochen legten. Dann fiel ihm ein, was Cindy vor Jahren am meisten beunruhigt hatte. Er sagte: »Sie tun Melanie keinen Gefallen, wenn Sie das wieder aufs Tapet bringen!«

Aber es war Maggie, die ihm antwortete. »Schön, daß Sie das so sehen«, sagte sie herzlich. »Wir sind einer Meinung, Gerichte sind ziemlich brutal zu den Opfern. Ich weiß das, ich habe es erlebt. Jill wäre vielleicht stark genug, eine Aussage zu machen, wenn sie vernünftig beraten wird. Aber selbst in dem Fall wäre es mir zuwider, ihr das zuzumuten.«

»Richtig!« Eifrig wandte er sich an Maggie. »Sie verstehen das! Also, ich werde mich von kleinen Mädchen fernhalten.«

»Auch von den Besonderen?« fragte Nick.

Charlie zögerte.

Maggie schüttelte hoffnungslos den Kopf. »Gott, Charlie, Sie denken immer noch, daß es manchmal okay ist! Ich wünschte, wir wüßten, wie wir zu Ihnen durchdringen könnten, aber – Hören Sie, Sie mißbrauchen Kinder, so einfach ist das. Wir müssen verhindern, daß weiterer Schaden angerichtet wird. Ich sehe nur eine einzige Lösung: Sie einzusperren.«

»Sie würden die Kinder verletzen? Sie vor Gericht zerren?«

»Nein, nein. Wir werden Sie einsperren, weil Sie Tal Chandler ermordet haben.«

XIX

Es dauerte ein Weilchen, bis ihre Worte durchgesickert waren. Dann quiekte Charlie: »Mich? Für den Mord an Tal Chandler?« Wild schaute er die anderen an. Die waren auch geschockt.

»Aber er hat doch nicht!« rief Anne aus. »Weil –«

»Psst!« Maggie hob eine Handfläche, um sie zu unterbrechen. »Denken Sie an die Kinder, Anne! Lassen Sie mich erklären, wie er es gemacht hat, ja? Zuerst sein Motiv. Wir wissen, wie lange er an diesem Forschungsprojekt gearbeitet hat. Wie wichtig es für seine Karriere ist. Und plötzlich schreibt dieser emeritierte Professor, längst im Ruhestand, eine Arbeit, die den Grundvoraussetzungen des Projekts widerspricht.«

Charlie schüttelte den Kopf. »Unmöglich! Niemand wird glauben, daß ein Professor – «

»Ruhe!« bellte Anne Chandler. »Lassen Sie sie ausreden.«

»Wissen Sie, Charlie«, fuhr Maggie fort, »uns sind ein paar interessante Fakten wieder eingefallen. Cindy und Anne erinnern sich beide, daß Tal gesagt hat, seine neue Studie könnte Ihrer Arbeit schaden. Ist das richtig?«

Cindy und Anne nickten.

»Ich kann bestätigen, daß der Effekt, auf dem Ihre These beruht, statistisch gesehen auf sehr schwachen Füßen steht, und daß Ihre Studie auch Beweise für Tals Theorie enthält. Es ist also ganz offensichtlich, daß Tals Ergebnisse verschwiegen werden müssen, wenn Sie ihren Kram publizieren wollen. Aber er wollte nächsten Monat auf dem Psychologen-Kongreß darüber berichten.«

Nick lehnte mit verschränkten Armen an der geschlossenen Tür. »Warum hat er Tals Arbeit nicht einfach vernichtet, statt ihn zu ermorden?« fragte er. Charlie schaute ihn dankbar an.

Aber Maggie hatte eine Antwort. »Weil das direkt auf Charlie hinweisen würde. Indem er ein anderes Verbrechen inszenierte und Hinweise hinterließ, die den Verdacht auf andere Leute des Fachbereichs lenkten, hoffte er, das Interesse von seinen eigenen Motiven abzulenken.«

»Und sein Chaplin-Notizbuch?« fragte Anne.

»Das hätte aus seiner Jackentasche fallen können, genau wie er die ganze Zeit behauptet hat. Wahrscheinlich, als er Noras Pistole aus der gleichen Tasche zog. Cindy, erinnern Sie sich nicht, wie ausgebeult seine Jackentasche an dem Morgen war? Sie schlug gegen den Türrahmen, als er ins Büro kam.«

Cindy schaute Charlie kalt in die Augen. »Genau, ich erinnere mich. Klonk.«

»Richtig«, sagte Maggie. »Andererseits werden Bart und Nora sich nicht erinnern, daß er im Restaurant etwas in der Tasche hatte. Da hatte er sie nämlich schon in der Schlucht gelassen.«

»In der Schlucht? Aber –« fing Charlie an.

Nick schnitt ihm das Wort ab. »Wann hatte er die Zeit, in die Schlucht zu gehen?«

Maggie lächelte entschuldigend. »Na ja, wißt Ihr, ich dachte, ich wäre nur ein oder zwei Minuten in der Post gewesen. Aber jetzt erinnere ich mich wieder, daß ich noch eine kleine Zeitung durchzublätterte, die da auf dem Tisch lag. Eine Sommer-Beilage, Ausstellungen, Parks und Theater, solche Sachen. Das Farm-Theater von Syracuse war auch drin, das weiß ich noch. Könnte zwanzig Minuten gedauert haben, bis ich wieder bei ihm war.«

»Gott!« Charlie stolperte auf die Füße. »Das ist ja unglaublich! Sie sagen, daß – Maggie, um Gottes Willen, Sie waren bei mir, Sie wissen, daß es nicht so lange war! Sie wissen, daß ich Tal nicht getötet habe!«

Maggie faßte ihn sanft am Oberarm. »Ich weiß, daß Sie einen Schaden haben, Charlie. Ich weiß nicht, wie Sie so geworden sind, aber sehen Sie es nicht ein? Sie werden Ihr Leben lang ein Kind nach dem anderen mißbrauchen! Wir müssen die Kinder schützen!«

Sie verstand das mit den Mädchen nicht, das war das Problem. Ging von der dummen Annahme aus, daß Deanna und Melanie verletzt worden waren, wo sie doch so glücklich waren, eine so besondere Beziehung zu haben. Frauen waren Miststücke, wenn man ihnen vertraute, ließen sie einen im Stich, allein, hilflos. Mutter. Tante Babs. Lorraine. Und jetzt Maggie. Charlie sagte: »Also wenn Sie mir das anhängen, dann bilden Sie sich ja nicht ein, daß den Kindern das Gericht erspart bleibt! Ich packe aus! Nenne die Namen und alles!«

Anne Chandler stand unvermittelt auf, zitternd vor Zorn. »Wenn Sie das tun, Charlie Fielding, dann werde ich noch etwas aussagen, das zufällig wahr ist. Tal hatte den Verdacht, daß in diesem Fachbereich etwas ganz Schlimmes vorging. Er machte sich Sorgen wegen des Hammond-Jungen. Wegen Jills Geschichte. Hat mir davon erzählt. Wußte natürlich nicht, wer, das konnte er mir also nicht sagen. Aber er wußte, daß etwas zutiefst im Argen lag, und wenn er es herausgefunden hätte –«

»Die Geschworenen würden das für einen weiteren Grund halten, warum Sie ihn getötet haben«, erklärte Maggie sanft. »Wirklich, Charlie, es ist zu Ihrem Vorteil, die Mädchen nicht zu erwähnen.«

Charlie setzte sich wieder hin. Es stimmte ja, die Leute würden nur zu gerne glauben, daß jemand, der kleine Mädchen mochte, ein Mörder war. Die Leute verstanden nichts. Bei einer Gerichtsverhandlung würde es die Sache nur schlimmer machen, wenn er darüber redete.

Nick sagte ruhig: »Sie wissen, was Kinderschändern im Gefängnis passiert, Charlie? Sie haben doch davon gehört?«

Kinderschänder. Gott, das würden die anderen Gefangenen denken! Ein gräßliches Stück wurde gerade verfilmt, beruhend auf den wirklichen Foltern, die andere Gefangene Kinderschändern zufügten. Er haßte Kinderschänder auch, hatte das für eine Art roher Gerechtigkeit gehalten. Aber wenn diese Akademiker nicht verstanden, daß er kein Kinderschänder war, wie konnte er dann von Strafgefangenen Verständnis erwarten? Er wollte nicht als Kinderschänder ins Gefängnis gehen.

»Also gut«, sagte er verzweifelt. »Ich lasse die Kinder raus. Aber Sie kommen damit nicht durch! Ich werde aussagen, daß Sie mich zum Sündenbock gemacht haben!«

»Nur zu«, sagte Maggie. »Sagen Sie, daß die Frau des Opfers, die Fachbereichssekretärin und eine New Yorker Statistikerin, die Sie nie zuvor gesehen haben, sich alle zusammengetan haben, Ihnen das anzuhängen.«

»Na, aber es ist doch wahr –« Charlies Stimme versagte.

»Es ist auch wahr, daß ein Mann im Regenmantel Jill Baker gesagt hat, sie sollte ihre Sachen ausziehen und magische Worte rufen, um Haie zu vertreiben«, fauchte Maggie. »Aber wer hat ihr geglaubt?« Dann fuhr sie sich mit den Fingern durch die schwarzen Locken und sprach sanfter. »Es tut mir leid, Charlie. Aber ich weiß nicht, wie wir Sie sonst unschädlich machen sollen.«

Charlie starrte auf seine Schuhe. Er saß in der Falle. Sie hatte recht, niemand würde ihm glauben, es war zu verrückt. Wenn die drei bei der Geschichte blieben ... Und es stimmte, wenn er von den Mädchen erzählte, würde es alles nur schlimmer für ihn machen. Viel, viel schlimmer. Wenn er die Wahrheit sagte, wenn er sagte, Maggie hätte das erfunden, um ihn von den Kindern fernzuhalten, dann würden die Anwälte das nur herumdrehen und sagen, Tal hätte das herausgefunden und Charlie hätte ihn getötet, um ihn zum Schweigen zu bringen. Er würde dann nur noch schuldiger aussehen. Und dann im Gefängnis ... Oder angenommen, er würde aus irgendeinem Grund entlassen. Wenn die Leute von den Mädchen wüßten, würde ihn niemand einstellen. Und schlimmer noch, er würde beobachtet werden. Es würde noch schwieriger werden, die nächste kleine Deanna oder Melanie zu finden.

Er kehrte in die Gegenwart zurück und stellte fest, daß Anne Chandler und Cindy nach Hause gegangen waren. Sie wollten nicht, daß die Polizei sie alle beieinander fand. Es würde weniger nach einer Verschwörung aussehen, wenn sie einzeln befragt würden. »Bis gleich, Sergeant Hines«, sagte Maggie gerade. Sie legte den Hörer auf.

Hines. Er durfte nicht zulassen, daß Hines etwas über die Mädchen erfuhr. Niemand durfte etwas erfahren.

Gott, Hines würde sein Haus durchsuchen.

Wenn Hines seine geheime Sammlung fand, würde er es herauskriegen. Er könnte die Sammlung sogar zerstören, die kostbaren Erinnerungen vernichten. Charlie mußte seine Sammlung an einen sicheren Ort schaffen. Wie?

Die Rettung klopfte an die Tür und öffnete sie dann. »Fielding?«

sagte Walensky. Dann hielt er inne und nahm die Szene in sich auf.

Gott sei Dank war es nicht Hines.

Walensky trat ein und schloß sorgfältig die Tür hinter sich. »Was geht hier vor? Fielding, warum sind Sie gefesselt?«

»Die haben das gemacht«, sagte Charlie und streckte Walensky seine Handgelenke entgegen. Walensky löste die Fesseln.

»Warten Sie!« sagte Maggie. »Es ist Professor Fielding, der Tal Chandler ermordet hat!«

»Nein! Nein, ich war es nicht!« Charlie rieb sich die Handgelenke.

Walensky sah Maggie unbeteiligt an. »Wie konnte er? Sie sind es doch, die gesagt hat, er wäre fast die ganze Zeit bei Ihnen gewesen.«

»Das dachte ich. Aber jetzt, wo ich noch mal darüber nachgedacht habe, ist mir klargeworden, daß ich länger im Postamt gewesen sein muß, als ich erst sagte. Sehen Sie, ich bin stehengeblieben, um etwas zu lesen. Es waren also fünfzehn oder zwanzig Minuten.«

»Aha.«

»Und Cindy Phelps meint, daß er Donnerstag morgen die Pistole in der Tasche hatte.«

Charlie schüttelte den Kopf. »Es ist nicht wahr! Nichts davon ist wahr!«

»Das muß das Gericht entscheiden«, sagte Nick.

Walensky warf einen Blick auf Charlie und schnallte sein Halfter auf. »Ich sage das sehr ungern, Professor Fielding, aber er hat recht.« Seine Stimme war hart.

»Mein Gott, Sie glauben denen doch nicht, oder? Aber Sie kennen mich doch seit Jahren!«

»Was kann ich denn tun? Nora Petersen sagt, sie hat gesehen, wie Sie die verdammte Pistole genommen haben, Fielding. Bickford hat von Anfang an gesagt, Sie hätten es getan. Und jetzt geht Ihr Alibi den Bach runter.« Er sah Charlie nachdenklich an. »Die Geschworenen werden sicher verständnisvoll sein. Sie haben nie zuvor jemanden angegriffen. Netter junger Mann, besorgt um seinen Job, zu viel Streß, keine Gefahr für die Gesellschaft.« Haß blitzte in seinem Gesicht auf, als er hinzufügte: »Zweifellos glaubten Sie, einen guten

Grund zu haben, den alten Mann zu töten! Und haben nie an die Konsequenzen gedacht!«

Charlie war entsetzt. Walensky glaubte ihr, so leicht!

Maggie sagte hastig: »Es war ein beruflicher Grund! Seine Forschungsergebnisse wurden von Tal Chandlers Arbeit in Frage gestellt. Ich bin die Statistikerin für das Projekt, und ich habe seine Resultate gesehen. Und natürlich könnten Sie bei Anne Chandler rückfragen.«

»Berufliche Gründe. Ach so.« Walensky schaute forschend zum Bücherregal. »Fielding, Sie sagten, Ihre Resultate sind auf Videobändern, nicht? Vielleicht konfiszieren wir die besser.«

Nick sagte: »Ist es nicht wichtiger, Professor Fieldings Aussage aufzunehmen?«

»Alles ist wichtig«, fuhr Walensky auf. Er zog den Plastikbeutel aus Charlies Metall-Papierkorb und fing an, Videobänder hineinzuwerfen.

Charlie erkannte plötzlich, daß Walensky ihm eine Chance gegeben hatte. Sollte er abhauen? Aber dann fiel ihm ein, daß seine Autoschlüssel in Nicks Tasche steckten. Und Nick hatte sich vom Bücherregal entfernt und beobachtete ihn aufmerksam.

Maggies Augen waren auf Walensky gerichtet. »Warten Sie, ich helfe Ihnen«, erbot sie sich und raffte ein paar Experiment-Videos von Charlies Regal zusammen.

»Nein, danke, Miss Ryan. Das ist Polizeiarbeit.« Walensky bewegte sich auf die Schachteln zu, in denen die Filme verborgen waren.

»Na, dann will ich sie wenigstens für Sie aufstapeln!« Maggie wollte nicht, daß die Filme in Polizeigewahrsam kamen, das war offensichtlich. Sie versuchte immer noch, die Kinder zu schützen. Sie zog die belastenden Schachteln heraus und fing an, die Versuchs-Videos, die noch in der Tüte waren, zu sortieren.

Charlie bemerkte, wie Walensky die Art, wie sie sortierte, zur Kenntnis nahm. Sie sah hoch, begegnete dem schmalen Blick des Captain, und dann blitzte die Erkenntnis zwischen ihnen auf. »Der Mann im Regenmantel!« stieß sie hervor. »Sie erpressen also Charlie nicht nur. Sie hängen selbst mit drin!«

»Es tut mir leid, daß Sie mich zwingen, dies auf die üble Tour zu erledigen«, sagte Walensky bedauernd. Plötzlich hielt er seine Automatik in der Hand. »Rüber an die Fensterwand. Alle.« Die Pistole war fest auf Maggie gerichtet, und sie gehorchte prompt, ging rückwärts zum Fenster, stolperte fast über ihre Aktentasche. Nick kam zu ihr an die andere Seite des Fensters.

Aber Charlie zögerte. »Ich bin doch auf Ihrer Seite!«

»Ach ja? Wieso hat sie dann den Film gesehen?«

»Sie hat ihn selbst gefunden! Und überhaupt, es spielt keine Rolle, sie wird über die Kinder und die Filme nichts sagen. Sie möchte nicht, daß sie vor Gericht aussagen müssen.«

Walenskys Gesicht verzog sich zu einem harten kleinen Lächeln. »Richtig, Miss Ryan. Sie sind ja selbst einmal bei einem Sexualverbrechen ins Kreuzverhör genommen worden, nicht wahr?«

»War nicht sehr lustig«, sagte Maggie gleichmütig. »Nichts, das ich einem kleinen Kind wünschen möchte. Es ist, als ob sie noch einmal mißbraucht würden.«

»Also wollen Sie Ihnen eine Gerichtsverhandlung ersparen. Fein«, überlegte Walensky. »Vielleicht können wir zu einer Übereinkunft kommen. Fielding, ich weiß nicht, wieso Sie nicht gegangen sind.«

»Nick hat meine Autoschlüssel!«

Walensky seufzte bekümmert, wie Trainer Wilhelm, wenn Charlie ein Spiel vermasselt hatte. »Schmeißen Sie sie rüber.« Er wedelte mit der Pistole, und Nick tat wie geheißen. Charlie beeilte sich, sie aufzuheben. Walensky sagte: »Sie bekommen noch eine Chance, zu fliehen. Aber da Sie immer noch hier sind, könnten Sie auch die richtigen Filme in den Beutel tun. Wir brauchen ein kleines Fegefeuer. Deshalb bin ich hergekommen, wissen Sie. Meine ganzen Kopien habe ich sofort verbrannt, als Sie mir sagten, daß jemand Ihnen eine *Screw* geschickt hatte, in der meine Anzeige angestrichen war. Aber dann fiel mir ein, was für ein Raffzahn Sie sind, Sie hätten nicht den Grips, die Originale zu vernichten. Machen wir es also jetzt.«

»Okay.« Walensky hatte recht, sie mußten weg. Charlie warf nervöse Blicke auf Nick und Maggie, aber die standen ruhig am Fenster und sahen zu. Er packte die Plastikhüllen mit den Filmen in den Beutel und knotete ihn zu. »So viel Arbeit«, sagte er traurig.

»Die müssen Sie abschreiben«, sagte Walensky.

»Ja. Oh, sie hat noch einen in ihrer Aktentasche«, fiel Charlie ein. Er ging auf Maggie zu.

»Halt!« brüllte Walensky. »Gehen Sie nicht zwischen die und mich!«

»Oh!« Charlie sprang zurück.

»Miss Ryan, werfen Sie Fielding die Aktentasche zu.«

»Na gut«, sagte Maggie resigniert. Sie hob die Aktentasche auf, taxierte gehorsam die Entfernung zu Charlie und schwang den Arm zurück, um sie ihm zuzuwerfen. Statt dessen krachte sie durch die Fensterscheibe hinter ihr und verschwand nach draußen.

»Oh, Gott! Es tut mir leid!« Vor Schreck fuhr Maggies Hand an den Mund.

»Verdammt!« Brodelnder Zorn kochte in Walenskys Augen, aber er behielt sich unter Kontrolle. »Na, die holen wir auf dem Weg nach draußen. Fielding, ist sonst noch was in diesem Büro? Irgendwelche Unterlagen?«

»Oh. Ja, ich habe eine Bestandsliste.« Charlie wühlte in seinem Aktenschrank und fand eine alte Akte. Die Liste steckte zwischen den anderen Blättern. »Da ist sie. Sonst ist nichts im Büro.«

»Gut.« Mit der linken Hand zog Walensky ein Feuerzeug aus der Tasche und warf es auf Charlies Schreibtisch. Charlie fuhr zusammen. Mühsam kontrollierte er seine zuckenden Nerven und ließ die Liste in den Papierkorb fallen, ehe er sie ansteckte. Er brauchte vier Anläufe, bis das Papier Feuer fing, aufflammte und zu schwarzer Asche wurde.

Charlie deutete mit dem Kopf auf Nick und Maggie. »Was haben Sie mit denen vor?«

»Das hängt davon ab, wie kooperativ sie sind«, sagte Walensky. »Wenn es zum Schlimmsten kommt, na, wir wissen ja alle, daß kleine Kinder manchmal Unfälle haben.«

Charlie zitterte. Er wollte nicht, daß noch mehr Kinder verletzt wurden. Er sagte drängend: »Bitte, hören Sie auf ihn! Er meint es ernst! Der kleine Hammond-Junge mochte das Ketchup nicht, und als wir nach Hause fuhren, schaute er sich dauernd um und sagte, ›Böser Ort‹. Wir hatten Angst, seine Eltern würden Verdacht schöpfen, und Walensky sagte, wenn ein Auto ihn angefahren hätte, würde er natürlich sagen ›Böser Ort‹. Und er holte das Kind raus und fuhr absichtlich über seine Beine.«

Maggies Augen weiteten sich, aber sie sagte ruhig: »Sagen Sie uns, was wir tun sollen.« Warum war sie so ruhig? Charlie fühlte sich so zappelig wie ein Stummfilm.

»Vorläufig wissen Sie erst mal gar nichts. Bleiben Sie einfach beim Status quo«, sagte Walensky. »Wenn Sie uns in irgendeiner Weise belasten, werden Ihre Kinder darunter leiden. Aber wir finden bestimmt eine Möglichkeit, zusammenzuarbeiten.«

Das Geräusch einer entfernten Sirene kam durch das zerbrochene Fenster. »Hören Sie!« rief Charlie. »Sie hat Hines angerufen, wissen Sie. Kurz ehe Sie kamen.«

»Mein Gott, Fielding!« explodierte Walensky. »Wann werden Sie mir endlich die Fakten mitteilen, die ich wissen muß? Schmeißen Sie die Filme aus dem Fenster und raus mit uns.« Als Charlie das getan hatte, fragte er noch: »Gibt es sonst noch was, das Sie mir nicht gesagt haben?«

Nick machte zum ersten Mal den Mund auf. »Was ist mit Ihrer geheimen Sammlung, Charlie?«

»Oh, Gott, das stimmt ja! Ich muß meine Privatsammlung an einen sicheren Ort bringen. Hines könnte mein Haus durchsuchen.«

»Kein Problem.« Walensky ging rückwärts zur Tür. »Ich habe mich um alles gekümmert. Als ich Sie heute nachmittag nicht am Telefon erreichen konnte, habe ich mir gedacht, ich sorge besser dafür, daß Hines nichts findet. Also bin ich in Ihre Wohnung gegangen und habe den Aktenschrank aufgebrochen, den Sie mir gezeigt haben. Keine Sorge. Ihre Sammlung ist mit meiner zusammen verbrannt. Kommen Sie, wir gehen.«

Einen Augenblick konnte Charlie es nicht begreifen. Er stand wie angewurzelt da und starrte Walensky an. Dann stieß er aus: »Verbrannt? Sie haben sie verbrannt?«

»Ja, richtig. Sie brauchen sich keine Sorgen zu machen. Gehen wir jetzt.«

»Sie haben meine Sammlung verbrannt? Alles?«

»Nicht das Filmzeug aus dem Wohnzimmer, nein. Das ist harmlos. Ich habe nur diese eine Schublade verbrannt, die Sie mir gezeigt haben.«

Schwarze Wut wallte in Charlie auf. All die geheiligten Relikte jener vergangenen, goldenen Nachmittage mit der kleinen Melanie, der kleinen Janine. Verloren, für immer verloren, genau wie die reinen, zarten Kinder, die jetzt zu plumpen Erwachsenen geworden waren. »Sie haben sie verbrannt?« kreischte Charlie außer sich. »Verbrannt?« Er stürzte sich auf Walensky. Ein roter Nebel trübte alles außer der Pistole und dem Mann, der sein Lebenswerk, seinen Lebensinhalt zerstört hatte. Er sah, wie seine eigenen Hände an Walenskys zerrten, sah die Überraschung auf Walenskys Gesicht, hörte den Knall, als die Pistole losging, fühlte, wie der harte Stahl in seiner eigenen Hand zurückzuckte. Er feuerte wieder und wieder, bis die Pistole nur noch klickte, kaum hörbar durch das Kreischen in seinem Kopf.

Jemand zog ihn zurück. Nick. Der rote Nebel verging. Maggie kroch hinter dem großen Metallschreibtisch hervor, als ob sie sich dort versteckt hätte. Sie kniete bei Walensky. Der Captain lag auf dem Boden, Kopf und Brust von roten Bändern gestreift wie Sonny Corleone in *Der Pate*, wie Bonnie und Clyde. Er gab häßliche pfeifende Geräusche von sich.

Jetzt hielt jemand anders Charlie fest. Officer Porter, der war es, er legte ihm Handschellen an.

Sanitäter stürzten in den Raum und umgaben Walensky. Maggie ging rückwärts zum zerbrochenen Fenster.

Sergeant Hines schaute Walensky an und schüttelte den Kopf. »Was zum Teufel ist denn hier passiert?«

»Ich – ich habe ihn erschossen«, erklärte Charlie sich selbst ebenso wie Hines.

»Warum?«

»Er hat –«

Mit lauter Stimme unterbrach Maggie seinen Satz. »Wir haben Captain Walensky gesagt, daß Charlie Fielding Tal Chandler ermordet hat.«

»Chandler auch?« Hines schaute ihn an, aber diesmal antwortete Charlie nicht, denn jetzt erinnerte er sich wieder. Kinderschänder. Er durfte nichts sagen. Und Walenskys Worte: »Die Geschworenen werden verständnisvoll sein ... Sie haben bisher niemanden auch nur angegriffen.«

Jetzt würden sie denken, er hätte zwei angegriffen. Zwei getötet. Oder es versucht. Die Sanitäter trugen Walensky hinaus.

Hines fragte: »Glauben Sie, er kommt durch?«

Der Sanitäter, der die Tür aufhielt, sagte: »Mit solchen Hirnverletzungen? Wenn er Glück hat, stirbt er. Aber seine Vitalfunktionen sind stark, armer Kerl, also müssen wir ihn an die Maschinen hängen. Nur erwarten Sie von ihm nicht, daß er aussagt.«

Charlie starrte auf den Fußboden, versuchte, das verspritzte Blut nicht zu sehen, und hörte zu, wie Maggie erklärte, daß er Walensky und Tal Chandler erschossen hatte. Hines war vorsichtig, prüfte jeden Beweis, den sie anführte, und als sie soweit waren, Charlie zum Streifenwagen zu bringen, wußte er, daß es fast unmöglich war, ihre Geschichte zu widerlegen. Walensky würde vielleicht am Leben bleiben, das ergäbe dann eine geringfügigere Anklage. Aber auch dann bedeutete ihre Geschichte, daß Charlie für den Mord an Tal eine lange, lange Zeit eingesperrt würde.

Aber endlich kam ihm eine winzige aufmunternde Idee. Vielleicht würden sie ihm den Mord an Tal schließlich doch nicht vorwerfen. Da war ja immer noch Barts Pfeife. Die Anklage würde behaupten, Charlie hätte sie dortgelassen, um Bart in Verdacht zu bringen. Aber immerhin war das noch eine Art ungelöstes Problem. Und Hines war ein professioneller, schwer arbeitender, gründlicher Ermittler. Hines würde seine Augen weiterhin offenhalten.

Und wenn er das tat, könnte er die eine Sache finden, die Maggie nicht wegerklären konnte. Es wäre möglich, daß er den wirklichen Mörder fand.

Wer immer das war.

XX

Nachdem Sergeant Hines und der Mann von der Staatsanwaltschaft gegangen waren, sah Anne auf die Uhr. Reichlich Zeit, eine Einkaufsliste zu machen. Die Kühlschranktür stand offen und sie zählte Eier, als es klingelte.

»Hallo«, sagte sie zu Nick und Maggie und den Kindern. »Ich hatte gehofft, daß Sie vorbeischauen würden.«

»Ihre Tochter kommt heute abend, nicht?« fragte Maggie.

»In etwa einer Stunde. Ich hole sie am Flughafen ab und bringe sie nach Hause. Falls gewisse kleine Leute mit leuchtenden Augen inzwischen noch etwas schaukeln möchten ...«

Sarahs begeistertes Lächeln war Antwort genug. Sie gingen nach draußen und setzten sich in die warme Nachmittagssonne. Die Kinder rannten von der Terrasse zu den Schaukeln.

Sobald sie außer Hörweite waren, zündete sich Anne eine Zigarette an und sagte: »Ich habe gehört, daß Charlie Walensky erschossen hat.«

»Es war entsetzlich«, sagte Maggie ernst. »Walensky war sein Partner. Der Mann im Regenmantel. Und Charlie sagte, er war der Mann, der den Hammond-Jungen angefahren hat.«

»Gott, kein Wunder, daß Tal ihn nicht dazu bringen konnte, den Fall gründlich zu untersuchen!«

»Richtig. Als er Charlie sagte, daß er die Fotos und Erinnerungsgegenstände seiner kleinen Freundinnen verbrannt hatte, drehte Charlie durch. Griff Walensky aus dem toten Winkel an, nahm ihm die Pistole ab und schoß sie leer, ehe Nick eingreifen konnte.«

»Gott. Und ich habe mir Sorgen gemacht, daß niemand glauben würde, Charlie könnte jemanden erschießen!«

»Ja. Damit ist es so gut wie sicher, daß er eine lange Haftstrafe bekommt, und wir brauchen die Mädchen nicht hineinzuziehen. Sie haben die Filme in die Büsche geworfen, aber Nick hat sie rausgeholt, ehe die Polizei sie bemerkte.«

Anne schüttelte den Kopf. »Hines sagte, Walensky wäre nicht tot.«

»Nein. Ich nehme an, Charlie hat in seinem Zustand nicht richtig geschossen. Leichte Wunden in Schulter und Hüfte, aber zwei Wunden oben in der Stirn ...«

»Der Stirn. Dann endet er wohl als vegetative Masse.« Anne schauderte. »Es gab eine Zeit, da hätte ich jeden aufhängen mögen, der den Hammond-Jungen angefahren hat. Aber das ... Tal sagte immer, das Schlimmste wäre, das Gehirn zu verletzen, und der Körper lebt weiter. Er sagte, er würde lieber in den Hirnstamm geschossen.«

»Tja«, sagte Maggie behutsam, »der Wunsch ist ihm erfüllt worden.«

Anne klopfte ihre Zigarette am Aschenbecher ab und sagte leise: »So. Sie sind dahinter gekommen, wer Tal wirklich getötet hat.«

»Ja«, sagte Maggie sanft. »Deswegen können wir es gegen Charlie benutzen.«

»Verdammter Mistkerl«, sagte Anne.

»Ja.«

»Wie haben Sie es rausgekriegt?«

»Es hat eine Weile gedauert«, sagte Maggie. »Von Anfang an schien der Tod so – theatralisch. Es war genau die Grenze zwischen zwei polizeilichen Zuständigkeitsbereichen. Und es gab so viele Hinweise, alle auf verschiedene Leute, alle mit dunklen Geheimnissen, die Tal hätte wissen können. Doch Sie sagten immer wieder, daß es die Kinder waren, die ihm wirklich nahegingen – Jill Baker, der Hammond-Junge.«

»Ja. Er wußte, daß es da ein Problem gab.«

»Aber er wußte nicht, wer, und es ist schrecklich, einen Unschuldigen anzuklagen. Ihm fiel auf, das Walensky diskret war, allerdings so diskret, daß er sich manchmal sogar weigerte, eine Untersuchung einzuleiten. Wahrscheinlich hat er auch ein paar von Tals anderen Vorschlägen ignoriert. Das Ziel der Tötung war also, eine kompetente externe Polizeigewalt auf Walenskys Gebiet zu ziehen. Walensky würde die Dinge diskret behandeln, aber jemand mußte bereit sein, einen sehr genauen Blick auf den Fachbereich Pädagogik zu werfen.«

»Das stimmt«, sagte Anne.

»Aber genau wußte ich es nicht, bis ich den Zettel sah.«

»Ja. Der hat es mir auch verraten.«

»Lambert ist Tals Arzt?«

»Ja.«

Über den Tisch hinweg schaute Maggie Nick an. »Heute morgen hat Anne einen Zettel mit der Post bekommen. Der erste Teil hieß, › Sag Lambert 2.6. = 18.8.‹ 2.6. ist der zweite Juni, der Donnerstag, an dem er den letzten Arzttermin hatte. Sie müssen irgendeine Untersuchung gemacht haben.«

»Röntgen«, sagte Anne. »Sie kennen Tal. Eine Million Fragen, immer John Lambert über die Schulter auf seine eigenen Aufnahmen schauen. John spielte mit. Brachte Tal bei, sie zu lesen. Ich weiß noch, wie er letztes Jahr nach Hause kam und sagte, wie gut seine Röntgenbilder vom achtzehnten August aussähen.«

»Also hat er die guten Bilder vom letzten Jahr irgendwie gegen die neuesten ausgetauscht.«

»Das würde nicht schwer sein«, sagte Anne. »Lambert und seine Partner haben kein Hochsicherheits-Büro. Die Assistenten kennzeichnen die Röntgenaufnahmen mit kleinen Aufklebern und ordnen sie in die jeweilige Kartei ein. Normalerweise muß man ein Weilchen alleine im Untersuchungszimmer warten, während die eigene Akte in einem Halter an der Tür hängt, damit der Arzt sie durchsehen kann, ehe er hereinkommt. Tal hat schon früher ein paarmal gelinst. Er könnte die Klebeschildchen auf den Aufnahmen vertauscht haben, wenn er sah, daß die letzten schlecht aussahen.«

»Ach so«, sagte Nick. »Er schaute sich seine Röntgenaufnahmen an, sah, daß er schlecht dran war –«

»Zum Tode verurteilt ist der richtige Ausdruck«, sagte Anne knapp. »Er wußte, wenn es wieder zu wachsen anfing, war die Sache gelaufen. Keine Tricks mehr in Lamberts Zauberkiste.«

»Also rechnete er damit, bald zu sterben. Und er vertauschte die Röntgenaufkleber, um seinen Arzt auszutricksen.«

»Ja.« Anne schaute zu, wie der Rauch aus ihrer Zigarette in Spiralen ins Zwielicht aufstieg. »Hat seinen Arzt ausgetrickst. Mich ausgetrickst. Seinen Freunden verkündet, es gäbe was zu feiern. Hat

Kaffee auf Noras Schreibtisch geschüttet, damit er ihre Pistole aus der Schublade zaubern konnte. Stahl noch ein paar Sachen, um sie in der Schlucht hinzulegen. Fabrizierte ein paar große verdächtige Fußabdrücke und warf die Stiefel weg. Und dann nahm er Noras Pistole in seine rechte Hand und schoß sich in den Kopf.«

Alle waren einen Augenblick still. Dann sagte Maggie: »Er hat sein Ziel erreicht. Die Polizei kam aus allen Richtungen. Traten sich gegenseitig auf die Zehen, um den Fachbereich unter die Lupe zu nehmen, sich gegenseitig unter die Lupe zu nehmen.«

»Und mich unter die Lupe zu nehmen«, sagte Anne. »Hines hat mich gehörig in die Mangel genommen. Teufel, Sie mich auch, Dr. Ryan.« Wütend starrte sie Maggie an.

»He, daran ist Tal nicht schuld«, sagte Maggie. »Er hatte es sorgfältig vorbereitet. Er wußte, daß jemand im Fachbereich Kinder mißbrauchte, und daß Walensky zögerte, eine Untersuchung einzuleiten. Ich denke, daß er es für sich auf vier Leute eingeengt hatte: Charlie, Noras wilder Bruder, Bart, der das Experiment leitete, an dem Jill beteiligt war, und vielleicht Bernie mit seiner früheren Verhaftung. Also lud er sie alle ins Plato zum Lunch ein, damit sie zur rechten Zeit am rechten Ort sein würden. Bernie konnte er nicht kriegen, aber als Leiter des Fachbereichs würde er bestimmt auch befragt. Und es gab zwei Leute, von denen er glaubte, sie seien durch Lunch-Verabredungen auf der anderen Seite des Campus geschützt. Sie natürlich, Anne.«

»Ja. Und dann habe ich es abgesagt, ich Idiot.« Aber er hatte für sie geplant. Das hatte er. Sie hielt den Gedanken fest, wie einen kleinen warmen Funken im Herzen.

»Und Cindy. Ihr Treffen war nicht die Idealquelle für ein Alibi, aber im Notfall würde der eine oder andere ihr doch aus der Klemme helfen. Ich denke mir, daß Tal glaubte, die Situation würde gar nicht eintreten, weil er Hinweise ausgelegt hatte, die auf die anderen Leute hinwiesen. Er dachte, Cindy wäre abgesichert. Und Sie.«

»Immer der verdammte romantische Held. Der Jungfrauen beschützt.« Anne blies den Rauch durch die Nase. Sie für ihren Teil hatte immer eine geheime Sympathie für die Drachen gehabt. »Daß die Jungfrauen es vielleicht vorziehen würden, wenn er noch eine Weile bei ihnen wäre, ist ihm nie eingefallen.«

Nick sagte: »Er hatte ein sehr häßliches Ende vor sich, Anne.«

»Oh, Gott, ich weiß. Aber es muß doch noch einen anderen Weg gegeben haben!«

Er rieb sich den kahlen Schädel. »Wir Männer sind keine sehr mutigen Geschöpfe, Anne. Einem schnellen und ruhmreichen Tod entgegenzusehen, darin sind wir nicht schlecht. Aber weiterzumachen – das erfordert eine andere Art von Mut. Der tiefer geht.«

»Cindys Mann hat recht.« Maggies Arm lag um Annes Schultern. »Es ist schwer, weiterzumachen. Aber die ganze Zeit verlangt man von Menschen, daß sie weitermachen. Besonders von Frauen. Es tut höllisch weh. Aber im allgemeinen finden wir irgendwie diesen tieferen Mut.«

»Tja.« Anne starrte auf den Fußboden.

»Die Notiz hatte noch einen zweiten Teil«, erinnerte Maggie sie sanft. »Er schrieb, ›Monolog Fünf.‹ Das ist auch ein Teil der Botschaft.«

Anne nickte. Cyranos Monolog: fünfter Akt, fünfte Szene. Seine Todesszene. Sein Abschied von der geliebten Roxane. Sie sagte brummig: »Verdammter romantischer Held.«

Nicks braune Augen waren feucht, unergründlich. Er zitierte leise: »›Mein Herz ist immer bei dir, immer deins. Und auch im Jenseits lieb ich dich noch immer ohne Maß, so lang die Zeiten dauern.‹«

Annes Kinn zitterte. Sie nahm einen tiefen Zug aus der Gauloise.

»Was er getan hat, war gut für viele kleine Mädchen«, flüsterte Maggie. »Wenn wir es vor Gericht für ihn durchziehen können.«

»Oh, ja. Das ziehe ich durch. Ich mache weiter. – Gott, das sieht Tal ähnlich, die große Geste. *Quel geste*!« Sie schnaubte, plötzlich wütend. »Verfluchter Mann, er hat mich um Wochen mit ihm betrogen!«

Maggie drückte ihre Schultern.

»Trotzdem, welch eine Geste!« beharrte Nick. »›Ich trotz' euch, alte Feinde, droht ihr noch so wild, und makellos und unbezwungen halt ich erhoben – meinen Wappenschild!‹«

Männer. Anne drückte ihre Zigarette aus und richtete sich auf, bereit weiterzumachen.

»In den Maggie-Ryan-Krimis läßt P.M. Carlson ihr Detektivpaar mit viel Charme und leisem Humor in packenden Storys agieren.«
ekz-Infodienst

»Freundschaft ist für Maggie kein leeres Wort!«
Braunschweiger Stadtmagazin

»Diese phantastisch erzählten Psychothriller sind rare Meisterwerke!« *Wienerin*

»Richtig spannend. Das Duo Ryan/O'Connor läßt einen bis zur letzten Seite nicht los!« *Unsere Zeit*

»Eine Leiche und eine vorlaute Maggie Ryan – die arme Polizei!« *Emma*